Kathy Reichs

Totengeld

Roman

Aus dem Amerikanischen
von Klaus Berr

WILHELM HEYNE VERLAG
MÜNCHEN

Die Originalausgabe BONES OF THE LOST
erschien bei Scribner, New York

MIX
Papier aus verantwortungsvollen Quellen
FSC® C014496

Verlagsgruppe Random House FSC® N001967
Das für dieses Buch verwendete FSC®-zertifizierte Papier
Holmen Book Cream liefert Holmen Paper, Hallstavik, Schweden.

Vollständige deutsche Taschenbuchausgabe 08/2015

Printed in Germany 2015
Umschlaggestaltung: David Hauptmann,
Hauptmann & Kompanie Werbeagentur, Zürich
Satz: Uhl + Massopust, Aalen
Druck und Bindung: GGP Media GmbH, Pößneck
ISBN: 978-3-453-43794-4

www.heyne.de

HEYNE

Das Buch

Der Tod einer jungen Frau, deren Leiche an einem einsamen Highway im Straßengraben deponiert wurde, bereitet Forensikerin Tempe Brennan schlaflose Nächte. Der Teenager könnte ohne Papiere ins Land gereist sein, eine Spur, die Tempe zu dem Geschäftsmann John-Henry Story führt. Doch ihr Hauptverdächtiger starb Monate zuvor bei einem mysteriösen Brand. Und dann ist da noch der Fall eines Schmugglers, der kuriose mumifizierte Artefakte in die USA schleust. Könnte eine Verbindung zwischen dem toten Mädchen und dem lukrativen illegalen Handel bestehen? An Tempes neustem Fall ist nichts so, wie es zunächst scheint. Nur auf eines kann die Todesermittlerin sich verlassen: Die Knochen kennen die Wahrheit.

Die Autorin

Kathy Reichs, geboren in Chicago, lebt in Charlotte und Montreal. Sie ist Professorin für Soziologie und Anthropologie und unter anderem als forensische Anthropologin für gerichtsmedizinische Institute in Quebec und North Carolina tätig. Ihre Romane erreichen regelmäßig Spitzenplätze auf internationalen und deutschen Bestsellerlisten und wurden in 30 Sprachen übersetzt. Tempe Brennan ermittelt auch in der von Reichs mitkreierten und -produzierten Fernsehserie *Bones – Die Knochenjägerin*.

www.kathyreichs.com
www.facebook.com/kathyreichsbooks
www.twitter.com/KathyReichs

GEWIDMET

Susan Moldow

Weise Lektorin, Katzenliebhaberin
und hoch geschätzte Freundin

PROLOG

Mit hämmerndem Herzen kroch ich auf den Ziegel zu, der aus dem oberen Rand der Nische ragte. Streckte den Kopf hinaus.

Wieder Schritte. Dann tauchten schwere Stiefel oben auf der Treppe auf, daneben ein paar kleine Füße, einer nackt, der andere in einem hochhackigen Schuh.

Die Füße stiegen herunter, die kleinen wackelig, als wäre ihre Besitzerin irgendwie beeinträchtigt. Die Unterschenkel waren merkwürdig ausgestellt, was darauf hindeutete, dass die Knie wenig Gewicht trugen.

Die Wut brannte mir in der Brust. Die Frau stand unter Drogen. Der Mistkerl schleifte sie mit sich.

Vier Stufen weiter unten durchquerten der Mann und die Frau einen Streifen Mondlicht. Keine Frau, ein Mädchen. Die Haare waren lang, die Arme und Beine klapperdürr. Unter dem Kinn des Mannes sah ich ein Dreieck aus weißem T-Shirt-Stoff. Einen Pistolengriff, der aus seinem Hosenbund ragte.

Das Paar tauchte wieder in die Dunkelheit. Die eng aneinandergepressten Körper bildeten eine zweiköpfige Silhouette.

Nach dem letzten Schritt von der untersten Stufe packte der Mann das Mädchen mit einer Hand im Nacken und schob sie brutal auf die Tür zur Laderampe zu. Sie stolperte. Er riss sie wieder hoch. Ihr Kopf schwankte hin und her wie der eines Wackeldackels.

Die junge Frau machte noch ein paar taumelnde Schritte. Dann hob sie das Kinn, und ihr Körper sackte zusammen. Ein Schrei zerriss die Stille.

Der Arm des Mannes schoss hervor. Die Silhouette verschmolz wieder. Ich hörte einen Schmerzensschrei, dann kippte das Mädchen nach vorne auf den Beton.

Der Mann stützte sich auf ein Knie. Sein Ellbogen pumpte, als er auf den leblosen, kleinen Körper einschlug.

»Willst du gegen mich kämpfen, du kleine Schlampe?«

Der Mann schlug und schlug, bis sein Atem abgehackt ging.

Meine Wut loderte jetzt weißglühend in meinem Hirn und vertrieb jeden Gedanken an meine eigene Sicherheit.

Ich kroch nach hinten und schnappte mir die Waffe. Kontrollierte die Sicherung und war in diesem Augenblick dankbar für das Training auf dem Schießplatz.

Froh um die Waffe, griff ich nach meinem Handy. Es war nicht in der Tasche bei der Taschenlampe.

Ich suchte in der anderen Tasche. Kein Handy.

Hatte ich es fallen gelassen? Hatte ich es bei meinem überstürzten Aufbruch zu Hause vergessen?

Die Panik war fast überwältigend. Ich konnte niemanden erreichen. Was sollte ich tun?

Eine winzige Stimme riet mir zur Vorsicht. Bleib in deinem Versteck. Warte. Slidell weiß, wo du bist.

»Du bist ja so was von tot.« Die Stimme dröhnte, grausam und böswillig.

Ich wirbelte herum.

Der Mann zerrte das Mädchen an den Haaren hoch.

Die Beretta in beiden Händen, stürmte ich aus der Nische. Der Mann erstarrte, als er die Bewegung hörte. Fünf Meter von ihm entfernt blieb ich stehen. Eine Säule als Deckung nutzend, spreizte ich die Füße und richtete die Waffe auf ihn.

»Lassen Sie sie gehen.« Mein Schrei wurde von Ziegeln und Beton zurückgeworfen.

Der Mann hielt weiter die Haare des Mädchens fest umklammert. Er stand mit dem Rücken zu mir.

»Hände hoch.«

Endlich ließ der Mann das Mädchen los und richtete sich auf. Seine Hände hoben sich bis zur Höhe seiner Ohren.

»Umdrehen.«

Als der Mann sich umdrehte, traf ihn wieder ein Lichtstreifen. Einen Augenblick lang sah ich sein Gesicht in völliger Klarheit.

Beim Anblick seiner Widersacherin ließ er die Hände leicht herabsinken. Da ich spürte, dass er mich besser sehen konnte als ich ihn, drückte ich mich weiter hinter die Säule.

»Die verdammte Schlampe lebt.«

Du stirbst auch, du verdammte Schlampe.

»Man braucht Mut, um Droh-Mails zu schicken!« Meine Stimme klang viel selbstbewusster, als ich mich fühlte. »Um hilflose kleine Mädchen herumzuschubsen.«

»Schulden eintreiben? Sie kennen die Regeln.«

»Für dich ist Schluss mit Schuldeneintreiben, du kranker Widerling.«

»Sagt wer?«

»Sagt ein Dutzend Polizisten, das jeden Augenblick hier sein wird.«

Der Mann hielt sich eine Hand ans Ohr. »Ich höre keine Sirenen.«

»Gehen Sie von dem Mädchen weg!«, befahl ich.

Er machte einen rein symbolischen Schritt.

»Los«, knurrte ich. Die Arroganz des Kerls machte mich so wütend, dass ich ihm am liebsten die Beretta über den Kopf gezogen hätte.

»Sonst was? Erschießen Sie mich?«

»Ja.« Kalt wie Stahl. »Ich erschieße Sie.«

Würde ich es tun? Ich hatte noch nie auf einen Menschen geschossen.

Wo zum Teufel war Slidell? Ich wusste, dass mein Bluff genährt war von Koffein und Adrenalin. Und dass beides irgendwann nachlassen würde.

Das Mädchen stöhnte.

In diesem Sekundenbruchteil verlor ich den Vorteil, der dem Mann vielleicht das Leben gerettet hätte.

Ich schaute nach unten.

Er machte einen Satz auf mich zu.

Frisches Adrenalin schoss durch meinen Körper.

Ich hob die Waffe.

Er kam näher.

Ich zielte auf das weiße Dreieck.

Schoss.

Die Explosion war brutal laut. Der Rückstoß riss mir die Hände nach oben, aber ich blieb sicher stehen.

Der Mann sackte zu Boden.

Im Dämmerlicht sah ich das Dreieck dunkel werden. Wusste, dass Rot sich darüber ausbreitete. Ein perfekter Treffer. Das Dreieck des Todes.

Stille bis auf mein eigenes, heiseres Atmen.

Dann übernahm mein Verstand die Kontrolle über das Stammhirn.

Ich hatte einen Mann getötet.

Meine Hände zitterten. Galle stieg mir in die Kehle.

Ich schluckte. Richtete die Waffe wieder aus und ging langsam vorwärts.

Das Mädchen lag reglos da. Ich kauerte mich hin und drückte ihr zitternde Finger an die Kehle. Spürte einen Puls, schwach, aber regelmäßig.

Ich drehte mich um. Schaute in die stummen, böswilligen Augen des Mannes.

Plötzlich fühlte ich mich erschöpft. Und war entsetzt von dem, was ich eben getan hatte.

Ich überlegte. Konnte ich in meinem Zustand gute Entscheidungen treffen? Sie auch umsetzen? Mein Handy lag zu Hause.

Ich wollte mich hinsetzen, den Kopf in die Hände stützen und den Tränen freien Lauf lassen.

Stattdessen atmete ich ein paarmal tief durch, stand auf und ging durch Dunkelheit, die mir wie tausend Meilen vorkam, zur Treppe. Mit Beinen weich wie Gummi stieg ich hinauf.

Vom Treppenabsatz bog ein Gang nach rechts ab. Ich folgte ihm zu der einzigen geschlossenen Tür.

Die Waffe fest in einer feuchten Hand, streckte ich die andere aus und drehte den Knauf.

Die Tür schwang nach innen.

Ich starrte in nacktes Grauen.

ERSTER TEIL

1

Man hat mich schon öfter gefangen gehalten. In einem Keller, im Kühlraum einer Leichenhalle, in einer Gruft unter der Erde. Es ist immer furchterregend und intensiv. Aber diese Gefangenschaft übertraf alles, was ich je an körperlichem Schmerz erlebt hatte.

Der Jurorenbereich im Gerichtsgebäude des Mecklenburg County ist so gut, wie solche Einrichtungen eben sein können – WLAN, Computer, Billardtische, Popcorn. Ich hätte eine Freistellung beantragen können. Habe ich aber nicht. Die Justiz rief, und ich kam. Brennan, die gute Staatsbürgerin. Außerdem wusste ich, dass man mich aufgrund meines Arbeitsbereichs sowieso ausschließen würde. Als ich den heutigen Tag plante, hatte ich sechzig, maximal neunzig Minuten eingerechnet, in denen ich mir wahrscheinlich Plattfüße holen würde.

Von wegen Plattfüße. Beachten Sie meinen Gedankensprung. Zu meiner aufregenden beruflichen Fußbekleidung gehören atmungsaktive Goretex-Wanderschuhe und vielleicht Gummistiefel, damit man nicht im Matsch landet. Dass ich jemals mörderische High Heels kaufe, geschweige denn trage, ist so wahrscheinlich wie die Entdeckung von Gigantosaurus-Knochen hinter einem Bad Daddy's Burger.

Meine Schwester Harry hatte mich zu zehn Zentimeter hohen Pumps von Christian Louboutin überredet. Harry aus

Texas, dem Land der großen Frisuren und meilenhohen Stilettos. Damit du professionell aussiehst, hatte sie gesagt. In verantwortlicher Position. Außerdem sind sie sechzig Prozent reduziert.

Ich muss zugeben, das glänzende Leder und die schicken Ziernähte sahen an meinen Füßen toll aus. Aber fühlte ich mich auch toll? Nicht nach drei Stunden Warten. Als der Gerichtsdiener unsere Gruppe schließlich aufrief, torkelte ich fast in den Gerichtssaal, und dann, als meine Nummer aufgerufen wurde, in den Zeugenstand.

»Bitte nennen Sie Ihren vollen Namen.« Chelsea Jett, gefühlte sechs Minuten nach ihrem Juradiplom, 400-Dollar-Kostüm, teure Perlenhalskette und Stilettos, die meine alt aussehen ließen. Die frischgebackene Staatsanwältin Jett versteckte ihre Nervosität hinter einem barschen Auftreten.

»Temperance Daessee Brennan.« Mach's für uns beide leichter. Lass mich ruck, zuck wieder gehen.

»Bitten nennen Sie Ihre Adresse.«

Ich tat es. »Das ist auf Sharon Hall«, fügte ich leutselig hinzu. Ein Herrenhaus aus dem neunzehnten Jahrhundert, roter Backstein, weiße Säulen, Magnolien. Mein Häuschen ist der Anbau zur Remise, der Annex. Mehr Old South geht nicht. Doch das sagte ich alles nicht.

»Wie lange wohnen Sie schon in Charlotte?«

»Seit meinem achten Lebensjahr.«

»Wohnt unter dieser Adresse jemand bei Ihnen?«

»Manchmal meine erwachsene Tochter, aber nicht im Augenblick.« Das Armband, das Katy mir geschenkt hatte, hing lose an meinem Handgelenk, ein zartes Silberband mit der Gravur *Mom rocks.*

»Ihr Familienstand?«

»Getrennt.« Kompliziert. Auch das sagte ich nicht.

»Sind Sie in einem festen Arbeitsverhältnis?«

»Ja.«

»Bitte nennen Sie Ihren Arbeitgeber.«

»Der Staat North Carolina.« Immer schön kurz und bündig.

»Ihr Beruf?«

»Forensische Anthropologin.«

»Welche Ausbildung verlangt der Beruf?« Steif.

»Ich habe einen Doktortitel und eine Zulassung durch das American Board of Forensic Anthropology.«

»Dann führen Sie also Autopsien durch?«

»Sie denken, ich bin forensische Pathologin. Ein häufiger Fehler.«

Jett wurde noch steifer.

Ich schenkte ihr ein Lächeln. Das die Staatsanwältin nicht erwiderte.

»Forensische Anthropologen arbeiten mit Toten, bei denen Autopsien unmöglich sind, also mit Skelettierten, Mumifizierten, Verwesten, Zerstückelten, Verbrannten oder Verstümmelten. Wir werden hinsichtlich vieler Fragen konsultiert, die alle mittels einer Untersuchung der Knochen beantwortet werden. Zum Beispiel, ob die fraglichen Überreste menschlich oder tierisch sind.«

»Dazu ist ein Experte nötig?« Kaum beherrschte Skepsis.

»Einige menschliche und tierische Knochen sind sich täuschend ähnlich.« Ich dachte an die mumifizierten Exemplare, die mich im MCME erwarteten. »Vor allem fragmentierte Überreste sind sehr schwer zu beurteilen. Stammen Sie von einem Individuum, von mehreren, von Menschen, Tieren oder beidem?« Die Bündel, die ich gerade nicht untersuchte, weil ich, mit Füßen so aufgedunsen wie Wasserleichen, hier festhing.

Jett bedeutete mir mit einer ungeduldigen Geste ihrer manikürten Hand weiterzureden.

»Wenn die Überreste menschlich sind, suche ich nach Indikatoren auf Alter, Geschlecht, Abstammung, Größe, Krankheiten, Missbildungen oder Anomalien – nach allem, was zur Identifikation von Nutzen sein kann. Ich untersuche Verletzungen, um die Todesart zu bestimmen. Ich schätze, wie lange das Opfer schon tot ist. Ich betrachte etwaige postmortale Leichenbehandlung.«

Jett hob fragend eine Augenbraue.

»Köpfen, zerstückeln, eingraben, ins Wasser werfen.«

»Ich denke, das genügt.«

Jett schaute auf die Liste ihrer Fragen. Eine sehr lange Liste.

Mein Blick wanderte zu meiner Uhr, dann zu den Unglücklichen, die noch auf ihre Befragung warteten. Ich hatte mich angezogen, um respektvoll auszusehen, dem Bild zu entsprechen, das man von einer Vertreterin des Mecklenburg County Medical Examiner's Office erwartete. Hellbrauner Hosenanzug, seidenes Rollkragenoberteil. Das traf nicht auf alle meine Mitgefangenen zu. Mein Favorit war das junge Mädchen in engem, ärmellosem Oberteil, Jeans und Sandalen.

Keine Haute Couture, aber ich vermutete, dass ihre Füße sich besser anfühlten als meine. Ich versuchte, in meinen Mörderpumps die Zehen zu bewegen. Keine Chance.

Ms. Jett atmete einmal tief durch. Worauf wollte sie hinaus? Ich zögerte nicht lange, es herauszufinden.

»Als forensische Anthropologin für den Staat stehe ich sowohl bei der UNC Charlotte – ich unterrichte dort ein Hauptseminar –, beim Office of the Chief Medical Examiner in Chapel Hill und beim Mecklenburg County Medical Examiner hier in Charlotte unter Vertrag. Außerdem bin ich konsultierende Expertin für das Laboratoire de sciences judiciaires et de médecine légale in Montreal.« Soll heißen: Ich habe sehr viel zu tun. Ich berate Polizeieinheiten, das FBI, das Militär, Coroner und Leichenbeschauer. Sie wissen genau, dass der Verteidiger mich entlassen wird, wenn Sie es nicht tun.

»Verstehe ich das richtig? Sie arbeiten regelmäßig in zwei Ländern?«

»Das ist nicht so merkwürdig, wie es klingt. In den meisten Rechtssystemen fungieren forensische Anthropologen als spezialisierte Berater. Wie bereits gesagt, werden meine Kollegen und ich nur zu Fällen gerufen, bei denen nicht genügend Fleisch für eine Autopsie vorhanden ist oder die Überreste –«

»Richtig.«

Jett fuhr die endlose Liste auf ihrem gelben Block mit dem Finger ab.

Ich streckte meine unglücklichen Zehen – oder versuchte es zumindest.

»Im Verlauf Ihrer Arbeit für den Medical Examiner, kommen Sie da in Kontakt mit Polizeibeamten?«

Endlich. Vielen Dank.

»Ja. Sehr oft.«

»Mit Staatsanwälten oder Strafverteidigern?«

»Mit beiden. Außerdem ist mein Exgatte Anwalt.« Eine Art Ex.

»Kennen Sie persönlich jemanden, der mit diesem Verfahren zu tun hat, den Angeklagten, seine Familie, die Polizeiermittler, die Anwälte, den Richter?«

»Ja.«

Und damit war ich entlassen.

Ohne Rücksicht auf meine protestierenden Zehen stürzte ich humpelnd aus dem Gerichtssaal, durch die Lobby und zu den Doppelglastüren hinaus. Mein Mazda stand am hintersten Ende des Parkdecks. Da ich erst um zehn nach acht, der in der Vorladung genannten Zeit, eingetroffen war, hatte ich die erste Lücke genommen, die ich fand, und die lag etwa auf dem halben Weg nach Kansas.

Nach einem schnellen Humpeln über die Fahrspur ging ich an einer Reihe von Fahrzeugen entlang und fand meinen Mazda, dicht flankiert von einem riesigen, blauen SUV auf der Fahrerseite und noch stärker bedrängt auf der Beifahrerseite. Schwitzend drückte ich mich zwischen den beiden Türgriffen und dem Außenspiegel hindurch und streifte dabei mit Brust und Hintern die schmuddeligen Türen und Seitenbleche, die meinen Oberkörper einklemmten. Danach sah mein toller, hellbrauner Leinenanzug aus, als hätte ich mich im Dreck gewälzt.

Als ich die Tür aufzog und mich hinters Lenkrad klemmte, klimperte etwas zu meinen Füßen. Ein vernünftiger Staatsbürger – also ein Staatsbürger in vernünftigem Schuhwerk – hätte sich gebückt, um nachzusehen, welcher bewegliche Schmuck sich da gelöst hatte. Doch ich konzentrierte mich auf meine Flucht und tastete mit den Fingern nach dem Schlüssel im Reißverschlussfach meiner Handtasche.

Mit brennenden Füßen rammte ich den Schlüssel in die Zündung und bückte mich seitlich, um an meinem rechten Schuh zu zerren. Das Ding klebte so fest, als wäre es mir aufs Fleisch verpflanzt.

Ich zerrte noch fester.

Mein Fuß explodierte aus seiner Umhüllung. Mit viel Verbiegen und Verdrehen wiederholte ich die Prozedur am linken.

Ich drückte mich in die Lehne und betrachtete zwei spektakuläre Blasen. Dann die verhassten Louboutins in meiner Hand.

Meine Hand.

Mein Handgelenk.

Mein nacktes Handgelenk.

Katy.

Ich spürte einen vertrauten Stich der Angst in meiner Brust.

Ich verdrängte ihn.

Konzentrier dich. Das Armband war im Jurorenzimmer und im Zeugenstand an Ort und Stelle gewesen.

Das Klimpern. Anscheinend hatte sich das zarte Silberarmband an irgendetwas verfangen, als ich mich an dem SUV vorbeigedrückt hatte.

Fluchend zwängte ich mich wieder hinaus und warf die Autotür zu.

Das menschliche Hirn ist eine Schaltstation, die auf zwei Ebenen funktioniert. Während ein Reflexbefehl noch an meine Hand ging, kam es in meinem Kleinhirn bereits zu einer neuralen Verbindung. Bevor die Tür ins Schloss fiel, wusste ich, dass ich in der Patsche saß. Ich riss am Griff, obwohl es nichts brachte, und kontrollierte dann die Stellung aller vier Schließknöpfe.

Noch bildhafter fluchend, griff ich nach meiner Handtasche. Die auf dem Beifahrersitz lag.

Scheiße.

Und der Schlüssel? Steckte in der Zündung.

Einen Augenblick stand ich nur da, die Hosenbeine fielen mir über die nackten Füße, der Hosenanzug war schmutzig, die Achseln schweißnass. Und überlegte.

Konnte dieser Tag noch schlimmer werden?

Eine gedämpfte Stimme drang aus dem Auto. Andy

Grammer, der mit *Keep Your Head Up* einen Anruf auf meinem iPhone ankündigte. Fast hätte ich gelacht. Nur fast.

Meinem Chef Tim Larabee hatte ich gesagt, dass ich noch vor Mittag im Institut sein würde. Vom Jurorenzimmer aus hatte ich angerufen, um meine geschätzte Ankunftszeit auf 13 Uhr nachzudatieren. Auf meiner Uhr war es jetzt 14 Uhr. Larabee machte sich sicher Gedanken über die mumifizierten Überreste, die auf meine Untersuchung warteten.

Vielleicht war es gar nicht Larabee.

Ach, was soll's. Dass ich barfuß und aus meinem Auto ausgesperrt auf einem Parkdeck stand, wollte ich sowieso niemandem erzählen.

But you gotta keep your head up …

Genau.

Ich schaute mich auf dem Parkdeck um. Überall Autos. Nirgends Leute.

Die Scheibe einschlagen? Womit? Frustriert starrte ich das Glas an. Es warf mir das Bild einer wütenden Frau mit einer wirklich üblen Frisur zurück. Clever.

Das war es tatsächlich. Mein Blick wanderte über das Glas, das oben nicht mehr bündig mit dem Rahmen abschloss. Ein abgenutzter oder abgebrochener Zahn im Hebemechanismus, hatte Jimmy, mein Mechaniker, gesagt. Gefährlich. Die Lücke war so groß, dass ein Kerl einen Draht hindurchschieben und auf halbem Weg nach Georgia sein konnte, bevor man überhaupt merkt, dass das Auto geklaut ist.

Ernsthaft?, hatte ich gesagt. Einen zehn Jahre alten Mazda?

Ersatzteile, hatte er feierlich erwidert.

War ein Kleiderbügel zu viel verlangt? Ich ließ meinen Blick über den Abfall schweifen, der sich angesammelt hatte, wo der Betonboden des Parkdecks an die Rückwand stieß.

Steinchen, Plastikverpackungen, Aluminiumdosen. Nichts, was mich in mein Auto bringen konnte.

Vorsichtig auftretend ging ich an der Wand entlang. Obwohl die Blasen inzwischen aussahen wie Hackfleisch, stapfte ich, die Hosenränder über den dreckigen Beton schleifend, voran.

Im Institut mumifizierte Knochen, die minütlich älter wurden.

Bei all diesen Verzögerungen würde ich bis weit in den Abend im Institut des ME sein. Dann nach Hause zu einer gereizten Katze. Und in der Mikrowelle aufwärmen, was ich noch im Gefrierfach hatte.

But you gotta keep your…

Vergiss es.

Dann bemerkte ich zwei Meter vor mir ein Funkeln im Unrat. Hoffnungsvoll ging ich darauf zu.

Meine Beute war ein etwa sechzig Zentimeter langes Drahtstück, früher vielleicht wirklich einmal Teil eines zusammengebastelten Instruments, wie mir eins vorschwebte.

Nachdem ich schnell zum Mazda zurückgehumpelt war, bog ich das eine Ende zu einer kleinen Öse und schob den Draht durch Jimmys Lücke.

Mit beiden Händen, das Gesicht flach an die Scheibe gedrückt, versuchte ich, die Öse über den Knopf zu schieben. Jedes Mal wenn mir das Ding an der richtigen Position schien, zog ich den Draht scharf nach oben.

Ich war bei meinem zigtausendsten Versuch, als hinter mir eine Stimme dröhnte.

»Treten Sie von dem Fahrzeug zurück.«

Scheiße.

Den Draht fest mit einer Hand umklammernd, drehte ich mich um.

Ein uniformierter Parkwächter stand gut drei Meter von mir entfernt, die Füße gespreizt, die Handflächen erhoben und in meine Richtung gedreht. Sein Ausdruck wirkte nervös und angespannt.

Ich zeigte ihm ein, wie ich hoffte, entwaffnendes Lächeln. Oder wenigstens ein beruhigendes.

Der Wachmann erwiderte das Lächeln nicht.

»Treten Sie vom Fahrzeug zurück.« Der Kerl hatte blonde Haare und ein Gesicht, das fast so rot war wie meine Blasen. Ich schätzte ihn auf etwa achtzehn.

Jetzt hieß mein Lächeln: Ich bin ja auch zu blöd. »Ich habe mich aus meinem eigenen Auto ausgesperrt.«

»Ich muss Ihren Ausweis und die Zulassung sehen.«

»Meine Handtasche ist da drin. Der Schlüssel steckt in der Zündung.«

»Treten Sie vom Fahrzeug zurück.«

»Wenn ich das Schloss aufbekomme, kann ich Ihnen alles zeigen.«

»Treten Sie vom Fahrzeug zurück.« Was für ein enormes sprachliches Repertoire.

Ich tat, was er verlangte, ließ jedoch den Draht nicht los. Blondie bedeutete mir, noch weiter zurückzutreten.

Ich verdrehte die Augen und vergrößerte die Distanz. Ließ los. Der Draht fiel innen auf den Fahrersitz.

Ärger verdrängte meinen Entschluss, höflich zu bleiben.

»Hören Sie, das hier ist mein Wagen. Ich habe eben eine Jurorenanhörung hinter mir. Meine Zulassung und der Führerschein sind da drin. Ich muss dringend zur Arbeit. Ins Institut des Medical Examiner.«

Wenn ich gehofft hatte, dass der letzte Hinweis etwas bewirken würde, hatte ich mich getäuscht. Blondies Miene sagte, schmutzige, barfüßige Frau mit einem Einbruchswerkzeug. Gefährlich?

»Rufen Sie im Büro des ME an«, blaffte ich.

Ein kurzes Zögern. Dann: »Sie warten hier.«

Als würde bei mir ohne Schuhe und ohne Fahrzeug Fluchtgefahr bestehen.

Blondie eilte davon.

Wütend lehnte ich mich gegen den Mazda, trat von einem verletzten Fuß auf den anderen und blickte abwechselnd auf die Uhr und auf den Beton, in der Hoffnung, irgendwo mein Armband zu entdecken. Ich fing an, auf dem Parkdeck hin und her zu gehen. Schließlich hörte ich ein Motorengeräusch.

Sekunden später rollte ein weißer Ford Taurus die Auffahrt hoch.

Konnte dieser Tag noch schlimmer werden?

Er war es soeben geworden.

2

Erskine »Skinny« Slidell bremste neben mir, nahm seine nachgemachte Ray-Ban ab, ließ sein Fenster herunter und begaffte meine flatternden Hosenbeine, die verwüsteten Füße und die zerzauste Frisur. Ein Grinsen schob einen seiner Mundwinkel nach oben. Obwohl das Dezernat für Mord und Schwerverbrechen von Charlotte-Mecklenburg mehr als zwei Dutzend Detectives hat, lande ich immer bei Skinny. Und die Begegnungen sind immer Prüfungen meiner inneren Stärke.

Dabei ist Skinny kein schlechter Ermittler. Ganz im Gegenteil. Aber Skinny betrachtet sich selbst als »alte Schule«. In seiner Vorstellung bedeutet das Dirty Harry Callahan, Popeye

Doyle und Sergeant Friday. Ich habe Skinny Zeugen befragen sehen. Man erwartet da immer: »Nur die Fakten, Ma'am.« Aber Skinny ist keiner, dem jemals ein »Sir« oder »Ma'am« über die Lippen kommt.

Vor einigen Jahren war Eddie Rinaldi, Slidells Partner, bei einer Schießerei auf einem Bürgersteig ums Leben gekommen. Kein Mensch hatte Slidell die Schuld dafür gegeben. Bis auf Slidell selbst. Da man im Dezernat der Meinung war, Slidell könnte ein bisschen mehr kulturelle Aufgeschlossenheit vertragen, hatte man ihm eine hispanische Lesbe namens Theresa Madrid als Partnerin zugeteilt. Zur Überraschung aller kamen die beiden gut miteinander aus.

Erst kürzlich hatten Madrid und ihre Partnerin ein koreanisches Kleinkind adoptiert, und Madrid war in Mutterschutz gegangen. Vorübergehend arbeitete Slidell also allein. Was ihm gefiel.

»Aber holla.« Der Trottel sagte das tatsächlich.

»Detective –«

»Haben Sie jemanden sauer gemacht?«

Später kann ich vielleicht über diese Episode lachen. In diesem Augenblick sah ich nur unerfreuliche Alternativen vor mir. Mit dem Parkhaustrottel streiten. Zu einem Telefon latschen und dann auf den Automobilclub warten. Mich mit Slidell herumschlagen.

»Woher wussten Sie, dass ich hier bin?« Cool.

»Ich war bei Doc Larabee, als er einen Anruf erhielt.« Slidell beugte sich zur Seite und öffnete die Beifahrertür. »Steigen Sie ein.«

Ich nahm noch eine Lunge voll frischer Luft, bevor ich mich auf den Sitz gleiten ließ.

»Gütiger Himmel. Doc. Ich weiß nicht, ob ich in den letzten Jahren irgendjemanden in so verlottertem Zustand gesehen habe.«

»Sie sollten mehr unter die Leute gehen.«

»Was zum Teufel haben Sie denn –«

»Schlamm-Catchen. Fahren Sie da rüber.« Ich deutete zu meinem Wagen.

»Den Gegner möchte ich lieber nicht sehen.«

»Ich werd ein Video auf YouTube hochladen.« Ungeduldig deutete ich mit dem Finger auf den SUV.

Slidell fuhr in die Richtung.

»Stopp!« Ich hob die Hand. »Nein, hinter diesen Geländewagen.«

»Ich weiß, was passiert ist. Jemand hat Sie sich vorgenommen, weil Sie sein Auto aufbrechen wollten.«

»Wenn ich ein Auto aufbrechen könnte, wäre ich nicht hier.« Ich stieg aus. Die Blasen sahen aus wie zwei rote Augen, die mir ins Gesicht starrten.

Wenn das Armband nicht ein Geschenk von Katy gewesen wäre, hätte ich es als verloren abgeschrieben und mich aus dem Staub gemacht. Irgendwann werde ich es ihr wohl erzählen. Dann lachen wir. Vielleicht.

Ich zwängte mich zwischen mein Auto und das blaue Monster und suchte den Beton ab. Bingo. Das Armband lag in der Mitte unter den beiden beinahe aneinanderstoßenden Außenspiegeln, genau an der am wenigsten zugänglichen Stelle.

Ich zog den Bauch ein, drückte mich zwischen den Türgriffen nach unten und kauerte mich hin. Die Schulter so weit seitlich verdreht, wie es ging, streckte ich die Hand aus und bekam das Armband zu fassen. Dann richtete ich mich vorsichtig, um keine Alarmanlage auszulösen, wieder auf und ging auf den Taurus zu.

Slidell beobachtete meine Darbietung kommentarlos. Anscheinend hatte ich die Grenze zwischen amüsant und bemitleidenswert überschritten.

Ich stieg ein und knallte die Tür zu.

»Wohin?«

»Ins Institut des ME.« Ich befestigte mir das Kettchen wieder am Handgelenk.

»Ich fahre aber auch gerne bei Ihnen zu Hause vorbei.«

»Mein Hausschlüssel ist in meiner Handtasche. In meinem Auto.«

»Schuhgeschäft?«

»Nein, vielen Dank.« Kurz angebunden.

»Kein Problem. Ich muss sowieso wieder dorthin zurück.«

Ich hätte fragen können, warum. Stattdessen saß ich da, starrte zum Seitenfenster hinaus und konzentrierte mich darauf, die olfaktorischen Hinterlassenschaften von Slidells Vorliebe für Frittiertes mit zu viel Fett zu ignorieren. Von Kaffee, auf dem weiße Schimmelkolonien prangten. Von verschwitzten Turnschuhen und ölfleckigen Kappen. Von schalem Zigarettenrauch. Von Skinny selbst.

Aber ich selbst war ja auch nicht gerade wohlriechend.

Slidell verließ das Parkdeck, fuhr auf die East Trade und wechselte auf die linke Spur.

Ein paar Minuten vergingen schweigend. Dann:

»Wer hat Wuschel um die Ecke gebracht, hm?«

Ich hatte keine Ahnung, wovon er redete.

»Wer hat den Köter gekillt?«

Klasse. Slidell wusste also über meine Mumienbündel Bescheid. Frisches Wasser auf die Witzmühle.

»Wer hat den …«

»Ich wurde gebeten, vier eingewickelte, mumifizierte Körper zu untersuchen, um nachzuweisen, dass sie nicht menschlich sind. Sollte das der Fall sein, werden Archäologen das Material datieren, authentifizieren und dann weiterschicken nach … irgendwohin.«

»Warum ist dieser Wurf toter Chihuahuas –«

»Die Bündel kommen aus Peru, nicht Mexiko.«

»Ja, klar. Also, wie kommt's, dass die Köter eine ME-Behandlung kriegen?«

»Zollbeamte haben sie am Flughafen beschlagnahmt. Irgendeinem Holzkopf wird vorgeworfen, sie ins Land geschmuggelt zu haben. Der illegale Import von Antiquitäten ist ein Verbrechen, müssen Sie wissen.«

»Jaja.« Und nach einer Weile beiderseitigem Schweigen: »Der alte Dom Rockett wurde vom FBI eingebuchtet.«

Obwohl ich neugierig geworden war, wartete ich, weil ich wusste, dass Slidell weiterreden würde.

»Dom Rockett, Folkore-Schnickschnack aus der ganzen Welt.«

»Aus der ganzen Welt?« Ich konnte nicht anders.

»Vorwiegend Südamerika. Unsere Amigos da unten haben genug Schnickschnack für die ganze Welt.«

Offensichtlich hatte Slidell etwas gegen fairen Handel.

»Wertlose Armbänder, Ringe und jede Menge Kram, den man sich um den Hals hängen kann. Wollschals von der Lama-Mama, Wandteppiche. Flöhe aus Übersee.«

»Sie sind ein Poet, Detective.«

»Angeblich glaubt das ICE, dass Rockett seinen Horizont erweitern, sich vielleicht auf wirkliche Antiquitäten verlegen will.« ICE hieß United States Immigration and Customs Enforcement und war die Behörde zur Durchsetzung von Einwanderungs- und Zollbestimmungen der Homeland

Security, also des Heimatschutzministeriums. »Nicht angemeldete Antiquitäten.«

Ich sagte nichts.

»Würde mich nicht überraschen. Der Kerl ist Abschaum.«

»Sie kennen ihn?«

»Ich weiß einiges über ihn. Abschaum erkennt Abschaum.«

Ich fragte nicht, was er damit meinte.

»Können Sie die Frischluft höher drehen?«

»Bekommen Sie dann keine kalten Füße?« Ohne die Miene zu verziehen.

Ich warf Slidell noch einen warnenden Blick zu. Was nichts brachte, weil seine Ray-Ban auf die Straße gerichtet war.

Slidell streckte die Hand aus, legte einen Schalter um und schlug dann mit den Handballen gegen das Armaturenbrett. Ein blaues Lämpchen sprang flackernd an, und laue Luft strömte aus den Lüftungsschlitzen.

»Wenn das stimmt, was Sie sagen, dann könnte Rockett ja mit dem Gedanken gespielt haben, die Mumienbündel an ein Museum zu verkaufen«, sagte ich. »Oder an einen privaten Sammler.«

»Ich bin mir sicher, das ICE wird sich eingehend mit seinen Ambitionen beschäftigen. Scheiße bleibt an jedem hängen, der sich mit ihm einlässt.«

Hinter der I-77 schwenkte die West Trade zuerst nach Westen, dann wieder nach Osten. Slidell nahm die Kurve so schnell, dass im Fond Papiertüten und Fast-Food-Kartons über den Boden schlitterten. Ich stellte mir längst verschlungene Fressalien vor. Panierte Hähnchen? Grillfleisch? Überfahrene Tiere?

Schließlich setzte sich meine Neugier durch.

»Was hatten Sie bei Larabee zu tun?«, fragte ich.

»Heute Morgen kam ein Fahrerfluchtopfer herein. Weiblich. Kein Ausweis.«

»Alter?«

»Alt genug.«

»Soll heißen?« Mein Ton schärfer als beabsichtigt.

»Mittlerer bis älterer Teenager.«

»Abstammung?«

»Illegale Latina. Da können Sie Gift drauf nehmen.«

»Kein Ausweis, aber Sie wissen wie aus Zauberhand, dass das Mädchen Latina ist und deshalb nicht registriert?«

»Sie war ohne Ausweis und ohne Schlüssel unterwegs.« So wie ich, dachte ich, sagte es aber nicht.

Sekunden vergingen.

»Wo wurde sie gefunden?«

»An der Kreuzung Rountree und Old Pineville Road, südlich von Woodland. Doc Larabee schätzt den Todeszeitpunkt auf irgendwann zwischen Mitternacht und Morgengrauen.«

»Was wollte sie da draußen?« Ich dachte laut.

»Was denken Sie?«

Ich dachte, dass die Old Pineville Road schon bei Tag eine verlassene Gegend war, von nachts ganz zu schweigen. Es gab einige kleine Geschäfte, aber keins, das für ein Teenagermädchen interessant sein könnte.

»Irgendwelche Zeugen?«

Slidell schüttelte den Kopf. »Ich werde mich ein bisschen in der Gegend umhören, sobald ich bei Doc Larabee fertig bin. Ich vermute, sie war da anschaffen.«

»Wirklich?«

Slidell hob eine fleischige Schulter.

»Eine nicht identifizierte Teenagerin, mehr wissen Sie nicht.

Aber für Sie ist sie sofort eine Illegale, die auf den Strich geht. Ist das Detektivarbeit im Schnelldurchgang?«

Er murmelte irgendwas.

Ich verdrängte ihn aus meinen Gedanken. Nach all den Jahren habe ich inzwischen einige Übung darin.

Meine grauen Zellen lieferten eine Collage von Bildern. Ein junges Mädchen alleine im Dunkeln auf einer leeren zweispurigen Straße. Scheinwerfer. Der Aufprall einer Stoßstange.

»... Story?«

»Was?«

»Erinnern Sie sich an John-Henry Story?«

Der Themenwechsel verblüffte mich. »Das Flammenopfer im letzten April?«

Vor sechs Monaten hatte ich nach einer Explosion auf einem Flohmarkt mit anschließendem Brand fragmentarische Überreste untersucht. Ich war zu dem Schluss gelangt, dass das Opfer weiß, männlich und zwischen fünfundvierzig und sechzig Jahre alt war. Das Bioprofil passte auf John-Henry Story, den Besitzer des Marktes. Story hatte Zeugen erzählt, dass er dorthin wollte, und war seitdem nicht mehr gesehen worden. Bei den Knochen wurde auch persönlicher Kram gefunden. Ein Handy? Brieftasche? Uhr? Ich konnte mich an die Details nicht mehr erinnern.

Obwohl die Identifizierung ausschließlich auf Indizien beruhte, hatte der ME entschieden, dass sie ausreichend war. Brandermittler hatten Proben genommen und untersucht, aber die Scheune war so alt und die Zerstörung so total, dass eine Brandursache nicht mehr eindeutig festgestellt werden konnte.

Storys Tod hatte Schlagzeilen gemacht. Ein prominenter Geschäftsmann, verbrannt in einem Gebäude mit ungenügendem Alarm- und Sprinklersystem. Die Medien hatten sich auf das Thema öffentliche Sicherheit auf nicht genügend reglementierten Märkten und Waffenmessen gestürzt. Doch schließlich wandte sich die Presse etwas anderem zu, der Aufschrei verklang, und Storys Flohmarkt wurde woanders wiedereröffnet.

»Jaja.« Slidells Lieblingsäußerung. Sie machte mich wahnsinnig.

Jahrelang war der Mecklenburg County Medical Examiner an der Ecke 10th und College untergebracht, in einem Backsteingebäude, das früher ein Sears-Gartencenter war. Jahrelang hatten die Stadtväter von einem Standortwechsel gesprochen. Jahrelang war nichts passiert. Doch dann kam, wie durch ein Wunder, Bewegung in das Vorhaben.

Zu Kosten von acht Millionen Dollar wurde auf einem Regierungsgrundstück in einem Industriegebiet nordwestlich des Zentrums ein Ersatzbau errichtet. Mit einer Nutzfläche von fast 1600 Quadratmetern ist das neue Gebäude viermal so groß wie das alte. Epoxy-Böden, Corian-Wände, Edelstahl, wohin man blickt. Anstatt nur zwei können die Pathologen jetzt simultan vier Autopsien durchführen. Zur neuen Ausstattung gehören auch zwei Räume für Untersuchungen, bei denen aufgrund von Verwesung oder potenzieller Kontamination eine spezielle Behandlung notwendig ist.

Die Stinker. Meine Art von Fällen.

Und das Funkelnagelneue ist konsequent ökologisch. Hochkomplexe Energieerhaltungssysteme. Topmoderne Klima- und Heizanlage mit bis zu einen Meter breiten Luftschächten. Obwohl alle Arbeit im Erdgeschoss stattfindet, erhielt ein Teil des Gebäudes ein Obergeschoss, um die ganze Technik unterzubringen.

Und doch ist die Atmosphäre einigermaßen friedlich. Die Büros und die öffentlichen Bereiche sind in sanften Blau- und Erdtönen gehalten. Die Fenster sind groß und haben Sonnenblenden und intelligente Lichtführung, um eine maximale Tageslichtaufnahme und minimale Blendung zu gewährleisten.

Mit anderen Worten, unser neuer Laden ist der Hammer.

Ich wartete, während Slidell durch das schwarze Sicherheitstor fuhr, die Fahnenmasten umrundete und eine Parklücke gefunden hatte. Er stellte den Motor ab und legte den Arm über die Rückenlehne, was eine Woge Geruch in meine Richtung schickte. Dann wandte er sich mir zu.

»John-Henry Story hat diverse Unternehmungen überall in den Countys Mecklenburg und Gaston. *Story Motors. Story Storage* –«

J.-H. Story – Wir haben für jeden ein sicheres Lager. Der grässliche Slogan kam mir unverlangt wieder in den Sinn. Es war eine nervtötende, aber sehr effektive Werbekampagne gewesen.

»– *John-Henry's Tavern.* Die Liste ist länger als der Schwanz meines Hundes.«

»Sie haben einen Hund?«

»Wollen Sie die Geschichte hören?«

»Storys Tod wurde als Unfall eingestuft. Wieso kommen Sie jetzt auf ihn?«

Slidell fixierte mich mit einem theatralischen Blick, während er in sein Sakko griff. Das senffarben und braun war. Mit einer schnellen Bewegung zog er einen Ziploc-Beutel aus der Brusttasche seines Hemds. Das einen Orangeton hatte, den man wahrscheinlich Melone nannte.

Ich verkniff es mir, die Augen zu verdrehen, während ich mich zur Seite beugte, um mir den Inhalt des Beutels anzusehen.

Und spürte, wie meine Augenbrauen vor Überraschung in die Höhe gingen.

3

Die Sonne glitzerte auf dem Plastik zwischen Slidells Daumen und Zeigefinger.

Ich wartete auf eine Erklärung.

»Das Opfer hatte eine Handtasche. Kreischend pink, nur so groß wie ein Burger, Nuttenriemchen.«

»Ich trage auch eine Schultertasche.« Slidells Sarkasmus machte mich wie üblich reizbar. Wie auch seine vorschnelle Schlussfolgerung, das Unfallfluchtopfer sei eine Prostituierte.

»Leuchtend pink? Geformt wie eine gottverdammte Comickatze?«

»Sind Sie sicher, dass es ihre war?«

»Das Ding lag im Gestrüpp, drei Meter von der Leiche entfernt. Hatte noch nicht lange dort gelegen. Wir untersuchen sie noch nach Fingerabdrücken. Aber ja, ich bin sicher, dass es ihre war.«

»Das war in der Handtasche?« Ich deutete auf das Objekt in der Tüte.

»Zusammen mit einem komm-fick-mich-roten Lippenstift.«

»Bargeld?«

»Ein Zehner und zwei Einer. Lose. Einfach nur reingestopft.«

»Sonst noch was?«

»Nada … bis auf.« Er wedelte mit dem Tütchen. Der Erstaunliche Slidell, Zauberer von Mecklenburg.

Ich nahm die Tüte und schaute mir das Plastikrechteck darin genau an, denn ich war sicher, dass ich die winzigen schwarzen Buchstaben auf der Oberseite falsch gelesen hatte.

Hatte ich nicht.

»Was soll ich damit?«

»Dachte, es interessiert Sie vielleicht.«

Die gelb-braune US Airways Club Card hatte eine Gültigkeit bis Februar des folgenden Jahres. Das Konto lief auf den Namen John-Henry Story.

»Sie hatte John-Henry Storys Fluglinien-Clubkarte?«

Slidell nickte.

»Wie kam sie dazu?«

»Intelligente Frage, Doc. Und hier ist noch eine. Story ist vor sechs Monaten verbrannt. Wo war das Plastik in der Zwischenzeit?«

Das ergab keinen Sinn.

»Die Sache ist die, Story stirbt, aber seine Karte lebt weiter. Nur in einer Art Dämmerschlaf«, sagte Slidell. »Ich habe es kontrolliert. Zum letzten Mal wurde die Karte sechs Wochen vor dem Feuer benutzt.«

»Wohin flog er?«

»Daran arbeite ich noch.«

»War irgendjemand bei ihm?«

»Ein Gast.«

»Das Mädchen?«

»Diese Information wird nicht gespeichert.«

Slidell zog noch eine Ziploc-Tüte aus seiner Tasche. »Und das war auch noch in ihrer Handtasche.«

Ich betrachtete den Papierfetzen durch das Plastik. Darauf stand gekritzelt: *Las clases de Inglés. Saint Vincent de Paul Catholic Church.*

Ich schaute Slidell an. Er schaute mich an und zuckte die Achseln.

Ich wollte meine Habseligkeiten zusammenraffen, bevor ich aus dem Taurus stieg, aber natürlich hatte ich keine Habseligkeiten. Keine Schuhe, keine Handtasche, weder Haus- noch Autoschlüssel, kein Handy, kein Bargeld, keine Karten.

Zu einer anderen Zeit hätte ich Katy anrufen und sie um die Ersatzschlüssel bitten können, die sie für mein Haus aufbewahrt.

O Gott. Katy.

»Hören Sie, danke, dass Sie mich hergefahren haben. Ich –«

»Sie sind mir was schuldig? Machen Sie sich darüber jetzt keine Gedanken.«

Jetzt? Klasse.

Ich zog die Hosenbeine hoch, schwang mich aus dem Taurus und eilte zur Eingangstür. Über den glatten Asphalt zu laufen war so ziemlich die größte Freude, die ich den ganzen Tag erlebt hatte. Ich blieb einen Augenblick stehen und genoss den kühlenden Stein.

In meinem Büro warteten Laborkluft und vernünftige Schuhe. Bald würde ich einigermaßen präsentabel sein.

Wie schon Slidell würde mein Erscheinungsbild die Leute drinnen weniger schockieren als amüsieren. Ich war schon schlimmer aussehend und riechend aufgetaucht.

Bis auf Mrs. Flowers. Sie würde ihr Missfallen durch eine minimale Augenverengung und ein hastiges Neuordnen ihres bereits penibel ordentlichen Schreibtisches kundtun.

Ich nickte Mrs. Flowers durch das Rezeptionsfenster zu. Nachdem sie mich eingelassen hatte, winkte sie mich mit einer Fingerbewegung zu sich.

Obwohl Mrs. Flowers einen Vornamen hatte – Eunice –, war sie nach meinem Wissen noch nie anders als mit Mrs. Flowers angesprochen worden. Der Namen passt so gut zu ihr, dass ich mich manchmal frage, ob sie einen Verehrer namens Smith oder Gaspard geheiratet hat. Sie ist eine Pfingstrose von einer Frau, mit einer vollen Figur und einer Haut, die sie offensichtlich seit Kindertagen verwöhnt. Der einzige Makel dieser perfekten Haut? Mrs. Flowers' Farben in Gegenwart des anderen Geschlechts.

Trotz ihres unangebrachten Farbenspiels hat Mrs. Flowers die Fähigkeit, jedes Dokument archiviert und zugriffsbereit, jeden Bericht getippt, geprüft und sofort verfügbar zu halten, daneben den Telefondienst zu machen und die Besucher, die sich an ihrem Fenster zeigen, gezielt weiterzuleiten. Bei einem Personal aus drei Pathologen, zahlreichen Todesermittlern, gelegentlichen externen Beratern und meiner Wenigkeit ist das eine ziemliche Leistung.

»Ach du meine Güte.« Mrs. Flowers' erhobene Hand sank auf ihre gelbe Seidenbluse.

»Das ist eine lange Geschichte«, sagte ich. Sollte heißen, fragen Sie lieber nicht.

Eine sorgfältig gezupfte Augenbraue wanderte leicht in die Höhe, aber dabei beließ sie es.

»Dr. Larabee möchte Sie sehen.« Eine Stimme so südlich wie *Vom Winde verweht*. »Er ist im großen Autopsiesaal.«

»Danke.«

Zwei kleine Gänge, von den Erfindern Biovestibüle genannt, verbinden die Verwaltungs- und Öffentlichkeitsbereiche mit dem Autopsiebereich. Ich ging den einen hinunter und blieb kurz vor der Anschlagtafel stehen.

Vier neue Fälle. Ein Unfall mit einem einzelnen Fahrzeug in der Nähe des Optimist Park an der N. Davidson Street, ein älterer Fahrer, D.O.A., wie es so schön kurz heißt für *dead on arrival* – tot bei Ankunft – im Carolinas Medical Center. Eine Sechzehnjährige mit einer Schusswunde im Kopf, neben einem Müllcontainer am Shamrock Drive tot aufgefunden. Die peruanischen mumifizierten Überreste, die auf meine Untersuchung warteten. Und das junge Opfer der Fahrerflucht von der Old Pineville Road.

Slidells Unbekannte.

Ich stellte mich vor der Damentoilette an, ließ meinen Haaren und meinem schmutzverkrusteten Gesicht die größtmögliche Interimspflege angedeihen und ging dann in den Umkleideraum, um Laborkluft anzulegen. Schließlich noch ins Büro, wo ich mir Pflaster, Antiseptikum und die Nikes holte, die immer unter meinem Garderobenständer stehen. Zehn Minuten nach meinem Eintreffen war ich bereit für den Einsatz.

Als ich die Tür zum großen Autopsiesaal aufstieß, stand Tim Larabee neben einem der beiden Edelstahltische. Er schnitt oder wog nicht, diktierte nicht, schaute sich die Überreste nicht einmal an.

Wollte er sie vor mir abschirmen? Vor Slidell? Vor den vielen anderen, die sie befingern und fotografieren, analysieren und sezieren würden?

Komischer Gedanke. Aber wahr. Das kalte Verfahren hatte begonnen. Und ich würde daran teilnehmen.

Röntgenaufnahmen leuchteten vor den Lichtkästen an einer der Wände. Schädelaufnahmen. Und eine Ganzkörperserie.

Auf einer Arbeitsfläche stand ein Paar Stiefel. Hellbraunes Vinyl, mit hohen Absätzen und roten und blauen Blumen an den Flanken. Die Sohlen schlammverklebt. Billig.

Und klein. Vielleicht Größe fünfunddreißig. Winzige Füße in Stiefeln für ein sehr erwachsenes Mädchen.

An einem Trockengestell hingen Kleidungsstücke. Eine rote Bluse. Ein Jeans-Minirock. Weißer Baumwollslip mit hellblauen Punkten.

Slidell stand neben dem Ständer, die Füße gespreizt, die Hände zu einem V über den Genitalien zusammengelegt. Er schaute sich weder die Kleidung noch die Leiche an. Und reagierte nicht auf mein Eintreten.

Wieder spürte ich Verärgerung in mir aufsteigen, unterdrückte sie aber, als ich in den Wissenschaftsmodus schaltete. Die oberste Regel: Vorgefasste Meinungen ausschalten. Kein Verdacht, keine Angst, keine Hoffnung, was das Ergebnis angeht. Beobachte, wiege, messe und zeichne auf.

Zweite Regel: Emotionen ausschalten. Heb dir Trauer, Mitleid und Entrüstung für später auf. Wut und Kummer können zu Irrtümern und Fehlurteilen führen. Fehler helfen deinem Opfer nicht.

Und trotzdem. Ich schaute mir das gequetschte und verzerrte junge Gesicht an, und nur einen Augenblick lang stellte ich mir das Mädchen lebendig vor, wie sie sich ihr pinkfarbenes Kätzchentäschchen über die Schulter hängte. Die Riemchen rutschten, weil das bisschen Zeug darin nichts wog.

Ein dunkler Straßenabschnitt.

Ein hämmerndes Herz.

Scheinwerfer.

Weißer Baumwollslip mit hellblauen Punkten. Die Art, die Katy in der Middleschool bevorzugt hatte.

»Hat Slidell Sie ins Bild gesetzt?«

Larabees Frage holte mich aus meinen Gedanken zurück.

»Unfall mit Fahrerflucht. Noch nicht identifiziert.«

»Schauen Sie mal.« Larabee ging zu den Lichtkästen. Sein Gesicht wirkte hager und abgespannt, und das bei einem obsessiven Langstreckenläufer ohne jegliches Körperfett und mit Wangenhöhlungen so tief wie Ozeangräben.

Ich stellte mich neben ihn. Er zog einen Kugelschreiber aus der Brusttasche seines Labormantels und deutete auf einen Defekt etwa in der Mitte des linken Schlüsselbeins.

Und auf die dritten und vierten Rippen darunter.

Dann trat er vor das nächste Foto und fuhr mit dem Stift den Arm entlang, über Oberarmknochen, Elle und Speiche, dann die Hand.

»Ja«, sagte ich auf seine unausgesprochene Frage.

Zu einer Vorder- und Hinteransicht des Schädels. Einer Seitenansicht.

Eine kalte Faust umklammerte meine Eingeweide.

Wortlos kehrte ich zu der Leiche zurück.

Das Mädchen lag auf dem Rücken. Larabee hatte den Y-Schnitt noch nicht gesetzt, und abgesehen von den Quetschungen, Abschürfungen und Deformationen aufgrund der Brüche hätte das Mädchen auch schlafen können. Die Haare, die sich um ihren Kopf ausbreiteten, waren lang und blond, eine Strähne wurde zusammengehalten von einer Haarspange in Form einer Katze. Pink. Wie kleine Mädchen sie mögen.

Konzentrier dich.

Ich streifte Handschuhe über und untersuchte das verwüstete und gespenstisch blasse Fleisch. Es fühlte sich unter meinen Fingern kalt an. Ich betastete den Arm, die Schulter, die Hand, den Bauch und spürte die darunterliegenden Schädigungen, die auf den Röntgenbildern schwarz und weiß leuchteten.

»Können wir sie bitte umdrehen?« Meine Stimme zerriss die Stille.

Larabee stellte sich neben mich. Gemeinsam drückten wir ihr die dünnen Arme dicht an den Körper und drehten sie an Schultern und Hüften.

Mein Blick wanderte das zarte Rückgrat und den kleinen Hintern entlang. Registrierte die Reifenprofilspuren auf den schmerzhaft dünnen Oberschenkeln.

Die Faust packte fester zu.

»Was ist das?« Ich fuhr mit dem Finger über eine Verfärbung auf der rechten Schulter des Mädchens. Die Quetschung war etwa dreizehn Zentimeter lang und wirkte wie eine Reihe von Spritzern.

»Hämatom«, sagte Larabee.

»Das ist eine strukturierte Verletzung«, sagte ich. »Irgendeine Vorstellung, was sie verursacht haben könnte?«

Larabee schüttelte den Kopf.

Ich schaute Slidell an. Er erwiderte den Blick, sagte aber nichts.

»Kann ich die Tatortfotos sehen?« Während ich die Handschuhe auszog und nicht besonders sanft in den Mülleimer warf.

Larabee holte einen Stapel Aufnahmen von der Arbeitsfläche und gab sie mir. Foto um Foto betrachtete ich die öde Stelle, wo das Mädchen ihre letzten Augenblicke erlebt hatte.

Die Fotos erzählten alle dieselbe Geschichte.

Es war kein Unfall gewesen.

Das Mädchen war ermordet worden.

4

»Ermordet?« Slidells Bellen hallte von dem uns umgebenden Edelstahl und Glas wider.

»Rein juristisch würde dies einen Vorsatz bedeuten«, sagte Larabee.

»Vergessen Sie die juristischen Definitionen.« Ich deutete heftig auf die verwüstete Leiche. »Irgendein Mistkerl hat dieses Mädchen umgebracht.«

»Wovon zum Teufel reden Sie?« Slidells verwunderter Blick wanderte zwischen Larabee und mir hin und her.

Ich winkte Slidell zu der Röntgenaufnahme der linken Armknochen. Larabee kam dazu und bot mir seinen Stift an. Ich nahm ihn und deutete auf den Oberarmschaft, etwa zehn Zentimeter unterhalb des Schultergelenks.

»Sehen Sie diese dunkle Linie?«

»Ein gebrochener Arm heißt doch nicht, dass das Mädchen umgebracht wurde.« Slidell starrte das grau-weiße Bild an, und seine ohnehin argwöhnische Miene zusätzlich von Zweifel zerfurcht.

»Nein, Detective. Das heißt es nicht.« Ich deutete auf die Hand. »Beachten Sie die medialen und distalen Phalangen.«

»Kommen Sie mir nicht mit Ihrem Fachchinesisch, Doc.«

»Die Fingerknochen.«

Slidell beugte sich vor und studierte die erleuchteten Fragmente an der Spitze meines Stifts.

»Die mittleren Phalangen sollten aussehen wie kleine Röhren, die distalen wie winzige Pfeilspitzen. Sie liegen unter den Fingerspitzen.«

»Sehen aus wie Sägespäne.«

»Die Knochen wurden zerquetscht.«

Slidell machte in seiner Kehle ein Geräusch, das ich lieber nicht interpretierte.

Ich ging zur Röntgenaufnahme des Schädels.

»Es gibt keine Schädelfrakturen. Aber beachten Sie die Mandibula, vor allem die mentale Protuberanz.« Die Erklärung der Weichgewebeverletzungen wollte ich Larabee überlassen.

Slidell pfiff Luft durch die Lippen.

»Das Kinn«, erklärte ich.

»Warum nennt man das mental, wenn das Hirn doch oben ist?«

»Manche Leute denken mit ihrem Mund.«

Larabee lächelte. Fast. Mein Sarkasmus zeigte bei Slidell durchaus Wirkung.

»Gut.« Seine Skepsis ließ ihn schroff klingen. »Ihr Kinn ist gebrochen, der Arm ist gebrochen, und die Finger sind zerquetscht. Wie ergibt sich daraus Mord?«

»Die Profilspuren auf ihren Oberschenkeln sagen uns, dass der Tod durch ein Fahrzeug verursacht wurde. Aber das ist kein normaler Unfall mit Fahrerflucht. Das Opfer stand nicht am Straßenrand. Es ist nicht getrampt. Hat nicht auf dem Bankett auf einen Freund gewartet, der sie abholen kommt. Sie wurde genau in den Rücken getroffen.«

Larabee nickte zur Bestätigung der Schlussfolgerung, die er selbst schon getroffen hatte, aber erst noch aussprechen musste.

Slidell starrte weiter die Aufnahme an.

»Stellen Sie sich Folgendes vor«, sagte ich. »Sie geht, vielleicht läuft sie sogar. Ein Auto kommt von hinten auf sie zu. Vielleicht versucht sie davonzulaufen. Vielleicht nicht. So oder so, das Auto pflügt ihr von hinten in die Beine.«

Slidell sagte nichts. Larabee nickte wieder.

»Sie knallt hart auf den Boden, die Arme ausgestreckt. Ihr Kinn kracht auf den Asphalt. Sie gerät unter das Chassis. Die linken Reifen überrollen ihre linke Hand, zerquetschen ihr die Finger.«

»Sind Sie sicher?«

Ich deutete auf Larabee.

»Ein Fußgänger, der von einem Fahrzeug angefahren wird, prallt typischerweise auf die Windschutzscheibe oder wird seitlich und nach außen weggeschleudert, wodurch Verletzungen des Kopfes, des oberen Torsos oder der Beine entstehen«, sagte er. »Dieses Opfer hier hat keine Schädel- oder Brustkorbverletzungen, die bei einem Aufprall auf die Windschutzscheibe oder einer schnellen nach links oder rechts gerichteten Verzögerung definitiv vorhanden wären.«

Slidell wirkte noch immer nicht überzeugt.

Ich nahm die Tatortfotos zur Hand, wählte zwei aus und gab sie ihm. Er betrachtete beide, atmete dann langsam durch die Nase aus.

»Keine Schlitterspuren.«

»Genau. Der Fahrer trat nie auf die Bremse.«

»Verdammt.«

Ich wandte mich Larabee zu.

»Sie schätzen das PMI auf sieben bis zehn Stunden?« Ich fragte nach dem postmortalen Intervall, der Zeit ab dem Eintritt des Todes.

»Um sicherzugehen. Die Leiche kam heute Morgen kurz nach neun hier an. Die Lufttemperatur sank gestern Nacht auf neun Grad. Es waren schon Leichenflecken da, aber sie ließen sich noch wegdrücken. Rigor –«

»Moment, Moment. Nicht so schnell, Doc.« Slidell zog

einen Stift und einen kleinen Spiralnotizblock aus der Tasche und fing an, sich Notizen zu machen.

Larabee deutete auf die Leiche. »Sehen Sie die purpurrote Sprenkelung auf ihrem Bauch, den Vorderseiten der Oberschenkel, den Unterseiten der Arme und auf der rechten Gesichtshälfte?«

Slidell hob kurz den Kopf und schrieb weiter.

»Diese Verfärbungen nennt man Leichenflecken. Verursacht werden sie dadurch, dass das Blut sich auf der Unterseite der Leiche sammelt, sobald das Herz aufhört zu schlagen. Als ich den Daumen ins Fleisch drückte, wurden die Gefäße beiseitegeschoben, sodass ein Bereich der Blässe entstand.«

Slidell verzog den Mund.

»Ein weißer Fleck«, erklärte Larabee. »Nach etwa zehn Stunden hätten sich die roten Blutzellen und die Kapillaren genügend zersetzt, sodass man die Leichenflecken nicht mehr hätte wegdrücken können.«

»Und Rigor ist, wenn eine Leiche steif wird.« Slidell sprach es wie *Rigger* aus.

Larabee nickte. »Als die Leiche eintraf, war der Rigor mortis in den kleinen Muskeln bereits vollständig ausgeprägt, aber nicht in den großen. Ihr Kiefer war steif, aber Knie und Ellbogen konnte ich noch bewegen.«

»Als sie hierherkam, war sie also mehr als sieben Stunden tot, aber weniger als zehn.« Slidell rechnete die Zeit im Kopf nach. Das dauerte eine Weile. »Also irgendwann zwischen elf und zwei.«

»Es ist keine präzise Wissenschaft«, sagte Larabee.

»Was ist mit dem Mageninhalt? Nachdem Sie sie aufgeschnitten haben.«

»Achtundneunzig Prozent ihrer letzten Mahlzeit hätten

ihren Magen nach sechs bis acht Stunden Verdauung passiert. Mit etwas Glück finde ich ein paar Fragmente, Mais, vielleicht Tomatenhäute, in einer Falte ihrer Darmschleimhaut. Ich sage Ihnen Bescheid.«

»Was ist mit Glaskörperflüssigkeit?« Ich fragte nach einer Flüssigkeit, die dem Auge entnommen werden kann. »Können Sie die auf Kalium testen?«

»Ich habe eine Probe entnommen, aber das wird die Zeitspanne nicht wirklich eingrenzen.«

»Wie nahe war sie an den Schienen der Stadtbahn?«, fragte ich Slidell.

»Sie lag auf dem Bankett, auf der den Schienen gegenüberliegenden Seite.«

»Wie oft fährt zu dieser Zeit ein Zug durch?«

»Der letzte fährt um kurz nach eins. Der nächste erst wieder um fünf.«

»Was ist mit Metallpartikeln?«, fragte ich Larabee. »Oder Öl? Haben Sie irgendwelche Ablagerungen auf ihrer Haut oder ihren Haaren gefunden? Auf der Kleidung?«

Er schüttelte den Kopf. »Es ist unwahrscheinlich, dass Partikel so weit durch die Luft spritzen, aber ich kontrolliere das noch einmal. Woran denken Sie?«

»Das Vorhandensein oder Nichtvorhandensein von Zugablagerungen könnte den Zeitrahmen weiter eingrenzen.«

Larabee breitete zwei sehnige Hände aus, die Innenflächen nach außen. »Einen Versuch ist es wert.«

Ich wandte mich wieder an Slidell. »Wie wurde sie gefunden?«

»Kurz nach sieben kam ein Anruf rein. Lehrerin auf dem Weg zur Arbeit. Hat was gesehen, das sie für eine Kleiderpuppe hielt, und fuhr an den Rand, weil sie dachte, sie könnte das Ding für eine Schulaufführung benutzen. Hat dann ihre Cornflakes ausgespuckt und 911 gewählt.«

Ich nahm die Tatortfotos zur Hand und arbeitete mich durch eine Reihe von Aufnahmen, die aus einer gewissen Distanz der Leichenfundstelle immer näher kamen.

Die ersten zeigten ein Straßenstück, das dem in meiner Vorstellung ziemlich ähnlich war. Rechts warfen die erhöhten Gleise der Stadtbahn im tiefen Licht der Morgendämmerung lange Schatten über Böschung, Bankett und Straßenbelag.

Links, vielleicht achtzig Meter von dem gelben Absperrband entfernt, das die Leiche umgab, stand ein kleines Gebäude mit Stuckverzierung und einem Kiesparkplatz davor.

»Was ist das?«

»Ein Laden für Partybedarf. Steht seit Monaten leer.«

»Und das?« Ich deutete auf ein einstöckiges, fensterloses Gebäude.

»Irgendein Laden, der Lagerraum für privat vermietet.«

Die nächsten Fotos näherten sich der Leiche und der unmittelbaren Umgebung. Von Westen her mündete die Rountree Road ein. Die Old Pineville verlief von Süden nach Norden. Auf Letzterer lag einer der Vinylstiefel. Mein Blick wanderte über den Asphalt.

Parallel zum rechten Bankett verlief ein Streifen aus Gras und Fuchsschwanz, der dort, wo das Gelände sich zu einem Graben neben der Stützmauer der Stadtbahn absenkte, in Gestrüpp überging.

Gegenüber auf der Rountree bemerkte ich einen unregelmäßigen Erdfleck und eine Ansammlung verspritzter loser Steine auf dem Kiesbankett, etwas, das aussah wie ein zerdrückter Pappbecher und eine Bierdose. Weiße Spitzen lugten aus dem Gestrüpp hervor. Abfall?

»Glauben Sie, dass da irgendwas Nützliches sein könnte? Fingerabdrücke auf Becher oder Dose? Irgendwas im Abfall?«

Slidell leckte sich den Daumen, blätterte um und schrieb in sein Notizbuch.

Auf den nächsten Aufnahmen war das Mädchen mit einer roten Wolldecke bedeckt, eine Ecke ihres Rocks und ein Bein lugten links daraus hervor. Das Bein stand in einem unnatürlichen Winkel von der Hüfte ab. Daneben, doch nicht am Fuß, lag der andere Stiefel.

Die Erhebung unter der Decke sah erbarmungswürdig klein aus. Als ich den Umriss absuchte, sah ich, dass das andere Bein gerade war, der Fuß jedoch unnatürlich in Richtung des Kopfes geknickt. Ein Arm schien ausgestreckt zu sein. Die Position des anderen war nicht zu erkennen.

Ein Band aus Wut und Traurigkeit schnürte mir die Brust zusammen. Ich atmete tief durch.

»Wer hat sie zugedeckt?« Ich wusste, dass es nicht die Spurensicherung gewesen war. Speziell ausgebildete Techniker würden nie riskieren, Fasern zu übertragen oder Spuren zu kontaminieren.

Slidell blätterte in seinem Notizbuch zurück.

»Lydia Dreos.«

»Die Lehrerin?«

»Ja. Das hatte ich vergessen. Sie hatte die Decke im Kofferraum.«

Auf den nächsten Fotos lag das Mädchen unbedeckt da, die Decke zusammengefaltet in einer Beweismitteltüte neben ihr. Die Haut wirkte gespenstisch weiß vor dem Hintergrund des öldunklen Kieses, des Asphalts und der gesprenkelten Vegetation.

Mir fiel etwas ein.

»Sie hatte keine Jacke.«

Ich spürte, dass Slidell den Kopf schüttelte.

»Gestern Nacht hatte es nur neun Grad«, ergänzte ich das Offensichtliche.

Niemand antwortete.

Ich arbeitete mich weiter durch die Nahaufnahmen des zerschundenen Gesichts, der zerquetschten Hände und der traurigen, kleinen Stiefel.

»Die Höhe der Verletzungen am hinteren Oberschenkelmuskel wird uns eine Schätzung der Stoßstangenhöhe ermöglichen. Damit sollten wir den Fahrzeugtyp eingrenzen können«, sagte Larabee.

»Haben Sie irgendwelche Farbpartikel an ihr gefunden?«, fragte ich.

»Nichts«, antwortete Larabee. »Aber auf ihrer Handtasche gibt es einen Schmierfleck. Schwarz. Könnte vom Fahrzeug sein. Ich schicke die Probe für eine Analyse ein.«

»Irgendwelche Kratzspuren am Rücken vom Unterboden?«

»Nein.«

»Haben Sie die maximale Körperhöhe des liegenden Mädchens? Für die Bodenhöhe des Fahrzeugs?«

»Am Becken neunzehn Komma eins Zentimeter. Wenn Sie flach auf dem Bauch liegt.«

»Die Verletzungen an Kinn und Fingern deuten darauf hin, dass es so war.«

»Wie viel ist das in Zoll?«, fragte Slidell.

»Siebeneinhalb.«

»Nichts auf Rädern fährt tiefer«, sagte Slidell. »Höchstens ein Skateboard.«

»Irgendwas Bemerkenswertes an den Quetschungen quer über die Schenkel?«, fragte ich weiter.

»Fünf Zentimeter von oben nach unten«, erwiderte Larabee. »Kein Muster.«

»Also kein Kühlergrill«, sagte Slidell.

Schlauer Bursche, Skinny.

Slidell machte sich letzte Notizen. Beendete sie mit einem kräftigen Aufklopfen des Stifts. Dann:

»Damit ich das alles richtig verstehe. Das Mädchen rennt –«

»Oder geht«, gab Larabee zu bedenken.

»Die Stoßstange knallt ihr in die Oberschenkel. Sie geht zu Boden. Das Kinn kracht auf die Fahrbahn. Das Fahrzeug überrollt sie und zerquetscht ihr die Finger.«

Ich konnte sie in der Dunkelheit sehen, eine Silhouette, vom Doppelstrahl der Scheinwerfer von hinten beleuchtet. Die Lunge brennt. Das Herz hämmert. Schweißfeuchte Gänsehaut. Die Füße in wackeligen, hochhackigen Stiefeln.

»Und was hat sie getötet?«

»Obwohl ich keinen Bruch erkennen kann, deuten die Röntgenaufnahmen des Schädels auf schwerste Verletzungen hin. Wenn ich ihren Schädel öffne, werde ich subdurale, subgaleale und intrazerebrale Hämatome sowie ein massives Ödem in der parietookzipitalen Region finden.«

Slidell schaute ihn einfach nur an.

»Ein Schlag auf den Kopf verursachte eine Hirnblutung.«

Slidell dachte nach. »Das Mädchen wird von hinten angefahren und fällt auf den Bauch, wobei sie einen heftigen Schlag auf den Schädel bekommt. Wie konnte sie dann so weit weg von der Fahrbahn landen?«

»Vielleicht die Wucht des Aufpralls.«

»Oder?« Slidell reagierte auf etwas in Larabees Stimme.

»Ein Hämatom muss nicht unbedingt den augenblicklichen Tod bedeuten.«

»Sie wollen damit sagen, dass sie sich selbst dorthin geschleppt haben könnte?«

Larabee nickte düster.

»Wenn der Mistkerl angehalten hätte, dann hätte das Mädchen vielleicht überlebt?«

»Schnelle medizinische Versorgung hätte ihr das Leben retten können. Vielleicht.«

Ob nun mit Vorsatz oder nicht, in meinen Augen ist das Mord. Ich brauchte es nicht zu sagen.

Ich sehe ziemlich häufig gewaltsame Tode. Ich weiß, zu welcher Grausamkeit und Dummheit und Gefühllosigkeit Menschen fähig sind. Und doch stelle ich mir jedes Mal dieselbe Frage.

Wie nur?

Wie kann ein Mensch ein Mädchen überfahren und es zum Sterben liegen lassen? Außer, es war genauso beabsichtigt.

Die Männer sahen zu, wie ich zu dem Trockengestell ging und den Rock herunterzog. Der Rock, der wahrscheinlich knapp über der Aufprallstelle geendet hatte.

Ich wandte mich an Slidell.

»Lassen Sie den testen.«

»Auf was?«

»Auf Lack.«

»Wie stehen die Chancen-«

»Auf DNS, Petersilie, auf gottverdammtes Leben auf dem Mars. Lassen Sie ihn einfach testen.«

Viele Männer reagieren verlegen, wenn sie mit heftigen Gefühlsausbrüchen von Frauen konfrontiert sind. Die meisten Männer beherrschen die Kunst des Nichtreagierens. Den abgewendeten Blick. Das Zappeln der Füße. Das unnötige Hüsteln.

Slidell benutzte seinen alten Trick, den überflüssigen Blick auf die Uhr.

Larabee wandte sich dem Tisch zu und drehte das Mädchen wieder auf den Rücken.

»Tut mir leid.« Das tat es mir wirklich. »Das war unangebracht.«

»Ich bin mir sicher, die da sind Ihnen aufgefallen.« Larabee machte weiter, als wäre mein Ausbruch nie passiert.

Ich hängte den Rock wieder auf und ging zu ihm. Slidell folgte.

Larabee hob und drehte einen Arm des Mädchens.

Rote Striemen schlängelten sich über die Innenseite des Ellbogens.

»Na, da haben wir doch ein Motiv.« Slidell stand so dicht bei mir, dass ich seinen Schweiß und sein Haaröl riechen konnte. »Die Kleine hat ihren Dealer verärgert, und der Wichser hat sie umgefahren.«

»Da ist noch was«, sagte Larabee leise.

5

»Bitte das Licht aus.«

Slidell trottete zur Wand und zurück zum Tisch.

Larabee schaltete eine kleine UV-Lampe ein und richtete sie auf den linken Schenkel des Mädchens.

Ein Spritzmuster leuchtete bläulich-weiß auf ihrer Haut.

Sperma.

Während Larabee den Strahl langsam bewegte, fluoreszierten einige Flecken intensiver als andere.

»Mehrere Spender?«, fragte ich.

»Wir brauchen DNS zur Bestätigung«, sagte Larabee. »Aber das ist mein Eindruck.«

»Reden wir von Vergewaltigung?« Slidells Mund war direkt an meinem Ohr.

»Ich habe keine Risse oder Abschürfungen im Vaginalbereich gefunden. Kein Hinweis auf ein anales Eindringen.«

»Also sind wir wieder bei meiner ersten Vermutung.« Ich hörte, wie Slidell sich aufrichtete. »Das Mädchen ging auf den Strich.«

Ich verkniff mir eine Erwiderung.

Larabee schaltete die Lampe aus. »Bitte Licht wieder an.«

Slidell betätigte den Schalter.

»Glauben Sie, Sie können ihr mutmaßliches Alter weiter eingrenzen?«, fragte mich Larabee, während das Neonlicht wieder ansprang.

»Hat Joe schon Zahnaufnahmen gemacht?« Ich meinte Joe Hawkins, den erfahrensten unserer Techniker.

Larabee deutete auf einen braunen Umschlag, der auf einem Lichtkasten auf der Arbeitsfläche lag.

Ich ging hin und schüttelte die kleinen schwarzen Quadrate auf die Glasplatte des noch dunklen Lichtkastens. Nachdem ich ihn eingeschaltet hatte, arrangierte ich die Aufnahmen anatomisch und betrachtete das erleuchtete Gebiss.

»Alle vier zweiten Backenzähne zeigen normalen Gebissschluss, die Wurzeln sind bis in die Spitzen komplett ausgebildet. Das heißt, sie war über zwölf. Die dritten Backenzähne sind noch nicht durchgebrochen und zeigen minimale Wurzelentwicklung. Ich bin keine Odontologin, aber ich würde sagen, sie ist im Bereich zwischen dreizehn und siebzehn.«

Die Männer warteten, während ich weiter die Röntgenaufnahmen studierte.

»Am ersten linken Backenzahn zeigt sich ein übler Abszess. Insgesamt viel Karies, aber keine einzige Füllung.«

»Kein Hinweis darauf, dass sie je bei einem Zahnarzt war.« Larabee verstand, was ich meinte.

»Also muss ich mir nicht den Arsch aufreißen, um nach einem Zahnstatus zu suchen.« Slidell stemmte die Hände in die Hüften. »Ein Abszess. Der muss doch höllisch wehgetan haben, oder?«

»Leute haben unterschiedliche Schmerzschwellen«, sagte Larabee. »Aber wahrscheinlich ja. Woran denken Sie?«

»Vielleicht war sie in einer dieser freien Kliniken. Sie wissen schon, um sich Medikamente zu besorgen oder sonst was.«

»Gute Idee, Detective.«

Wie ein Spielzeug, das man per Post zugeschickt bekommt, muss auch das menschliche Skelett noch zusammengebaut werden. Die meisten Knochen sind bei der Geburt bereits vorhanden, es fehlen aber noch die Höcker und Gelenkenden, die sie erst komplett machen. Im Verlauf von Kindheit und Pubertät bilden sich diese schnörkeligen Teile, die sogenannten Epiphysen, und verschmelzen miteinander. Anhand des Verschmelzungsgrads lässt sich das Alter einschätzen.

Ich ging jetzt zu den Röntgenaufnahmen des Skeletts. Nach mehr als einem Jahrzehnt der Arbeit mit mir wusste Joe Hawkins genau, welche Ansichten ich brauchte. Und er hatte sie, wie gewohnt, auch angefertigt.

Ich fing mit einer Aufnahme an, die die Hand- und Armknochen des Mädchens zeigte. Slidells stures Beharren darauf, dass die Kleine bestimmt eine Nutte war, ging mir auf die Nerven. Da ich wusste, dass es ihn nerven würde, redete ich wieder »Fachchinesisch«. Das ist zwar kindisch, aber das war mir egal.

»Die distale radiale Epiphyse befindet sich noch im Prozess der Verschmelzung, die distale Ulnaepiphyse ist erst kürzlich verschmolzen. Die restlichen Handknochen sind komplett.«

Ich ging zu einer Aufnahme, die Schulter und Arm der linken Seite zeigte.

»Die Akromialepiphysen sind an beiden Scapulae vorhanden, aber noch unverschmolzen.«

Ich zeigte auf den gebrochenen Oberarmknochen.

»Der mediale Epikondylus und die distalen und proximalen Epiphysen befinden sich im Prozess der Verschmelzung.«

Weiter zum Becken.

»Die Crista iliaca ist vorhanden, aber noch unverbunden.« Ich meinte den Knochenstreifen, der später den oberen Rand des Hüftknochens bilden würde.

Zum Oberschenkel.

»Femoraliskopf und Trochanter sind verschmolzen. Die distale Epiphyse befindet sich im Prozess der Verschmelzung.«

Der Unterschenkel.

»Die proximalen und distalen Epiphysen der Tibiae und Fibulae befinden sich im Prozess der Verschmelzung.«

Der Fuß.

»Die proximalen Phalangen –«

»Und was heißt das alles?«, fiel Slidell mir ins Wort.

»Sie war zwischen vierzehn und fünfzehn Jahre alt, als sie starb.«

Viel zu jung, um auch nur eine Ahnung davon zu haben, was das Leben zu bieten hatte. Fünfzehn Jahre. Sie hätte achtzig verdient gehabt.

Verfaulte Zähne. Einstichspuren. Spermaflecken. Fünfzehn beschissene Jahre.

Eine ganze Minute lang waren das Summen der Neonröhren und das Pfeifen der Luft in Slidells Nase die einzigen Geräusche im Raum.

»Ich könnte mir ja vielleicht die Klamotten vornehmen, herausfinden, wo sie gekauft worden sind.« Slidell steckte sich das Notizbuch ins Sakko. »Die Stiefel könnten was bringen.«

Meine Gedanken hatten sich vom Wie zum Wer bewegt. Wer hatte dieses Mädchen mit dem Gesicht nach unten auf dem Asphalt liegen lassen? Ein Betrunkener, der so beeinträchtigt war, dass er sie im Dunklen nicht sah? Zu gefühllos, um anzuhalten? Oder ein Mörder, der genau dieses Resultat beabsichtigt hatte?

»Sonst noch was?« Ich brachte die Frage kaum heraus.

Larabee schüttelte nur kurz den Kopf.

Ich nickte Slidell zu und kehrte in mein Büro zurück. Setzte mich an den Schreibtisch. Nervös. Beklommen.

Slidell war ein guter Polizist. Aber er neigte stark zu Defätismus. Da er überzeugt war, dass das Mädchen eine Prostituierte und ein Junkie war, zudem illegal eingewandert oder hierher verschleppt, stellte sich mir die Frage, ob er genügend Energie für die Jagd nach dem Mörder aufbringen würde.

Ja, das würde er, musste ich mir eingestehen. Ob Junkie-Nutte oder nicht, das Mädchen war tot in Skinnys Revier gefunden worden, und das betrachtete er als persönliche Herausforderung.

Warum war ich dann so besorgt?

Wegen Katy? Wegen des zurückgelassenen Autos und der Handtasche darin? Wegen meiner Blasen?

Was auch immer.

Ich ging zur Toilette und spritzte mir kaltes Wasser ins Gesicht. Schaute in den Spiegel. Musterte das Gesicht, das mir entgegenstarrte.

Intensive grüne Augen. Müde, aber entschlossen. Ein paar wohlverdiente Fältchen an den Augenwinkeln. Kinn und Lider noch fest. Dunkelblonde Haare, zu einem Pferdeschwanz zusammengefasst, der nicht eben vorteilhaft aussah.

»Na dann. Zu den peruanischen Hunden.«

Das Bild im Spiegel sprach dieselben Worte. Nickte dasselbe Nicken.

Ich knüllte das Handtuch zusammen, warf es in den Abfall und trat auf den Gang.

Das neue MCME-Institut ist zwar riesig, mein Büro allerdings nicht. Ein Makler würde es als schnuckelig und gemütlich anpreisen. Mein Schreibtisch nimmt den größten Teil des Platzes ein. Aktenschränke, ein Garderobenständer. Wenn Larabee zu mir kommt, ist die Bude überfüllt. Wenn Slidell der Besucher ist, kann man das Atmen vergessen.

Ich bin mit meinen paar Quadratmetern zufrieden. Sie gehören mir. Hier hat mir keiner was zu sagen. Ich benutze das Büro vorwiegend, um Berichte zu schreiben oder Akten zu studieren. Wie diejenige, die jetzt auf meiner Schreibunterlage wartete.

Ich setzte mich und schlug sie auf. Oben war ein Antragsformular für ein anthropologisches Gutachten. Ich überflog den Inhalt.

Fallnummer. Leichenhallennummer. Polizeiliches Aktenzeichen. Bearbeitender Beamter, Behörde. Larabee war der Pathologe, der den Antrag gestellt hatte.

Ich sprang zur *Zusammenfassung bekannter Fakten*. Der kurze, handgeschriebene Absatz enthielt nichts, was ich nicht schon von Slidell gehört hatte. Verdacht auf geschmuggelte Antiquitäten, Objekte, die im Charlotte Douglas Airport konfisziert worden waren. Dominick Rockett.

Dann zur *Beschreibung der Proben.* Die fraglichen Objekte waren als Mumienbündel identifiziert. Vier Stück. Peruanischer Herkunft. Möglicherweise Inka. Wahrscheinlich von einem Friedhof.

Mein Blick wanderte zum letzten Absatz: *Erforderliches Gutachten.* Die Kästchen neben *Exhumierung, Biologisches Profil* und *Verletzungsanalyse* waren leer. Unter der Kategorie *Sonstiges* standen sechs handgeschriebene Worte: *Analyse und schriftlicher Bericht. Menschliche Überreste?*

Ich legte das Formular beiseite und blätterte den Stapel Fotos durch.

Auf den ersten dreien lagen die Bündel nebeneinander, die Umhüllungen intakt. Obwohl vertrocknet und vom Alter verfärbt, schienen sie alle in ziemlich gutem Zustand zu sein. Was auch zu erwarten gewesen war. Die peruanische Wüste hatte für eine relativ trockene Umgebung gesorgt, also Bedingungen, die Erhaltung begünstigten.

Die nächsten Fotos zeigten eins der Bündel halb aufgewickelt. Ich betrachtete etwas, das aussah wie ein verschrumpelter Hundekopf, die Lider geschlossen, an einem platt gedrückten Ohr noch Fell.

Ich dachte zurück an mein Studium, ein Seminar über südamerikanische Archäologie. Doch es kamen nicht mehr als ein paar Grundbegriffe. Fünfzehntes Jahrhundert. Die Anden. Machu Picchu. Die Quechua-Sprache. Inti, der Sonnengott.

Ich legte die Fotos nebeneinander. Starrte sie an. Ein paar Gehirnzellen spuckten einen Artikel aus, den ich vor vielleicht fünf Jahren gelesen hatte. Im *National Geographic?* Die Chiribaya, ein Prä-Inka-Stamm, der im Flusstal des Osmore lebte, etwa fünfhundert Meilen südöstlich von Lima. Die Chiribaya hatten ihre Toten zusammen mit ihren Hunden bestattet.

Ich fuhr meinen Laptop hoch, öffnete Google und gab ein paar Schlüsselbegriffe ein. Peru. Hunde. Mumien.

Ja. Die Chiribaya begruben ihre Hunde zwischen den Gräbern ihrer Lieben. Einige mit Decken und Essen für die lange Reise ins Jenseits.

Jetzt verstand ich, was in diesem Fall von mir verlangt wurde. Ich sollte sicherstellen, dass sich in den Bündeln keine menschlichen Überreste befanden.

Nach unserer Anschlagtafel waren die Hunde bereits hier. Ich hätte einfach über den Gang gehen und sie auspacken können.

Ich tat es nicht.

Meine Gedanken wanderten immer wieder zu dem Fahrerfluchtopfer, das jetzt unter Larabees Skalpell lag.

Mein Blick fiel auf das Foto, das direkt vor mir lag, auf etwas Weißes, das unter der aufgerollten Lippe des Hundes zu sehen war. Ein Zahn. Nach Jahrhunderten noch immer perfekt.

Im Gegensatz zu den Zähnen unserer jungen Unbekannten.

Ich schob die Fotos zusammen und schloss die Akte.

Saß einen Augenblick nur da.

Schlug die Akte wieder auf.

Suchte einen Namen.

Griff zum Telefon und wählte.

6

»United States Immigration and Customs Enforcement. Wohin darf ich Ihren Anruf weiterleiten?«

Ich fragte nach Luther Dew, den Beamten, der den Fall der mumifizierten Hunde bearbeitete.

ICE bietet Anrufern in der Warteschleife keine Musik an. Gelangweilt und erregt, wie ich war, fing ich in Gedanken an, »Welche Songs würden passen?« zu spielen. Ricky Nelsons *Travlin' Man?* Neil Diamonds *Coming to America?* Merle Haggards *Movin' on?*

Eine Automatenstimme unterbrach das Spiel.

»Special Agent Dew kann Ihren Anruf im Augenblick nicht entgegennehmen. Bitte hinterlassen Sie eine Nachricht nach dem Piepton.«

Ich hinterließ eine Nachricht.

Schaute auf die Uhr. Es war schon fast halb sechs. Um eine *travelin' woman,* eine reisende Frau, zu sein, brauchte ich mein Auto.

Ich öffnete noch einmal die Akte und starrte das Foto des ausgewickelten Hundes an. Wie nannte man die Rasse? Chiribayische Schäferhunde? Für mich sah er aus wie ein schlafender Spaniel.

Mein Blick wanderte zum Telefon, als könnte ich es zum Klingeln zwingen.

Was es nicht tat. Natürlich nicht.

Meine Gedanken kehrten wieder zu der Unbekannten zurück, die Larabees Tisch vermutlich eben verlassen hatte.

Hatte ich etwas übersehen?

Bevor ich darüber nachdenken konnte, kreischte der Festnetzanschluss seinen Feierabend-Klingelton.

»Dr. Brennan?«

»Am Apparat.«

»Hier Luther Dew. Sie erwarten meinen Rückruf.« Die Stimme klang hoch und etwas weibisch. Ich stellte mir Truman Capote mit Fliege und Fedora-Hut vor.

»Vielen Dank, dass Sie mich so schnell zurückrufen.«

Unverbindliches Schweigen.

»Ich gehöre zum Büro des Medical Examiner.«

»Ja. Ich habe eben diese Nummer gewählt.«

»Ich bearbeite die peruanischen Bündel.«

»Sie sind die Anthropologin?«

»Ja.« So kurz angebunden wie Dew konnte ich auch sein. »Ich habe mich gefragt, ob ich vielleicht ein bisschen Hintergrundwissen zu dem Fall bekommen könnte. Über Dominick Rockett, den Importeur.«

Dew ließ ein leicht gereiztes Zungenschnalzen hören.

»Sir?«

»Importeure sind legal und halten sich an die amerikanischen Zollvorschriften. Ihre Papiere sind in Ordnung. Sie führen nur ein, was erlaubt ist. Nichts davon trifft in Bezug auf diese Artefakte auf Mr. Rockett zu.«

Auf *diese* Artefakte?

»Hatte Ihre Behörde schon des Öfteren mit Rockett zu tun?«

»Das darf ich Ihnen nicht sagen.«

Na schön.

Aber ich hatte Dew nicht angerufen, um über Schmuggel zu reden. Seine peruanischen Hunde sah ich lediglich als Türöffner, als Mittel, ihm zu entlocken, was ich wirklich von ihm wissen wollte.

»Können Sie mir über Rockett irgendetwas sagen?«

»Details einer laufenden Ermittlung darf ich nicht preisgeben.«

Und mir ist Dominick Rockett scheißegal.

»Das verstehe ich, Sir. Aber mumifizierte Hunde sind für unser Institut etwas Ungewöhnliches. Ich nehme an, Sie haben sich den angesehen, der halb ausgewickelt war.«

Wieder unverbindliches Schweigen. Aber sein tiefes Einatmen deutete darauf hin, dass er sich erweichen lassen könnte.

»Wenn diese Töle die Augen öffnen und nach Chappi betteln würde, würde mich das nicht überraschen.« Ich kicherte einnehmend. »So gut ist er erhalten.«

»Tatsächlich.«

»Diese Hunde müssen ja ein ziemlicher Fang für Ihre Abteilung gewesen sein.«

»Sie würden nicht glauben, was wir alles konfiszieren.« Hatte der Schnösel wirklich die Nase hochgezogen?

»Ich bin sicher, es ist eine beeindruckende Sammlung.«

»Nehmen Sie Rhinozeroshörner. Traditionell zermahlten die Schmuggler sie und versteckten das Pulver in Statuen oder anderen hohlen Objekten. Inzwischen importieren sie ganze Köpfe und deklarieren sie als legale Antiquitäten. Sie sägen die Hörner ab, ersetzen sie durch solche aus Kunststoff und glauben, sie sind im Geschäft. Was glauben die eigentlich, wie blöd wir sind?«

»Die peruanischen Hunde kamen über den Charlotte Douglas Airport herein, nicht?«

»Der Schmuggel beschränkt sich nicht auf die Großstädte.« Dew taute ein wenig auf, verriet allerdings nur, was allgemein bekannt war. Ich kannte den Trick. Hatte ihn selbst schon benutzt. »Haben Sie von den Tyrannosaurusknochen gelesen, die oben im Norden abgefangen wurden?«

»Sir?«

»Ein halbes Skelett aus der Wüste Gobi. Die Trottel haben sie auf zwei verschiedenen Importdokumenten registriert. Als würden wir das nicht nachprüfen.« Ja. Dew zog wirklich angewidert die Nase hoch. »Haben sie als Reptilienköpfe, kaputte fossile Knochen und ein paar Eidechsen deklariert.«

»Was hat sie verraten?« Ich nahm einen Kugelschreiber zur Hand und klickte ihn auf der Schreibunterlage auf und ab.

»Die Materialien waren stark unterbewertet. Aber die Warnlampe sprang beim Herkunftsland an.«

»Welches war das?«

»England.«

»Tyrannosaurus an der Themse?«

»Ja. Die Mongolen haben sehr gelacht.« Ohne auch nur die Andeutung eines Lachens.

»Gute Arbeit.«

»Die Amerikaner wissen gar nicht recht zu schätzen, was das ICE für die internationalen Beziehungen tut.«

»Ich bin mir sicher, die peruanische Regierung ist begeistert, dass Sie ihre Artefakte sichergestellt haben.«

»Das bringt uns zu einer guten Frage. Ihr Chefarchäologe will die Exemplare so schnell wie möglich zurückhaben. Und er hofft sehr, dass Ihre Untersuchung so wenig invasiv wie möglich ausfallen wird.«

»Natürlich. Ich hoffe, ich sehe alles Nötige auf den Röntgenaufnahmen.«

Eine lange Pause folgte. Dann: »Ich schätze, einige Fakten kann ich Ihnen mitteilen, da Sie ja mit dem Fall zu tun haben. Die Mumienbündel kamen als Teil einer Lieferung von Keramiken an. Anscheinend dachte Mr. Rockett, wir könnten Knochen nicht von Töpfen unterscheiden.«

»Wirkt ziemlich amateurhaft. Ist Rockett schon lange im Importgeschäft?«

»Seit Anfang der Neunziger.«

»In der ganzen Zeit wurde er nie mit illegaler Ware erwischt?«

»Mr. Rockett war entweder ehrlich, vorsichtig, oder er hatte unwahrscheinlich viel Glück. Aber diesmal hat den Herrn sein Glück verlassen. Die Bündel tauchten bei einer Stichprobe auf.«

»Was ist seine Erklärung?«

»Er sagt, er hätte sie von einem Farmer gekauft, dem das Land gehört, auf dem sein Sohn sie ausgegraben hatte.«

»Wenn er ein erfolgreicher Importeur ist, warum geht er dann das Risiko des Antiquitätenschmuggels ein?«

»Er behauptet, er hätte keine Ahnung gehabt, dass sie alt sind.«

Dew machte ein Geräusch, das man macht, wenn man mit Lippen oder Zähnen denkt. Überlegte er sich, wie viel er mir noch sagen konnte?

»Sind Sie vertraut mit Mr. Rocketts Hintergrund?«

»Ich weiß nur, dass er einheimisches Kunsthandwerk aus Südamerika sammelt und verkauft.«

»Haben Sie ihn kennengelernt, Dr. Brennan?«

»Nein.«

»Ihn gesehen?«

»Nein.« Was sollte das?

»Mr. Rockett ist Desert-Storm-Veteran. 1990.«

»Der erste Golfkrieg.«

»Die ganze Geschichte kenne ich nicht. Vielleicht eine Scud-Rakete, vielleicht brennendes Öl. Jedenfalls hat Rockett ernste Brandverletzungen davongetragen, sein Gesicht ist stark vernarbt.«

Ich sagte nichts.

»Der Krieg ist grausam, Dr. Brennan. Mr. Rockett kehrte in ein Land zurück, in dem er wegen seiner Entstellungen nirgendwo mehr Arbeit bekam. Das glaubt er zumindest.«

Ich hörte weiter einfach zu.

»Er fand also keine Arbeit. Er war frustriert. Dann erinnerte Mr. Rockett sich an die Suks des Mittleren Ostens, die Waren, die man dort für so gut wie nichts bekam. Schmuck. Kleidung. Haushaltswaren. Er legte sich einen Plan zurecht. In Übersee einkaufen, in den Staaten fürs Zehnfache verkaufen. Plunder für die Ahnungslosen.«

»Bekommt Mr. Rockett denn keine Militär- und Versehrtenrente?«

»Natürlich. Aber sein Importgeschäft bringt ihm einen hübschen Zuschuss.«

»Aber die Mumienbündel kamen aus Peru.«

»Irgendwann verlegte Mr. Rockett sein Augenmerk auf Südamerika.«

»Warum?«

»Geografische Nähe? Leichtere Durchführbarkeit? Persönliche Sicherheit?« Ich hörte Stoff rascheln, vielleicht makellos bekleidete Schultern beim Achselzucken. »Das kann ich wirklich nicht beurteilen.«

»Amerikaner sind heutzutage im Nahen Osten nicht mehr sehr beliebt.«

»Aufstände, Revolutionen, Bürgerkriege, Entführungen. Politische Instabilität hat immer negative Auswirkungen auf geschäftliche Unternehmungen. Vielleicht hat der Aufruhr im Nahen Osten Südamerika attraktiver gemacht.«

»Darf ich Sie was fragen?« Beiläufig, als wäre mir dieser Gedanke eben erst gekommen. »Ich habe hier ein Mädchen, vierzehn bis fünfzehn Jahre alt, möglicherweise Latina, möglicherweise illegal. Sie wurde gestern Nacht bei einem Unfall mit Fahrerflucht auf der Old Pineville Road getötet. Wir haben Schwierigkeiten, sie zu identifizieren.«

»Reden Sie weiter.«

»Sie hatte eine pinkfarbene Kätzchentasche und eine ebensolche Haarspange und trug einen kurzen Jeansrock, eine rote Bluse und bestickte Stiefel.«

»Klingt wie irgendein Teenager. Wie kommen Sie darauf, dass sie illegal sein könnte?«

»Sie hatte in ihrer Handtasche einen Zettel über Englischkurse an einer örtlichen katholischen Kirche. Die Notiz war auf Spanisch, und diese Pfarrei hält auch Messen in Spanisch ab. Das und die Tatsache, dass sie keinerlei Ausweise und keine Schlüssel hatte, bringt den Chefermittler zu der Vermutung, dass sie Latina sein könnte.«

»Tut mir leid, aber ich beschäftige mich mit Artefakten, nicht mit Menschen. Meine Spezialgebiete sind die illegale Einfuhr und Verbreitung kulturellen Eigentums und der illegale Handel mit Kunstwerken. Außerdem wäre, wenn der illegale Status des Mädchens nicht eindeutig festgestellt ist, das ICE gar nicht zuständig.«

»Haben Sie einen Kollegen, den ich fragen könnte?«

»Ich würde Ihnen helfen, wenn ich könnte. Aber solange Sie nicht wissen, ob Ihr Opfer wirklich illegal … Und auch dann …« Dew klang abgelenkt. »Es ist ja nicht so, dass wir eine Liste mit allen Personen haben, die das Land illegal betreten. Eher im Gegenteil. Tut mir leid.«

»Natürlich.«

»Wann können Sie Ihre Untersuchung der Mumienbündel abgeschlossen haben?«

»Bald.«

»Bitte halten Sie mich auf dem Laufenden.«

»Das werde ich tun. Und vielen Dank für Ihre Zeit, Special Agent Dew.«

Meine Finger zögerten über dem aufgelegten Hörer.

Und meine Nerven vibrierten vor Frustration.

Dew war eine Sackgasse. Slidell hatte sich auf eine Theorie versteift.

Zeit für den Feierabend. Nach einem so lausigen Tag.

Wieder dieser nagende Gedanke. Hatte ich etwas übersehen?

Ohne eine bewusste Entscheidung zu treffen, ging ich zum Kühlraum. In der Stille quietschten meine Gummisohlen leise. Kalte Luft drang heraus, als ich die schwere Stahltür öffnete, und hüllte mich mit dem Geruch gefrorenen Fleisches ein. Ich schaltete das Licht an.

Sechs Rollbahren standen an den Wänden, drei davon mit gefüllten Leichensäcken. Ich schaute auf die Etiketten, bis ich das mit der Beschriftung *MCME 580-13. Unbekannt* gefunden hatte.

Ich war froh, dass kein Verwandter diese kalte Gruft je sah. Keine Mutter sah je ihr Kind steif von der Kälte. Kein Ehemann sah je seine Frau mit Ziffern und Buchstaben beschriftet.

Ich schluckte. Zog den Reißverschluss von MCME 580-13 halb auf.

Die Haare des Mädchens lagen auf seiner Stirn wie Algen, gelblich und verknäuelt. Das passte irgendwie nicht zu ihrer olivfarbenen Haut und den dunklen Wimpern und Brauen. Ich schaute mir die Haarwurzeln genauer an. Und bemerkte einen halben Zentimeter Schwarz an ihrer Kopfhaut.

Die Haare des Mädchens waren gebleicht. Könnte Slidell recht haben?

Aus einem Reflex heraus wischte ich dem Mädchen lose Strähnen aus dem Gesicht. Die pinkfarbene Haarspange löste sich und fiel seitlich am Kopf herunter.

Ein Bild blitzte auf. Katy, blonde Zöpfe, Plastikspangen, die die widerspenstigen Locken zusammenhielten.

Ich hob den einzigen Besitz des Mädchens auf und steckte ihn ihr wieder an den Kopf. Meine Hand zögerte wie eben noch über dem Telefon.

»Ich gebe dir ein Versprechen.« In dem kleinen, eisigen Raum klang meine Stimme spröde. »Ich *werde* deine Familie finden. Ich *werde* dich nach Hause schicken.«

Ich griff nach dem iPhone in der Tasche, weil ich ein Foto des Kopfes machen wollte.

Die Tasche war leer.

Mein Handy war in meiner Handtasche.

In meinem Wagen.

Auf dem Parkdeck des Gerichtsgebäudes.

In dem Wagen, den ich nicht holen konnte, weil ich keine Mitfahrgelegenheit hatte.

In dem Wagen, den ich nicht fahren konnte, weil ich keinen Schlüssel hatte.

Fluchend holte ich mir die Polaroidkamera. Nachdem ich das Foto geschossen hatte, betrachtete ich noch ein paar Sekunden still ihre Gesichtszüge und zog dann den Reißverschluss wieder zu.

Zurück in meinem Büro, scannte ich das Foto ein und schickte es in einer E-Mail an mich selbst. Dann wühlte ich in meinen Schreibtischschubladen auf der Suche nach einem Erdnussbuttercracker oder einem alten Müsliriegel. Mein Mittagessen im Gerichtsgebäude war ein Snickers gewesen.

Meine Suche nach Essbarem erbrachte nichts.

Klasse. So würde ich hungrig und mit leeren Händen in mein Haus zurückkehren. Zu einem pikierten Kater. Und einem leeren Kühlschrank.

Ich suchte eben im Internet nach Schlüsselnotdiensten und Taxiunternehmen, als mein Telefon noch einmal klingelte. Der Anruf änderte meine Pläne.

7

Normalerweise verkrampfe ich beim Klang von Petes Stimme nicht.

Janis »Pete« Peterson. Mein Ex. In gewisser Weise. Eine lange Geschichte.

Ich hatte mich schon im College in Pete verliebt. Er schloss damals gerade sein Jurastudium ab, ein Witzbold mit jungenhaftem Charme. Guter Verstand, guter Körper und gute Aussichten. Und er konnte gut reden.

Unsere Ehe verlief fast zwanzig Jahre bestens. Und so wäre es wahrscheinlich auch geblieben, wenn Pete nicht angefangen hätte, auch andere Frauen mit seinem Charme zu beglücken.

Davon abgesehen – ein großes Abgesehen –, nachdem wir uns getrennt und die Zeit meinen Zorn und meine Verletztheit geheilt hatte, fühlte ich mich bald wieder wohl in Petes Gesellschaft. Im Wohn-, nicht im Schlafzimmer. Doch um ehrlich zu sein, die alte Glut kann immer mal wieder schwelen.

Wie viele ehemalige Paare bleiben Pete und ich auf Dauer verbunden. Da ist natürlich unsere Tochter Katy. Und Haustiere. Wenn Pete reist, ist Boyd, sein Hund, Gast in meinem Stadthaus. Mein Kater Birdie übernachtet bei Pete, wenn ich nicht in der Stadt bin. Geteilte Tierpflege nützt beiden Seiten.

Im Verlauf der Jahre ist Petes Klingelton für mich zu einem

Signal für ein Gespräch über Katy oder über die Details des Tiertransfers geworden. Hin und wieder geht es auch um einen Wunsch, den Katy mir durch ihren Vater, den Softie, ausrichten lässt.

An diesem Abend war es nicht der normale Anruf.

Peter wählt nie meinen Festnetzanschluss in der Arbeit.

O Gott.

Ich sah das Mädchen in seinem Leichensack auf der anderen Seite des Korridors liegen. Das Mädchen, das man auf der Straße hatte sterben lassen.

Ich sah Katy.

»Was ist los? Ist was passiert?« Meine Finger verkrampften sich um den Hörer.

»Entspann dich. Katy geht es gut. Wo zum Teufel warst du denn? Ich versuche schon den ganzen Nachmittag, dich anzurufen.«

»Das ist eine lange Geschichte. Bis du sicher, dass Katy okay ist?«

»Ich habe heute Morgen mit ihr geskypt. Dort war es Nacht. Ihre Einheit war eben von einem Training zurückgekommen.«

»Wie hat sie ausgesehen?«

»Aufgedreht. Müde. Im Hintergrund schrien ein paar GIs herum. Da kann man nicht viel sagen.«

Vor einem Jahr war Katy noch Rechercheurin im Büro des Public Defender, und obwohl sie dauernd über ihren langweiligen Job jammerte, war sie doch sicher in Charlotte, und die einzige Freude in ihrem Leben war Aaron Cooperton, ihr abwesender Freund und Vermieter. Nach seinem Collegeabschluss und einer Zeit beim Friedenscorps hatte Coop sich dem International Rescue Committee angeschlossen und sich freiwillig für den Dienst in Afghanistan gemeldet. Er war unterwegs nach Kabul, um von dort nach Hause zu fliegen, als eine Bombe seinen Konvoi in die Luft jagte.

Katy war nach Coops Tod am Boden zerstört. Da die Familie Cooperton nichts von ihrer engen Beziehung zu ihm wusste, hatte sie Katy ausgeschlossen, ihr nicht einmal den Besuch der privaten Beerdigung in Charleston gestattet. Katy hatte so keine Möglichkeit, zu einem persönlichen Abschluss zu kommen und zu trauern.

Ich musste zusehen, wie meine Tochter den Morgen rotäugig und fahrig begann und sich durch ihre Tage schleppte. Ich hörte ihr zu und tat, was ich konnte, um sie zu trösten. Nahm sie mit auf eine Dienstreise nach Hawaii. Nichts half. Es zerriss mir schier das Herz, sie so leiden zu sehen.

Vielleicht hätte ich vorhersehen müssen, was dann kam.

Plötzlich strahlte Katy wieder, ging das Leben mit neuem Enthusiasmus an. Die dunklen Schatten unter ihren Augen verschwanden allmählich. Sie reckte wieder forsch das Kinn. Wenn sie mich besuchte, dann nicht mehr für Stunden, sondern nur für wenige Minuten, die sie zwischen dringende Verpflichtungen zwängte.

Es war Pete, der mir sagte, dass sie sich zur Armee gemeldet hatte. In einem Anruf wie diesem. Katy hatte ihre Pläne geheim gehalten, bis die Papiere unterzeichnet waren.

»Keine Angst«, sagte sie, als wir schließlich miteinander redeten. »Ich muss in keinen Kampfeinsatz.«

Okay.

Am 14. Mai 2012 öffnete die United States Army die Einheiten zur Bedienung des HIMARS – High Mobility Artillery Rocket System, zu Deutsch: Hochmobiles Artillerie-Raketensystem – und des MLR – Multiple Launch Rocket

System, ein Mehrfachraketenwerfersystem – zum ersten Mal für weibliche Soldaten. Anfang des nächsten Jahres hob das Militär das langjährige Verbot für Frauen in Kampfeinsätzen auf.

Nach Abschluss ihres BCT, Basic Combat Training oder schlicht Grundausbildung, beantragte Katy MLR als ihr MOS, Military Occupational Speciality, will heißen: ihr spezielles Einsatzgebiet. Nach ihrem AIT, Advanced Individual Training, also ihrer weiterführenden Individualausbildung, kam sie nach Afghanistan.

WTF? What the Fuck? Was soll der Unsinn?

Ich habe als externe Beraterin für JPAC, das Zentrale Überreste-Identifikationslabor des Militärs in Hawaii, gearbeitet. Auch ich beherrsche das Kürzelspiel.

Ich konzentrierte mich wieder auf das gegenwärtige Telefonat. »Aber was für einen Eindruck machte sie?«

»Aufgedreht. Redete davon, dass sie dasselbe Training macht wie die Männer. Artillerie. Kanonierszüge –«

»O Gott.«

»Sie ist ein zähes Mädchen. Sie schafft das.«

»Du hast ja recht. Es ist nur –«

»Ich weiß, Zuckerschnäuzchen. Du siehst jeden Tag gewaltsamen Tod.«

»Nenn mich nicht so.«

»Wahrscheinlich wird sie irgendwann Generalin.«

»Glaubst du, sie will in der Armee Karriere machen?«

»Das habe ich nicht gemeint.«

»Was meinst du, warum hat sie sich nicht für die Offiziersausbildung eingeschrieben? Sie ist Collegeabsolventin.«

»Ich glaube, es ging um den Zeitaufwand.«

Aber Pete hatte nicht wegen Katy angerufen. Sonst hätte er

das schon heute Morgen nach seinem Gespräch mit ihr getan. Ich wartete darauf, dass er zum Punkt kam.

»Also, was ist die lange Geschichte?«, fragte er.

Wirklich?

Ich fasste meine Abenteuer im und vor dem Gerichtsgebäude kurz zusammen und wollte eben zu dem Fahrerfluchtopfer kommen, als Pete mir ins Wort fiel.

»Klingt, als hättest du einen beschissenen Tag gehabt. Wie wär's mit Abendessen?«

»Was ist der Anlass?« Vorsichtig.

»Darf ich meine zukünftige Exfrau nicht zum Abendessen einladen?«

Ich hatte so eine Ahnung, was er wollte. Und hatte nicht vor, mich ködern zu lassen.

»Die Hochzeitsplanerin für Summer spiele ich auf keinen Fall, also frag erst gar nicht.«

In mittleren Jahren gieren die meisten Männer nach Sportwagen. Pete hatte sich ein Trophäenweibchen in den Kopf gesetzt. Summer war die gut dreißigjährige Häschen-Verlobte meines gut fünfzigjährigen Exmannes. Klassenbeste für Titten. Disqualifiziert beim Intelligenzquotienten.

»Du weißt doch, wie sie ist«, sagte Pete lahm.

Das wusste ich nur zu gut. Ich hatte mich schon einmal breitschlagen lassen, für Bridezilla die Vermittlerin zu spielen. Am Ende flogen mir dann von beiden Seiten die Kugeln um die Ohren.

»Sie braucht Anleitung.«

Sie braucht einen Maulkorb und einen Betäubungspfeil. Das sagte ich nicht.

Die Hochzeit aus der Hölle, schon zweimal verschoben, drohte jetzt wahr zu werden. Mindestens fünf Millionen Menschen waren eingeladen. Freunde aus der Schule, der Arbeit, Freunde von Freunden. Facebook hatte weniger Freunde als Summer.

»Die Hochzeit ist in weniger als zwei Wochen.«

»Warte noch einen Tag. Das ändert sich wieder.«

»Sie ist in Panik.«

»Gib ihr eine Valium.«

»Sie mag dich sehr.«

»Hör zu, Pete. Summer ist dein Problem, nicht meins.«

»Ich weiß, ich weiß. Es ist nur so, dass ich die ganze Woche eidesstattliche Aussagen habe und gleich nach unserer Rückkehr aus Tahiti einen Prozess. Ich bin herumgelaufen und habe Fotografen ausgewählt, Dankeskarten ausgesucht, Unsinn, den du dir nicht vorstellen kannst. Jeden Tag gibt's eine neue Krise.«

Typisch Pete. Zwei Jahrzehnte lang habe ich größtenteils die Verantwortung für die Kindererziehung auf mich genommen, weil sein beruflicher Terminkalender immer an erster Stelle stand. Elterliche Fahrgemeinschaften, Termine beim Arzt, beim Zahnarzt und beim Kieferorthopäden, Gymnastik- und Turnstunden, Ausflüge mit der Schwimmmannschaft.

Wenn du nicht so sehr damit beschäftigt gewesen wärst, dir über den Affenzirkus deiner Baby-Braut den Kopf zu zerbrechen, hättest du in diesen vergangenen Monaten vielleicht mehr auf deine Tochter geachtet und gemerkt, dass sie kurz davorstand, eine gefährliche Entscheidung zu treffen.

Doch auch das sagte ich nicht. Ich wartete, obwohl ich verärgert war und mir viel lieber ein Taxi gerufen hätte.

»Tempe. Hörst du mir noch zu? Ich brauche die Papiere.«

Die Scheidungspapiere. Ich hatte sie unterschrieben, aber

Pete noch nicht zugeschickt. Hätte es allerdings ohne große Mühe tun können. Warum also diese Verschleppungstaktik?

»Okay. Sie liegen zu Hause auf meinem Schreibtisch. Ich hätte sie dir schon vor Ewigkeiten geben sollen. Tut mir leid. Du kannst natürlich jeder Zeit vorbeikommen und sie dir abholen. Dafür brauchst du mich nicht zum Essen auszuführen.«

»Ich will dich aber zum Essen ausführen.«

Ich wollte protestieren. Pete fiel mir ins Wort.

»Ich warte vor der Tür auf dich. Und ich verspreche dir was. Kein Wort über die Hochzeit.«

»Ich glaube nicht –«

»Wie wolltest du denn nach Hause kommen?«

Das war unfair, Pete.

8

Fünfzehn Minuten später hielt ein glänzendes, neues BMW-Cabrio am Bordstein. Rot mit schwarzen Ledersitzen.

Trophäenweibchen. Trophäenkarre. Ich musste mich beherrschen, um nicht die Augen zu verdrehen.

Weniger rühmenswert war Petes Modeempfinden. Natürlich zwängte er sich für das Gericht in Anzug und Krawatte, aber seine normale Bekleidung waren Golfhemd und Kakihose. Das Leitmotto meines Ex: bequem und lässig.

Als ich mich in den Beifahrersitz fallen ließ, hob ich erstaunt die Augenbrauen, als ich Sportsakko, blaues Hemd und eine marineblaue Bundfaltenhose sah.

»Heute sehen wir aber mal wieder schick aus.« Bis auf die fehlenden Socken in den Slippers.

»Ich führe eine wunderbare Dame zum Abendessen aus.«

Jetzt hatte ich das Augenverdrehen nicht mehr unter Kontrolle.

»Klasse Wagen.« Unverfänglich.

»Hab ihn für einen guten Preis bekommen.«

»Aha.«

»Ich bin übers Wochenende damit nach Asheville gefahren. Hat geschnurrt wie ein Kätzchen. Summer hat bei jeder Spitzkehre gekreischt. Ein oder zwei Mal hätte ich beinahe selber gekreischt.«

Alle kreischen.

»Ist von null auf hundert schneller, als du null auf hundert sagen kannst.«

Pete wusste, dass ich mir nicht viel aus Autos machte. Ich wusste, er griff nach jedem Strohhalm, um eine Erwähnung der bevorstehenden Heirat zu vermeiden.

Ich hielt mich an der Armlehne fest, als er aus dem Parkplatz schoss, nach links, nach rechts und dann wieder nach links abbog.

»Null auf hundert«, sagte ich grinsend.

»Hör dir mal die Anlage an.« Pete drückte auf irgendwas, und Maroon 5s *Payphone* hüllte uns in eine Lärmwolke, die jedes weitere Gespräch unmöglich machte.

Kurz nach dem Campus der Queens University bog Pete auf die Hauptzufahrt zu Shannon Hall ein, raste durch den Magnolientunnel und vorbei am Haupthaus mit den weißen Säulen und bremste schließlich kiesspritzend auf dem Parkplatz zwischen der Remise und dem Annex. Dann drehte er sich mir zu und wackelte mit beiden Augenbrauen.

»Nett.« Ich öffnete den Sicherheitsgurt.

»Ich warte hier.«

»Ich muss duschen.«

»Keine Eile.«

Ich streckte die offene Hand aus.

Pete zog die Schlüssel aus der Zündung, fummelte einen vom Ring und gab ihn mir.

»Danke.« Ich zog den Türgriff auf.

»Tempe?«

»Ja?«

»Sperr ihn nicht im Haus ein.«

Petes Handy war aus der Tasche, bevor ich aus dem Auto war.

Der Annex hat oben ein Schlafzimmer und ein Bad, Wohn- und Esszimmer, Küche, Arbeits- und Gästezimmer und noch ein Bad unten. Garten hinten raus, vorne ein Rasenstück, seitlich eine Terrasse. Es ist zwar eng, aber perfekt für mich.

Ich ging in die Küche und schaltete das Licht an.

»Bird?«

Kein Kater.

»Hierher, Junge.«

Nichts als ein leises Ticken aus dem Wohnzimmer.

Ich fand Birdie unter dem Sideboard, auf dem Omas Uhr stand. Auch wenn es heißt, dass Katzen keine zu einem Ausdruck fähige Gesichtsmuskulatur haben, war seine Botschaft eindeutig.

»Spinnst du?«

Nach einer kurzen theatralischen Pose stand Birdie auf, streckte sich und stapfte dann auf mich zu, cool zwar, aber bereit, sich eine Erklärung zumindest anzuhören. Und bereit fürs Abendessen.

Ich bückte mich und kraulte ein weißes pelziges Ohr.

»Tut mir leid, Kumpel. Aber das Menü heute Abend dürfte nicht ganz deinen Ansprüchen genügen.«

Ich kehrte in die Küche zurück, holte zwei Eier aus dem Kühlschrank, mischte sie mit einer Dose Sardinen und erhitzte die Mischung. Als die Masse gestockt war, schabte ich sie in seine Schüssel.

Eins muss man Bird lassen, er ist nicht lange eingeschnappt. Nachdem er mir meine Sünde verziehen hatte, machte er sich über die Schüssel her.

Da ich des Öfteren meine Tage mit Verwesten und biogefährlichen Stoffen verbringe, beherrsche ich die Kunst der schnellen Körperpflege. Außerdem habe ich mir eine wellnesstaugliche Sammlung von Seifen, Gels und Lotionen zugelegt. An diesem Abend schnappte ich mir einfach das Nächststehende. Nach fünf Minuten war ich aus der Dusche und trocken und roch nach Grapefruit.

Birdie kam ins Schlafzimmer, als ich mir eben überlegte, welcher Stil für die Übergabe von Scheidungspapieren angemessen war. Unsere Blicke trafen sich.

»Vergiss es.«

Ich schnappte mir Jeans und ein schwarzes T-Shirt und ergänzte das Ganze mit grünen Muschelschalen-Ohrringen und einer schwarzen Baumwolljacke.

»Was denkst du?«

Birdie legte den Kopf schief, sagte aber nichts.

Ich eilte hinunter ins Arbeitszimmer, den Kater immer auf den Fersen. Als ich die Dokumente vom Schreibtisch nahm, lief Birdie Achten zwischen meinen Knöcheln.

Ich schaute auf die Uhr. Pete wartete bereits volle zwanzig Minuten.

Der Kater drückte den Rücken durch und hob den Schwanz. Ich kraulte ihm die Ohren und strich ihm noch ein paar Mal über den Rücken.

Als ich die Tür des BMW aufzog, war Pete noch immer am Handy.

»Nicht einatmen, wenn du sprühst.« Pause. »Okay. Aber ich muss jetzt wirklich aufhören.« Kürzere Pause. »Ja, ich rufe an, wenn ich unterwegs bin. Ich liebe dich auch.« Gedämpft.

»Tut mir leid. Bird –«

»Kein Problem. Ist dir das Ale House recht?«

»Klar.« War es nicht. Großbildfernseher. Fans, die jubeln, stöhnen und anfeuern. Lärmpegel bei fünfundachtzig Dezibel. »Hat Summer Ungezieferprobleme?«

Pete schaute mich verständnislos an.

»Muss sie die Wohnung ausräuchern?«

»O nein.« Er schüttelte den Kopf. »Sie besprüht alte Flaschen mit Lack, um sie für die Tischdekoration zu benutzen. Oder sonst irgendwas. Soll irgendwie künstlerisch aussehen.«

Hochzeitsgerede. Kommt nicht infrage.

Ein kurzer, klimpernder Schwall Bob Marley, und schon waren wir im Carolina Ale House, einer fernsehfixierten Extravaganz im Erdgeschoss eines Glas-und-Stahl-Turms im Herzen der Innenstadt. Pete schaffte es, uns einen Tisch in einiger Entfernung zur Bar zu besorgen. Nicht unbedingt ruhig, aber außerhalb des Lärmzentrums.

Eine Kellnerin begrüßte Pete mit mehr Zähnen als eine Kreissäge und gewährte mir ungefähr eine Millisekunde Augenkontakt, während sie murmelte, dass sie April heiße.

»Fat Tire Ale?« April zeigte meinem Ex schon wieder die blendenden Zähne.

»Gutes Gedächtnis.« Pete formte mit den Fingern eine Pistole.

Ich bestellte Perrier mit Limone.

Pete entschied sich für Spareribs. Ich nahm ein Schultersteak.

Nachdem Getränke und Essen bestellt waren, zog ich die Dokumente aus meiner Handtasche und legte sie vor Pete auf den Tisch. Er schaute sie kurz an, nahm sie aber nicht zur Hand.

Eine Leere legte sich über den Tisch, eine Blase der Stille in dem Getümmel um uns herum. So wenig Papier. So wenige Worte für eine Liebe, die Hoffnungen, Träume und eine wunderschöne Tochter geschaffen hatte. Eine Liebe, zerstört von einem Vertrauensbruch.

Es hätte irgendeine Zeremonie geben sollen. Eine Entheiratung? Einen Trennungsritus? Mehr als eine *Abfindungsvereinbarung und Verifikation.* Wenigstens mit besserem Lay-out.

»Tut mir leid, dass es so lange gedauert hat.« Ich beendete das verlegene Schweigen. »Keine Entschuldigung. Ich hätte –«

»Das ist kein Problem, Zuckerschnäuzchen. Die sind noch vor Mittag bei den Akten.«

»Nenn mich nicht so.« Reflex.

»Okay.« Das alte Pete-Lächeln. »Honigmäulchen.«

Pete steckte die Papiere in die Innentasche seines schicken Sakkos und strich mir dann über die Hand.

Die Berührung. Seine Haut auf meiner. So vertraut.

Ich suchte nach einem neutralen Gesprächsthema.

»Ihre widerrechtliche Tötung, Anwalt. Wie läuft der Fall?«

»Das weiß ich erst, wenn der Arzt morgen früh seine eidesstattliche Erklärung abgibt.«

Ich erzählte ihm von dem Verfahren wegen beruflichen Fehlverhaltens, dem ich gerade noch entgangen war. Er erzählte mir von einem Zahn, der ihm Sorgen machte.

Gnädigerweise brachte April unsere Getränke. Pete nahm einen kräftigen Schluck. Ich nippte.

»Und bei dir?« Nach einer weiteren verlegenen Pause. »Wie läuft's mit der Bullette?«

Die Bullette, Petes Spitzname für Andrew Ryan, Lieutenant-détective, Section des crimes contre la personne, Sûreté du Québec. Mein Kollege, wenn ich für das Laboratoire de sciences judiciaires et de médecine légale in Montreal arbeite. Mein Ja-und-nein-Liebhaber. Zurzeit nein. Für immer nein?

»Es geht ihm gut.«

»Bon.« *Boun* ausgesprochen.

»Sprich nie Französisch, Pete.«

Und frag nicht nach Ryan. Zwing mich nicht, über meine Befürchtungen wegen seiner kalten Schulter zu reden. Wegen der Funkstille zwischen uns.

Wenn Ryan und ich wirklich am Ende wären, dann wäre die Trennung nicht so erbärmlich wie die von Pete. Es würde keine Verbitterung, keine Angst geben. Kein überrumpeltes Kind, das eine Erklärung verdient hatte. Kein Auszug. Keine Aufteilung gemeinsamen Eigentums. Kein Anstehen bei der Kraftfahrzeugbehörde, um die Adressenänderung zu melden. Bei Ryan würde es nicht mehr geben als einen trüben Graben der Traurigkeit.

Ich konnte es nicht ertragen, darüber zu reden. Darüber nachzudenken.

»Ich stecke hier bis über beide Ohren in Arbeit«, sagte ich.

»Irgendwas Interessantes?«

»Vier mumifizierte Hunde aus Peru.«

Pete hob fragend eine Augenbraue.

Ich berichtete ihm von der Konfiszierung durch das ICE am Charlotte Airport.

Unsere Teller kamen, und für eine volle Minute waren

wir mit Salz und Pfeffer, Steaksauce, Butter, Sauerrahm und Ketchup beschäftigt. April fragte, ob ich mehr Eis wolle.

Aus unerklärlichen Gründen wanderten meine Gedanken zu dem Mädchen im Kühlraum.

»Außerdem haben wir ein Teenager-Mädchen«, sagte ich zu Pete. »Wurde letzte Nacht an der Old Pineville Road überfahren.«

»Die Eltern müssen am Boden zerstört sein.«

»Wir wissen nicht, wer sie ist.«

»O Gott. Larabees Fall?«

Ich nickte. »Es gibt ein paar Spuren. Wenn Slidell nur in die Gänge kommen würde. Er hat sich in den Kopf gesetzt –«

»Seinen Schrumpfkopf.«

Ich lächelte. »Er hat sich in seinen Schrumpfkopf gesetzt, dass sie eine illegale Stricherin ist.«

»Beweise?«

»Pinkfarbene Handtasche, Einstichspuren und schlechte Zähne.«

»Das ist alles?«

»Gebleichte Haare, dunkle Haut, und in ihrer Handtasche ein Zettel auf Spanisch.«

»Skinny denkt, dass sie von südlich der Grenze stammt?«

Ich nickte.

Pete kicherte und schüttelte den Kopf. Er hatte Slidell kennengelernt und wusste, wie dickköpfig der Mann sein konnte.

Das Stimmengewirr verstummte. Dann erfüllte ein vielkehliges Stöhnen den Raum. Irgendein Sportereignis lief nicht gut für die Heimmannschaft.

Petes Rippchen waren abgenagt und aufeinandergestapelt, als er sein Besteck weglegte und sich den Mund abwischte.

»Kann ich dir noch was erzählen?«

»Klar.«

»Ich habe einen Freund, Hunter Gross. Ich glaube nicht, dass du ihn kennst. Sein Neffe John ist Lieutenant bei den Marines.«

»Semper fi.« Ich salutierte.

Pete hatte im Corps gedient, hatte immer noch eine kleine Flagge der Marines in seinem Büro stehen. An jedem zehnten November feierte er den Geburtstag des Corps mit seinen Ausbildungskameraden.

»Bis vor ein paar Monaten diente John als Zugführer in Afghanistan. Soweit ich die Geschichte verstehe, haben John und seine Männer den Befehl erhalten, ein Dorf zu durchsuchen.« Pete hielt inne, einen merkwürdigen Ausdruck im Gesicht. »Ich kenne die Details nicht so recht, aber dem Jungen wird der Mord an unbewaffneten Zivilisten vorgeworfen.«

»O Gott.«

»Hunter sagt, er kann unmöglich schuldig sein.«

»Der Freund. Der Onkel.«

»Ja.«

»Wie denkst du darüber?«

Pete zuckte die Achseln. »Ich weiß nicht, was ich denken soll. Hunter sagt, er ist ein guter Marine, will sich dort eine Karriere aufbauen, aber ich kenne ihn nicht.«

»Wo ist er jetzt?«

»Dreht Däumchen im Camp Lejeune bis zum Abschluss der Untersuchungen.«

»Suspendiert?«

Pete nickte.

»Schwierig.« Etwas zu sagen.

»Ja. Für die Familie ist das die reinste Hölle.«

Kaltblütiger Mörder? Inkompetenter Führer? Guter Soldat, schlechte Entscheidung in der Hitze des Gefechts? Knifflig.

In derselben Gegend, in der Katy stationiert war.

Pete knüllte seine Serviette zusammen und warf sie auf den Tisch. Schaute mich an. Las meine Gedanken.

»Du denkst an Katy, stimmt's?«

Ich antwortete nicht.

»Katy ist nur einfache Soldatin. Sie wird niemanden irgendwohin führen.«

»Sie ist bei der Artillerie.«

»Hinter den Linien.«

»Wo sie Raketen auf Leute schießt, die uns hassen.«

»Nicht jeder in Afghanistan hasst die Amerikaner.«

»Ich weiß. Aber das Leben da drüben ist so … unberechenbar. Sie könnte auf dem Weg zum Frühstück getötet werden.«

»Ich auch.«

»Du weißt, was ich meine.«

»Katy ist eine Überlebenskünstlerin.«

Das sagte er mit solcher Überzeugung, dass ich ihm fast glaubte. Trotzdem. Die Bilder. Katy, in einem brennenden Humvee auf einer öden Wüstenstraße. In einem Leichensack.

Wie das Mädchen im Kühlraum.

Das Fahrerfluchtopfer hatte irgendwo eine Mutter, die sich fragte, wo sie ist. Warum sie nicht anrief. Versicherte ihr irgendjemand, dass es ihrem Mädchen gut gehe?

Ich trank den Rest meines Perrier, das jetzt fast nur noch geschmolzenes Eis war.

»Mein Auto –«

»Na dann los!«

Pete machte eine Schreibbewegung. April und ihre Zähne kamen mit der Rechnung.

Wie immer griffen wir beide danach. Pete war schneller, zahlte bar und legte ein Trinkgeld drauf, das einen Präsidentschaftswahlkampf hätte finanzieren können.

Fünf Minuten Rihanna, dann waren wir auf dem Parkdeck des Gerichtsgebäudes. Ich stieg aus und ging zu Petes Seite des Autos. Er ließ sein Fenster herunter.

»Also. Morgen sind wir beide offiziell frei.« O Gott. Hatte ich das wirklich gesagt?

»Jaja.« Ähnlich lahm.

Wir umarmten uns etwas linkisch durch das offene Fenster. Einen Augenblick zu lange vielleicht?

»Für dich und Summer nur das Beste.«

»Danke. Bleiben wir in Kontakt?«

»Natürlich.«

»Soll ich warten, bis du in deinem Wagen sitzt?«

»Ich bin ein großes Mädchen.«

»Aber sehr ungeschickt mit Schlüsseln.«

Ich fischte die Reserveschlüssel vom Schreibtisch aus meiner Handtasche. Gab Pete den Haustürschlüssel zurück, den er mir geliehen hatte.

Dann war Pete verschwunden.

Meine Handtasche war noch im Mazda. Die verhassten Schuhe ebenfalls.

Weiter unten rauschte leise der Verkehr auf der Fourth Street. In der Ferne lallte irgendein Betrunkener *Lucy in the Sky*.

Ich steckte einen Schlüsselsatz in meine Handtasche und holte mein Handy heraus.

Slidell antwortete nach dem zweiten Klingeln.

»Ja, Doc.« Im Hintergrund hörte ich die Geräusche eines Baseballspiels.

»Wie läuft's mit dem Fahrerfluchtopfer?«

»Morgen –«

»Haben Sie sich in der Nachbarschaft umgehört? An der Old Pineville Road gibt's ein paar Läden.«

»Wie gesagt –«

»Was ist mit Unfallwerkstätten?«

»Ich bin dran.«

»Klamotten- und Schuhläden?«

»Dran.«

»Kliniken?«

Keine Antwort.

»Waren Sie in der St. Vincent de Paul?«

»Dran.«

»Wann dran?« Slidells Lässigkeit nervte mich.

»Hören Sie, wir haben rein gar nichts. Wenn sie illegal ist, wird sich niemand melden. Wenn sie auf den Strich geht, wird sich niemand melden.«

Tief drinnen befürchtete ich, dass Slidell recht hatte. Trotzdem.

»Wie wär's, wenn wir ihr Foto in die Zeitung setzen?«

»Haben Sie verstanden, was ich eben gesagt habe?«

»Kann doch aber nicht schaden, oder?«

»Ziegenscheiße ins Meer werfen auch nicht.« Ein tiefer Seufzer. »Hören Sie, ich will Sie ja gar nicht abwimmeln. Vor ein paar Stunden bekam ich den Fall einer Vermissten auf den Tisch, die Verbindungen zum Bürgermeister hat. Alleinerziehende Mutter, zwei Kinder, Vollzeitjob in einer Rite-Aid-Apotheke. Der Chef sagt, ich habe kein Leben mehr, bis die Dame gefunden ist.«

Die Verbindung brach ab.

Irritiert, aber nicht völlig entmutigt saß ich da. Slidell

kommt zwar manchmal schwer in die Gänge, doch das macht er unterwegs schnell wieder wett. Außer er ist anderweitig beschäftigt. Zum Beispiel mit einem Vermisstenfall inklusive politischen Drucks.

Ich stelle mir das Mädchen mit der pinkfarbenen Haarspange vor.

Ich stelle mir Katy bei unserer letzten Begegnung vor, in Fort Hood am Abschlusstag ihrer Grundausbildung. Anstelle von Haarspangen trug sie Kampfmontur, Stiefel und ein schwarzes Barett. Ihr Körper war steinhart, ihre langen Haare am Nacken straff zusammengefasst.

Während des ganzen Tages hatte ich mit Tränen des Stolzes zu kämpfen gehabt. Und mit Tränen der Angst.

Dieselbe Angst empfand ich jetzt alleine in meinem Auto auf dem Parkdeck.

Was, wenn Katy verschwand und niemand sich die Mühe machte, nach ihr zu suchen? Herauszufinden, ob sie tot oder am Leben war?

Das menschliche Hirn ist eine Schaltstation, die auf zwei Ebenen funktioniert.

Während meine Hand den Schlüssel drehte, schickte meine Denkzentrale Bilder einer verlassenen zweispurigen Straße.

Anstatt nach Hause in Richtung Myers Park zu fahren, bog ich nach Norden zur I-77 ab.

Nahm die südliche Auffahrt.

Fuhr nach Woodlawn.

9

Das Teilstück der Old Pineville Road, auf dem ich fuhr, war früher die wichtigste Verbindungsstraße zwischen Charlotte und Pineville. Aber die Stadt und die Straße hatten beide schon bessere Tage gesehen. Und belebtere. Jetzt spielte sich das Leben auf dem South Boulevard weiter östlich ab, und nur wenige Autofahrer hatten diese Gegend als Ziel.

Ich setzte den Blinker und trat auf die Bremse. Zwei Lichtkegel rasten auf mein Heck zu. Eine Hupe blökte, und eine große Masse schlingerte um mich herum, bis die Heckleuchten mich anstarrten wie glühend rote Augen in der Dunkelheit.

Nachdem ich gewendet hatte, hielt ich am Straßenrand und schaute mich um. Keine Bürgersteige. Keine Ampeln. Für Fußgänger tödlich.

An der Beifahrerseite verlief ein breiter Streifen mit Unkraut und Gestrüpp. Dahinter die Gleise der Lynx Blue Line, Charlottes erster und einziger Spur der Stadtbahn.

War das Mädchen mit dem Zug gekommen? Zu welcher Station? Woodlawn? Scaleybark? Falls sie bei einer Lynx-Station ausgestiegen war, hatte vielleicht irgendjemand sie gesehen?

War sie mit dem Auto gekommen? Zu Fuß? War sie allein? In Begleitung? Ein freundlicher Fremder, der ihr eine Mitfahrgelegenheit angeboten hatte? Einen Burger? Ein Getränk?

Und vor allem, warum? Larabee schätzte den Todeszeitpunkt auf irgendwann zwischen elf und zwei. Was hatte eine Jugendliche mitten in der Nacht zu einer so isolierten Stelle gelockt? Ohne Jacke in der Kühle der Nacht.

Ich wusste, dass die Spurensicherungstechniker jedes noch so winzige Beweisstück fotografiert und in Tüten gesteckt hatten. Was tat ich also hier nach meinem langen, frustrierenden, blasenziehenden Tag?

Ich musste es selbst sehen. Hören. Schmecken. Ein Gefühl für den Ort entwickeln.

Nachdem ich mir die Schlüssel nachdrücklich in die Tasche gesteckt hatte, stieß ich die Tür auf. Eine Windbö erfasste meine Haare und fuhr in den Saum meiner Jacke. Obwohl es tagsüber noch sommerlich war, kühlte die Luft mit dem Sonnenuntergang ab.

Ich zog mir den Reißverschluss bis zum Kinn hoch.

Ich war wärmer angezogen, als meine Unbekannte es gewesen war. Warum? Das modische Manifest einer Pubertierenden? Ein überstürzter Aufbruch? Die Erwartung eines Abends drinnen?

Ich stellte mir die hochhackigen Stiefel und den Jeansrock vor. Bedeutungslos. Heranwachsende zogen sich so an, um im Einkaufszentrum herumzuhängen, zur Schule oder mit Freunden zu einer Party zu gehen.

In der Ferne pfiff leise ein Zug. Nicht die Stadtbahn. Ein Güterzug auf dem Parallelgleis. Norfolk Southern? CSX? Aberdeen, Carolina and Western?

War das Mädchen aus einem Güterwaggon gesprungen und die Old Pineville Road entlanggegangen? Nicht sehr wahrscheinlich, aber möglich.

Falls das Mädchen mit dem Auto gekommen war, dann war es zweifelhaft, ob sie darum gebeten hatte, hier herausgelassen zu werden. Hat der Fahrer sie zum Aussteigen gezwungen? Warum? Ein Streit? Der Abschluss eines Geschäfts?

Ich dachte an die Samenflecken.

War der Sex einvernehmlich gewesen? Folgte darauf ein Streit, sodass sie wütend aus dem Auto sprang? Wurde sie vergewaltigt und dann weggeworfen wie der Müll der letzten Woche?

Hatte Slidell recht? War das Mädchen auf den Strich gegangen und von einem rebellischen Kunden überfahren worden?

Ich suchte die andere Straßenseite ab, sah die schwarzen Silhouetten von Gewerbebauten. Und dazwischen zinngraue Leerräume.

Ich dachte an die Clubkarte von US Airways in der Handtasche des Mädchens. An John-Henry Story. Warum hatte sie die Karte eines Toten bei sich? War sie mit ihm gereist, als er die Karte das letzte Mal benutzt hatte? Wohin? Hatte er ihr die Karte gegeben? Hatte sie sie ihm gestohlen? Ohne ihn hätte sie die Karte nicht benutzen können. Warum hatte sie sie behalten?

Die Leiche des Mädchens war in der Nähe der Kreuzung Old Pineville und Rountree gefunden worden, nur eine kurze Strecke von mir entfernt. Rannte sie, als sie angefahren wurde? Stand sie auf dem Bankett? Ging sie? Wie weit war sie gekrochen, nachdem sie überfahren worden war?

Ein Laster rumpelte vorbei, wich meinem Mazda in weitem Bogen aus.

Memo an mich selbst: Slidell soll sich bei Lastwagenfahrern umhören, die häufig diese Strecke fahren. Und generell an Fahrer appellieren, die gestern Nacht hier entlanggefahren sind. Aber darauf würde er mit Sicherheit selbst kommen.

Hatte die Kleine das Fahrzeug gesehen, das sie getötet hatte? Hatte sie versucht, ihm auszuweichen, oder wurde sie getroffen, bevor sie sich der Gefahr überhaupt bewusst wurde?

Einen Augenblick stand ich fröstelnd da und lauschte. Die

Stille wurde nur vom Geräusch einer vom Wind verwehten Plastikverpackung durchbrochen. Von einer gedämpften Autohupe.

Meine Nase registrierte den Geruch von öligem Beton. Abgase. Trockenes Laub, so wie es nur im Herbst riecht.

Ich schaute die Straße in beide Richtungen entlang. Auf der anderen Seite, vielleicht eine Viertelmeile hinter mir, entdeckte ich ein schwaches, blaues und rotes Blinken, das ich zuvor noch nicht bemerkt hatte. Ich setzte mich hinters Steuer, wendete und fuhr darauf zu.

Das Blinken kam von einem weißen Stuckwürfel, der in grauer Vorzeit wohl eine Tankstelle gewesen war. Eine Lichterkette umrahmte ein Fenster, in dem verblasste Bekanntmachungen einen Großteil des Glases bedeckten. Rote Buchstaben auf der Front verkündeten den Namen des Ladens: Yum-Tum Convenience Mart.

Die einzigen Fahrzeuge auf dem Parkplatz des Yum-Tum waren ein verrosteter grauer Pick-up und ein uralter roter Ford Escort. Ich parkte neben dem Pick-up und stieg aus.

Durch die vergitterte Glastür sah ich eine einzelne Angestellte hinter einer brusthohen Theke. Ein Alarmsignal ertönte, als ich eintrat.

Mir fielen Deckenkameras auf, eine gegenüber der Theke, die andere in einer Ecke, das Objektiv auf die Tür gerichtet. Beide sahen betagt aus. Meiner Vermutung nach waren sie so programmiert, dass sie die Aufzeichnungen alle vierundzwanzig Stunden überschrieben.

Wenn sie überhaupt funktionierten.

Memo an mich selbst. Slidell wegen der Überwachungsbänder fragen.

Ein Mann in Bermudashorts, Basketballschuhen und

einem Trikot der Charlotte Panthers zahlte eben an der Kasse. Während ich wartete, bis er fertig war, prägte ich mir weitere Details ein.

Bier, Limonaden und Milch in den Kühlschränken. Regal mit Salzigem und Frittiertem in Tüten mit Warnungen vor Gesundheitsgefahren. Unter Wärmelampen Donuts, die wie Plastik glänzten. Würstchen, die sich auf einem fettigen Grill drehten. Der Laden war ein Terrorangriff auf den Verdauungsapparat.

Wortlos gab die Angestellte Bermuda sein Wechselgeld. Sie hatte platinblonde Haare, eine milchige Haut und dunkle Gothic-Augen. Die Kombination wirkte tough und zugleich unschuldig. Wie das Halloween-Missgeschick einer Zwölfjährigen.

Während Bermuda den Laden verließ, nahm ich mir ein Päckchen Minzbonbons und ging zur Theke.

»Viel zu tun?«

»Ist das alles?«

»Ja.« Ich hielt ihr einen Zehner hin. »Haben Sie gestern Nacht auch gearbeitet?«

»Ich arbeite jede Nacht.«

»Dann haben Sie den Unfall gesehen?«

Die Morticia-Addams-Augen hoben sich zu meinen. Verengten sich. »Irgendwie schon.«

»Was haben Sie sich dabei gedacht?«

»Warum fragen Sie?«

»Ich arbeite für das Büro des Medical Examiner. Ich habe das Opfer untersucht.«

»Also, ihre Leiche?«

Nein, du Genie. Ihre Socken. »Ja, ihre Leiche.«

»Also, dann sind Sie der Coroner?«

»Ich arbeite für den Medical Examiner.«

»Also, in einer Leichenhalle?«

Wenn man das Wort »also« aus ihrem Wortschatz entfernte, wäre die Kleine sprachlos.

»Ja.«

»Schätze, das ist cool.«

»Ja. Darf ich Sie nach Ihrem Namen fragen?«

»Shannon King.«

»Sind Sie Studentin, Shannon?«

»Ich belege Kurse am Community College.«

»Das ist aber sehr tüchtig.«

»Mein Englischlehrer lässt uns Blogs schreiben. Das ist ziemlich happig, weil, wissen Sie, ich bin jede Nacht hier und auch an einigen Nachmittagen. Wie viel kann man über Cheetos und Pepsi schon schreiben?«

»Dann sind Sie sicher eine gute Beobachterin.«

King schaute mich an, als wüsste sie nicht so recht, ob ich mich über sie lustig machte. Dann: »Glaub schon.«

»Der Unfall zum Beispiel.«

»Ich habe rein gar nichts gesehen. Und nichts gehört, bis die Sirenen kamen.«

»Wirklich?«

»Hören Sie, ich weiß, was Sie denken. Ich hab zu mir selber gesagt, Shannie, du musst doch etwas gehört haben. Reifenquietschen. Den Knall. Irgendwas. Hab ich aber nicht.«

»Bis zu den Sirenen.«

Sie atmete tief ein, dann senkten sich die oberen Zähne auf die Unterlippe.

»Abgesehen von?«, fragte ich.

»Ich will nicht blöd klingen.«

Zu spät.

»Das werden Sie auf keinen Fall«, sagte ich.

»Ich bin mir nicht ganz sicher, vielleicht ist das ja, also ich mein, irgendwie nachträglich da reininterpretiert.«

»Jede Kleinigkeit könnte sich als wichtig erweisen.«

»Vielleicht hat irgendjemand geschrien. Aber nicht in der Nähe. Es war mehr wie ein Jaulen. Aber es hätte auch ein vorbeifahrendes Auto sein können, in dem der Fahrer die Sender wechselt. Oder eine Katze.«

»Oder ein Schrei.«

»Ja, ein Schrei.«

»Sie sind nicht rausgegangen, um nachzusehen.«

»Doch, bin ich schon. Der Laden war, also, total leer. Aber da war nichts. Wie jede Nacht.«

»Haben Sie irgendwelche Fahrzeuge gesehen, die schnell gebremst oder beschleunigt haben?«

»Nöö.«

»Es war gut, dass Sie nachgesehen haben.«

»Hören Sie, ich werde versuchen, in meinen Erinnerungen zu kramen.« Sie zuckte die Achseln, als wäre ihr dieser für ihre Verhältnisse ungezügelte Enthusiasmus etwas peinlich. »Hilft mir vielleicht bei meinem Blog. Das ist alles.«

»Das wäre gut.«

»Oder ich kann auch Kunden fragen. So ganz cool und nebenbei. Also wie: ›Haben Sie diesen Unfall Montagnacht gesehen?‹ So wie Sie es bei mir gemacht haben.«

Ich gab ihr das Polaroid, das ich im Kühlraum geschossen hatte. »Haben Sie dieses Mädchen schon einmal gesehen?«

»Ist sie das?« Sie starrte das Foto an. »Die getötet wurde?«

»Ja.«

»Ach du Scheiße. Ist die jung.«

»Ja.«

»Wie heißt sie?«

»Das wissen wir nicht. Wir versuchen, es herauszufinden.«

»Wenn ich Ihnen nur helfen könnte.« Sie schob mir das Foto wieder zu. Hielt inne. »Ich könnte es behalten. Es herumzeigen. Soll ich das machen?«

Ich überlegte, entschied mich dann aber dagegen. Nicht wenn sie in den Nächten so oft alleine war. Ich wollte auf keinen Fall, dass sie den Falschen aufschreckte.

»Ich werde mit dem Ermittlungsleiter reden, ob er Ihnen eine Kopie zukommen lassen kann.«

»Wie heißt der?«

»Detective Slidell.«

»Wird er mich anrufen?«

»Bestimmt.«

Ich gab ihr meine Karte. »Bitte rufen Sie mich an, wenn Ihnen noch irgendetwas einfällt. Egal was.«

Meine Hand lag schon auf dem Türknauf, als ihre Frage mich aufhielt.

»Was hat sie so spät noch hier draußen getrieben?«

»Ich weiß es nicht, Shannon. Aber ich werde es herausfinden.«

Dreißig Minuten später war ich zu Hause und im Bett.

10

In dieser Nacht träumte ich in zerfasernden Fetzen, die beim Aufwachen alle vergessen waren. Bis auf einen.

Ryan ging eine schattige, von dunklen, miteinander verflochtenen Zweigen überwölbte Straße entlang. Er hatte mir den Rücken zugekehrt.

Ich rief ihn, aber er blieb nicht stehen. Von vorne näherte sich ein Auto, gleißende Scheinwerfer erhellten seinen langen, schlaksigen Umriss.

Ryan drehte sich um. Langsam verwandelte sein Gesicht sich in Petes.

Die Pete-Ryan-Gestalt kam, einen zusammengeklappten Regenschirm wirbelnd, auf mich zu. Als sie bei mir war, stach sie mir immer wieder mit der Spitze in die Seite.

Ich öffnete die Augen. Spürte einen Druck unter den Rippen.

Ich griff unter mich, spürte etwas Hartes auf der Matratze. Ich holte es hervor.

Mein litauischer Bernsteinring war mir vom Finger gerutscht. Oder ich hatte ihn in der Nacht abgestreift.

So oder so, eins war klar. Ich hatte abgenommen. Vor noch nicht allzu langer Zeit hatte er sehr straff gesessen. War es der Stress?

Ich lag eine Weile im Bett und ging den Traum noch einmal durch. Was würde der alte Sigmund dazu sagen?

Ich dachte an die peruanischen Hunde. Überlegte mir die beste Herangehensweise.

Dann fiel mir etwas viel Wichtigeres ein. Katy und ich hatten abgemacht, am Mittwochvormittag um null-neunhundert, wie sie es nannte, zu skypen. Nach meiner Zeit.

Mein Blick schoss zum Wecker. Sieben Uhr fünfundfünfzig.

Schnell duschte ich und wusch und trocknete mir die Haare.

Als ich aus dem Bad kam, sang mein iPhone. Ich erreichte es zu spät.

Das Display zeigte zwei Nachrichten an. Ein dritte erreichte mich, als ich mit dem Ding in der Hand dastand. Ernsthaft? Alles innerhalb von zwanzig Minuten?

Ich schaute die Liste durch.

Das Büro des Tierarztes hatte angerufen, um mich an Birdies alljährlichen Check-up zu erinnern.

Pete. Keine Nachricht. Mit Glückwünschen zu einer erfolgreichen Scheidung?

Shannon King. Es dauerte einen Augenblick, bis mir der Name etwas sagte. Die Angestellte im Yum-Tum. King hatte eine Nummer hinterlassen und gebeten, sie zurückzurufen.

Ein Blick auf die Uhr. Acht-zwanzig.

Ich zog einen Jogginganzug an, tappte barfuß in mein Arbeitszimmer und startete Skype auf meinem Mac. Katy war nicht online. Hätte ich mir denken können. In Afghanistan war es erst 16 Uhr 50.

Birdie sprang auf den Tisch und schubste meine Hand von der Tastatur.

»Tut mir leid, Birdie. Aber jetzt gibt's Frühstück.«

Die Katze folgte mir in die Küche und sah zu, wie ich eine weitere Katzendelikatesse zusammenbastelte. Thunfisch mit Instant-Haferbrei. Ich schwor, an diesem Tag beim PetSmart vorbeizufahren und mich mit Dosenfutter und einer großen Tüte Brekkies einzudecken.

Nach der Katzenfütterung löffelte ich Kaffee in den Filter, goss Wasser in die Maschine und schaltete sie ein.

Während Mr. Krups seine Arbeit verrichtete, rief ich Shannon King an. Sie klang abgelenkt, als sie sich meldete. Oder schläfrig.

»Hören Sie. Ich, also, ich zermartere mir das Hirn. Wie wir gesagt haben.«

Wie lange kann das dauern?

»Gut«, sagte ich.

»Aber ich finde einfach nichts. Ich verspreche, heute Abend gehe ich alles noch einmal ganz genau durch.«

»Großartig.« Ich schaute auf die Uhr.

»Und ich dachte mir. Also, vielleicht könnte ich ja in die Leichenhalle kommen.«

Die Leichenhalle.

»Vielen Dank für Ihr Angebot, aber private Besuche sind nicht gestattet. Es ist eine Frage der Sicherheit und des Bio-Protokolls. Aber bitten sagen Sie mir Bescheid, wenn Ihnen irgendetwas einfällt.«

Zurück im Arbeitszimmer, schaute ich nach, ob Katy auf Skype inzwischen online war.

Nichts.

Verständlich. 8:28 hier. 16:58 dort.

Damit die Zeit schneller verging, kontrollierte ich meine E-Mails.

Drei Bitten um Spenden.

Eine Werbung für eine natürliche Art, Fett zu verbrennen.

Ein Foto von Harry mit einem Irischen Wolfshund und ihrem augenblicklichen Verehrer. Einer von den beiden hieß Bruce, der andere Albert. Ich hatte keine Ahnung, wer wer war.

Ein Newsletter von der Fitness-Website Exercise After Forty.

Nichts von Katy. Gut. Keine Absage.

Da ich nicht still sitzen konnte, rannte ich, zwei Stufen auf einmal nehmend, die Treppe hoch. Fitness ab vierzig.

Vor dem Badezimmerspiegel legte ich Mascara und Rouge auf.

Als würde Katy das sehen.

Noch einmal Fitness ab vierzig hinunter in die Küche. Mit frischem Kaffee in der Tasse kontrollierte ich noch einmal Skype.

Keine Veränderung. 8:42 hier. 17:12 dort.

Ich rollte mit dem Stuhl seitwärts und zog mir eine Ausgabe des *Journal of Forensic Sciences* aus dem Regal.

Cross-over-Immunoelektrophorese für die Entdeckung von Blutproteinen in Erde. Konfokalmikroskopie für die Untersuchung von abgefeuerten Patronen. Analyse der STR-Schmelzkurve für genetisches Screening. Das Aufspüren von Meglumin und Diatrizoat in Bazillensporen.

Zwar interessante Themen, aber keine, die mich fesselten.

Blick auf die Uhr. Neun-zwanzig. Noch nichts von Katy.

Ich nippte an meinem lauwarmen Kaffee und starrte den sich nicht verändernden Bildschirm an. Wollte, dass meine Tochter endlich auftauchte.

Ganz ruhig, Brennan. Die Bagram Air Base ist der sicherste Standort in Afghanistan.

Das hatte Katy mir versichert. Und Pete ebenfalls.

9:40.

10:05.

Mit Magenschmerzen dachte ich an die Unbekannte im Kühlraum.

Vielleicht trank die Mutter des Mädchens gerade genauso wie ich Kaffee und vertraute darauf, dass ihre Tochter irgendwo in Sicherheit war.

Ganz ruhig.

Zurück zu der Zeitschrift.

Ging nicht.

Zum millionsten Mal dachte ich an Slidell. Ich wusste, dass er wegen eines Mädchens, das in seinem Revier ermordet worden war, den Dirty Harry geben würde. Dass er jeder Spur nachgehen würde. Aber er hatte seine Prioritäten.

Das Verschwinden einer schwer arbeitenden, alleinerziehenden Mutter, die in der Gegend bekannt war, drängte den Tod einer potenziell Illegalen und potenziellen Prostituierten in den Hintergrund.

Auf dem Bildschirm sprangen die Ziffern in der oberen rechten Ecke auf 10:22.

Sie ruft aus einem USO-Zentrum an, sagte ich mir. Wo Dutzende anstehen fürs Internet. Soldaten, die mit ihren Frauen, Männern, Kindern, ihren Müttern reden. Und sich beim Abschied Zeit nehmen.

Beschäftige dich. Mach deine Arbeit.

Ich klickte den Skype-Bildschirm in den Hintergrund und drückte einige Tasten.

Als im Jahr 2005 immer deutlicher wurde, dass das doppelte Problem der Vermissten und der nicht identifizierten Überreste angegangen werden musste, organisierte das National Institute of Justice eine gigantische Konferenz mit dem Namen Identifying the Missing Summit, Gipfeltreffen zur Identifikation von Vermissten. In der Folge schuf ein Deputy Attorney General die National Missing Persons Task Force, die Nationale Vermissten-Sondereinheit, und beauftragte das Justizministerium mit der Entwicklung von Werkzeugen zur Lösung des Problems der Vermissten und der nicht identifizierten Überreste. Die Sondereinheit schlug die Erstellung einer zentralisierten Datenbank vor.

Aus dieser Empfehlung entstand das National Missing and Unidentified Persons System, NamUs, eine nationale Datenbank über Vermisste und nicht Identifizierte. NamUs ist frei, online und für jeden verfügbar.

Die NamUs-Homepage erschien auf meinem Bildschirm, mit Links zu drei Datenbanken: Vermisste, Nicht identifizierte Personen, Nicht nachgefragte Personen. Da ich hoffte, dass irgendjemand meine Unbekannte als vermisst gemeldet hatte, klickte ich auf den ersten.

Suchparameter erschienen. Ich gab beim Geschlecht weiblich ein, bei der Rasse weiß und beim Alter heranwachsend. Die Rubrik »Ethnische Zugehörigkeit« ließ ich leer, füllte aber »Letztes bekanntes Lebensdatum«, »Alter zum letzten bekannten Lebensdatum« und »Zustand zum letzten bekannten Lebensdatum« aus. Dann klickte ich auf Suchen.

Und bekam keinen einzigen Treffer.

Ich versuchte es noch mal mit der Altersangabe Teenager/Junge Erwachsene.

Noch immer keine Übereinstimmungen.

Also gab ich als ethnische Zugehörigkeit Hispano/Latino ein.

Nada.

Kehrte beim Alter zu heranwachsend zurück.

Nichts.

Enttäuscht, aber nicht überrascht, tat ich das Einzige, was ich konnte. Ich nahm die Informationen meiner Aktenkopie des Medical Examiner zur Hand und gab die Gesuchte damit in die Datenbank der nicht identifizierten Personen ein. Physische, medizinische und persönliche Merkmale. Kleidung. Accessoires. Eine kurze Zusammenfassung der Umstände ihrer Auffindung.

Es gab so wenig einzugeben. Keine Narben. Keine Tattoos oder Piercings. Keine Zahnfüllungen. Keine Implantate. Keine Missbildungen.

Sie war einfach ein normaler, gesunder Teenager. Tot.

10:40. Noch immer meldete sich Skype nicht.

Ins Institut fahren und mit den Mumienbündeln weitermachen?

Ich beschloss, Katy noch ein paar Minuten zu geben.

Ich loggte mich in das Doe Network ein, das Internationale Zentrum für nicht identifizierte und vermisste Personen.

Dasselbe Ergebnis.

Ich loggte mich eben aus, als mein iPhone klingelte.

»Hi, Doc.« Slidell kaute etwas.

»Ja.« Ich starrte ein Foto von Katy an, das vor zwei Sommern auf den Outer Banks aufgenommen worden war. Ihre Haare, vom Wind zerzaust und erleuchtet von den Strahlen der Spätnachmittagssonne, schimmerten wie Gold.

»Hab ein bisschen Zeit mit den Intelligenzbestien an der Old Pineville Road verbracht. Diese Trottel würden ihre eigenen Ärsche nicht finden, wenn –«

»Haben Sie irgendwas Zweckdienliches herausgefunden?«

»Wollen Sie mich auf den Arm nehmen? Ich war in einem Partyladen, einer Lagerhalle für Privatleute, einem Gartenzentrum, das aussah, als hätte es sich auf Schimmel spezialisiert, und in einem Dutzend anderer Löcher, die sich nur noch mit Saugnäpfen an der Straße halten. Die Schweißerei war mein Favorit. Die Tussi am Empfang hatte offensichtlich zu viele Dämpfe eingeatmet. Hätte mit der Leiche da reinmarschieren können, die dumme Kuh hätte es gar nicht bemerkt.«

»Keiner kannte das Mädchen auf dem Foto?« Ich hatte Slidell eine Kopie meines Polaroids aus dem Kühlraum geschickt.

»Keiner wusste irgendwas.«

»Waren Sie auch in einem Gemischtwarenladen namens Yum-Tum?«

»Ja. Das war ein Leckerbissen.«

»Haben Sie nach den Überwachungsbändern gefragt?«

»Kamera ist im Arsch, weil der Besitzer im Arsch ist. Die Tussi hat das tatsächlich so gesagt.«

»Hatten irgendwelche anderen Läden Videoüberwachung? Vielleicht eine Kamera, die auf die Straße gerichtet war und den Unfall aufgenommen hatte?«

»Überall dieselbe Geschichte. Die Bänder werden alle vierundzwanzig Stunden überschrieben.«

»Was ist mit dem Fahrzeug? Haben Sie schon Laborergebnisse zum Lack?«

»Aber natürlich. Die haben es ganz oben auf ihre Liste gesetzt und das Ergebnis mit einer Limousine geschickt.«

»Haben Sie in Karosseriewerkstätten nachgefragt? Hat irgendjemand ein Auto mit einem Schaden gebracht, der zu einem Zusammenstoß mit einem Fußgänger passt?«

»Haben Sie heute Morgen zu viel Kaffee getrunken?«

Ich ignorierte die Bemerkung und erzählte Slidell von meinen Recherchen auf NamUs und Doe Network.

»Überrascht mich nicht. Larabee hat sie durch jedes System auf dem Planeten geschickt. Ich habe die Vermisstenfälle durchgesehen. Kein Mensch hat ein Mädchen als vermisst gemeldet, das zum Profil passt.«

»Wie weit sind Sie zurückgegangen?«

»Weit genug. Sie ist ganz offensichtlich nicht von hier.«

»Sie könnte eine Ausreißerin sein.«

Einige Augenblicke schwiegen wir beide. Im Hintergrund hörte ich gedämpft Verkehrsgeräusche. Slidell sprach als Erster wieder.

»Das Mädchen bewegte sich unterm Radar hindurch. Keine Papiere bei sich. Keine Schlüssel. Nichts. Dass wir ihr einen Namen zuordnen können, ist eher unwahrscheinlich. Was haben Sie vor?«

»Wir müssen es trotzdem versuchen.«

»Mein Chef sitzt mir wegen dieser verschwundenen Frau im Nacken.«

»Zweigleisig fahren, Detective.«

Slidell machte ein Geräusch und legte auf.

11:02. So viel zu Skype.

Ich schrieb Katy eine E-Mail. *Sorry, dass ich dich verpasst habe. Alles okay? Schlag einen neuen Zeitpunkt vor. Hab dich lieb, Mom.*

Auf zu den Hunden.

Doch anstatt nach oben zu gehen und mich anzuziehen, holte ich mir frischen Kaffee und setzte mich wieder an meinen Schreibtisch.

Ich wählte die Nummer des Forensischen Instituts des SBI in Raleigh. Fragte nach Josie Cromwell von der Abteilung Forensische Biologie und DNS. Bald darauf nahm sie ab.

»Ms. Cromwell.«

»Hey, Josie. Tempe Brennan.«

»Wie geht's dir, altes Mädchen?«

»Gut. Und dir?«

»Kann nicht klagen. Weißt du immer noch, wo die ganzen Leichen vergraben sind?«

»Ein paar. Hast du sehr viel zu tun?«

»Sitze nur herum und halte meine Fingernägel sauber.«

Wir lachten beide. Es war ein Zitat von einem Mann, den sie erst kürzlich bei der Bewerbung um einen Projektleiterposten aus dem Rennen geschlagen hatte.

»Wie ist es, Chef zu sein?«

»Hat so seine Höhepunkte. Und, was ist los? Kommst du nach Raleigh?«

»Leider nein. Ich möchte dich um einen Gefallen bitten.«

»Aha.«

»Ich habe hier ein junges Mädchen, im Teenageralter, Fahrerfluchtopfer. Von hinten angefahren und zum Sterben liegen gelassen.«

»O Gott.« Ich stellte mir vor, wie Josie den Kopf schüttelte und ihre kurzen schwarzen Dreadlocks hüpften.

»Ich weiß nicht so recht, wie engagiert der Chefermittler den Fall angeht. Er glaubt, dass sie illegal und eine Prostituierte ist.«

»Nur noch eine tote Nutte.«

»Wir haben Fingerabdrücke, aber die Kleine ist in keinem System. Wir finden keine Vermisste, auf die ihr Profil passt. Wir haben natürlich DNS-Proben genommen.«

»Die nutzlos sind, solange du keinen Namen hast und weißt, wen du wegen Vergleichsproben anrufen kannst.«

»Genau. Aber der Pathologe hat Sperma gefunden. Wir hoffen, dass uns das vielleicht weiterbringt.«

»Verstehe. Allerdings haben wir einen Rückstau, der die Besserverdienenden hier zum Schwitzen bringt.«

»Irgendeine Chance, dass du das Mädchen ein bisschen nach vorne schieben kannst?«

»Ich werde tun, was ich kann. Was wahrscheinlich nicht viel ist.«

»Tim Larabee schickt dir die Proben.« Ich gab ihr die relevanten Fallinformationen. »Ich stehe in deiner Schuld.«

»Davon kannst du ausgehen.«

Noch immer loggte ich mich nicht aus.

Ich klickte auf das Foto, das ich am Abend zuvor eingescannt und an mich selbst und an Slidell geschickt hatte. Darauf lag das Mädchen bleich und still in ihrem Sack.

Ich fragte mich, wie sie lebendig ausgesehen hatte, als noch eine Seele ihr Gesicht belebte, und welche Schrullen und Eigentümlichkeiten sie einzigartig gemacht hatten. Ein Zwinkern, ein Brauenheben, ein schiefer Mund, wenn sie redete.

Ich öffnete die Datei mit dem Aktenzeichen MCME 580-13 und kopierte das Foto hinein. Dann mailte ich eine Kopie des Fotos an Alison Stallings, eine Polizeireporterin des *Charlotte Observer*. Vor ein paar Jahren hatte Stallings über eine Serie satanischer Morde berichtet, die ich bearbeitet hatte.

Um genau zu sein, Stallings hatte Slidell und mich verfolgt. Aber ihre Berichte waren präzise und fair gewesen. Am Ende hatte ich sie sogar gemocht.

Nach zehn Minuten wählte ich Stallings' Handynummer.

»Wer ist sie?«, fragte sie zur Begrüßung.

Ich wiederholte, was ich Josie Cromwell gesagt hatte, wobei ich noch einige Details über den Todeszeitpunkt und den Fundort anfügte.

»Was wollen Sie?«

»Können Sie das Foto und einen kurzen Artikel bringen? Vielleicht scheucht das einen Zeugen auf oder jemanden, der sie kannte.«

»Moment mal.«

Ich wartete. Die unverständlichen Wortfetzen vom anderen Ende der Leitung klangen wie Geplapper aus einer anderen Galaxie. In weniger als fünf Minuten war Stallings wieder da.

»Tut mir leid. Mein Chefredakteur sagt, noch nicht. Wenn Ihr Mädchen am Ende der Woche noch immer eine Unbekannte ist, denkt er noch einmal darüber nach. Aber nicht für die Titelseite.«

»Danke. Ich weiß das zu schätzen.«

Wir verabschiedeten uns und legten auf.

Okay. Die Hunde.

Während ich in Jeans, Bluse und Ballerinas schlüpfte, schickte mein Hirn mir ein Bild von Slidell, wie er verächtlich über Latinos und Nutten redete.

Hatte er recht?

War sie illegal?

Was wirst du tun?

Ich rannte nach unten und mailte das Foto des Mädchens auch an Luther Dew vom ICE. Noch ein Schuss ins Blaue, konnte ja aber nicht schaden.

Einen Augenblick saß ich da und dachte nach. Über Slidell und seine vermisste, alleinerziehende Mutter. Über mein Telefongespräch mit Luther Dew.

Und erkannte das Offensichtliche.

Um meiner Unbekannten einen Namen zu geben, musste ich selbst die Initiative ergreifen.

Ich fügte dem Foto des Mädchens einen kurzen Text bei und ging dann zum Drucker.

Mit einem Stapel Flugblätter in der Hand machte ich mich auf den Weg.

11

Das einzige Fahrzeug auf dem Parkplatz des Yum-Tum war der klapprige Ford Escort vom Abend zuvor. Wahrscheinlich gehörte er Shannon King.

Ich schnappte mir eine Handvoll Flugblätter vom Beifahrersitz, stieg aus und ging zur Tür. Hinter mir ratterte ein Auto. Unter meinen Sohlen knirschte Kies.

Im Tageslicht konnte ich einige der Geschäfte in der Nachbarschaft identifizieren. Einen Werkzeugmacher, einen Laden, dessen Rasen voller Gussbeton stand, einen Siebdrucker, einen bröckelnden Gebäudekomplex, der aussah wie ein altes Motel 6, das man zu Apartments umgebaut hatte.

Kein Telefon, kein Pool, keine Haustiere …

Danke, Mr. Miller.

Das vordere Fenster des Yum-Tum war mit Zetteln vollgepflastert, einige neu, die meisten vergilbt und mit abstehenden Ecken. Ich blieb stehen, um ein paar durch das schmuddelige Glas zu lesen.

Verschwundene Katzen und Hunde, ein Papagei. Viel Glück damit. Eine Werbung für einen Wet-T-Shirt-Wettbewerb in einer Bar, die es vermutlich längst nicht mehr gab. Eine Schriftstellerin, die ihr selbst publiziertes Buch verkaufen wollte, *Gewicht und Wille.* Im Ernst? In dieser Fettzellenzentrale?

King stand hinter der Theke und blätterte in einer Ausgabe von *OK!*. Die verklebten Wimpern hoben sich, als ich in den Laden klimperte.

»Hi, Shannon.«

»Hey.« Unverbindlich.

»Ob ich vielleicht ein paar von denen da aufhängen kann?« Ich gab ihr ein Flugblatt.

Sie betrachtete das Foto und las das wenige, was ich dazugeschrieben hatte, Details über den Unfall und das Opfer, meine und Slidells Kontaktdaten.

»Okay.« Sie deutete mit dem Daumen auf das Motel 6. »Vielleicht haben ja die Mutanten aus den Apartments was gesehen.«

Sie griff unter die Theke und holte eine mit Haaren verklebte Tesa-Rolle hervor.

»Hängen Sie's ins Fenster.«

»Darf ich auch eins in die Tür kleben?«

Die dunklen Brauen zogen sich zusammen.

»Sie haben meine Karte. Wenn der Besitzer was dagegen hat, soll er mich anrufen«, sagte ich.

»Was soll's. Ich sag ihm, der Coroner hat drauf bestanden.« Sie legte ein Exemplar seitlich auf die Theke, sodass es von der Kundenseite aus zu sehen war. »Ich behalte eins hier, Sie wissen schon, um zu sehen, wie die Leute reagieren. Falls sie, also irgendwie schuldbewusst aussehen oder so.«

Klasse. Ich hatte ein Mädchen im Kühlraum und meine Tochter im Kriegsgebiet. Ich brauchte keine Amateur-Ermittlerin.

»Das ist okay, Shannon. Aber bitte nur beobachten. Verwickeln Sie niemanden in ein Gespräch.«

»Halten Sie mich für eine Idiotin?«

»Natürlich nicht.«

Ich spürte die Gothic-Augen im Rücken, als ich die Flugzettel anklebte und den Laden verließ.

Der Tag wurde wärmer, die Wolkendecke löste sich auf.

Nachdem ich meine Jacke ausgezogen hatte, fuhr ich zum Motel 6.

Der Komplex, The Pines genannt, war eine lange, rechteckige Schachtel, die wenig Motivation zum Aufrechtstehen zu haben schien. Ein Anstrich, der früher einmal die Waschbetonwände bedeckt hatte, wirkte jetzt wie unregelmäßiger, blutroter Ausschlag. Jedes der zehn Apartments hatte ein einzelnes Fenster mit Vorhang und eine verwitterte, blaue Tür.

Zimmer für fünfzig Cents…

Ich nahm an, dass die Mieter in The Pines eher kurzfristig

hier wohnten, entweder auf dem Weg nach oben oder nach unten im Sozialgefüge.

Ein paar klapperige Autos standen auf dem betonierten Streifen vor dem Rechteck, wie alte Schindmähren, die vor einem Saloon angebunden waren. Ich stellte meins dazu und stieg aus.

Bei den ersten sechs Türen antwortete niemand. Ich schob allen einen Flyer unter der Tür durch und ging weiter.

Nummer sieben und acht wurden von dunkelhäutigen Frauen geöffnet, beide behaupteten: *No comprendo.* Dasselbe, als ich meine Fragen auf Spanisch stellte. Mit Furcht in den Augen nahmen sie die Handzettel entgegen und zogen sich schnell zurück.

Bei Apartment neun öffnete ein Mann mit nacktem Oberkörper die Tür einen Spalt und schlug sie wieder zu, bevor ich etwas sagen konnte. Aus zehn bellte eine Stimme: »Verschwinde!«

Ich tat es.

Ich fuhr die Old Pineville und das kleine Netz der Straßen um die Rountree herum ab und tackerte das Foto des Mädchens an Bäume, Zäune, Strommasten und an eine Schranke am Asphaltende der Rountree, die den Zugang zu einem Waldstück versperrte. Ich hinterließ ihr Bild in jedem Laden, den Slidell besucht hatte. Die meisten akzeptierten meine Handarbeit mit skeptischem Blick. Ein paar stellten Fragen. Die meisten nicht.

Entmutigt arbeitete ich mich den South Boulevard entlang und fuhr dann noch zu den drei Stadtbahnstationen, die dem Fundort des Mädchens am nächsten lagen.

Ich sperrte eben meinen Mazda mit der Fernbedienung auf, als mein iPhone einen Anruf meldete.

»Temperance Brennan.« Ich setzte mich hinters Steuer und schnallte mich mit der freien Hand an.

»Luther Dew.«

»Wie kann ich Ihnen helfen, Agent Dew?«

»Ich hatte gehofft, Sie wären in Ihrem Büro.« Vorwurfsvoll?

»Ich bin gerade dorthin unterwegs.«

»Ich frage mich, ob ich vorbeikommen könnte, in einer halben Stunde vielleicht?«

»Ich habe meine Untersuchung der Mumienbündel noch nicht abgeschlossen.«

Eigentlich hatte ich noch gar nicht angefangen.

»Haben Sie die Radiografie schon gemacht?«

»Ja.« Ich hatte Joe Hawkins gebeten, die Dinger in jeder möglichen Stellung unters Röntgengerät zu legen.

»Ich frage mich, ob ich vielleicht die Filme haben könnte, sie würden mir bei der Zusammenstellung meines Berichts helfen.«

»Fotos können Sie sehr gerne haben, aber unser Institut muss die Originale behalten.«

»Das würde völlig ausreichen.«

»Sie wissen, wo das MCME-Institut ist?«

»Ja. Dann bis in einer halben Stunde.«

Leitung tot.

Und auch Ihnen einen schönen Tag, Agent Dew.

Als ich die Hand auf den Schalthebel legte, knurrte warnend mein Magen.

Ich schaute auf die Uhr. Fast zwei. Ich würde mir einen Bissen holen, wenn Dew wieder gegangen war. Vielleicht kurz raus für Burger und Fritten.

Wem machte ich da was vor? Die Chance auf ein Mittagessen war kleiner als die, Birdie heute Abend in einer Schürze am Herd anzutreffen.

Im Yum-Tum schnell was mitnehmen? So hungrig war ich auch wieder nicht. Würde ich niemals sein.

Ich legte eine CD von Scott Joplin ein, drehte die Lautstärke hoch und trommelte im Rhythmus von *Maple Leaf Rag* aufs Lenkrad.

Zwanzig Minuten und einen kurzen Abstecher in einen Circle-K-Lebensmittelladen später fuhr ich auf den Parkplatz des MCME. Mrs. Flowers ließ mich, lächelnd wie immer, durch die Sperre.

Ich wartete auf ihre gewohnten höflichen Kurzinformationen.

»Sie haben keine neuen Telefonnachrichten. Dr. Larabee ist nicht da. Ansonsten hat niemand nach Ihnen verlangt.« Alles in ihrem vertrauten Südstaaten-Singsang.

»Vielen Dank. In Kürze wird jemand vom Immigration and Customs Enforcement hier eintreffen. Special Agent Luther Dew.«

»Die mumifizierten Hunde?« Die nachgezogenen Brauen hoben sich einen Millimeter auf der bepuderten Stirn.

»Ist Joe mit den Röntgenaufnahmen fertig?«

»Er hat sie in den kleinen Autopsieraum gebracht.«

»Danke. Bitte sagen Sie mir Bescheid, bevor Sie Dew hochschicken.«

»Natürlich.«

Auf dem Weg zu meinem Büro ließ ich meinen Blick kurz über die Anschlagtafel wandern. Nichts Neues für mich.

Ich schaute eben meinen Eingangskorb durch, als das Telefon klingelte.

Na toll.

»Ihr Special Agent ist hier.« Kein Zittern in der Stimme, kein bebendes Atmen.

Ein wichtiger Hinweis. Obwohl Mrs. Flowers so kultiviert ist, wie eine Tochter der Südstaaten es nur sein kann, wird sie in Gegenwart großer, dunkler, attraktiver Männer nicht nur rot, sondern auch so atemlos wie Marilyn.

Dew war also kein berauschender Anblick.

»Können Sie ihn zehn Minuten hinhalten, bevor Sie ihn zu mir schicken?«

»Natürlich.«

Im kleinen Autopsieraum klemmte auf jedem Lichtkasten eine Folie, und große, braune Umschläge lagen neben drei der vier Plastikwannen.

Ich ging von Kasten zu Kasten, schaltete sie ein und betrachtete Röntgenaufnahmen des ersten Bündels.

Gut.

Ich nahm diese Bilder ab und ging die anderen drei Serien durch. Als ich gerade die letzte Aufnahme studierte, hörte ich Schritte auf dem Gang.

Ich drehte mich um.

Ein rosafarbener Beluga füllte die offene Tür aus. Weder Fedora noch Fliege, auch keine Hosenträger.

Dew trug ein weißes Hemd, eine blaue Krawatte und einen marineblauen Nadelstreifenanzug. Einen sehr großen. Ich schätzte ihn auf eins neunzig und mindestens hundertfünfunddreißig Kilo.

Ich machte einen Schritt auf ihn zu und streckte die Hand aus. »Tempe Brennan.«

»Luther Dew.« Fester Händedruck, aber kein Schraubstock.

Dews Blick schnellte an mir vorbei, kam dann wieder zurück.

»Vielen Dank, dass Sie Zeit für mich haben.« Die hohe Stimme, die aus diesem überdimensionierten Körper drang, klang irgendwie falsch.

»Selbstverständlich.«

Wieder wanderte Dews Blick zu den Röntgenaufnahmen. Mir fiel auf, dass seine Augen eine merkwürdig violette Lederhaut hatten.

»Bitte.« Ich deutete zum ersten Lichtkasten. »Treten Sie näher.«

Dews fleischiger Nacken legte sich in Falten, als er den Kopf nach links und rechts neigte, um sich ein Bild von den übereinanderliegenden Röhrenknochen, Rippen und den anderen anatomischen Teilen zu machen.

»Sieht nicht menschlich aus«, sagte er schließlich.

»Durch und durch Hund. Beachten Sie die Schnauze, die Zähne, die Schwanzwirbel.« Ich deutete auf die einzelnen Elemente.

»Die anderen sind ähnlich?«

Ich nickte. »Auch wenn ich sie erst oberflächlich untersucht habe.« Wenn das keine Untertreibung war. »Eins scheint ein Welpe zu sein.«

Dew betrachtete noch einen Augenblick das zusammengedrückte Skelett, das auf dem Film weiß leuchtete.

»Ich weiß es sehr zu schätzen, dass Sie Ihre Untersuchungen auf nicht invasive Methoden beschränken.«

»Wenn ich nichts Verdächtiges entdecke, dürfte eine Öffnung der Umhüllungen unnötig sein.«

»Die peruanischen Archäologen werden das sehr begrüßen.« Dew zog eine kleine Autofokus-Nikon aus der Tasche. »Darf ich?«

Ich wechselte die Aufnahmen, bis er alle vier Serien abfotografiert hatte. Dann fotografierte er noch die ungeöffneten Bündel.

Als er damit fertig war, standen wir beide einen Augenblick da und betrachteten die Hunde.

Mir kam ein Gedanke. Warum nicht?

»Das Fahrerfluchtopfer, über das wir gesprochen haben, ist immer noch nicht identifiziert.«

Dew schaute mich verständnislos an.

»Das Mädchen, von dem Slidell vermutet, dass es illegal hier ist. Möchten Sie die Leiche sehen?«

»Ich weiß wirklich nicht, was das bringen sollte.«

»Wir sind hier. Sie ist hier. Es kann doch nicht schaden.«

Bevor Dew etwas einwenden konnte, führte ich ihn in den Kühlraum, schob die entsprechende Rollbahre in die Mitte und zog den Reißverschluss auf.

Man musste Dew zugutehalten, dass er nicht davonlief. Er zeigte auch keinerlei Emotion.

Ein Augenblick verging. Dann sagte er: »Das ist sehr traurig, aber ich kann Ihnen wirklich nicht weiterhelfen. Können wir uns irgendwo unterhalten?«

Ich zog den Reißverschluss wieder zu, und wir gingen in mein Büro. Dew füllte es ziemlich aus. Ich wartete, dass er mir sagte, was ihm durch den Kopf ging.

»Als Teil der Ermittlungen hat das ICE angefangen, Dominick Rocketts Finanzen zu durchleuchten.«

Dew verstand meinen Mangel an Reaktion als Unverständnis.

»Wir schauen uns zum Beispiel Mr. Rocketts Bankunterlagen, Erwerbsdokumente und Steuererklärungen an. Unter anderem.«

Der Kerl redete, als würde er aus einem Handbuch vorlesen.

»Der Herr hat Vermögenswerte, die durch die Gesamtheit seiner Pension und der Behindertenrente plus seiner Einkünfte aus dem Importgeschäft nur schwer zu erklären sind.«

»Und das bedeutet?« Ich wusste, was es zu bedeuten hatte.

»Dass Dominick Rockett womöglich eine größere Nummer ist, als wir vermutet haben.«

»Sie halten ihn für einen Schmuggler?«

Dew bewegte jede Menge Pfunde auf erstaunlich elegante Art. »Diese Hunde sind vielleicht nur die Spitze eines sehr lukrativen und beunruhigenden Eisbergs.«

In diesem Augenblick tat mein Magen mal wieder seinen Bedarf kund.

Ich wurde rot. Dew vielleicht auch. Ich konnte es nicht sagen, weil sein Gesicht ohnehin so gerötet war.

»Aber ich habe Sie jetzt schon zu lange aufgehalten.« Dew erhob sich.

»Sie halten mich auf dem Laufenden?«, fragte ich.

»Natürlich. Sie waren sehr kooperativ.«

Kooperativ? Was war ich, eine Verdächtige?

»Vielen Dank.« Ich zog ein Flugblatt aus meiner Handtasche. »Wenn Sie sich vielleicht in Bezug auf meine Unbekannte ein wenig umhören könnten?«

Dew betrachtete eben das Foto, als mein Festnetzanschluss klingelte.

»Entschuldigen Sie die Störung.« Mrs. Flowers klang angespannt. »Aber die Anruferin ist sehr beharrlich. Und klingt ziemlich aufgeregt.«

Sofort hatte ich Katy vor Augen.

»Ich übernehme.« Mit trockenem Mund.

Während ich Dew ein »'tschuldigung« zuhauchte, veränderten sich die Hintergrundgeräusche in der Leitung.

»– Bild auf dem Flugblatt?« Die Stimme war leise, die Verbindung grässlich.

»Meinen Sie das Fahrerfluchtopfer?«

»– Mädchen tot?« Die Stimme klang weiblich.

»Ja. Sie ist tot.«

»– wehgetan – Angst –«

»Angst vor was?«

Unverständliches Rauschen.

»– waren alle –«

»Ma'am. Können Sie auflegen und mich noch einmal anrufen?«

»– falsch – musste es jemandem sagen.«

»Wissen Sie, wer das Mädchen ist?«

Klick.

Leitung tot.

12

»Wenn Sie einen neuen Anruf tätigen wollen, legen Sie bitte auf und –«

Ich drückte auf die Gabel, ließ sie los und wählte Mrs. Flowers' Außenstelle.

Besetzt.

Noch einmal.

Noch immer besetzt.

Na, komm. Na, komm schon.

Die Anruferin hatte vorsichtig geklungen. Hatte sie selbst die Verbindung unterbrochen? Oder jemand anderes?

»Tut mir leid.« Zu Dew. »Das könnte ein Hinweis auf meine Unbekannte gewesen sein.«

»Verstehe.«

Dieses Mal meldete sich Mrs. Flowers.

»Entschuldigung, dass –«

»Die letzte Anruferin. Haben Sie die Nummer?«

Ein Pause, dann: »Ja.«

Dew sah zu, wie ich mir die Nummer notierte. Dann: »Noch einmal vielen Dank, Dr. Brennan.«

»Ich sage Ihnen Bescheid, wann Sie die Hunde abholen können.«

Dew war kaum aus der Tür, als ich schon Slidells Kurzwahl drückte.

»Ja.« Im Hintergrund riet Waylon Jennings zu einem Ausflug nach Luckenbach, Texas.

»Können Sie eine Nummer zurückverfolgen?«

»Lassen Sie mich raten. Endlich hat *Dancing with the Stars* angerufen, und dann brach die Verbindung ab.«

Ich erzählte ihm von meinen Flugblättern und der anonymen Anruferin. Und machte mich auf eine Standpauke gefasst. Die aber nicht kam.

»Nummer?«

Ich gab sie ihm.

»Fünf Minuten.«

Drei Minuten später war Slidell wieder da. Ohne Waylon.

»Telefonzelle. Dass es die überhaupt noch gibt. Die meisten Kabinen sind jetzt Piss-«

»Wo?«

»Das Einkaufszentrum am Seneca Square.«

»South Boulevard, in der Nähe der Tyvola.« Mein Herz pochte ein paar Schläge zusätzlich. Der Seneca Square war nicht weit vom Unfallort entfernt.

»Jaja. Ich höre mich mal ein bisschen um. Aber wenn Ihre

Anruferin nicht nackt mit einer Tiara auf dem Kopf telefoniert hat, dann hat wahrscheinlich kein Mensch irgendwas bemerkt.«

Slidell hatte recht. Was mich richtig ärgerte.

»Irgendwas Neues über das Fahrzeug?«

»Nein.«

»Was ist mit dem Fleck auf ihrer Handtasche?«

»Das FBI ist zwar meistens ein Zirkus von Halbidioten. Aber deren Lack-Datenbank ist die Härte.«

Slidell konnte wirklich mit Worten umgehen.

»Gottverdammte vierzigtausend Muster, aber unsere Probe passte zu nichts.«

»Was wir eingeschickt haben, war kein Lack?«

»Doch, Lack war es schon. Aber nicht von einem Auto.«

»Von was dann?«

»Das möchte ich auch gern wissen.«

»Was stand in dem Bericht?« Mit kaum verhüllter Verärgerung.

»Ein Haufen Quark über Lösungs- und Bindemittel, Pigmente und Additive. Methyl-dies und Hydrofluor-das. Warum können diese Wichser nicht normal reden.«

»Sie müssen herausfinden, was das Zeug ist.«

»Jaja.«

»Wie lange wird das dauern?«

»Solange es dauert.«

Nach dem Auflegen schloss ich die Augen und ging den geheimnisvollen Anruf noch einmal durch. Ein Frau, die sagte, das Unfallfluchtopfer hätte Angst gehabt. Akzent? Um das zu sagen, war die Verbindung zu schlecht.

Kannte die Frau meine Unbekannte? Falls ja, warum hatte sie mir nicht ihren Namen verraten?

Angst wovor?

Die Anruferin hatte selbst verängstigt geklungen.

Warum verängstigt?

Heutzutage hat jeder Zugang zu einem Handy oder einem Festnetzanschluss. Warum dann eine Telefonzelle benutzen? Um anonym zu bleiben? Aufgrund der falschen Annahme, dass der Anruf nicht zurückverfolgt werden konnte?

Hatte die Frau aufgelegt, oder hatte jemand anders die Verbindung unterbrochen? Hatte sie mehr sagen wollen?

In diesem Augenblick sagte mein Magen eindeutig mehr. Und zwar laut.

Ich holte mir schnell eine Cola light aus der Küche, zog das oberste Blatt von dem Stapel in meinem Eingangskorb und las, während ich den Power-Riegel aß, den ich mir im Circle K gekauft hatte.

Das Formular informierte über menschliche Knochen, die man am Ufer des Mountain Island Lake gefunden hatte. Ein Amelogenin-Test hatte ergeben, dass es die Überreste eines Mannes waren. Eindeutig nicht Edith Blankenship, die ältere Dame, die die Polizisten gefunden zu haben meinten. Na toll. Und wo war Edith? Und wer war der Kerl vom See?

Ich schrieb einen kurzen Bericht, hängte das Formular daran und legte beides in einer leuchtend gelben Mappe in meinen Ausgangskorb. Kein besonderer Grund für die Farbe, außer dass ich sie mag.

Als Nächstes antwortete ich auf eine Einladung zu einer bevorstehenden Konferenz von FASE, der Forensic Anthropology Society of Europe. Klang gut, aber wer hatte dafür Zeit?

Genug Papierkram.

Ich knüllte die Verpackung meines Power-Riegels zusammen und ging in den kleinen Autopsieraum, um die Röntgenbilder der Mumienbündel detaillierter zu untersuchen. Ich war beim dritten Hund, als das Telefon klingelte.

»Ihr Special Agent ist wieder da.« Mrs. Flowers sprach mit zusammengepressten Lippen, hatte offensichtlich die Hand über dem Hörer. »Soll ich ihn zu Ihnen schicken?«

Was sollte das? Dew war vor gerade mal zwei Stunden hier weggegangen.

»Ja, bitte.«

Dew und ich erreichten meine Bürotür gleichzeitig. Wieder fiel mir auf, dass der Mann sich trotz seines Umfangs geschmeidig und effizient bewegte.

Ich setzte mich hinter meinen Schreibtisch und deutete auf den Stuhl gegenüber. Als Dew wieder darauf saß, sah das Ding aus wie ein Kinderstuhl.

»Lange nicht gesehen.«

Dew hatte mich entweder nicht verstanden oder keine Lust, auf meinen Witz einzugehen.

»Ich habe Informationen, die für Sie von Interesse sein könnten.«

»Über meine Unbekannte?«

»Über Dominick Rockett.«

»Den irgendwie nicht ganz legalen Importeur.«

Nicht einmal die Andeutung eines Lächelns.

»Dr. Brennan, Sie sind ein versierter Profi. Bei unseren sehr kurzen Begegnungen hatte ich den Eindruck, dass Ihnen Ihre Arbeit sehr am Herzen liegt. Und wichtiger noch, ich halte Sie für einen moralischen und ehrenhaften Menschen. Die Mumienbündel zu öffnen hätte Ihnen Ihre Arbeit unendlich erleichtert. Und doch haben Sie es nicht getan. Dafür haben Sie meinen Respekt. Und mein Vertrauen.«

Capote durch und durch, weibisch und korrekt.

»Ich fühle mich moralisch verpflichtet, Ihnen gewisse Informationen zu geben, die ich bei unseren bisherigen Unterhaltungen unterschlagen habe.«

Dew bewegte sich, als wollte er sich zurücklehnen. Überlegte es sich dann aber anders, weil er der Tragfähigkeit des Stuhls berechtigterweise misstraute.

»Im Verlauf unserer Ermittlungen haben wir herausgefunden, dass Mr. Rockett Anteile an einer Firma namens S&S Enterprises besitzt. Da S&S ein nicht börsennotiertes Unternehmen ist, sind nur wenige Informationen über seine Struktur, seine Aktivitäten und seine Anteilseigner öffentlich verfügbar.«

»Was macht S&S?«

»Interessant ist nicht, was die Firma tut. Der Umfang von Mr. Rocketts Anteilen hatte unsere Aufmerksamkeit geweckt. Ausgehend von dem, was wir bis jetzt herausgefunden haben, übersteigt der Wert seiner Beteiligungen die Hunderttausend-Dollar-Marke.«

»Ziemlich viel Geld.«

»Wie bereits erwähnt, gab Mr. Rockett an, seine Einkünfte wären bescheiden.«

»Geld aus seiner Militärpension und seinem Importgeschäft.«

Dew nickte. Deshalb müssen wir der Frage nachgehen, welche Einkommensquellen eine solche beträchtliche Beteiligung ermöglichen.«

»Das ICE denkt, der Kerl hat Dreck am Stecken.«

Dew redete weiter, als hätte ich nichts gesagt.

»Es gibt noch eine andere Tatsache, die meine Kollegen und ich interessant finden. Einen anderen Grund, warum ich denke, dass wir Sie mehr ins Vertrauen ziehen sollten.«

Dew schaute auf seine Hände hinunter, die bewegungslos in seinem Schoß lagen. Schaute dann wieder mich an.

»Bis vor Kurzem war einer der Besitzer von S&S Enterprises ein örtlicher Unternehmer namens John-Henry Story. Ich nehme an, diese Person ist Ihnen bekannt?«

»Der John-Henry Story, der im letzten April bei einem Feuer ums Leben kam?«

»Man sagte mir, Sie hätten Mr. Storys Überreste identifiziert?«

Ich nickte nur, zu schockiert, um zu antworten.

Schockiert, aber auch erfreut. Das war die Verbindung, die das ICE an Bord bringen konnte.

»Ich muss Ihnen auch noch etwas mitteilen«, sagte ich. »Sie erinnern sich an das Mädchen, das ich Ihnen im Kühlraum gezeigt habe?«

Dews merkwürdig lavendelfarbene Augen verengten sich.

»Das Mädchen, das überfahren und auf der Straße liegen gelassen wurde?«

Dew setzte zum Sprechen an. Ich hob abwehrend die Hand.

»Als das Mädchen gefunden wurde, hatte sie John-Henry Storys Airline-Clubkarte in ihrer Handtasche.«

Dew zog eine Manschette gerade, sagte aber nichts.

»Haben Sie mich verstanden, Agent Dew? Dominick Rockett, den Sie als Schmuggler verdächtigen, hatte mit S&S Enterprises zu tun. S&S gehörte, zumindest zum Teil, John-Henry Story. Dessen Plastik meine Unbekannte bei sich hatte, als sie starb.«

Dews Gesicht blieb unergründlich.

»Es wäre für Ihre Ermittlungen doch sicherlich hilfreich, wenn Sie wüssten, wer dieses Mädchen ist.«

»Denkt Ihr Detective …« Dew drehte eine rosige Hand.

»Slidell.«

»Ist Detective Slidell nicht überzeugt, dass diese Jugendliche eine Prostituierte war?«

»Ich verstehe nicht, was das hiermit zu tun hat.«

»Es könnte viele Erklärungen für dieses von Ihnen beschriebene Zusammentreffen von Umständen geben, die alle nichts mit Dominick Rockett zu tun haben.«

»Ich glaube nicht an ein zufälliges Zusammentreffen.« Cool.

Dew zögerte sehr lange mit der Antwort.

»Wie ich bereits erklärt habe, ist meine Aufgabe die Untersuchung des illegalen Imports und des Vertriebs von kulturellem Eigentum.« Die Geduld in Person. »Im Augenblick liegt unser Augenmerk auf Dominick Rocketts finanziellem Status, soweit er seine potenzielle Schuldhaftigkeit bei derartigen Aktivitäten betrifft. Sollte sich zeigen, dass Ihr Opfer damit zu tun hat, werde ich es mir natürlich noch einmal überlegen. Aber eine Airline-Clubkarte in der Handtasche einer mutmaßlichen Prostituierten?«

Dew legte den Kopf schief und zog die Augenbrauen hoch. Ernsthaft?

Ich musste mich beherrschen, um ihn nicht in seinen tuntigen, aber beträchtlichen Arsch zu treten. Stattdessen lächelte ich.

»Gibt es sonst irgendjemand, der vielleicht –«

»Im Augenblick sind wir schrecklich unterbesetzt.« Dew stand auf. »Im Augenblick muss der Fall Ihres Mädchens leider bei den örtlichen Behörden bleiben.«

Mein Mitbewohner war in der Küche, als ich durch die Tür kam.

»Hey, Bird.«

Der Kater setzte sich auf, wickelte sich den Schwanz um die Hinterbeine und betrachtete mich aus runden, gelben Augen.

Ich legte meine Aktentasche ab, kauerte mich hin und strich ihm über den Kopf.

Er stand auf und drückte den Rücken durch. Sah er damit hoffnungsfroh aus? Erwartungsvoll? Oder hatte er einfach nur Hunger?

Wieder ein schlechtes Gewissen. Katzenfutter hatte ich immer noch nicht gekauft.

Warum hatte ich nicht beim Supermarkt gehalten? Oder wenigstens bei einem Gemischtwarenladen?

Jetzt würde ich den Preis für meine Arbeitsbesessenheit und die damit einhergehende Vernachlässigung des Haushalts zahlen.

Nicht so sehr die Katze.

Da ich wusste, dass im Kühlschrank nichts zu holen war, ging ich zur Speisekammer. Birdie schob die Nase durch den Spalt, als ich die Tür aufmachte. Er stemmte die Vorderpfoten auf das unterste Regalbrett, streckte sich zu seiner vollen Größe und schnupperte.

Genau. Instant-Maisgrütze. Mit dem restlichen Thunfisch.

Ich musste lächeln, als ich sah, dass der Kater zum zweiten Mal Porridge à la mer aß. Nach zwei frustrierenden Tagen war es schön, jemandem eine Freude zu machen.

Ein schneller Blick auf den Anrufbeantworter meines Festnetzanschlusses. Keine Nachrichten.

Ein schneller Blick in die Gemüsefächer. Ein Dreierpack Romanasalat, der bereits deutlich braun wurde. Vier verschrumpelte Karotten. Eine Gurke mit der Konsistenz von Plastilin.

Auf den Regalen standen Orangensaft, Cola light, Pflaumenkompott, Oliven, Gewürze und eine Packung Milch, die bereits zehn Tage überfällig war.

Im Gefrierfach lagen ein mit Reif überzogener Burrito und eine Hühnchenpastete.

Während die Mikrowelle die Pastete erhitzte, loggte ich mich in mein Gmail ein.

Nichts von Katy.

Entspann dich. Es geht ihr gut. Keine Nachrichten sind gute Nachrichten.

Nichts von Ryan.

Warum hatte sich Katy nicht gemeldet? E-Mail? SMS? Sie wusste, dass ich durchdrehen würde vor Sorge. Tägliche Kommunikation war nicht möglich, aber sie hatte es stets versucht. Und sie hatte noch nie einen vereinbarten Skype-Termin verpasst.

Großmutters Uhr schlug acht. Obwohl ich müde und besorgt war, zwang ich mich zur Arbeit.

Der Rest der E-Mails förderte entweder Werbung oder zumindest nichts Dringendes zu Tage.

Ich aß die Pastete, viel Gemüse, wenig Geflügel. Wusch die Katzenschüssel aus. Bezahlte ein paar Rechnungen. Schaute mir eine Folge von *Boardwalk Empire* an, während Birdie auf meinem Schoß schnurrte.

Ich musste mich sehr anstrengen, um nicht alle zehn Minuten meinen Mail-Eingang zu checken.

Um zehn duschte ich und ging ins Bett.

Schlafen? Wem wollte ich was vormachen?

Kein prüfender Zeh im Wasser, kein tastendes Waten. Mein Hirn tauchte direkt in einen Strudel der Besorgnis.

Wer war das tote Mädchen? Warum war sie mitten in der

Nacht ohne Ausweis und ohne Schlüssel unterwegs? Hatte irgendjemand Sachen aus ihrer Handtasche genommen?

Warum dann ihren Ausweis stehlen, John-Henrys Clubkarte aber drinlassen?

Das konnte ich beantworten. Die Karte hatte im Futter der Tasche gesteckt. Aber warum? Wollte das Mädchen sie verstecken? Hatte jemand ihren Ausweis gestohlen, aber Storys Karte übersehen? Ihr Mörder?

Was für einen Wert konnte eine Karte für eine Flughafenlounge haben? Das war keine Kreditkarte.

Story war seit sechs Monaten tot. Slidell hatte gesagt, die Karte sei in dieser Zeit nicht mehr benutzt worden. Und dass sie ohne Story nicht benutzt werden konnte.

Mir fiel noch eine andere Möglichkeit ein.

Konnte es sein, dass John-Henry Story noch am Leben war? Falls ja, hatte er seinen eigenen Tod vorgetäuscht? Um was zu erreichen?

Und – noch viel beunruhigender: Wenn nicht Story in diesem Lagerhaus umgekommen war, wessen Knochen hatte ich dann untersucht?

Ich schaltete das Licht an und schaute auf mein Handy, ob ich eine E-Mail oder eine SMS von Katy bekommen hatte.

Scheiße.

Licht aus.

Die Neuronen in Aufruhr.

John-Henry Story war einundfünfzig gewesen, als er starb. Meine Unbekannte war vielleicht fünfzehn. Hatte Story sie gebeten, mit ihm zu reisen? Für ihn? Wohin? Wozu?

Die grauen Zellen lieferten keine Hypothesen.

Irgendwie war Storys Karte aus seinem Besitz in die Handtasche des Mädchens gelangt.

Die pinkfarbene Handtasche, die neben ihrer Leiche im Dreck lag.

Ich stellte mir eine verlassene Straße vor, ein abfallendes Bankett, Scheinwerfer, die die nächtliche Dunkelheit durchstachen.

Mir kam ein anderer Gedanke.

Hatte John-Henry Story etwas mit der Fahrerflucht zu tun?

War er der Fahrer gewesen?

O Mann. Das war jetzt aber eine gewagte These.

Eine These ohne jede Grundlage. Eine reine Traumsequenz. Völlig unwissenschaftlich. Auch wenn Story seinen Tod nur inszeniert hatte, der Brand war im April gewesen, lange vor dem Mord an dem Mädchen.

Da der Schlaf einfach nicht kommen wollte, warf ich die Decke zurück und stieg in die Küche hinunter. Birdie stapfte hinterher, verwirrt, aber bereit.

Ich erhitzte eine Tasse Wasser, hängte einen Pfefferminz-Teebeutel hinein und goss den Rest der Milch in eine Untertasse. Birdie schlabberte sie weg, es war ihm völlig egal, dass sein Snack alles andere als frisch war.

Während ich am Tee nippte, schlugen meine Gedanken eine andere Richtung ein.

Dominick Rockett, der ehemalige Soldat mit dem entstellten Gesicht. Der Importeur, den man mit illegalen Antiquitäten erwischt hatte. Der Investor einer Firma, die John-Henry Story gehörte.

Woher hatte Rockett die Mittel, um sich bei S&S Enterprises einzukaufen? Warum gerade diese Firma? Wann? Vor Storys Tod? Mutmaßlichem Tod? War Story ein Faktor bei Rocketts Investitionsentscheidung gewesen?

Noch ein Zufall?

Natürlich.

Kannte Dominick Rockett John-Henry Story? Arbeitete er für ihn? Mit ihm? Was?

Hatte Rockett etwas mit der Fahrerflucht zu tun?

Plötzlich wurde es kalt in der Küche.

Oktober. Der Winter stand bevor. Bald würde es Zeit, die Heizung anzustellen.

Ich stellte meine Tasse ins Spülbecken und stieg wieder hoch ins Schlafzimmer. Der Kater folgte mir auf den Fersen.

Ich kuschelte mich unter die Decke, schaltete das Licht aus und schloss die Augen. Versuchte, endlich den Kopf frei zu bekommen.

Kein Dominick Rockett. Kein John-Henry Story. Keine Unbekannte.

Die grauen Zellen setzten zu einer neuen Gedankenschleife an.

Der nachmittägliche Anruf.

Wer war die Frau am Telefon?

Angenommen, der Anruf war seriös, was hatte dem toten Mädchen Angst gemacht?

Hatte die Anruferin ebenfalls Angst vor dieser Person?

Birdie sprang auf, drehte sich einmal und kuschelte sich in meine Kniekehle. Ich strich ihm über den Rücken, dankbar für seine bedingungslose Loyalität.

Ein Bild blitzte auf. Verkohlte Fragmente. So zerbrechlich, dass ich sie mit Polyurethan einsprühen musste, bevor ich versuchen konnte, sie aus der Ascheschicht zu lösen, in die sie eingebettet waren.

John-Henry Story?

Falls ja, was hatte er dann so spät am Abend in dieser Scheune getrieben? Hatte er so direkt mit diesen Geschäften zu tun? Hatte er finanzielle Probleme gehabt? Falls ja, konnte es sein, dass er den Schuppen in Brand gesteckt hatte? Brandbeschleuniger entzünden sich schnell. Hatte er sich verrechnet und saß plötzlich in der Falle? Aber die Brandermittler hätten das nie und nimmer übersehen. Es hätte Hinweise auf Beschleuniger und Behältnisse geben müssen.

Ich stellte mir eine Gestalt vor einem Hintergrund aus Feuer und Rauch vor. Panische Bewegungen. Flammen, die die Kleidung, die Haare, die Haut erfassen.

Wenn Story nicht in diesem Brand gestorben war, wer dann? Ein Arbeiter? Ein Obdachloser, der zur falschen Zeit am falschen Ort geschlafen hatte?

Immer im Kreis.

Fragen führten zu weiteren Fragen.

Keine Antworten.

Und wo zum Teufel steckte Katy?

13

Als ich aufwachte, prasselte Regen gegen mein Fenster. Und ich hatte das Gefühl, verschlafen zu haben.

Ja. Mein Wecker zeigte 8:42.

Die Augen noch halb geschlossen, schnappte ich mir mein iPhone und überflog die nächtlichen Mails.

Nichts von Katy.

Ich rechnete nach. In Bagram war es mitten am Nachmittag. Sie hatte sicher zu tun.

Obwohl ich wusste, dass ich warten sollte, schickte ich eine Mail.

»Bitte melde dich. Mom.«

Nichts von Ryan.

Meine Schwester Harry hatte gleich vier geschickt, die erste war um 2:42 eingetroffen. Die anderen folgten in Fünf-Minuten-Intervallen.

Ich überflog sie alle, um ein Gefühl für die neue Krise zu bekommen.

Wenn ich mich amüsieren will, besuche ich manchmal die Website *First World Problems.* Der Inhalt ist Harrys Leben in einem Mikrokosmos. *Die Ängste der Harriet Brennan Howard Dawood Crone.* Obwohl ich glaube, dass sie Crone wieder abgelegt hat, als sie sich von Ehemann Nummer drei scheiden ließ. Oder war das Nummer zwei?

Neue Bekannte sind oft schockiert, wenn sie erfahren, dass Harry und ich Geschwister sind. Doch trotz unserer Unterschiede, die enorm sind, haben meine Schwester und ich einen grundlegenden Wesenszug gemeinsam. Sie treibt dieselbe bulldoggenähnliche Beharrlichkeit an, die mich durchs Studium brachte und seit Jahrzehnten durch einen anstrengenden und oft belastenden Beruf bringt.

Was uns unterscheidet, ist der Fokus unserer Leidenschaft. Für mich ist es die Suche nach Wahrheit, Anerkennung und Gerechtigkeit für die Toten.

Für Harry ist es Shoppen. Schuhe. Sonnenbrillen. Häuser. Ehemänner. Allerdings glaube ich, dass tief in ihrem Inneren das Erworbene an sich meiner Schwester völlig schnuppe ist. Wichtig ist allein die Jagd.

Seit Jahren überlege ich mir, warum Harry so ist, wie sie ist. Warum ich so bin, wie ich bin. Auch wenn das wie ein Klischee klingt, glaube ich inzwischen, dass unsere Mutter einen großen Teil der Schuld trägt.

Im Rückblick wurde mir klar, dass Mama wohl auf einem

Pendel ritt, das sie nicht kontrollieren konnte, einem, das sie zwischen wilder Euphorie und schwärzester Depression hin und her trieb. In Zeiten der Hochstimmung genoss sie es, die neueste Mode zu tragen, und das Sehen und Gesehen-Werden auf den besten Partys, in Konzerten und in Restaurants. Wenn es dann bergab ging, kamen die Tränen, der Rückzug, die geschlossene Schlafzimmertür. Wenn Mama alles erreicht hatte, was sie wollte, war ihr alles andere egal.

Als Kind haben mich die Stimmungsschwankungen meiner Mutter verwirrt. Als Erwachsene verstehe ich sie noch immer nicht ganz.

Und ich mache mir Sorgen, dass auch meine Schwester die Dämonen meiner Mutter in sich trägt. Jedenfalls gibt es Hinweise darauf.

Persönliche Probleme habe ich mit Harry noch nie besprochen. Der Kampf mit der Flasche. Eine kaputte Ehe. Eine Tochter, die sich freiwillig für den Kampfeinsatz gemeldet hatte, ohne mit mir darüber zu sprechen. Eine Fernbeziehung mit einem Mann, der telefonisch nicht zu erreichen war. Bei meiner Vorgeschichte war ich kaum in der Position, anderen gute Ratschläge zu erteilen.

Trotzdem hörte ich mir ihre Nachrichten an. Aber heute Morgen würde Harry warten müssen.

Falsch. Das Telefon klingelte, als ich an der Hintertür war.

»Wie sind die Stilettos, die wir dir besorgt haben?«

»Ich hatte sie vor Gericht an.« Und sie dann weggeworfen.

»Schätze, den Geschworenen sind die Augen rausgefallen.«

»Hm. Hör zu, Harry. Ich muss in die Arbeit –«

Doch meine kleine Schwester ließ sich nicht abwimmeln. Stattdessen setzte sie zu einer Geschichte über eine defekte Schwimmbeckenpumpe, Algen und nicht lieferbare Ersatzteile an, bevor sie sich ohne nennenswerte Atempause über einen Kerl namens Thorn ausließ.

»Ich dachte, du triffst dich mit einem Astronauten. Orange Curtain.« Als ich den Namen zum ersten Mal sah, hielt ich ihn für einen Tippfehler. »Oder einen Kerl namens Bruce.«

»Orange hatte das Hirn eines Papageis. Moment. Das ist unfair den Vögeln gegenüber.«

Ich klemmte mir das Handy zwischen Schulter und Kopf, trat nach draußen und drehte mich, um die Tür zu schließen. Keine gute Idee. Das Ding rutschte mir weg und fiel die Stufen hinunter.

»– die Ware direkt in meinem Wohnzimmer. Warum sind die Männer nur immer so stolz auf ihre Genitalien?«

»Orange ist also weg vom Fenster.«

»Den bringen auch sieben Karat nicht mehr durch meine Tür.«

»Hast du vor, Tory zu besuchen?«

Die Antwort war Schweigen.

Im letzten Sommer hatte Harry erfahren, dass ihr Sohn Kit inzwischen eine Tochter im Teenageralter hatte, gezeugt mit gerade einmal sechzehn Jahren. Und ich hatte erfahren, dass ich eine Großnichte hatte. Vater und Tochter lebten zusammen in Charleston, South Carolina. Harry war über die Nachricht, dass sie Großmutter war, nicht gerade erfreut gewesen.

»Harry?«

»Weißt du noch, was für ein Spinner Kit in der Highschool war. Wie zum Teufel kann er für eine Vierzehnjährige ein guter Vater sein?«

»Ich glaube, er ist erwachsen geworden. Und Tory ist ein gescheites Mädchen.«

»Das hast du gesagt.«

»Du bist ihre Großmutter.«

»Auch das hast du gesagt.«

Im MCME blinkte mein Telefon wie ein Stroboskop auf Speed.

Ich gab den Code für meine Mailbox ein, weil ich dachte, Slidell hätte angerufen.

Doch es war Capote.

»Dr. Brennan. Könnten wir bitte so schnell wie möglich miteinander sprechen?«

Nach dem Gespräch mit Harry war ich ziemlich optimistisch gestimmt. Gelassen.

Die Ruhe zerplatzte wie eine Seifenblase im Sonnenlicht.

Warum diese negative Reaktion auf Dew? Bundesagenten sind berüchtigt für ihre Verachtung örtlicher Strafverfolgungsbehörden. Doch er hatte mir gegenüber keinerlei Herablassung gezeigt.

Ja, Dew hatte Informationen vorenthalten. Ja, er hatte sich geweigert, mir bei meiner Unbekannten zu helfen. Trotzdem ging ich davon aus, dass er wirklich das Gefühl hatte, seine Pflicht zu erfüllen.

Warum misstraute ich dem Kerl dann?

Argwöhnte ich, dass er mich ausspielen wollte?

Weil ich versucht hatte, ihn auszuspielen?

Ich rief im ICE an, verlangte Dew und wurde von einer müde klingenden Empfangsdame in die Warteschleife gelegt.

Eine ganze Minute später meldete sich Dew.

»Es tut mir sehr leid, dass ich Sie habe warten lassen, Dr. Brennan.«

»Kein Problem. Was gibt's?«

»S&S Enterprises.«

»Die nicht börsennotierte Firma.«

»Ich hasse verschlossene Türen.«

»Tun wir das nicht alle?«

»Doch diese war nicht so fest verschlossen, wie es die Partner vielleicht gewünscht hätten.«

Ich wartete.

»Das Unternehmen ist eine Holdinggesellschaft für eine Reihe von Immobilien und anderen Holdinggesellschaften. Fast-Food-Restaurants. Gemischtwarenläden. Eine Bar mit dem Namen John-Henry's Tavern.«

Ich hörte Papier rascheln, dann fuhr Dew mit seiner zimperlichen, hohen Stimme fort.

»S&S gehört zu großen Teilen John-Henry Story und seinem jüngeren Bruder, Archer Story. Minderheitspartner sind unter anderem Harold Milkin, Grover Pharr und Dominick Rockett.«

»Dann war Rockett also einer aus einer Handvoll Spielern mit ziemlich großen Karten.«

»Anscheinend. Ob er sich eingekauft oder sich seine Partnerschaft verdient hatte, bleibt unklar. Klar ist jedoch, dass John-Henry Story vor seinem Tod einige ernsthafte finanzielle Rückschläge hinnehmen musste.«

Ich dachte: Musste das heutzutage nicht jeder? »War S&S in Schwierigkeiten?«, fragte ich.

»Nein. Aber Story wollte weiteres Kapital für eine Expansion einführen, hatte jedoch selbst kein Bargeld zur Verfügung. Zusätzlich gehörten Story eine Pizzakette und vier Autohändlerfilialen, die ihn sehr viel Geld kosteten.«

»In den Carolinas?«

»Die Pizzaläden sind hier. Die Autohändlerfilialen in Texas und Arizona.«

»Wo?«

»Kennen Sie den Saturn?«

»Eine andere Art von Auto.« Ich erinnerte mich noch gut an den früheren Slogan.

»Pontiac brachte die Marke Mitte der Achtziger als Reaktion auf den Erfolg der japanischen Importe in die Staaten auf den Markt. Anfangs waren die Verkaufszahlen gut.«

»Soweit ich weiß, hinkte Saturn bei Forschung und Entwicklung ziemlich hinterher.«

»Das habe ich gelesen. Wie auch immer. Die Verkaufszahlen gingen zurück. 2010 stellte General Motors die Marke ein. Viele Händler erlitten schwere finanzielle Verluste.«

»John-Henry Story war einer von ihnen.«

»Ja. Und die Pizzakette blutet finanziell aus.«

Ich lehnte mich zurück und dachte über Dews Enthüllungen nach.

»Was glauben Sie, wie die Sache gelaufen ist? Story wusste, dass Rockett Geld hatte, also hat er ihn ins Boot geholt, um die Finanzreserven von S&S aufzustocken? Oder Rockett bekam Wind davon, dass S&S Geld brauchte, und hat die Gelegenheit beim Schopf gepackt, um sich billig einzukaufen?«

»In beiden Szenarien bleibt die Frage nach der Quelle von Rocketts Geld.«

»Vielleicht hat Rockett für Story oder einen der anderen Partner gearbeitet und wurde mit Firmenanteilen bezahlt.«

»Vielleicht.«

»Gibt Rockett zu, Story zu kennen?«

»In diese Richtung muss ich ihn erst noch befragen.« Steif wie ein gestärkter Hemdkragen.

»Haben Sie ihn nach seiner Beteiligung an S&S befragt?«

»Ich möchte Mr. Rockett ungern dazu verleiten, sich einen

Anwalt zu nehmen. Im Augenblick glaubt er, sein einziges Problem ist eine Geldstrafe, weil er den Wert und die Herkunft einer ins Land importierten Ware nicht richtig angegeben hat.«

»Schlau. Sie greifen ihn erst an, wenn Sie alle Fakten haben.«

Ich hörte ein kurzes Stocken in Dews Atem. »Hier ist noch etwas Interessantes. Je tiefer ich in die Rockett-Ermittlung eintauche, desto häufiger taucht Ihr Name auf.«

»Meine Beschäftigung mit Rocketts mumifizierten Hunden, mit John-Henrys Überresten und mit dem Fahrerfluchtopfer, das Storys Airline-Clubkarte hatte.«

»Genau.«

»Was schließen Sie daraus, Special Agent Dew?«

»Ich würde hoffen, dass Sie sich über diese Frage Gedanken machen.«

»Geht mir auch so.«

»Ich freue mich schon auf Ihren Bericht über die peruanischen Bündel.«

»Steht ganz oben auf meiner Agenda.«

Nach dem Auflegen rief ich Slidell an.

Mailbox.

Ging mir der Mann aus dem Weg? Hob er einfach nicht ab, wenn meine Nummer auf dem Display auftauchte?

Was auch immer.

Ich ging in den Stinker und schloss die Untersuchung der vierten Reihe von Röntgenaufnahmen ab. Alles Hund.

Erleichtert, dass mein erster Eindruck richtig gewesen war, kehrte ich an meinen Schreibtisch zurück.

Kein blinkendes Lämpchen. Keine E-Mail von Katy oder Ryan.

Während ich den Bericht für Dew schrieb, kehrten meine Gedanken immer wieder zu Rockett und Story zurück.

Kannte einer der beiden meine Unbekannte?

Frustriert speicherte und komprimierte ich den ICE-Bericht, öffnete Google und suchte nach Bildern von John-Henry Story. Ich hatte bereits nach dem Brand einige Fotos gesehen, erinnerte mich aber nur noch daran, dass das vermeintliche Opfer unscheinbar klein war.

Nagetier war das erste Wort, das mir in den Sinn kam.

Ein Foto des *Observer,* aufgenommen vier Monate vor seinem Tod, zeigte einen kurzen, drahtigen Kerl mit schütteren Haaren, hageren Wangen und dunklen Knopfaugen.

Rattus rattus.

Eine andere Aufnahme zeigte Story bei einem Spiel der Panthers. In der nächsten stand er mit einer Kamera in der Hand vor einer Consigliore's Pizzeria.

Ich überlegte kurz, eine umfassende Recherche über Story zu machen, beschloss aber dann, meinen Hundebericht abzuschließen.

Mittags rief Slidell endlich an.

Ich berichtete ihm, was ich von Dew erfahren hatte.

»Wenn ein Scheißkerl in Scheiße wühlt.«

Das ignorierte ich.

»Das Unfallfluchtopfer hatte Storys Karte in der Handtasche. Rockett war Minderheitspartner in Storys Firma, S&S.«

»Woher hat ein Kleinschmuggler die Kohle für eine solche Investition?«

»Mutmaßlicher Schmuggler. Ich will nur wissen, worin die Verbindung zwischen Story und Rockett besteht. Und ob einer oder beide etwas mit meiner Unbekannten zu tun haben.«

»Sobald ich diese Vermisstensache –«

»Wir müssen John-Henry's Tavern überprüfen, herausfinden, ob Rockett mit Story dort war. Oder ob einer von beiden mit meiner Unbekannten dort war.«

»Warum bestellt Dew diesen Rockett nicht ein und quetscht ihn aus?«

»Bis auf die Mumienbündel hat er im Augenblick noch nicht viel. Dew ist überzeugt, die Hunde sind nur die Spitze von irgendwas Großem, und er will nicht riskieren, dass Rockett sich einen Anwalt nimmt.«

Im Hintergrund hörte ich ein Telefon klingeln. Stimmen. Ein tiefes Seufzen.

»Ich hab's Ihnen doch gesagt, Doc. Mein Chef sitzt mir im Nacken wegen dieser –«

»Wollen Sie damit sagen, dass ihm das Mädchen in meinem Kühlraum egal ist?«

»Nein, das will ich damit nicht sagen. Hören Sie, ich habe die Karosseriewerkstätten abgeklappert. Niemand hat ein Fahrzeug gesehen, das zu der von uns geschätzten Stoßstangenhöhe samt Frontschaden passt.«

»Was ist mit St. Vincent de Paul?«

»Niemand in dieser Kirche hat je von diesem Mädchen gehört.«

»Kliniken?«

»Dasselbe.«

»Kleidung? Stiefel?«

Aus der Leitung kam Schweigen.

»Es ist jetzt zwei Tage her, Slidell.« Er kannte die Bedeutung der ersten achtundvierzig Stunden so gut wie ich.

»Ich sehe nicht ganz, was uns ein Besuch in dieser Kneipe bringen soll.«

»So tun wir wenigstens etwas.«

»Mir den Arsch kratzen ist auch was tun.«

»Kennen Sie John-Henry's Tavern?«

»Ja. Ein echtes Stück vom Paradies.«

»Wir müssen uns den Laden ansehen.«

»Und nach was suchen wir?«

»Was immer da ist.« Slidells Haltung kratzte an meinem Entschluss, höflich zu bleiben.

»Wenn Sie sonst nichts mehr zu sagen haben, lege ich auf.«

»Schon gut«, blaffte ich. »Ich fahre alleine hin.«

»Nein, das tun Sie nicht.«

»Okay, ich tu's nicht.«

»Verdammt.«

Ganze zehn Sekunden lang hörte ich nur Luft durch Slidells Nase rauschen.

»Geben Sie mir eine halbe Stunde.«

14

South End, knapp unterhalb des vornehmen Charlotte, ist ein gemischtes Revier mit ernsthaften Ambitionen auf der sozialen Leiter. Und es klettert schnell.

Das Viertel stammt aus den 1850ern, als der Bau einer Eisenbahnlinie die Queen City mit Columbia und Charleston, South Carolina, verband. Im Verlauf der Jahrzehnte entstand entlang der Gleise eine Fabrikationsgemeinde, befeuert vorwiegend vom Boom der Textilindustrie.

Im Schnelldurchlauf zum Ende des zwanzigsten Jahrhunderts. Da South End außer aufgegebenen Fabriken, Lagerhäusern und dem Stadion einer Baseballmannschaft, die in einer unteren Liga spielte, kaum etwas zu bieten hatte, wurde es von der Stadt, die sich als das Gesicht des neuen Südens betrachtete, größtenteils ignoriert. Doch Anfang der Neunziger hatten gerissene Immobilienspekulanten plötzlich Dollarzeichen in den Augen.

Heute ist South End eine Mischung aus Eigentumswohnungen, Lofts und renovierten Industriegebäuden, die Restaurants, Läden, Studios und ein breites Spektrum designorientierter Hersteller beherbergen. Brauchen Sie eine Badezimmerarmatur, Vorhangstoffe oder eine schicke Lampe? South End erfüllt Ihnen diese Wünsche.

In dem Viertel gibt es aber trotz allem noch Spuren der Vergangenheit. Das Design Center for the Carolinas, die Zentrale von Concentric Marketing und die Chalmers Memorial Associate Reformed Presbyterian Church atmen dieselbe Yuppie-Luft wie schäbige Autowerkstätten, leer stehende Fabrikhallen, verwilderte Grundstücke und ein Strip-Club.

John-Henry's Tavern lag nicht weit von der Kreuzung Winifred und Bland entfernt. Auf den Grundstücken zu beiden Seiten wucherten komplette Ökozonen aus dem aufgeplatzten Beton.

Gegenüber stand ein fensterloser, mit Graffiti besprühter Bunker, der von einem Maschendrahtzaun umgeben war. Ein Schild warnte: »Betreten verboten.« Nichts deutete auf den Namen des Gebäudes oder seine Verwendung hin. Müll bedeckte eine erhöhte Plattform, die früher wohl eine Laderampe gewesen war.

Verrostete Bierfässer. Ein Tisch aus zusammengenagelten Brettern. Ein altes Piano mit einem aufgesprühten, schwarzen Totenkopf auf der Rückwand.

Slidell bog auf den kleinen Parkplatz der Taverne ein, der

vielleicht geteert war. Oder auch nicht. Eine Schicht aus Dreck und Kies machte die Frage irrelevant.

»In dem Laden war in den Sechzigern 'ne Menge los.« Slidell schaltete auf Parken und stellte den Motor ab.

»Ich hätte eher vermutet, in den Zwanzigern.«

»Beach-Music, Bumsen und solche Sachen. Eine Weile schafften die Besitzer Wagenladungen Sand heran und hängten im Hof Lichter auf. Junge Arschlöcher taten so, als würden sie in Myrtle Beach zu Maurice Williams tanzen.« *Mouries* ausgesprochen.

»Wann war das?«

Slidell verlagerte einen Zahnstocher vom rechten in den linken Mundwinkel. »Ende der Siebziger.«

Ein Grinsen zog meine Mundwinkel nach oben. »Hatten hier wohl einige Aufrisse, was, Detective?«

Slidell schaute mich an, als hätte ich ihm gesagt, die Welt bestehe aus Gouda.

Wie kam ich auch auf so was? Slidell hatte wahrscheinlich schon mit sechzehn Leberflecken auf der Seele.

»Wer kommt jetzt so hierher?«

»Ältere Arschlöcher.«

»Was ist das?« Ich deutete mit dem Kopf auf das Gebäude gegenüber.

»Früher war das irgendeine Fabrik. Steht seit den Fünfzigern leer. Es gab das Gerücht, dass der Kasten zu Eigentumswohnungen umgebaut werden soll. Schätze, das Projekt ging in die Hose. Jetzt ist das Ding wegen der vielen illegalen Hausbesetzer nur noch ein Schandfleck.«

Einige Augenblicke musterten wir beide unser Ziel.

Abgesehen vom Coors-Schild, das in dem regenfeuchten vorderen Fenster leuchtete, hätte der kleine Backsteinbungalow auch ein Wohnhaus sein können. Eisengeländer begrenzten die beiden Treppen, die zur Veranda hochführten. Am hinteren Ende ragte ein Kamin in die Höhe, was auf eine offene Feuerstelle drinnen hindeutete.

Die früher rote Vordertür und die ehemals weißen Holzverzierungen waren ausgebleicht und blätterig. Ich war schon einmal hier gewesen. Wann?

Vor ihrer Anstellung im Büro des Public Defender hatte Katy kurz in der Gin Mill gearbeitet, einem angesagten Irish Pub ein paar Blocks weiter an der Tryon. Vielleicht hatte ich mich verfahren, nachdem ich sie dort abgeliefert hatte.

Slidells Taurus teilte sich den Parkplatz mit einem Pick-up und fünf Pkws, deren Tachos zweifellos sehr hohe Stände anzeigten.

Ich wollte eben etwas sagen, als ein Mann im Jogginganzug um das Gebäude herumkam und mit zweifelhafter Schrittsicherheit auf einen weißen Honda Civic zuging. Slidell und ich sahen zu, wie er einstieg und davonfuhr.

»Bereit?«, fragte ich.

Da ich Slidells Grummeln als Zustimmung nahm, trat ich hinaus in den Regen, aus dem inzwischen ein leichtes, aber stetiges Nieseln geworden war. Alles um mich herum triefte.

Nachdem Slidell sich aus dem Auto gewuchtet hatte, zog er seine Hose hoch, griff sich hinten an den Bund und drehte die Schultern. Ein Blick nach links und nach rechts, dann stieg er auf die Veranda und trat durch die Tür. Ich folgte ihm.

Wie erwartet hatte die Geschäftsführung der Taverne wenig Interesse an Beleuchtung. Oder Putzen. Es roch nach schalem Bier, menschlichem Schweiß, Fett und Rauch.

Als meine Augen sich an das Halbdunkel gewöhnt hatten,

prägte ich mir Details meiner Umgebung ein. An Slidells angespanntem Rücken sah ich, dass er dasselbe tat.

Holztische mit nicht dazu passenden Stühlen füllten den Raum vor uns. An der rechten Wand stand eine Jukebox, darüber hing ein Spiegel in einem schweren, vergoldeten Rahmen. Dahinter befand sich der L-förmige Tresen, dessen kurze Seite in den Gastraum hineinragte.

Ich entdeckte einen zweiten Eingang ganz hinten auf der linken Seite, gegenüber dem Ende der langen Seite.

Im Augenblick wurde die Tür aufgehalten von etwas, das aussah wie ein Wasserspeier oder ein Gartenzwerg.

Zwischen dem Hintereingang und dem vorderen Ende des Tresens prangte eine Reihe von Anschlagtafeln. Darüber waren die Wörter *Story Board* gemalt. An den Tafeln hingen unzählige Fotos.

Rechts führte ein Durchgang in ein Nebenzimmer mit noch einem Dutzend weiterer Tische, alle leer. Ein schmaler Gang führte tiefer ins Haus, wahrscheinlich zu den Toiletten und der Küche.

Ein Trio in Arbeitskleidung und Stiefeln mit Stahlkappen saß an einem Vierertisch im Hauptraum. Drei Schutzhelme lagen zu ihren Füßen. Drei Hamburger-Specials türmten sich auf ihren Tellern.

Zwei Männer und eine Frau saßen am Tresen, mit dem Rücken zur Fotogalerie, zwischen ihnen leere Hocker in identischem Abstand. Die Männer trugen Kapuzenshirts, Jeans und Turnschuhe. Beide hatten genug Jahre auf dem Buckel, um in den Myrtle-Beach-Tagen in der Taverne gebumst zu haben.

Die Frau trug schwarze Leggings und ein rosa T-Shirt mit der Warnung *Hör auf, meine Titten anzustarren.* Mit ihren ausgefransten grauen Haaren und dem schlaffen Gesicht sah sie aus, als könnte sie die Mutter der Männer sein. Im Glas hatte sie etwas Teefarbenes, wahrscheinlich Bourbon.

Auch wenn der Barkeeper Slidell vom Gewicht her ebenbürtig war, waren seine Kilos biologisch korrekter verteilt. Und sehr viel kompakter.

Er war nur gut eins sechzig groß und hatte feuchte Augen und einen rasierten Schädel.

Nachdem Slidell sich die Räumlichkeiten eingeprägt hatte, ging er zum Tresen.

»Wie läuft's?«

Triefauge trocknete sich weiter die Hände an einem Tuch.

Slidell tat so, als würde er sich umschauen. »Wie ich sehe, brummt der Laden.«

»Was nehmen Sie?«

Slidell ließ seinen Zahnstocher wandern. »Bisschen mehr Gastfreundschaft?«

»Sie sind ein Bulle.«

»Sie sind ein Genie.«

Die drei Arbeiter verstummten. Die Biertrinker bewegten sich auf ihren Hockern.

Tittenfrau lauschte unverblümt.

»Die Lizenz ist in Ordnung.« Triefauge deutete mit dem Daumen an die Wand hinter sich.

Slidell stemmte beide Hände auf die Bar, spreizte die Füße und machte sich groß.

»Wie wär's, wenn wir mit einem Namen anfangen?«

»Wie wär's, wenn wir mit einem Ausweis anfangen?«

Slidell zeigte ihm seine Marke.

Triefauge schaute kurz auf das Ding und dann wieder hoch zu Slidell.

»Name? Oder sind meine Fragen schon zu hoch für Sie?«

»Sam.«

Slidell hob die Augenbrauen. Weiter.

»Sam Poland.«

»Wie lange arbeiten Sie schon hier, Sam?«

»Worum geht's überhaupt?«

»Was hast du angestellt, Sam? Hast du's einer Minderjährigen besorgt?« Tittenfrau lachte über ihren eigenen Witz und trank dann einen großen Schluck.

»Schnauze, Linda.« Poland gab Slidell mit einer Kopfbewegung zu verstehen, er solle sich weiter unten an die Theke stellen, etwa da, wo ich stehen geblieben war. »Wer ist die Tussi?« Mit einem Nicken in meine Richtung.

»Lady Gaga. Wir stellen gerade ein Programm zusammen.«

Polands Kiefer arbeitete, aber er sagte nichts.

»Also, Sam. Wie lange arbeiten Sie schon in diesem Country-Club hier?«

»Seit zwölf Jahren.«

»Erzählen Sie mir von Dominick Rockett.«

Poland starrte auf das Tuch in seinen Händen. Aus der Nähe sah ich, dass sie gerötet und fleckig waren. Vermutlich ein Ekzem.

»Ich rede mit dir, Holzkopf.«

»Das ist Schikane.«

»Trinkt Rockett hier?«

Poland zuckte die Achseln.

»Was soll das heißen?«

»Wenn ein Gast alt genug aussieht, frage ich nicht nach dem Ausweis.«

»Das Gesicht des Kerls sieht aus, als hätte er es mit einem Schneidbrenner gewaschen. Hilft das weiter?«

»Kann sein, dass ich so einen schon mal gesehen habe.«

»Zusammen mit John-Henry Story?«

»Mit wem?«

»Sie kennen ihn, Sam. Allmählich beschleicht mich das Gefühl, Sie vergeuden meine Zeit. Leute, die meine Zeit vergeuden, gehen mir auf die Eier.«

»Tut mir leid, dass ich nicht weiterhelfen kann.«

»Wollen Sie damit sagen, dass Sie noch nie von John-Henry Story gehört haben?«

Poland zuckte noch einmal die Achseln.

Mit erstaunlicher Schnelligkeit für einen Mann seiner Masse ließ Slidell die Hand vorschnellen, packte Poland im Nacken und zog sein Gesicht dicht an seins.

Um uns herum wurde es völlig still.

»Ich finde das merkwürdig, Sam. Da Story doch derjenige ist, der bis vor Kurzem Ihre Gehaltsschecks ausgestellt hat.«

Poland versuchte, seinen Kopf zu befreien. Slidell hielt ihn fest wie ein Schraubstock.

»Ich kann jetzt rausgehen zu meinem Auto und Ihren Namen durch jedes System in der Stadt, im County, im Staat oder im Universum laufen lassen. Besteht vielleicht ein Haftbefehl gegen Sie? Haben Sie Ihre Steuern nicht bezahlt? Spät dran mit Alimenten? Nur ein Fehltritt, und Sie gehören mir.«

Slidells Worte brachten Speicheltröpfchen auf Polands Gesicht. Sie glitzerten blau und grün im Neonlicht des Schilds hinter der Bar.

Jetzt hatte auch Linda nichts mehr zu sagen.

Da Poland vielleicht offener redete, wenn ich außer Hörweite war, und weil ich der Spucke aus dem Weg gehen wollte, stellte ich mich vor die Anschlagtafeln und tat so, als würden mich die Fotos interessieren.

Die Sammlung sah aus, als reichte sie bis vor die Nixon-Jahre zurück. Einige Schnappschüsse hatten noch altmodisch gewellte Ränder. Andere waren Standardabzüge aus dem Drogeriemarkt. Wieder andere waren Polaroids, nicht mehr im allerbesten Zustand.

Ich blätterte mich durch die Schichten, blieb hier und dort bei einem Bild hängen.

Ein geknicktes Schwarz-Weiß-Foto zeigte ein altes Chevy-Coupé mit Weißwandreifen, dessen Fedora-Fahrer den Arm über die Tür gelegt hatte. Ein Farbabzug zeigte einen Jungen, der einen Strohhut mit Lyndon-B.-Johnson-Schweißband trug. Ein anderer hatte einen von vier nackten Hintern inspirierten Kodak-Augenblick eingefangen.

Dutzende von Fotos stammten aus den Myrtle-Beach-Tagen der Taverne. Auf unzähligen Schnappschüssen tanzten Paare unter Lichtgirlanden, saßen an Tischen oder grimassierten Schulter an Schulter in die Kamera.

Es gab Aufnahmen von Silvesterfeiern mit Luftballons am offenen Kamin, an Wänden und Decke. Von Speisenden in Shorts und Sommerkleidern, die im gesprenkelten Sonnenlicht an Gartentischen hockten. Von Betrunkenen in grünen Hüten mit irischen Kleeblättern und Perlen.

Männer in Overalls. Frauen in Stilettos und Spandex-Oberteilen. Paare, die sich aneinanderschmiegten wie Löffel. Geschäftsleute in Anzügen. Mittzwanziger und -dreißiger in Adidas oder Nike von Kopf bis Fuß. Sportmannschaften in Trikots. Quartette und Sextette von Collegestudenten.

Im Lauf der Jahre hatten sich Moden und Frisuren verändert. Lange Ponys. Wilde Dauerwellen. Rasierte Schädel. Piercings in Nase und Lippen. Es war wie die Schichtenfreilegung bei einer archäologischen Grabung.

Hinter mir redete Slidell weiter auf Poland ein. Die Biertrinker und Linda blieben stumm. Die Arbeiter unterhielten sich inzwischen wieder leise.

Während ich von Tafel zu Tafel ging, fragte ich mich, wie diese Sammlung zustande gekommen war.

Wie immer die Geschichte auch war, die Sammlung hatte in den letzten Jahren an Reiz verloren. Nur wenige Aufnahmen sahen aus wie Produkte des digitalen Zeitalters.

Ich war am Ende der letzten Tafel angelangt, als ich Story entdeckte. Oder – war er es wirklich?

Heimlich zog ich den Reißnagel aus der Tafel und schaute mir das Foto genauer an.

O ja. *Rattus rattus.*

Story saß neben einer Frau in einem funkelnden grünen Spaghettitop, das ein gigantisches Dekolleté ausstellte. Beide hoben Champagnerflöten. Sie lächelte. Er nicht.

Ein blonder Junge saß einen Barhocker von der Frau entfernt, schief wie nach zwanzig Bieren. Die Jahreszahl auf seiner Unijacke war von vor zwei Jahren.

Neugierig geworden, arbeitete ich mich weiter durch die Stratigrafie.

Und wurde fündig.

Ich kenne den schrecklichen Preis des Krieges. Ich hatte Bilder von Soldaten in voller Ausgehuniform gesehen, die Köpfe hoch erhoben, die verwüsteten Gesichter stolz. Auf der Rednertribüne bei Versammlungen, Arm in Arm mit ihren wunderschönen Bräuten.

Man hatte mir gesagt, dass Dominick Rocketts Verbrennungen sehr schwer waren. Aber auf das war ich nicht vorbereitet.

Brauen und Wimpern von Rocketts linker Gesichtshälfte

waren verschwunden, seine Stirn wölbte sich knollig über einer lidlosen Augenhöhle. Seine Lippen waren aufgequollen und schief, das Nasenloch verschmolz körnig-teigig mit der Wange.

Die rechte Gesichtshälfte wirkte, bis auf den Haarverlust und die unnatürlich glatte Haut, normal. Eine Strickmütze trug er tief in die Stirn gezogen.

Ich bekam Mitleid, als ich diese Verwüstungen betrachtete. Jeden Morgen in Rocketts Leben dieses Bild im Spiegel. In seinem Kopf, wenn ein Fremder in seine Richtung schaute. Wenn ein Kind ihn anstarrte oder vor Angst schrie.

O Gott. Was für ein Preis.

Mein Blick wanderte von Rockett zu dem anderen Mann, der bei ihm am Tisch saß. Drahtig, mit hagerem Gesicht und kleinen Nageraugen.

Nach einem schnellen Blick über die Schulter zog ich den zweiten Schnappschuss von der Tafel und steckte beide in meine Handtasche. Dann ging ich wieder zum Tresen.

Slidell hatte Poland inzwischen losgelassen, verhörte ihn aber noch immer.

Die Biertrinker und Tittenfrau konzentrierten sich weiterhin auf ihre Getränke.

»– wenn ich's Ihnen doch sage, Mann. Ich weiß es nicht.«

»Sie wissen überhaupt nicht viel, was, Arschgesicht?«

Nachdem ich mich nicht sonderlich subtil geräuspert hatte, gewährte Slidell mir einen kurzen Blick. Ich deutete mit dem Kopf zur Tür.

Slidell runzelte die Stirn und knallte dann Poland noch zwei letzte Fragen hin. Bekam wieder nichts, aber er hatte gezeigt, was Sache war. Dirty Harry hatte das Sagen.

Schließlich klatschte Slidell seine Visitenkarte auf den Tresen und ließ den üblichen Spruch übers Anrufen ab. Dann ging er.

Wieder im Taurus, zog ich die geklauten Fotos aus der Handtasche und nannte die Dargestellten. Slidell betrachtete die Gesichter kommentarlos. Was mich überraschte.

»Story und Rockett waren also Saufkumpane«, sagte er schließlich.

»Das weiß ich nicht. Aber das da beweist, dass sie einander kannten.«

»Sollen wir in der Richtung mal ein bisschen stochern?«

»Ja, schon. Aber denken Sie dran, Dew will nicht, dass Rockett aufgescheucht wird.«

»Okay.«

Wir fuhren los, noch bevor ich mich angeschnallt hatte.

15

Rockett wohnte abseits des Highway 51 in einem der äußersten südwestlichen Ausläufer Charlottes. Während der ersten Hälfte der Fahrt berichtete mir Slidell, was er von Poland erfahren hatte. Was so gut wie nichts war.

Nach einigem Bohren hatte der Barkeeper zugegeben, den Besitzer der Taverne einige Male gesehen zu haben. Er sagte, Story sei kein Trinker gewesen und habe kein Interesse daran gehabt, seine Angestellten kennenzulernen.

Poland hatte den Eindruck, dass Story normalerweise mit Männern kam und eher in geschäftlichen Angelegenheiten als zum privaten Vergnügen. Sicher war er sich nicht, da Story keiner sei, der gern und häufig lächelte. Wer mit der Fotogalerie angefangen habe, wusste Poland nicht. Auch nicht, wer sie jetzt in Schuss hielt. Die Sammlung reiche weit vor seine Zeit zurück.

»Anscheinend hatten es weder Story noch Rockett sonderlich mit Diskretion.« Während der ganzen Fahrt fragte ich mich schon, was das zu bedeuten hatte.

Slidell wandte sich mir zu, einen Kaugummi auf halbem Weg zwischen Hand und Mund.

»Soll heißen?«

»Warum haben sie zugelassen, dass ihr Foto an die Tafel gepinnt wurde?«

»Die Trottel wussten es wahrscheinlich gar nicht.«

Vielleicht.

Dreißig Minuten nachdem wir South End verlassen hatten, bog Slidell nach einem Schild, das Les Fleurs ankündigte, links ab. Ein bisschen prätentiös, ich weiß, aber die Leute in Charlotte taufen ihre Viertel gerne.

Die Häuser in Les Fleurs waren vorwiegend Ranches und Häuser in Terrassenbauweise aus den Sechzigern und Siebzigern. Sie waren eher klein, hatten separate Garagen und Verkleidungen, die mit Pastellvariationen spielten.

Die Straßen waren kurvig, von Bäumen gesäumt und trugen Blumennamen. Während Slidell von der Marigold in die Poppy und schließlich zu Rocketts Adresse am Azalea Court fuhr, fiel mir auf, dass alle Hinterhöfe eingezäunt, alle vorderen Rasen gemäht und eingefasst waren. Hier und dort lag ein Rad oder ein Roller auf einem Bürgersteig oder lehnte an einer Treppe, Veranda oder einem Fundament.

Es war ein Viertel, das einen an Kinder, Hunde und Rentner denken ließ. Wie nannte Harry diese Häuser? Häuser zur vorletzten Ruhe.

Slidell parkte am Bordstein einer Sackgasse, die von zwei

Magnolien und einer hoch aufragenden Kiefer beschattet war. Hinter jeder Magnolie versteckte sich ein Ranchhaus, eins lachsfarben, das andere grün. Unter und hinter der Kiefer stand ein braunes einstöckiges Gebäude mit Spitzgiebel, das man in New England Salzfass nennen würde.

»Kommt Ihnen hier irgendwas komisch vor?« Slidell war um den Platz herumgefahren, um mit der Nase Richtung Ausfahrt zu parken, und blickte jetzt die Straße entlang, die wir eben heruntergekommen waren. Sein Kiefer machte Überstunden. Und der Kaugummi feuchte Platzgeräusche.

Ich folgte Slidells Blick. Und sah nichts als geschlossene Türen, leere Fenster und viele Azaleensträucher, von denen keiner blühte.

»Sieht ziemlich ruhig aus.«

»Verdammt ruhig.«

»Wir sind in einer Sackgasse am Stadtrand an einem verregneten Donnerstagnachmittag.«

»Eine Gasse im Sack.« Slidell zupfte an seinem Gürtel. »Der Kerl lebt auf einem verdammten Abstellgleis.«

Ein Bild blitzte vor mir auf. Das Gesicht in meiner Handtasche.

Ich empfand Mitleid, gefolgt von einem gewissen Unbehagen. War Rockett wirklich so entstellt, wie der Schnappschuss andeutete? War das der Grund, warum er auf einem »verdammten Abstellgleis« lebte?«

»Rocketts Haus ist nicht gerade protzig.«

»Der Kerl ist entweder ein verdammt schlechter Schmuggler oder ein sehr vorsichtiger Hurensohn.«

»Haben Sie nachgeprüft, wie lange er schon hier wohnt?«

»Das Anwesen ist seit 1991 auf seinen Namen eingetragen.«

»Also hat er das Haus kurz nach seiner Pensionierung vom Militär gekauft. Hypothek?«

»Nein.«

»Vielleicht hatte er gespart. Oder Geld geerbt.«

Slidell bearbeitete einen Backenzahn mit einem Daumennagel und kaute dann weiter.

»Frage mich, was die Nachbarn von seinen gärtnerischen Fähigkeiten halten.«

Gute Frage. Vielleicht war es der Dauerschatten von der Kiefer. Vielleicht mangelndes Interesse. Jedenfalls fanden die so nachdrücklich grünen Rasenflächen zu beiden Seiten an Rocketts Flickenteppich aus Erde und Gras ein jähes Ende.

»Gehen wir.«

»Denken Sie dran«, warnte ich. »Dew wird stinksauer, wenn wir Rockett dazu bringen, sich einen Anwalt zu nehmen.«

»Jaja.«

Ich stieg aus dem Taurus und ging aufs Haus zu. Regentropfen kühlten sanft mein Gesicht. Ich konzentrierte mich auf die Empfindung, um den Kopf freizubekommen.

Frei von Mitleid für Rockett.

Von Gedanken an Katy und Sprengfallen.

Die Haustür, passend zur Wandverkleidung braun lackiert, hatte einen schwarzen, gusseisernen Klopfer in der Form einer Kanone. Slidell schlug ihn gegen das Holz. Schlug noch einmal.

In der Ferne rauschte auf dem Highway 51 der Verkehr vorbei. Von drinnen kam kein Ton.

Slidell wollte eben ein drittes Mal klopfen, da klickte ein Schloss. Während die Tür aufschwang, spannte er den Körper an.

Ich meinen ebenfalls.

Es hatte nicht an der unfairen Beleuchtung gelegen. Auch hatte das vernarbte Fleisch seit der Aufnahme des Fotos weder sich selbst erneuert noch eine kosmetische Operation erlebt.

Obwohl es nicht kalt war, trug Rockett eine schwarze Strickmütze, die er bis zu der Höhe heruntergezogen hatte, auf der seine Brauen hätten sein sollen. Die Finger, die den Türknauf umklammerten, waren wächsern und blass und hatten keine Nägel. Über der Hand schaute der Rand eines Tattoos aus dem Saum seines langärmeligen T-Shirts hervor.

Rockett schaute Slidell an und dann mich, die linke Gesichtshälfte starr, die rechte zu einer mürrischen Miene verzogen.

Ich zwang mich zu einem neutralen Ausdruck.

Slidell hielt seine Marke in die Höhe. »Charlotte Mecklenburg PD.«

Rocketts gesundes Auge schnellte zu der Marke, dann wieder zu uns.

»Was wollen Sie?« Rau und tief.

Slidell brachte den alten Spruch, er müsse ihm nur ein paar Fragen stellen.

»Worüber?«

»Wollen Sie, dass wir das vor den Nachbarn machen?«

»Sehen Sie irgendwelche Nachbarn?«

Slidell verschränkte die Arme und spreizte die Füße. »Wir können es auch auf dem Revier tun.«

»Haben Sie einen Durchsuchungsbeschluss?«

»Sollte ich einen haben?«

»Das müssen Sie mir sagen.«

Die beiden Männer starrten einander an. Ihre Augen waren etwa auf gleicher Höhe. Aber Rocketts Hals war dick, sein

Körper ein Muskelpaket. Was sich unter seinem T-Shirt abzeichnete, deutete auf viele Stunden im Fitnessstudio hin.

Slidells Gesichts rötete sich leicht.

»Es wird wirklich nicht lange dauern.« Ich lächelte, ein Versuch, das Macho-Duell zu entschärfen.

»Wer zum Teufel sind Sie?« Wobei er den Blick nicht von Slidell nahm.

»Dr. Temperance Brennan. Ich –«

»Die Dame arbeitet im Leichenschauhaus.«

Vielleicht hatte Rocketts rechte Wange bei Slidells Antwort leicht gezuckt. Nur kurz. Dann atmete er durch sein gutes Nasenloch ein und langsam wieder aus. Ich dachte schon, er würde uns davonjagen.

»Zehn Minuten.« Rockett trat einen Schritt zurück.

Slidell spuckte seinen Kaugummi ins Gras und trat ein. Ich folgte ihm in eine fensterlose Diele mit Schachbrettboden, einer Falttür links und Kleiderhaken rechts. An einem hing eine Strickmütze, an einem anderen eine Windjacke.

Rockett führte uns in ein Wohnzimmer, dessen Panoramafenster gegen das Sonnenlicht mit Vorhängen verdeckt war. Die einzige Beleuchtung des Zimmers kam von einem Flachbildfernseher von der Größe einer Plakatwand. Eine Sportsendung lief ohne Ton und tauchte das Zimmer in schnell wechselnde, kaleidoskopische Muster.

Gegenüber dem Fernseher stand eine Ledercouch. Die wurde zu beiden Seiten von Tischen aus Altholz und Eisen flankiert, vielleicht von Restoration Hardware, die gern Teures aus solchen Materialien fertigten. Leicht schräg daneben stand ein gigantischer Fernsehsessel. Die Fernbedienung lag auf einer Armlehne.

Die Hinterwand säumte ein Regal, zur Hälfte mit Gerätschaften gefüllt, die zu dieser audiovisuellen Anlage gehörten. Außerdem ein Flaschenschiff. Eine Wetterstation mit Thermo- und Barometer. Fotos, vorwiegend von Männern in Uniform. Ein gerahmter Uniformaufnäher. Ich erkannte Anker und Adler des Marine Corps auf einem roten Kreis in der Mitte. Die Wörter *Desert Storm* wölbten sich darüber und *Task Force Ripper* darunter.

Links und rechts standen auf dem Sockelbrett des Regals größere Gegenstände. Ein metallener Brustharnisch. Ein geschnitzter Stoßzahn. Ein bemaltes Keramikgefäß. Eine Streitaxt. Jedes Artefakt sah echt alt aus.

Ich schaute zu Slidell. Er nickte. Er hatte es auch bemerkt.

Rockett deutete zum Sofa, blieb aber stehen. Ebenso wie Slidell. Und ich.

»Die Uhr tickt«, sagte Rockett zu Slidell.

»Sparen Sie sich die Show.«

Rocketts Rückgrat, bis jetzt schon steif wie ein Mast, wurde noch gerader.

»Wie, sagten Sie gleich wieder, heißen Sie?«

»Slidell.«

»Schießen Sie los, Slidell.«

»Wie wär's, wenn wir über gestohlene Hunde reden?«

In Rocketts gutem Auge flackerte etwas. Überraschung? Erleichterung? Er sagte nichts.

Slidell wartete.

Schließlich schnaubte Rockett, ein trockenes, keuchendes Geräusch, wie durch einen Luftfilter.

»Haben Sie mit dieser Fruchtfliege Dew geredet?«

Slidell bejahte weder, noch verneinte er.

»Wollen Sie, dass ich reagiere?«

»Wollen Sie reagieren?«

»Sind Sie und Schwester Rehauge dann schneller wieder weg?«

»Kann sein.«

»Gestohlen ist das falsche Wort.«

»Klären Sie mich auf.«

»Ich habe die Hunde von einem Bauern gekauft. Der wollte sie so unbedingt verhökern, dass er sich fast in die Hose gemacht hätte.«

»Das ICE drückt beim Schmuggel von Relikten kein Auge zu.«

»Ich wusste nicht, dass sie alt sind.«

»Ist das Ihr Hobby? Mumifizierte Haustiere aufkaufen?«

»Dew hat keinen Fall.«

Ich wusste, dass Slidell Rockett bewusst in eine Richtung führte, er wollte ihn glauben machen, dass wir beide wegen illegaler Antiquitäten hier waren. Sobald das Opfer sich in Sicherheit fühlte, würde Slidell zuschlagen.

Während die Männer redeten, schaute ich einen Gang entlang zu einem Raum, den der Architekt offensichtlich als Esszimmer gedacht hatte. Anstelle von Tisch, Stühlen und einem Sideboard enthielt er allerdings eine Gewichthebebank, einen Sandsack, einen Stepper und andere Trainingsgeräte.

»Das ICE denkt, dass Sie Dreck am Stecken haben«, sagte Slidell.

»Die haben aber nichts.«

»Ach wirklich?« Slidell deutete mit dem Daumen über seine Schulter. »Haben Sie das Zeug da vom Wal-Mart?«

»Alles, was ich besitze, ist legal und dokumentiert. Wenn jemand was verkaufen will, kaufe ich. Wenn jemand was kaufen will, verkaufe ich.«

»Kann sein, dass das so ist. Aber wenn Sie von jetzt an eine

Grenze überschreiten, haben Sie sofort einen Latexfinger zwischen den Backen.«

»Dann werde ich sagen, ich bin noch Jungfrau, seid bitte sanft.«

»Sie halten sich wohl für schlauer als mich?« Slidells Tonfall deutete auf kaum beherrschten Zorn hin.

»Eselspisse ist schlauer als Sie.«

Das ließ bei Slidell die Hutschnur platzen.

»Haste deine Steuern in trockenen Tüchern, du Arschloch? Dew nimmt nämlich deine Steuererklärungen, deine Bankkonten, deine Kreditwürdigkeit und jede Klempnerrechnung, die du je bezahlt hast, unter die ganz große Lupe.«

Rockett schaute ihn einfach nur böse an. Minimal unsicherer als zuvor?

»Leg dich mit dem Finanzamt an, und du hast harte Zeiten vor dir.« Slidells Gesicht war hart. »Weißt du, dass Dews Frau Peruanerin ist? Für ihn ist die Sache persönlich. Und er hat dort unten Kontakte. Wenn du hier Scheiße baust, und ich würde nicht auf dich wetten, dann solltest du dir überlegen, ob du deine Operationsbasis nicht woandershin verlegst. Vielleicht auf den Mars.«

Ich hatte meine Zweifel, was die Geschichte mit Dews Frau anging. Und ich war mir sicher, dass es Dew nicht gefallen würde. Aber ich unterbrach ihn nicht.

»Jeder Penny, den du je verdient, jeder Dime, den du je ausgegeben hast, kommt bei Dew auf den Prüfstand. Er ruft deine Käufer, deine Lieferanten an und lässt ihre Unterlagen beschlagnahmen. Glaubst du, dass der Bauer und seine Amigos für dich in den Knast gehen? Die Frage ist doch, wie schnell sie plappern werden, um den eigenen Arsch zu retten.«

Schweigen folgte auf Slidells Ausbruch. Rockett beendete es schließlich.

»Was geht mein Problem mit dem Zoll eigentlich die Polizei von Charlotte an?«

»In meinem Revier habe ich das Sagen.«

Rockett schaute auf die Uhr. »Ist das alles?«

»Nein. Das ist noch nicht alles. Erzählen Sie mir von Ihrem Kumpel, John-Henry Story.«

»Kenne ich nicht.« Rocketts Gesicht blieb ausdruckslos. Aber die Finger seiner gesunden Hand krümmten sich nach innen.

»Einen Polizeibeamten zu belügen bedeutet ernsthafte Schwierigkeiten.«

Was soll's?, dachte ich. Slidell hatte längst dafür gesorgt, dass die Situation eskaliert war. Ich zog die Fotos aus der Tasche. Rockett warf einen kurzen Blick darauf, sagte aber nichts.

»Special Agent Dew ist über Ihre Position bei S&S Enterprises informiert«, sagte ich. »Über Ihre Verbindung zu John-Henry Story.«

»Kein Kommentar.« Durch kaum geöffnete Lippen.

»Haben Sie einen Kommentar dazu, wie Story es geschafft hat, sich selbst anzuzünden?«

Rockett lieferte keine Antwort auf Slidells Frage.

»Eine Frage geht Dew nicht mehr aus dem Kopf.« Regenbogenfarbene Lichtreflexe tanzten über die Umrisse von Slidells Gesicht. »Wie schafft es ein zweitklassiger Kleinimporteur, bei den großen Jungs mitzuspielen?«

Noch immer nichts.

»Örtlicher Geschäftsmann verbrannt.« Slidell hob und senkte die Hände, als würde er Gewichte vergleichen. »Zweitklassiger Importeur mit einer Wagenladung voller Geld.«

»Wollen Sie damit sagen, dass ich was mit Storys Tod zu

tun hatte?« Hinter Rockett hob ein Schiedsrichter die Hände über den Kopf. »Sind Sie völlig durchgeknallt?«

Da ich glaubte, einen Riss in seiner blasierten Selbstbeherrschtheit zu erkennen, steuerte ich nun direkt auf den eigentlichen Grund unseres Besuchs zu.

»Vor zwei Nächten wurde ein junges Mädchen bei einem Unfall mit Fahrerflucht in der Nähe der Old Pineville Road getötet.«

Ich zog eins meiner Flugblätter heraus. Auch das sah Rockett sich nur eine Nanosekunde lang an.

»Das Mädchen wurde durch den Aufprall nicht getötet. Sie konnte noch aufs Bankett kriechen, wo sie einige Zeit später unter großen Schmerzen starb. Allein. Verängstigt.«

»Sie erzählen mir das, weil?« Rocketts gesundes Auge bohrte sich in meines.

»Das Mädchen hatte etwas in ihrer Handtasche, das John-Henry Story gehörte.«

»Und?« Eiskalt.

»Hat Detective Slidell eigentlich erwähnt, dass er im Morddezernat arbeitet?«

Das entstellte Gesicht veränderte sich auf eine Art, die ich nicht interpretieren konnte. Ich hielt ihm das Flugblatt direkt davor.

»Sie kannten Story. Die Kleine kannte Story. Wissen Sie, wer sie ist?«

»Mary fucking Poppins.«

Wut flammte in mir auf. Ob Kriegsheld oder nicht, Rockett war abstoßend.

»Noch was anderes. Der Medical Examiner hat Sperma auf der Leiche des Mädchens gefunden. Aus den Proben wird DNS extrahiert.«

Rockett zuckte die Achseln. »Na, dann extrahieren Sie mal schön.«

»Das Mädchen hatte Storys Plastik in ihrer Handtasche. Story ist Ihr Partner und Saufkumpan.« Ganz offensichtlich teilte Slidell meine Abscheu. »Sie hängen da mit drin. Wer ist sie?«

»Verschwinden Sie verdammt noch mal aus meinem Haus.«

Slidell rührte sich nicht von der Stelle.

»Hier habe ich noch etwas, Mr. Rockett.« Mein Ton war eisig. »Gestern habe ich einen Tipp erhalten. Die Anruferin behauptete, das Fahrerfluchtopfer zu kennen. Und meinte, das Mädchen hätte Angst gehabt.«

»Und?«

»Irgendetwas oder irgendjemand jagte diesem Mädchen Angst ein.« Nur Zentimeter von Rocketts Gesicht entfernt wedelte ich mit dem Flugblatt. »Ich *werde* herausfinden, wer oder was das war.«

Mit einer verärgerten Bewegung schlug Rockett mir das Blatt aus der erhobenen Hand. Ich hob es auf und legte es mit der Abbildung nach oben auf den Tisch.

»Ich werde nicht aufhören, bis dieses Mädchen identifiziert ist. Detective Slidell wird nicht aufhören, bis der Mörder gefasst ist. Sie haben uns in Bezug auf Ihre Bekanntschaft mit Story angelogen. Sie müssen einen Grund dafür haben, und der bringt Sie damit in Verbindung.«

»Und vergiss nicht, Arschloch.« Slidell brachte sein Gesicht sehr nahe an Rocketts, hob die Brauen und senkte sie wieder. »Ich bin völlig durchgeknallt.«

Ohne ein weiteres Wort gingen wir nach draußen und fuhren davon.

Und das war's.

In den nächsten zehn Tagen sollte ich nichts über das Mädchen mit der pinkfarbenen Handtasche und der pinkfarbenen Haarspange erfahren, das im Kühlraum der Leichenhalle lag.

ZWEITER TEIL

16

Als ich am Samstagmorgen aufwachte, umschlang mich die Bettdecke wie eine Boa Constrictor. Ich hatte mich wohl im Traum hin und her geworfen, doch ich erinnerte mich an nichts.

Birdie war nirgends zu sehen.

Ich hielt mir den Wecker vor die verklebten Augen. 8:45.

Wenn das Frühstück zu spät kommt, nagt mein Kater entweder an meinen Haaren oder scheppert mit einem Keramikgefäß, in dem auf meiner Frisierkommode eine Seidenpflanze steht. Er ist gut. Beide Strategien nerven mich so sehr, dass ich aufstehe.

Merkwürdig, dass Bird mich heute nicht zum Aufwachen gequält hatte. Noch zu träge nach der Hafergrütze mit Eiern?

Aber am Abend zuvor hatte ich auf dem Nachhauseweg seine Lieblingsspeise gekauft. Iams-Katzenfutter. Er wusste nicht, dass ich ihm die kalorienreduzierte Version gab.

Ich stützte mich auf einen Ellbogen und schaute mich um.

Kein Kater.

Dann roch ich Kaffee.

Und hörte leise Musik. *Good Day Sunshine*?

Verwirrt zog ich einen Trainingsanzug an und ging nach unten.

Auf dem Tisch im Esszimmer stand eine Schachtel mit Donuts. Servietten. Teller und Besteck. Butter und Marmelade.

Im Arbeitszimmer sangen die Beatles, dass sie lachen müssen.

Ich schob mich durch die Pendeltür zur Küche.

Pete stand an der Anrichte und goss Saft aus einem Karton in Gläser.

»Zuckerschnäuzchen.« Großes Pete-Grinsen. »Ich habe dich doch nicht aufgeweckt, oder?«

Gibt es auf diese Frage eine nicht sarkastische Antwort? Mir fiel keine ein.

»Was machst du denn hier?«

Und dann Panik.

Die man mir offensichtlich ansah.

»Keine Angst.« Pete hob beschwichtigend die Hand. »Katy geht es gut.«

»Hast du mit ihr gesprochen?«

»Es geht ihr gut.«

»Das ist keine Antwort.«

Pete verstaute den Karton im Kühlschrank und wandte sich wieder mir zu. Ein Grinsen kräuselte seine Mundwinkel, als er meinen Aufzug und die zerzausten Haare sah.

»Fang erst gar nicht an«, warnte ich ihn mit zusammengekniffenen Augen.

»Womit?« Voll jungenhafter Unschuld.

»Es ist viel zu früh für eine Fashion-Kritik.«

»Du siehst klasse aus, Zuckerschnäuzchen.«

»Nenn mich nicht so.«

»Hier.« Pete hielt mir ein Glas entgegen. »Das ist voller Vitamine.«

»Du klingst wie Anita Bryant.« Doch den Orangensaft nahm ich.

»Sie hatte recht.« Pete trank einen Schluck. Und führte aus: »Was die Orangen angeht. Prost.«

Pete klopfte mit seinem Glas an meins. Wir tranken beide unseren Saft aus.

»Wo ist Bird?« Ich stellte mein Glas ins Spülbecken.

»Verdauungsschlaf nach der Pastete.«

»Du hast ihm Pastete gegeben?«

»Entspann dich. Es war Hühnerleber, keine Gans.«

»Der Tierarzt hat ihm Diät verordnet.«

»Das hat er nicht gesagt.«

Ich verdrehte noch immer die Augen, als der Kater hereinkam. Pete hob ihn hoch.

Birdie schnurrte wie eine Ducati bei hundert km/h. Er mag meinen Ex. Immer schon.

»Weißt du, dass du ausgeraubt wurdest?«

»Was?« Ich schaute mich schnell in der Küche um.

»Dein Kühlschrank ist leer geräumt.«

»Bist du mal wieder witzig.«

»Ernsthaft. Er ist leer.«

»Ich hatte die letzten Tage ziemlich viel zu tun.«

»Die Fahrerflucht?«

»Hm. Bist du deswegen hier? Um nachzusehen, ob ich auch richtig esse?«

»Madam.« Mit großer Geste deutete er auf die Tür. »Sollen wir für Kaffee und Törtchen nach nebenan gehen?«

»Ich lasse mich nicht in dein Hochzeitsdrama mit hineinziehen.«

»Deswegen bin ich nicht hier.«

Wir gossen uns beide Kaffee ein, tröpfelten Sahne dazu und gingen ins Esszimmer. Pete setzte sich mir gegenüber an den Tisch.

»Butter und Marmelade?« Ich hob fragend eine Augenbraue.

»Man weiß ja nie.«

»Doch. Bei Donuts schon.«

Ich nahm mir einen mit Schokoladenüberzug und Streuseln.

Pete nahm sich kein Gebäck. Rührte seinen Kaffee nicht an.

»Wer zuerst kommt, mahlt zuerst«, sagte ich fröhlich. »Du hättest mehr mit Schokolade kaufen sollen.«

»Die sind alle für dich.«

»Was, keine Blumen?«

Das war ein alter Witz zwischen uns. Pete lachte nicht.

Na gut.

Während ich wartete, dass mein Ex zur Sache kam, fiel mir eine andere Möglichkeit ein.

»Gibt es ein Problem mit der Scheidung? Habe ich eins der Formulare falsch ausge-«

»Alles ist in Ordnung.«

»Hast du die Unterlagen schon einge-«

»Werde ich noch machen.«

»Die Hochzeitsvorbereitungen laufen noch nach Plan?«

Mein Gott, Brennan. Warum bringt du das zur Sprache?

»Es gibt ein paar Problemchen. Aber nichts, womit Summer nicht umgehen kann.«

Summer kann ohne Anweisung nicht einmal mit einem Joghurt umgehen. Das sagte ich nicht.

Birdie sprang neben Pete auf den Tisch. Er strich dem Kater über den Rücken. Schaute abwesend seine Handbewegung an. Welchem Thema wollte er ausweichen?

Mein Magen verkrampfte sich.

»Du lügst mich doch nicht an, oder? Geht es wirklich nicht um Katy?«

»Nur am Rande.«

Mir stieg die Hitze in die Wangen.

»Du hast doch gesagt –«

»Es geht ihr gut.«

»Hast du heute von ihr gehört?«

»Nein.«

»Dann hast du keine Ahnung, wie es ihr geht!« Scharf.

Pete streichelte weiter den Kater. Und schaute dabei weiter auf seine Hand.

»Tut mir leid. Ich wollte dir nicht den Kopf abreißen«, sagte ich.

Pete lehnte sich zurück. Überlegte es sich dann anders, beugte sich vor und stützte die Ellbogen auf den Tisch.

»Es gibt eine Möglichkeit, dass du Katy sehen kannst.«

»Wir wollten eigentlich skypen –«

»Ich meine persönlich.«

»Was? Bekommt sie Urlaub? Jetzt schon?« Mein Donut erstarrte mitten in der Luft. »O Gott. Ist sie verletzt?«

»Nein.«

»Ist sie im Krankenhaus?«

»Nein. O Mann. Hör auf überzureagieren.«

»Sag mir die Wahrheit.«

»Ich habe überhaupt keinen Grund zu der Annahme, dass unsere Tochter nicht kerngesund und glücklich ist.« Übergeduldig.

Ich musterte Petes Gesicht. Sah keinen Täuschungswillen. Aber jede Menge Zweifel.

Janis Peterson. Der Mann der flinken Zunge und der stählernen Nerven?

»Was ist los, Pete?«

Er hob seine Tasse. Stellte sie, ohne getrunken zu haben, wieder ab.

»Du kannst zu ihr.«

»Zu ihr?« Ich hatte wohl irgendwo etwas verpasst.

»Nach Bagram.«

»Bagram. Afghanistan?«

»Genau.«

Das ergab einfach keinen Sinn.

»Ich weiß, dass du dir Sorgen machst, Zuckerschnäuzchen. Ich mache mir auch Sorgen. Vor allem wenn Tage vergehen, ohne dass ich auch nur ein Wort höre. Das kann ich allerdings nicht zugeben, wo ich doch ein Mann bin und so.«

Noch ein alter Witz, der kein Lachen auslöste.

Pete redete weiter, doch jetzt in einem anderen Ton. Sehr ernst.

»Ich will dich nicht manipulieren. Aber ich will dich überzeugen.«

Überzeugung. Das Handwerkszeug des Anwalts.

»Mich überzeugen.« Da ich völlig verwirrt war, äffte ich ihn einfach nach.

Pete atmete tief ein. Stieß die Luft wieder aus. Verschränkte die Finger.

»Erinnerst du dich an meinem Freund, Hunter Gross?«

Ich schüttelte den Kopf.

»Denjenigen, von dem ich dir am Mittwoch beim Abendessen erzählt habe?«

In der Bar bei voll aufgedrehter Lautstärke. »Er ist ein Marine«, sagte ich. »Sein Neffe ist ein Marine.«

»Ja, John Gross. Ich kenne Hunter schon seit Jahren.«

»Aus deiner Zeit im Corps.« Ich hatte Petes alte Militärkumpel noch nie auseinanderhalten können.

Pete nickte. »Hunter hat mich wieder angerufen. Er macht sich wirklich Sorgen wegen seines Neffen.«

»Red weiter.«

»Ich glaube, ich habe dir erzählt, dass John im Camp Lejeune auf eine Anhörung nach Article 32 wartet.«

Eine Anhörung nach Article 32 ist das militärische Äquivalent einer Vorverhandlung vor einer Grand Jury. Zweck ist es herauszufinden, ob genug Beweismaterial für einen Kriegsgerichtsprozess vorhanden ist.

»John wird beschuldigt, afghanische Zivilisten getötet zu haben.« Allmählich fiel mir die Geschichte wieder ein. »Was er bestreitet.«

»Ein Kriegsgerichtsprozess würde die Karriere des Jungen ruinieren. Doch das ist noch die geringste seiner Sorgen. Falls er schuldig gesprochen wird, könnte er lebenslang in einem Bundesgefängnis sitzen. Oder noch Schlimmeres.«

»Was hat er denn angeblich getan?«

»Der Anklageschrift nach soll er bei der Durchsuchung eines Dorfes unbewaffnete Bewohner erschossen haben.«

»Wie lautet seine Version?«

»Es dämmerte bereits. Es herrschte totales Chaos. Die Männer kamen ›Allah!‹ schreiend auf ihn zu. Einer machte eine Bewegung, als würde er nach einer Waffe greifen. Er behauptet, in Notwehr geschossen zu haben.«

»Aber wie sich herausstellte, hatten die Männer gar keine Waffen.«

»Genau.«

Ich überlegte.

»Gross führt ein, was, ein M16? Die Opfer sind unbewaffnet. Und doch stürzen sie auf ihn zu? Das ergibt doch keinen Sinn.«

»Im Eifer des Gefechts? Ein persönlicher Dschihad?« Pete zuckte die Achseln. »Wer weiß?«

»Hinter der Geschichte muss mehr stecken.«

»Ich sage dir, was ich weiß. Als Lieutenant und Zugführer musste John jede Menge schwieriger Entscheidungen treffen. Mit ernsten Konsequenzen.«

Pete hielt inne, vielleicht dachte er an seine eigenen schwierigen Entscheidungen im aktiven Dienst.

»Eine dieser Entscheidungen betraf einen Corporal namens Grant Eggers. Nach diversen ermahnenden Gesprächen war John gezwungen, Eggers von seinem Posten als Leiter der Schützentruppe zu entheben. Eggers war stinksauer, redete angeblich bei jeder Gelegenheit schlecht über John, stellte ihn aber nie persönlich zur Rede.«

»Lass mich raten. Eggers ist derjenige, der die Anschuldigung vorgebracht hat.« Ich nahm mir einen Donut mit Zuckerguss.

»Ja. Er sagt, die Männer wären nicht auf John zu-, sondern vor ihm davongerannt. Er behauptet, John hätte sie in den Rücken geschossen.«

»O Gott.«

»Ja. Was nicht alles passieren kann. Hunter ist überzeugt, dass über seinen Neffen vorschnell geurteilt wurde.«

»Warum?«

»Uncle Sam ist da drüben nicht gerade beliebt. Zwei unbewaffnete Zivilisten tot. Der Schütze ein amerikanischer Marine. Die Einheimischen wollen Blut.«

»Politik also.«

Pete zuckte die Achseln. Wer weiß?

»Die Lösung ist doch ganz einfach.«

Pete streckte die Hand aus und strich mir über die Oberlippe. Ich schlug seine Hand weg.

»Zuckerschnurrbart«, sagte er. »Erzähl.«

»Der Medical Examiner untersucht die Eintritts- und Austrittswunden der Kugeln.«

»Das war unmöglich.«

»Warum?«

»Die Männer liegen auf einem muslimischen Friedhof begraben. Die Militärpolizei hat wiederholt versucht, Zugang zu erhalten, aber die afghanischen Behörden verweigerten bisher sowohl eine Exhumierung als auch eine Autopsie. Nach langem diplomatischen Hin und Her haben sie jetzt ihre Meinung geändert.«

Ich hatte einen plötzlichen Verdacht, wohin das führte.

»Sie haben einer Exhumierung zugestimmt.«

»Ja. Aber es gibt keine Garantie, dass sie ihre Meinung nicht noch einmal ändern. Die Anhörung nach Article 32 wurde verschoben, um Zeit zu gewinnen für die Durchführung der Exhumierung.«

»Aha.«

»Was meinst du, wie gut erhalten werden die Leichen sein?«

»Was wurde postmortal mit ihnen gemacht?«

»Hunter sagt, die Männer wurden gewaschen, in Leichentücher gewickelt und begraben. Keine Särge. Sie wurden nur auf die Seite gelegt, mit dem Kopf in Richtung Mekka.«

»Wüstenklima, ein Jahr in der Erde. Ich würde fortgeschrittene Verwesung erwarten, wenn nicht bereits vollständige Skelettierung.«

»Die US-Experten werden nur einen Versuch mit diesen Leichen bekommen. Wenn das Personal am Stützpunkt nicht allererste Sahne ist, könnte John im Arsch sein.«

»Schusskanalbestimmung ist nicht so kompliziert.«

»Das weißt du. Aber wissen sie es auch? Laut Hunter ist das Johns beste Chance, seine Unschuld zu beweisen. Die Verteidigung will ein Mitspracherecht, wer die Exhumierung und Untersuchung durchführen soll, und der Staatsanwalt hat ihnen gesagt, sie sollen jemanden vorschlagen, der für beide Seiten akzeptabel ist.«

»Du willst, dass ich nach Afghanistan fliege.« Gesagt mit dem Enthusiasmus, den ich für Gerstenkörner übrig habe.

»Ja. Deine Erfahrung mit Kriminalermittlungen wird die Regierung zufriedenstellen, und die Verteidigung wird Hunters Empfehlung zustimmen.«

Pete lehnte sich zurück und schaute mir tief in die Augen. Er hatte seinen Fall dargestellt. Jetzt wartete er.

Tief durchatmen.

»Versteh mich nicht falsch, Pete. Ich habe Mitgefühl mit John und seiner Familie. Aber Militärärzte haben viel Erfahrung – zu viel – mit traumatischen Verletzungen. Jeder Arzt in Afghanistan hat mit Sicherheit Hunderte von Schussverletzungen gesehen.«

»In frischem Gewebe. Du hast es eben gesagt. Wahrscheinlich sind nur noch Knochen übrig. Das bist du. Das ist dein Ding. Du bist die Beste. Außerdem findet die Article-32-Anhörung in North Carolina statt.«

»Ich habe Verpflichtungen. Ich kann mich nicht so einfach auf die andere Seite der Welt davonmachen.«

»Das tust du die ganze Zeit.«

»Nein, tue ich nicht.«

»JPAC?«

Pete meinte meine Rolle als zivile Beraterin des Joint POW/MIA Accounting Command, des zentralen militärischen Identifikationsinstituts in Honolulu.

»Das ist was anderes. Diese Besuche sind von langer Hand geplant.«

»Es gibt noch einen Grund, warum du es sein musst. Du kennst dich aus mit militärischen Funktionen. Wegen deiner JPAC-Verbindung wird die Regierung deiner Verpflichtung als forensische Expertin erst recht zustimmen.«

»Pete ...«

Er beugte sich vor und nahm meine beiden Hände in seine.

»Ich bitte dich als persönlichen Gefallen darum. Bitte überwache die Exhumierung. Führe die Untersuchung durch.«

»Das ist doch lächerlich. Die Logistik wäre ein Albtraum.«

Er lächelte. »Das ist alles schon geklärt.«

»Von wem?«

»Vom Verteidigungsministerium, dem Pentagon, dem verdammten Weißen Haus.«

»Willst du mich auf den Arm nehmen?«

Pete legte theatralisch die Hand aufs Herz. »In fremder Erde Leichen ausbuddeln ist eine ernste Sache, vor allem wenn sie Beweismittel bei Ermittlungen gegen einen amerikanischen Soldaten sind.«

»Auf keinen Fall.« Ich zog meine Hände aus seinen. »Ich habe eine Unbekannte im Teenageralter in meinem Kühlraum, und niemand interessiert sich dafür. Wenn ich mich nicht um ihren Fall kümmere, wer dann?«

»Wie läuft die Sache?« Nicht unverblümt sarkastisch, aber fast.

»Sie läuft.« Knapp. Warum diskutierte ich überhaupt mit ihm darüber?

»Es ist natürlich deine Entscheidung. Bleib hier und mach weiter mit deinem Fall. Geh nach Afghanistan und hilf einem Amerikaner, dem man vielleicht was anhängen will. Einem Amerikaner, der im Dienst an seinem Land sein Leben riskiert hat.«

Pete machte eine Pause, um die Implikationen ihre volle Wirkung entfalten zu lassen. Katy.

»Du kannst beide Entscheidungen treffen, Sahnetörtchen. Aber du musst dich eins fragen. Hilft es deiner Unbekannten wirklich, wenn du hierbleibst?«

So ärgerlich es war, aber dieses Argument war nicht von der Hand zu weisen. Slidell würde an der Fahrerflucht dranbleiben. Ohne mein Drängen zwar nicht so intensiv, aber er würde die Arbeit machen. Luther Dew? Hier war kein Drängen nötig. Die DNS? Ich könnte rund um die Welt fliegen und trotzdem schneller als die Ergebnisse wieder hier sein.

»John Gross braucht einen Menschen, bei dem er sich darauf verlassen kann, dass er unparteiisch und kompetent ist. Er braucht die Beste.«

»Was, wenn ich herausfinde, dass diesen Männern in den Rücken geschossen wurde?«

»Dann habe ich meine Verpflichtung einem Freund gegenüber erfüllt, und du hast die Wahrheit herausgefunden, wohin sie auch führen mag.«

Dann brachte Pete, der Anwalt, sein Totschlagargument.

»Der Vorfall ereignete sich in einem Dorf namens Sheyn Bagh. Du gehst dorthin, um die Exhumierung zu überwachen. Die Untersuchung wirst du in Bagram durchführen.«

Wo Katy stationiert war. Wieder musste es nicht ausgesprochen werden.

»Ich denke darüber nach.«

O Gott, wollte ich mir das wirklich ernsthaft überlegen?

Pete schob mir die Donuts zu. Ich schüttelte den Kopf. Er legte sich einen auf seinen Teller, nahm beide Tassen und verschwand in die Küche.

Auf dem Sideboard tickte Omas Uhr ihren stetigen Takt.

Birdie lag zusammengerollt auf seinem Sessel und schnarchte leise. Draußen trällerte eine Drossel in den Samstagvormittag.

Pete kam zurück und stelle mir frischen Kaffee hin. Setzte sich. Wartete.

Nach einer Weile fragte er. »Fertig mit Nachdenken?«

»Nein.« Doch ich war es.

»Du fliegst, oder?«

»Wann?«

Er holte einen Umschlag aus der Gesäßtasche seiner Jeans, zog zwei Papiere heraus und legte sie auf den Tisch.

Ich schaute mir beide an.

Zugestellter Dienstreiseauftrag.

Ein E-Ticket der Turkish Airlines. Von Charlotte Douglas nach Dulles International. Von Dulles nach Istanbul.

Reisebeginn am nächsten Tag.

17

Der Rest des Tages war ein Albtraum aus Erledigungen, Packen und kurzfristigen Arrangements. Der Sonntagvormittag ebenfalls.

Larabee musste informiert werden. Slidell. Dew. LaManche in Montreal. Katy.

Ich rief Ryan an, hörte aber nur seine Voicemail. Was für eine Überraschung. Meine Nachricht: Bin in Afghanistan. Soll er sich darüber den Kopf zerbrechen.

Da ich kein Verhör wollte, schickte ich Harry nur eine E-Mail. Eine ausgesprochen vage.

Ich bat einen Nachbarn, mir Post und Zeitungen ins Haus

zu legen. Lieferte Birdie bei Pete ab. Stockte meine Reiseapotheke auf. Kaufte mir Socken.

Ich denke, Sie können sich ein Bild machen.

Das Packen war eine Herausforderung. Der Wetterdienst meinte, es könnte heiß werden, es könnte aber auch kalt werden. Klasse. Ich dachte, ausziehen kann ich mich ja immer, doch da täuschte ich mich.

Zusätzlich zu Jeans, T-Shirts und Pullover warf ich meine gewohnten Tatortklamotten hinein: Kaki-Kampfanzug, Kaki-Kappe, Wüstenstiefel, Handschuhe. Neckisch. Ich ging davon aus, dass mein Gastgeber mir jede Spezialausrüstung zur Verfügung stellen konnte, die ich brauchte.

Am Sonntagvormittag lud ich mir außerdem Dateien auf mein MacBook Air. Eine Formularvorlage für den Beweismitteltransfer. Eine Vorlage für ein Fallformular in forensischer Anthropologie. Die neueste Version von Fordisc 3.0, einem Programm für die metrische Analyse von unbekannten Überresten. Eine Reihe online verfügbarer Osteologiehandbücher. War alles wahrscheinlich unnötig, aber ich wollte voll ausgerüstet sein.

Als Letztes kopierte ich einen Artikel, den ich für das *Journal of Forensic Sciences* vorbereitete. Wahrscheinlich würde ich auf dieser Reise nicht zum Schreiben kommen, aber für alle Fälle.

Um vier fuhr das Taxi vor. In dreißig Minuten war ich am Douglas, durch die Sicherheitskontrolle in weiteren dreißig.

Ein Wunder der Luftfahrt, die Maschine flog planmäßig. Drei Stunden, nachdem ich den Annex verlassen hatte, marschierte ich in Dulles über einen Flugsteig.

Nachdem ich den Schalter von Turkish Airlines ausfindig gemacht hatte, ging ich in die Virgin Atlantic Lounge und machte es mir für meine dreistündige Wartezeit bequem.

Wieder waren die Götter mir wohlgesinnt. Um zwanzig nach zehn verkündete eine Stimme, dass das Boarding für meinen planmäßigen Flug jetzt beginne.

So schlecht sind internationale Reisen also doch nicht, dachte ich mir, als ich mich zu meinen Mitreisenden der Businessclass in die Schlange stellte, meinen Sitz fand, meine Sachen verstaute und mich anschnallte.

Beim Fliegen schlafe ich nicht gut.

In den folgenden zehn Stunden las ich, nahm eine einigermaßen erträgliche Mahlzeit zu mir, versuchte es mit einem oder zwei Filmen. Isolierte mich mit Ohrstöpseln und Augenschirm, klappte meinen Sitz zurück und wickelte mich in die Decke. Suchte mir Positionen, in denen alle Gliedmaßen durchblutet wurden. Drehte mich immer wieder um. Klappte den Sitz wieder hoch und schaltete die Leselampe an. Klappte den Sitz wieder herunter. Bekam nur Rauschen auf mein Handy. Versuchte noch einen Film.

Wieder und wieder dachte ich an meine Unbekannte. Sagte mir jedes Mal, dass ich sie nicht im Stich gelassen hatte.

Als ich in Istanbul aus der Maschine stieg, hatte ich das Gefühl, als wäre ich die ganzen fünftausendfünfhundert Meilen gerudert.

Die Lounge der Turkish Airlines war ganz in Gold und Weiß gehalten, mit Rundbögen, die Bars, Sitzgruppen und Servicestationen voneinander trennten. Die Sessel und Sofas hätten in jedem noblen Hotel in Los Angeles schick ausgesehen. WLAN. Ein Pianist. Ich hätte in dieser Lounge leben können.

Ich holte mir einen kleinen Vorspeisenteller und checkte dann meine E-Mails.

Katy und Ryan hatten sich noch immer nicht gemeldet.

Harry allerdings schon. Völlig panisch.

Seit meinem Abflug von Charlotte waren vierundzwanzig Stunden vergangen, in denen ich so gut wie nicht geschlafen hatte. Ich war einfach nicht in der Verfassung, mich mit meiner kleinen Schwester herumzuschlagen. Ich schickte ihr eine weitere E-Mail, die genauso vage war wie die erste. Bin unterwegs. Melde mich bald.

Meine nächste Maschine war eine 737, deren Innenraum noch nie renoviert worden war. Ich saß in der vordersten Reihe, was ein paar Zentimeter mehr Beinfreiheit als Entschädigung für die Wand vor dem Gesicht bedeutete.

Der Flug war unruhig. Der Kaffee war türkisch und schmeckte nach Teer.

Fünf Stunden nach dem Start landete der Pilot die Maschine auf dem Manas International Airport in Bischkek, Kirgisistan, das Transitzentrum für amerikanische und Allianztruppen nach und aus Afghanistan.

Während wir durch Schwärze rollten, versuchte ich die Zeit umzurechnen. Meine Uhr zeigte 21:00 an der Ostküste. Montag. Ich schätze, dass es in Kirgisistan sehr früh am Dienstagmorgen war. Mehr Präzision brachten meine Neuronen unter Schlafentzug nicht zusammen.

Ein Master Sergeant namens Grace Mensforth holte mich am Terminal ab. Mittelgroß, braune Haare, durchschnittliches Gesicht. Der Typ Frau, an den sich Zeugen kaum erinnern.

Mensforth stellte sich als meine Verbindungsoffizierin zur Air Force vor. Auf meinen verständnislosen Blick hin erklärte sie mir, dass Kirgisistan zwar den Flughafen betreibt, die Air Force jedoch das Transitzentrum. Deshalb ihre Anwesenheit.

»Wie war Ihr Flug?«

»Ereignislos.«

»Was Besseres können wir uns nicht wünschen, hab ich recht?« Sie deutete nach links. »Gepäckabholung ist dort.«

Mensforth führte mich durch ein Terminal mit Betonboden, das aussah wie der Keller einer stalinistischen Fabrik. Jungmänner mit sehr hohen, spitzen Hüten und in langen Wollmänteln standen mit automatischen Waffen vor der Brust herum.

Meine Reisetasche stand auf dem Boden, ein hellbrauner Fleck in einem Meer aus vielfarbigem Leder und geflecktem Tarnmuster. Ich stapfte hinein und zerrte die Tasche heraus.

»Geben Sie mir Ihren Pass.« Mensforth streckte die Hand aus. »Ich kümmere mich ums Visum.«

»Danke.«

»Die Bürokratie hier spottet jeder Beschreibung.«

Langsam leerte sich der Gepäckbereich. Ich stand da, die Kälte sickerte durch meine Nikes, die Jacke und die Jeans, und die Müdigkeit lastete auf mir wie ein Lastwagen voller Schlamm.

Schließlich kam Mensforth zurück.

»Ist das Ihre erste Reise in die Islamische Republik Afghanistan?« Während sie mir meinen Pass zurückgab.

»Und nach Kirgisistan.«

»Die Kirgisische Republik. Weiter zum Zoll.«

Wieder deutete Mensforths Arm die Richtung an. Ich fragte mich, ob sie in einem anderen Leben Platzanweiserin gewesen war.

Zum Glück war die Schlange nur kurz. Während wir uns Schritt um Schritt voranarbeiteten, versuchte Mensforth es mit Konversation.

»Kirgis kommt von vierzig. Vierzig Stämme.«

»Wirklich?«

Wir machten einen Schritt nach vorne.

Mensforth interpretierte meine lustlose Reaktion entweder als Distanziertheit oder Desinteresse. Von da an warteten wir schweigend.

Fünfzehn Minuten später folgte ich meiner Verbindungsoffizierin über eine pechschwarze Asphaltfläche. Die Luft war frostig, der Wind feucht und durchdringend.

Mit gesenktem Kopf ging Mensforth auf einen weißen Transporter der Air Force zu und zog die Seitentür auf. Ich kletterte hinein. Ein Junge in Uniform lud meine Tasche ein und setzte sich dann hinters Lenkrad.

Während der Fahrt tauchten in der Entfernung winzige Lichter auf. Andere Fahrzeuge sah ich keine.

Mein Kopf schmerzte. Mein Magen rumorte. Doch Schlaf war jetzt eindeutig wichtiger als Essen.

Die Fahrt zur Luftwaffenbasis war glücklicherweise kurz, vielleicht fünf Minuten.

Während der Fahrer an einem Checkpoint anhielt, um Fragen zu beantworten und Ausweise zu präsentieren, darunter meinen Pass und den Marschbefehl, starrte ich die aus Maschendraht und Leinwand bestehende Wand vor meinem Fenster an.

»Sind das Hesco-Schanzkörbe?« Trotz meiner Erschöpfung war ich neugierig.

»Ja, Ma'am«, sagte Mensforth.

Ich hatte über Hescos gelesen. Diese kistenähnlichen Einheiten, die mit Sand und Steinen gefüllt und dann in Dreierreihen übereinandergestapelt werden, bilden eine widerstandsfähige, aber auch flexible Barriere. Wenn weitergezogen wird, werden die Säcke einfach geleert.

Keine Ahnung, warum mein Hirn mit diesen Informationen daherkam.

Nachdem alle Dokumente schließlich kontrolliert und abgestempelt waren, fuhren wir durch das Tor.

Der Transporter rollte an vorgefertigten, rechteckigen Bauten, riesigen Nissenhütten, einem Bau, der aussah wie eine kleine Moschee, und einer langen, niedrigen Hütte vorbei, die eine Bar zu sein schien. Schließlich hielten wir vor einem fensterlosen, einstöckigen Komplex, der gute dreißig Meter lang und zehn Meter breit war.

»Die Frauenkaserne.« Mensforth sprang heraus und ging auf eine Metalltreppe an der Vorderseite des Gebäudes zu.

Ich folgte ihr. Hinter mir kam der Junge mit meiner Reisetasche auf der Schulter.

Wir polterten die Treppe hoch zu einer Tür. Mensforth gab mir einen Schlüssel.

»Sie sind in 204. Nehmen Sie die leere Pritsche.«

Der Junge stellte die Tasche ab und lief wieder nach unten.

»Mit ein bisschen Glück haben Sie das Zimmer für sich allein.« Mensforth sprach gedämpft. »Die Toilette ist am Ende des Ganges. Ich hole sie um null-achthundert ab.«

Der Himmel war zwar noch dunkel, doch ich befürchtete, dass es nicht mehr lange hin war.

»Wie spät ist es jetzt?«

»Null-vierhundertdreißig.«

Halleluja.

Das Zimmer, gerade einmal zweieinhalb mal drei Meter groß, enthielt zwei Schränke und zwei Einzelbetten. Ich hatte Glück. Beide Kissen waren leer.

Ich riss meine Reisetasche auf und rannte auf die Toilette. Zurück im Zimmer, zog ich mich aus, streifte ein T-Shirt und einen frischen Slip über, steckte mein iPhone ein und stellte den Wecker. Dann fiel ich ins Bett.

Kirchenglocken läuteten.

Erschrocken öffnete ich die Augen.

Mein Hirn tastete.

Manas.

Ich griff nach dem Handy. Schaltete die Glocken aus. Schaute auf die Uhr.

7:45.

Zitternd zog ich Kampfanzug und Stiefel an, schnappte mir mein Toilettenköfferchen und ging den Gang hinunter.

Kurz über die Zähne und durch die Haare. Mit verschiedenen Bürsten.

Um null-achthundert öffnete ich die Tür nach draußen. Die Sonne war eine tief stehende weiße Scheibe in einem makellos blauen Himmel. Reif überzog das Gras wie Zuckerglasur.

Mensforth stand unten an der Treppe mit einer gefütterten, braunen Jacke über dem Arm.

»Guten Morgen.« Mit weißem Atem vor dem Mund.

»Guten Morgen. Soll ich meine Sachen mitnehmen?«

»Ja, Ma'am.«

Ich holte Reisetasche und Rucksack und polterte die Treppe hinunter.

»Nehmen Sie die da.« Mensforth hielt mir die Jacke hin.

»Glauben Sie, dass es so kalt wird?«

»Lieber haben und nicht brauchen als brauchen und nicht haben.«

»Das hat meine Mutter immer gesagt.«

»Meine auch.«

Wir lächelten beide. Ich zog die Jacke an.

»Danke.«

»Danken Sie Uncle Sam. Hunger?«

»O ja.«

»Gehen wir in die Kantine.«

Ein anderer Junge in Uniform saß jetzt hinter dem Steuer des Transporters. Knochendürr und mit kurz geschorenen Haaren.

Unterwegs unterrichtete Mensforth mich über die bevorstehenden Reisearrangements.

»Ihr Flug ins Einsatzgebiet startet mittags, was Abriegelung um null-neunhundert bedeutet. IBA kriegen Sie auf dem Flugfeld.«

Individual Body Armor. Meine persönliche Panzerweste. Darauf freute ich mich schon ganz besonders.

Der Junge bog ein paarmal nach links und nach rechts ab, dann hielt er vor einem Gebäude, das aussah wie ein Flugzeughangar.

Mensforth und ich zeigten die Ausweise und wurden in die Kantine eingelassen. Nachdem wir uns an einer der unzähligen Hähne die Hände gewaschen hatten, gingen wir in den Hauptraum. Die Luft roch schwer nach warm gehaltenem Essen. Würstchen. Corned Beef aus der Dose. Tortillas. Speck.

Soldaten in Kampfanzügen und Arbeiter in Zivil füllten sich ihre Tabletts an heißen und kalten Stationen, Salat- und Sandwichbars, Grills und Kühlregalen für Milchprodukte. Männer und Frauen aller Dienstgrade aßen zu Hunderten an langen Tischreihen.

Mensforth gab mir einige Anweisungen, die ich nicht richtig verstand, und ließ mich dann allein. Ich ging zu einem Büfett, an dem eine größere Schlange anstand.

Mein Instinkt war richtig gewesen. Große Metallbehälter boten normales mittelwestliches Essen an – Eier, Speck, Toast, Kartoffelrösti. Ich lud mir den Teller voll, stellte Saft und Kaffee dazu und fand dann einen freien Platz an einem Tisch neben einem Limonadenkühlschrank.

Weiter unten auf der Gegenseite fiel mir ein Mann in einer Uniform auf, die ich nicht kannte. Franzose? Pole? Neben ihm saß eine gut Zwanzigjährige mit einer Waffe von der Hälfte ihres Körpergewichts.

Das Klappern von Tabletts, das Klirren von Besteck und das Summen von Gesprächen wetteiferten mit Football-Übertragungen, die eine nach der anderen aus zahlreichen Bildschirmen an den Wänden drangen. Hin und wieder durchbrach das Stakkato von Gelächter den Lärmteppich.

Mensforth fand mich, und wir aßen schweigend. Sie hatte sich einen Burrito mit einer Art Käseüberzug ausgesucht. Nach dem Frühstück räumten wir unsere Tabletts weg und gingen zum Flugfeld.

Die Flugvorbereitung fand in einem weiteren hangarähnlichen Gebäude statt, in dem Fernseher ebenfalls Football brachten.

Soldaten saßen dicht zusammengedrängt auf Bänken, entweder mit geschlossenen Augen oder an einem Handy oder einem anderen Gerät, oder stumm auf einen der Fernseher starrend. Ich wunderte mich, als ich sie so sah. Ist Sport das neue Opium des Volkes?

Andere lümmelten auf ihren Kleidersäcken oder schliefen an die Wände gelehnt. Ob Männer oder Frauen, alle sahen wachsam aus. Und argwöhnisch.

Mensforth führte mich in einen Nebenraum mit Regalen und Körben voller Panzerwesten.

Persönliche Schutzausrüstung hat den Zweck, die eigene Person zu schützen. Was nicht heißt, dass sie einem auch passt. Vor allem wenn man zum weiblichen Geschlecht gehört.

Schutzwesten für die Verwendung über der Kleidung gibt es in vier Farben – waldgrüne Tarnung, Wüstentarnung,

Universaltarnung und Kojotenbraun, das Kaki des Marine Corps. Mensforth gab mir eine Universalweste Größe S. Ich zog meine Jacke aus und legte mir die grau-grüne Schönheit an. Nicht schlecht.

Mensforth schob mir nun Kugelsicherungsprotektoren in Vorder-, Rücken- und Seitentaschen. Und gab mir einen Helm. Insgesamt wog die Ausrüstung etwas mehr als zwanzig Kilo.

Ich fühlte mich und sah aus wie eine Hesco-Einheit auf Beinen.

Und dann warteten wir.

Ich döste immer wieder kurz ein, saß meistens einfach nur da und schaute mir teilnahmslos Spiel um Spiel an.

Wisconsin verlor knapp gegen Minnesota. Die Dachse gegen die Erdhörnchen? Wirklich?

Oklahoma verprügelte die Krötenechsen der TCU.

Okay. Vielleicht waren kleine Pelztierchen keine so schlechten Maskottchen.

Die Luft in der Halle wurde schwer vom Geruch nach Schweiß, Moder und staubiger Leinwand. Und dem Geruch von Erschöpfung und Angst.

Irgendwann fingen einige um mich herum an, ihre Sachen zusammenzupacken. Mensforth tauchte wieder auf und sagte mir, ich sollte bleiben, wo ich war. Es war nicht mein Flug. Meiner hatte Verspätung.

Kurz nach vier brachte Mensforth mich schließlich zu einem Bus voller Marines. Fünfzehn Minuten später standen wir auf dem Asphalt vor einem Flugzeug, das aussah, als wäre es für den Transport von Spaceshuttles für die NASA gebaut.

»Sie werden beeindruckt sein.« Das Kreischen der Flugzeugmotoren zwang Mensforth zum Schreien. »Eine C-130J kann drei Fahrzeuge und bis zu hundert Mann transportieren.«

Ich spähte in den Innenraum der Maschine, schätzte ihn auf etwa zwölf mal zweieinhalb mal drei Meter.

Nicht gerade Businessclass. Das behielt ich für mich.

Während wir warteten, zusammen mit gefühlten tausend Marines, lud die Mannschaft Fracht auf Rollpaletten und ließ dann die Einstiegsluke herunter.

»Wenn ich Ihnen einen Rat geben darf«, sagte Mensforth. »Die Klos in diesen Babys sind nicht für unser Team gemacht.«

»Wie lange dauert der Flug nach Bagram?«

»Zwei, vielleicht drei Stunden.«

»Das schaffe ich.« Ich hatte vor zu schlafen.

Auf ein Signal von einem Jungen im Tarnanzug mit einem Tuch auf dem Kopf holte Mensforth mich aus der Schlange und führte mich in die Maschine. Die Marines schauten in feindseligem, erschöpftem oder gutmütigem Schweigen zu.

Man saß einander auf paarweise angeordneten, langen Bänken gegenüber. Netze aus breiten, roten Nylonbändern bildeten die Rückenstütze.

An den Seitenwänden des Rumpfs hingen Fallschirme und andere Ausrüstung. Röhren, Schläuche, Kabel und zahllose andere Dinge, die ich nicht kannte, schlängelten sich an der Decke entlang.

»Arsch zur Wand, und Sie erfrieren«, sagte Mensforth. »Arsch in die Mitte, und Sie werden taub.«

Taub klang gut.

»Die Weste können Sie abnehmen.«

Froh, das zusätzliche Gewicht abladen zu können, zog ich die verhasste Weste aus. Mensforth warf sie am Ende der Bank auf den Boden und zeigte mir dann, wie ich den Helm zwischen meinen Füßen und den Rucksack auf dem Schoß verstauen musste.

»Benutzen Sie sie.« Sie hielt mir eine kleine Tüte mit zwei orangenen Ohrstöpseln hin.

Ich nickte.

»In Bagram wird ein Captain Welsted Sie in Empfang nehmen.«

Ich dankte Mensforth, fragte mich kurz, ob sie den Zweck meiner Reise kannte. Dann sagte sie etwas Merkwürdiges.

»Passen Sie gut auf sich auf.«

»Ich habe doch meinen IBA.« Und klopfte auf meinen Helm.

»Der schützt gegen Kugeln.« Sie schaute kurz nach links und rechts und sagte dann: »Seien Sie vorsichtig.«

Bevor ich fragen konnte, was sie meinte, sagte sie: »Guten Flug.«

Dann war sie verschwunden.

Das Flugzeug füllte sich schnell. Ein Schrank von Marine setzte sich links neben mich. Ein schwarzer Junge mit spektakulär weißen Zähnen plumpste rechts neben mich.

Direkt gegenüber hatte ich einen, der über zwei Meter groß sein musste. Meine Knie stießen etwa in der Mitte des Schienbeins an seine Beine. Gemütlich.

Noch ein paar letzte Rufe, dann ging die Luke zu. Ich schaute mir meine Mitreisenden an. Die meisten waren Männer Mitte zwanzig.

Ich hörte jede Menge »fucking« dies und »fucking« das. Echte Draufgänger eben. Wir flogen ins Einsatzgebiet. Es gab auch noch andere Euphemismen dafür. Sie meinten alle dasselbe. Dieselbe Angst. Wir zogen in den Krieg.

Mir schräg gegenüber bemerkte ich einen Mann, der mich intensiv anschaute. Asiate. Vielleicht achtzehn.

Ich lächelte. Der Mann schaute weg.

Die Motoren sprangen dröhnend an. Ich steckte mir die Stöpsel in die Ohren.

Die schwerfällige Maschine arbeitete sich mühsam in die Höhe. Richtete sich auf Flughöhe schließlich aus.

Ich schloss die Lider. Versuchte zu schlafen.

Der Flug war sehr holperig, die Motoren dröhnten ohrenbetäubend. Eisige Luft blies mir den Rücken hoch. Obwohl ich Schulter an Schulter und Schienbein an Schienbein mit meinen Banknachbarn saß, fuhr mir eine durchdringende Kälte in die Knochen. Schon nach kurzer Zeit hatte ich das dringende Bedürfnis, mich zu strecken oder wenigstens meine Sitzposition zu ändern. Wusste aber, dass ich keine Chance hatte.

Die Zeit verging. Mein Verstand oszillierte zwischen Wachen und Schlafen.

Plötzlich machte mein Körper einen Satz in einem Winkel, der nicht richtig sein konnte. Der Schrank neben mir spannte die Muskeln an.

Adrenalin schoss durch mein System.

Ich riss die Augen auf.

Die Maschine war dunkel wie ein Grab.

Und stürzte zur Erde.

18

Alles um mich herum war schwarz.

Meine linke Seite wurde gegen den Schrank von Mann gedrückt. Der Junge mit den Zähnen knallte gegen mich. Da ich wusste, dass man gegen die Schwerkraft nicht ankam, versuchte ich erst gar nicht, mich aufzurichten.

Dann hörte das Jaulen der Motoren plötzlich auf. Unser Drei-Personen-Sandwich löste sich leicht voneinander.

Die Räder kamen hart auf dem Boden auf. Dann noch einmal, mit weniger Wucht. Und dann noch einmal.

Mein Herzschlag beruhigte sich. Wir rollten auf festem Grund.

Nach kurzer Rollfahrt stoppte die Maschine abrupt. Die Beleuchtung sprang an, die Luke ging auf, Außenluft drang ins Innere und brachte den Geruch nach Treibstoff und Abgasen mit sich.

Wir warteten, bis die Frachtpaletten abgeladen waren, holten dann Reihe um Reihe unsere IBAs, gingen nach hinten und sprangen auf den Asphalt. Mein Blick wanderte im Kreis, suchte nach Hinweisen auf das fremde Land, von dem ich schon so viel gehört hatte.

Über mir blinkte ein Universum aus Sternen in einer endlosen schwarzen Kuppel. Auf dem Boden war nichts als Dunkelheit.

Wir alle warteten, bis die Gepäckpaletten geöffnet wurden. Holten unsere Sachen ab. Weil ich nicht so recht wusste, was ich tun sollte, folgte ich anschließend den Marines zu einem rechteckigen, schwarzen Umriss am Horizont.

Im Näherkommen sah ich, dass es ein eingeschossiges Gebäude war. An der Tür standen ein Mann und eine Frau, Ersterer in Zivilkleidung, Letztere im Tarnanzug und mit achteckiger Schirmmütze.

Die Frau war etwa so alt wie ich, groß und kräftig, aber attraktiv auf eine nüchterne, ungeschminkte Art. Ihre dunklen Haare waren unter der Mütze am Hinterkopf zusammengefasst.

Wie bei Katy.

Nichts da. Konzentrier dich.

Die Frau trat einen Schritt vor. »Dr. Brennan?«

Ich nickte, auch wenn mir die Frage überflüssig vorkam. Wie viele Frauen Mitte vierzig kamen mit einem Militärtransporter in Bagram an?

Als die Frau die Hand ausstreckte, fiel kurzfristig Licht auf die Doppelstreifen auf ihrer Uniform.

»Maida Welsted. Stützpunktverwaltung.«

»Captain.«

Wir gaben uns die Hände.

Der Mann trat von einem Fuß auf den anderen. Um Ungeduld anzudeuten? Verärgerung? Welsted ignorierte ihn.

»Ich bin verantwortlich für die Exhumierungsoperation in Sheyn Bagh. Für alles, was für die Mission nötig ist – Mannschaft, Fahrzeuge, Bewaffnung, Lufttransport.« Welsteds Englisch hatte einen leichten Akzent. Britisch? Angloindisch? Spanisch? »Wenn Sie irgendwas brauchen, wenden Sie sich an mich.«

»Dr. Brennan hat einen langen Flug hinter sich.«

Der Mann war groß, vermutlich Mitte dreißig. Eine blaue Sportkappe schien einen zurückweichenden Haaransatz zu verstecken.

Welsted schaute den Mann an. Im trüben Licht, das durch die Tür fiel, konnte ich ihren Ausdruck nicht interpretieren. Aber der Mann schien zu erstarren.

»Ich wollte nur sagen, wir können das alles auch morgen früh machen. Sie saß jetzt vier Stunden in einem Flugzeug. Wahrscheinlich will sie nur essen und ins Bett.«

Die Hand des Mannes schnellte mir entgegen. »Scott Blanton, Naval Criminal Investigative Service.« Kurz NCIS, so etwas Ähnliches wie die Kriminalpolizei der Marine.

Blantons Händedruck war fest, aber kein Vergleich zu Welsteds.

Wortlos drehte Welsted sich um und ging zu zwei Männern, die vor dem Depot hinter uns standen. Der jüngere trug Jeans und eine Windjacke mit dem Emblem der White Sox. Der ältere trug eine ausgebeulte Leinenhose, ein knielanges Hemd und einen weiten Pullover. Beide hatten Bärte und ungepflegte Haare.

»Captain Welsted kann ein bisschen steif sein.« Blanton lächelte und zeigte dabei übereinanderstehende obere Schneidezähne. »Texanerin, wissen Sie.«

Da ich nicht wusste, wie ich darauf reagieren sollte, schwieg ich.

Hinter Blanton sah ich, dass die Männer Welsted zuhörten und übereifrig nickten. In weniger als einer Minute war sie wieder da.

»Fahren wir zu Ihrem Quartier.« Ohne auf eine Antwort zu warten, ging Welsted davon.

Blanton zuckte die Achseln und nahm, trotz meines wiederholten Protests, meine Tasche.

Wir stiegen in einen Transporter, dessen Fahrer von den beiden in Manas nicht zu unterscheiden war. Nach einer kurzen Fahrt und einer langen Sicherheitskontrolle erreichten wir einen Stützpunkt, der in der Dunkelheit von dem, den ich vor ein paar Stunden in Kirgisistan verlassen hatte, kaum zu unterscheiden war.

Mit einem großen Unterschied.

Hier würde ich nicht den Luxus eines Zweibettzimmers genießen. Keine Toilette gleich nebenan auf dem Gang.

Mein Quartier bestand aus der einen Hälfte einer Hütte oder, genauer gesagt, einer Sperrholzkiste mitten in einem Gewirr von identischen Kisten auf einer Kiesfläche aus kiwigroßen Steinen. Der Innenraum, vielleicht zweieinhalb mal drei Meter groß, enthielt zwei Pritschen, zwei schnell zusammengenagelte Nachtkästchen, einen hölzernen Kleiderschrank, in dem sich eingeschweißte Pakete mit Trinkwasserflaschen stapelten, und einen Tisch voller staubiger Magazine und uralter Ausgaben von *Stars and Stripes.* Und erstaunlicherweise einen PC, der allerdings aussah wie zwanzig Jahre alt.

Das waren die guten Nachrichten. Die schlechten?

Die sanitäre Einrichtung war ein knöchelstauchendes Footballfeld entfernt.

Nachdem Welsted mich informiert hatte, dass für morgen null-neunhundert eine Besprechung mit der Standortführung angesetzt war, verabschiedete sie sich.

»Wollen Sie was zwischen die Zähne?«, fragte Blanton.

Ich war zwar erschöpft, hatte aber seit dem Frühstück nichts anderes gehabt als Müsliriegel und Cola light.

»Aber sicher.«

Ich stellte meine Sachen ab. Unterwegs erzählte ich ihm von Katy. Er versprach, sie für mich ausfindig zu machen.

Ein schneller Burger und Fritten, und ich war wieder in meiner Sperrholzkiste.

»Frühstück um null-achthundert?«

»Ich finde den Weg dorthin.«

»Bei Tageslicht sieht alles anders aus.«

»Sicher. Dann würde ich mich über eine Begleitung freuen.« Was ich wirklich tat.

»Vielleicht sollte ich Ihre Kontaktdaten haben, falls es eine Planänderung gibt?«

Ich gab ihm meine Handynummer und meine E-Mail-Adresse.

Nach einem schnellen Ausflug zur Toilette stellte ich den Wecker, legte meine Taschenlampe aufs Nachtkästchen und fiel ins Bett.

Das waren meine letzten Gedanken:

Bis morgen früh wirst du nicht pinkeln.

Warum die Spannung zwischen Welsted und Blanton?

Stiefelgetrampel auf Sperrholz weckte mich. Hinter der Trennwand zu meiner Linken Männerstimmen. Über mir kreischten Flugzeuge.

Ich schaute auf die Zeitanzeige meines iPhone.

6:50. Wie lange hatte ich geschlafen? Nicht lange genug.

Ich schaute mich um, hoffte, dass ich die triste Kammer am Abend zuvor unterschätzt hatte. Hatte ich nicht.

Nackte Wände, Linoleumboden, hier und dort angeheftete, sich aufwölbende Poster und Fotos. Kein Fenster. Eine Steckdose pro Bett. Eine typische Unterkunftshütte. Schnell auf- und wieder abgebaut. Mit einer Haltbarkeit von drei bis fünf Jahren.

Ich zog mich an, nahm Toilettenköfferchen und Taschenlampe in die Hand und machte mich auf meinen Hundertmetermarsch.

Und erhielt meinen ersten atemberaubenden Blick auf Bagram.

Berge erhoben sich in einem Kreis um mich herum, hoch und gebieterisch, die schneebedeckten Gipfel strahlend weiß vor einem Himmel zwischen Dämmerung und Tageslicht.

Während ich an den Reihen der Hütten vorbeiknirschte, dachte ich an Katys E-Mail-Bemerkungen. Nicht gerade das Hilton, hatte sie gesagt, aber besser als Zelte. Ihr Hauptproblem war das Ungeziefer gewesen. Man durfte keine Schokoriegel herumliegen lassen. Keine halb ausgetrunkenen Limonaden. Ich musste lächeln bei der Vorstellung, dass meine Tochter täglich ihre Unterkunft putzte.

Und merkte dabei, dass ich mich suchend umschaute. Zwei schlanke Beine auf der Treppe. Ein blonder Pferdeschwanz, der in einer Kabine verschwand.

Konnte ich im Umkleidebereich auf Katy treffen? In der Kantine? Unterwegs auf einer Straße?

Beim Duschen lenkte ich mich ab, indem ich mir in Erinnerung rief, was ich vor meinem Abflug über Bagram in Erfahrung gebracht hatte. Viel war es nicht.

1950 von den Amerikanern als Flugplatz errichtet, hatte der Stützpunkt jetzt die Größe einer Kleinstadt. Ihre Bevölkerung aus ungefähr sechzigtausend Soldaten und vierundzwanzigtausend Zivilisten setzte sich zusammen aus alliierten Truppen, Angestellten internationaler Vertragsfirmen und afghanischen Taglöhnern.

Zusätzlich zur normalen Infrastruktur gab es in Bagram noch Cafés, Fast-Food-Läden, einen Kontrollturm noch aus der Zeit der sowjetischen Besatzung und einen Basar, in dem örtliche Händler ihre Ware feilboten. Der Disney Drive war die Hauptstraße, benannt zu Ehren eines gefallenen Soldaten, nicht nach Uncle Walt.

Die Bagram Air Base lag nahe der alten Seidenstraßenstadt, nach der sie benannt war. Und Lichtjahre entfernt.

Geduscht und mit frisch gewaschenen Haaren marschierte ich zurück zu meinem Quartier. Wo ich erfreut feststellte, dass der PC mir tatsächlich einen Internetzugang ermöglichte.

Da ich noch zwanzig Minuten Zeit hatte, checkte ich meine E-Mails. Fand aber nichts von irgendjemandem, den ich tatsächlich kannte. Ich schrieb Larabee eine kurze Mail, in der ich ihn um das Neueste im Fahrfluchtfall bat. Ich schickte auch Slidell eine, obwohl ich wusste, dass ich keine Antwort erhalten würde.

Blanton kam um Punkt acht. Während ich genug Kohlehydrate in mich hineinschaufelte, um ein Rugbyteam flachzulegen, erfuhr ich, dass er einen Bachelor in Geschichte hatte, nie verheiratet gewesen war, kurz als Polizist gearbeitet hatte und seit vierzehn Jahren beim NCIS war.

Blanton würde in die Staaten zurückkehren, sobald die Exhumierung und die Untersuchung abgeschlossen waren. Überraschenderweise war er in Gastonia, North Carolina, geboren und aufgewachsen.

Komische Welt. Da fliegt man siebentausend Meilen und trifft jemanden aus der Nachbarschaft.

Blanton erfuhr, dass ich von der ABFA, dem American Board of Forensic Anthropology, lizenziert war. Und dass ich einen Kater hatte.

Warum ich nicht mehr erzählte? Vielleicht war es die Art, wie Blanton mich ansah, immer unverwandt, kaum einmal blinzelnd. Oder der arrogante Tonfall, mit dem er einiges sagte. Einen konkreten Grund hätte ich nicht angeben können. Aber eine innere Stimme warnte mich vor zu großer Offenherzigkeit.

Ich fragte mich, ob es klug gewesen war, von Katy zu erzählen. Vor Erschöpfung war ich so gut wie hirntot gewesen. Zu spät. Es war passiert.

Als wir zurückkamen, lehnte Welsted vor meiner Hütte an einem Transporter. Als sie uns sah, schaute sie auf die Uhr.

»Guten Morgen, Captain«, sagte ich fröhlich.

»Guten Morgen.« Welsted lächelte nicht und schaute Blanton nicht einmal an. »Fertig?«

»Und bereit.« Aus mir sprach der dritte Kaffee.

Fünf Minuten später hielten wir vor einem Wellblechgebäude, das ein Schild als das Hauptquartier der Stützpunktverwaltung identifizierte. Wir traten ein und stiegen in den ersten Stock rauf.

Ein Sergeant der Air Force sprang auf, als er Stiefel hörte, und führte uns in einen Konferenzsaal, der gut in eine Anwaltskanzlei mittlerer Größe gepasst hätte. Heller Eichentisch mit einem Dutzend Stühlen. Eine Tafel. Anrichte mit Kaffeemaschine und -geschirr. Nur die rauen Wände passten nicht so recht.

Ein Mann stand an der Anrichte und goss sich eine weiße Porzellantasse voll. Navy. Ein Schild auf seinem Kampfanzug sagte mir, das er Noonan hieß. Ein Aufnäher sagte mir, dass er zu JAG gehörte, dem Judge Advocate General's Corps, der obersten Justizbehörde der amerikanischen Streitkräfte.

Blanton setzte sich an den Tisch. Welsted und ich gingen zu Noonan.

Wie Blanton hatte der Navy-Jurist rasant schütter werdendes Haar und eine helle Haut, die sich an Nase und Wangen abschälte.

»Ruff Noonan, JAG.« Wir gaben uns die Hand. »Ich werde an der Mission nicht teilnehmen. Ich bin nur wegen der Besprechung hier.«

Als wir die Tür aufgehen hörten, drehten wir uns alle um.

Eine schwarze Frau betrat den Raum, klein und großbusig, aber mit einer Haltung, die aus ihrer Statur das Beste machte.

Sie warf einen Stapel Ordner aus braunem Wellkarton auf den Tisch und bedeutete uns, dass wir uns setzen sollten.

»Können wir anfangen?«

Die noch standen, setzten sich.

»Zunächst möchte ich mich vorstellen, Dr. Brennan. Der

Rest von Ihnen kennt mich ja.« Ein schnelles Lächeln. »Ich bin Gloria Fisher, Stützpunktkommandantin hier in Bagram. Mein Stab und ich werden alles tun, um Ihnen Ihre Mission zu erleichtern. Ich nehme an, Ihre Reise verlief gut?«

»Ja.«

»Und Ihr Quartier ist zufriedenstellend?«

»Ja, vielen Dank.«

»Captain Welsted kümmert sich gut um Sie?«

»Sie war sehr hilfsbereit. Alle waren sehr hilfsbereit.«

»Und Sie haben den Rest Ihres Teams schon kennengelernt?«

Da ich annahm, dass sie Blanton und Noonan meinte, nickte ich.

»Gut.«

Fisher verschränkte die Finger auf der Tischplatte. Ihre Nägel waren zwar nicht lackiert, aber besser manikürt und poliert als meine.

»Wie Ihnen zweifellos bewusst ist, gestaltet sich die Aufgabenzuweisung für eine solche Mission sehr schwierig. Und heikel. Die Exhumierung eines afghanischen Bürgers betrifft nicht nur das Verteidigungsministerium, sondern auch das Außenministerium und auch das Weiße Haus.«

Während Fisher sprach, starrte Blanton mich unverblümt an. Ich erwiderte sein Starren, obwohl ich dem Colonel konzentriert zuhörte.

»Die Verhandlungen über diese Exhumierung begannen fast augenblicklich, nachdem diese Anschuldigungen erhoben wurden. Erst vor Kurzem haben sich diese Gespräche als fruchtbar erwiesen. Es ist meine Absicht, dass alle Phasen dieser Operation glatt und erfolgreich vonstattengehen.«

Anscheinend hatte keiner das Gefühl, dass diese Erklärung

eine Reaktion verlangte. Oder die Anwesenden wussten, dass Fisher keine wollte.

»Nun gut. Zum Hintergrund.« Fisher zog Papiere aus dem obersten Ordner. »Der Vorfall ereignete sich im Dorf Sheyn Bagh, zwölf Kilometer östlich von FOB Delaram.«

»Forward Operation Base«, erläuterte Blanton mir zuliebe. Vorgeschobene Operationsbasis.

»Der Beschuldigte, Marine Second Lieutenant John Gross, war zu der Zeit Zugführer beim RCT-6, dem 3/8.«

Da ich nicht unterbrechen wollte, notierte ich die Kürzel, um sie mir später übersetzen zu lassen.

»Nachrichtendienstlichen Informationen zufolge horteten Aufständische in dem Dorf illegale Waffen. Gross hatte den Auftrag, das Dorf abzuriegeln und Haus für Haus zu durchsuchen.«

»Hier ist die komplette Akte.« Fisher zog den untersten Ordner aus dem Stapel und schob ihn mir zu. »Mr. Blanton, ich nehme an, Sie haben eine Kopie? Lieutenant Noonan?«

Blanton und Noonan nickten.

Ihre nächsten Sätze richtete Fisher direkt an mich.

»Um es kurz zusammenzufassen: Kurz vor Sonnenaufgang verließ ein Konvoi von sechs Fahrzeugen Delaram. Bei Ankunft in Sheyn Bagh befahl Second Lieutenant Gross seinen Männern, die Dorfbewohner vor ihren Häusern zu versammeln. Einige führten nun eine Durchsuchung nach Waffen durch, während andere mit den Befragungen begannen. Im Verlauf der Operation explodierte auf der Straße vor der Dorfmauer eine raketengetriebene Granate, wodurch ein Humvee stark beschädigt und zwei von Gross' Männern verletzt wurden. Nach Angaben verschiedenster Zeugen entstand danach Chaos.«

Fisher überflog den Text und zitierte laut, was ihr wichtig erschien.

»Nach Lieutenant Gross' Aussage bewachte er zum Zeitpunkt der Explosion zwei Einheimische, die als mögliche Aufständische identifiziert worden waren.«

Fisher beugte sich über das Blatt.

»Ahmad Ali Aqsaee und Abdul Khalik Rasekh.«

Sie richtete sich wieder auf.

»Nach Aussage von Lieutenant Gross kamen Aqsaee und Rasekh auf ihn zugerannt. Obwohl er ihnen auf Englisch und Paschtu befahl stehen zu bleiben, seien beide auf bedrohliche Art weitergelaufen. Da er um sein Leben fürchtete, eröffnete er das Feuer.«

»Gross' Version unterscheidet sich deutlich von der Eggers'.«

»Ja, Lieutenant Noonan. Das ist der Grund, warum wir hier sind.«

Noonan, der den Tadel spürte, lehnte sich zurück und kniff die Lippen so fest zusammen, dass die Mundwinkel weiß wurden.

Fisher konzentrierte sich wieder auf mich.

»Laut Corporal Grant Eggers stürzten Aqsaee und Rasekh auf niemanden zu. Verängstigt von der Explosion, versuchten beide, sich von der Straße zu entfernen.«

Einige Sekunden vergingen.

»Sind die Bioprofile der Opfer da drinnen?« Ich tippte auf den Ordner vor mir.

»Ja. Rasekh war deutlich größer als Aqsaee. Und die beiden unterschieden sich im Alter.«

»Wie viele Jahre?«

»Mr. Rasekh war zweiundfünfzig.«

Fisher schüttelte knapp den Kopf.

»Mr. Aqsaee wurde an seinem siebzehnten Geburtstag getötet.«

19

Fisher sprach noch ein paar Punkte in Bezug auf die Logistik an und verließ dann, nachdem sie uns gutes Gelingen gewünscht hatte, den Raum. Welsted übernahm.

»Es ist wichtig, dass wir uns bei Exhumierung, Transport und Untersuchung dieser Überreste bis aufs Komma an die Vorschriften halten. Machen wir nur einen Fehler, überschreiten wir nur minimalst unsere Befugnisse, haben die Einheimischen das Recht, den Stecker zu ziehen. Und wir werden jeden Augenblick unter Beobachtung stehen.«

»Gottverdammter Albtraum.«

»Mir ist bewusst, dass Ihnen das nicht gefällt, Mr. Blanton. Aber so ist die Vereinbarung. Zwei Einheimische werden uns während der ganzen Operation auf die Finger schauen.«

Blanton blies Luft durch die Lippen, sagte aber nichts.

»Das Team wird sich morgen um null-fünfhundert am Sammelpunkt treffen. Die geschätzte Flugzeit nach Sheyn Bagh beträgt zwei Stunden, Touchdown dürfte also nicht später als null-achthundert sein. Rechnen Sie eine Stunde für Begrüßung und Konversation mit dem Bürgermeister und den Dorfältesten ein, dann sind wir um null-neunhundert vor Ort auf dem Friedhof. Start der Maschine dann wieder um siebzehnhundert. Hat irgendjemand von Ihnen ein Problem damit?«

»Es ist schwer einzuschätzen, wie lange eine Exhumierung dauern wird, ohne die Bedingungen zu kennen, mit denen wir es zu tun haben«, sagte ich.

»Sie haben acht Stunden.« Sollte heißen: Ende der Diskussion.

»Mit soll's recht sein«, sagte Blanton. »Ich werde auf keinen Fall außerhalb des Stützpunkts übernachten.«

»NCIS hat bei Grabung und Untersuchung das letzte Wort, nach Rücksprache mit Dr. Brennan.« Welsted schaute in meine Richtung. »Sollte es jedoch Unstimmigkeiten geben, entscheidet Blanton.«

Ich hatte zwar meine Probleme damit, nickte aber.

»Blanton wird die eigentliche Grabung überwachen. Sein Team besteht aus zwei Marines aus Delaram und zwei Einheimischen –«

»Als wüssten Ali Baba und sein Kumpel, wie man richtig mit der Kelle arbeitet.« Aus Blantons Worten triefte Geringschätzung. »Oder wie sie sich verhalten müssen, damit ihre verdammten Sandalen keine Indizien zertrampeln.«

»Ohne lokale Beteiligung wären wir zu keiner Einigung gekommen.« Welsted wurde allmählich etwas ungeduldig. »Die Afghanen haben darauf bestanden, das Pentagon hat zugestimmt.«

»O Mann.«

Ich sah den NCIS-Agenten an. Seine Verachtung für das afghanische Volk überraschte mich.

Aber war das alles? Waren es die Einheimischen, die Blanton nicht mochte? Oder war es die Böswilligkeit, die sich bei ihnen eingenistet hatte?

Ich versuche immer, unvoreingenommen zu sein, jeden nur nach seinen Verdiensten und seinen Leistungen zu beurteilen. Ich bin tolerant gegenüber jeder Weltanschauung, jeder sexuellen Orientierung und auch jeder Hautfarbe, die anders ist als meine. Ich hasse nicht in Stereotypen.

Aber absolut keine Toleranz habe ich für einen Glauben, der nicht nur Mädchen jegliche Bildung verweigert, sondern zudem den Missbrauch von Frauen entschuldigt, sogar gutheißt. Für ein Dogma, dass Männern erlaubt, Angehörige meines Geschlechts zu schlagen, zu verstümmeln, ja sogar zu töten.

Mein einziges Vorurteil. Ich verachte die Taliban. Und ich glaube fest daran, dass die Arroganz und Grausamkeit ihrer Gefolgsleute von Unwissenheit, Angst und männlicher Unsicherheit herrühren.

»Mr. Blanton wird die Dokumentation per Video und Foto übernehmen«, fuhr Welsted fort. »Dorfbewohner dürfen zusehen, doch sie werden auf mindestens zehn Meter Abstand gehalten.«

»Werden wir ihnen Eiscreme servieren? Vielleicht ein paar Lieder am Lagerfeuer singen?« Blanton ließ sich auf seinen Stuhl zurücksinken. »So ein gottverdammter Zirkus.«

Welsted wandte sich wieder an mich. »Sie wissen, welche Ausrüstung Sie brauchen?«

Ich zog eine Liste aus meinem Rucksack und gab sie ihr.

Welsted blickte sich am Tisch um. »Noch Fragen?«

Ich hatte eine.

»Wo werde ich die Untersuchung durchführen?«

»Im Krankenhaus hier auf dem Stützpunkt.«

»Ich brauche ein Röntgengerät.«

»Ist bereits arrangiert.«

Ich hatte noch eine.

»Warum können wir das nicht schon heute machen?«

»Die Army übernimmt den Transport. Der Blackhawk steht erst morgen zu Verfügung.«

Blanton wollte etwas sagen. Welsted schnitt ihm das Wort ab.

»Dann viel Glück, Leute.«

Ich nahm Jacke und Rucksack und ging nach draußen. Vor der Tür sah ich, dass Blanton um eine Ecke des Gebäudes verschwand.

»Dr. Brennan?«

Ich drehte mich um. Welsted kam durch die Tür.

»Haben Sie im Augenblick etwas vor?«

»Ich habe ein Rendezvous mit einer Fallakte.«

»Können Sie mit einer Waffe umgehen?«

»Ich habe ein Schießtraining in Quantico absolviert, aber –«

»Ich bin unterwegs zum Schießstand. Wollen Sie mitkommen?«

»Waffen sind nicht wirklich mein –«

»Eine Frau braucht gewisse Fähigkeiten, vor allem hier.«

Da sie mein Schweigen als Zustimmung nahm, führte Welsted mich am Ellbogen zu dem Transporter, der uns hergebracht hatte. Während der Fahrt stellte sie eine beunruhigende Begeisterung für und ein enzyklopädisches Wissen über Feuerwaffen zur Schau.

»Da haben wir die automatischen Gewehre M16, M4 Karabiner und M27. Scharfschützengewehre wie das M110 und M40. Die halbautomatische Schrotflinte M1014. Benutzt von den Streitkräften in Großbritannien, Australien, Malaysia, Slowenien und von der Polizei in L.A. Nettes Ding. Unter einem Meter lang. Nur ungefähr vier Kilo.«

Welsted hatte noch nie eine Waffe kennengelernt, die sie nicht mochte.

»Ich halte mich lieber an Handfeuerwaffen.«

»Die sind eher was für zu Hause, wenn Sie wissen, was ich meine.« Welsted zwinkerte tatsächlich.

Der Schießstand war ein Freiluftgelände am Rand des

Stützpunkts. Hinter den Pfosten mit den Zielscheiben und dem äußeren Begrenzungszaun erstreckte sich Meile um Meile eine Ödnis aus Fels und Sand. Ganz in der Ferne erhob sich ein ummauertes Dorf wie ein winziger, wabernder Höcker in der endlosen Weite.

»Bin gleich wieder da«, sagte Welsted, nachdem sie uns angemeldet hatte.

Das war sie auch. Mit einer Waffe, die mir vertraut war.

»Beretta M9. Halbautomatik. Reichweite fünfzig Meter. Wechselmagazin mit fünfzehn Schuss.«

Ich nahm die Beretta. Dabei fiel mir wieder ein, dass ich sie mochte. Nicht zu groß, nicht zu schwer. Liegt gut in der Hand. Der Griff fühlte sich gut an.

»Reuben wird Ihnen helfen. Wir sehen uns in sechzig Minuten.«

Welsted ging zu einem Stand vier Ziele von meinem entfernt.

Reuben war ein kräftiger Schnurrbartträger und eindeutig keine Quasselstrippe. Er gab mir Ohrstöpsel und Schutzbrille, zog eine Zielscheibe auf und sah mir beim Schießen zu. Nach einigen Ratschlägen zu Griff und Körperhaltung ließ er mich allein.

Nach einer Stunde Üben hinterließ ich einen engen Kreis aus Löchern in der schwarzen Mitte der menschenförmigen Zielscheibe.

Ich zog eben die Ohrstöpsel aus den Ohren, als Welsted wieder auftauchte, das Gesicht gerötet vor Hitze oder Aufregung.

»Gut?«, fragte sie.

»Gut«, sagte ich.

Reuben erschien wieder, als Welsted den Transporter rief. Ich gab ihm die Beretta und die Schutzbrille. Dankte ihm.

Wir waren kaum losgefahren, als Welsted eine Nummer in ihr Handy tippte. Was ich von dem Gespräch mitbekam, deutete darauf hin, dass sie die Arrangements für den nächsten Tag bestätigte. Höflichkeit war nicht gerade die Stärke dieser Frau.

Ich schaute auf mein iPhone. Kein Signal.

»Ganz schön nervig, mit diesen Leuten umgehen zu müssen.« Welsted steckte sich das Gerät in eine Tasche ihrer Tarnhose. »Die Gebräuche ändern sich von Stamm zu Stamm, meistens sind es nur geringfügige Unterschiede. Es zahlt sich aus, wenn man sich darum kümmert, dass alle auf derselben Wellenlänge sind.«

»Damit es keine Überraschungen gibt.«

»Es kommt hier ziemlich selten vor, dass Überraschungen was Gutes bringen.«

Allgemeiner Grundsatz oder persönliche Erfahrung?

Nach zwei weiteren Telefonaten drehte Welsted sich um und deutete mit dem Daumen zum Fenster.

»Das Green Bean müssen Sie probieren. Die haben einen irren Kaffee.«

Bis auf die Waffen, die Kampfmonturen und das Schild mit der Aufschrift »Salutieren hier nicht erforderlich« hätte dieser Platz auch ein Treffpunkt auf irgendeinem Collegecampus sein können.

Schrecklich junge Männer tranken im Schatten eines Sonnendachs aus Pappbechern. Ein Paar hatte die Köpfe zusammengesteckt und las gemeinsam etwas. Eine Frau schrieb alleine an einem Picknicktisch, ihre kurzen, braunen Haare glänzten in der Sonne.

Waren die Männer eben aus einem Konvoi gesprungen, oder bereiteten sie sich auf die Abfahrt vor? Überlegte sich das Paar, welchen Film es sich anschauen wollte? Schrieb die Frau eine Postkarte nach Hause?

Wie viele von ihnen würden in einem Jahr noch am Leben und unversehrt sein?

Wieder suchten meine Augen reflexhaft nach Katy.

Und wieder meldete sich das schlechte Gewissen.

»Wie wär's jetzt mit 'ner Tasse Java?«, fragte Welsted.

»Ich sollte in mein Quartier gehen und die Fallakte lesen.«

Und meine Mails checken.

»Ihre Entscheidung.«

Zurück in meiner Bude, loggte ich mich in den alten PC ein. Keine Nachricht von Katy oder Ryan. Nichts auf der Voicemail.

Na und?

Ich schaute auf die Uhr.

12:40.

Ruhelos, weil ich nichts zu tun hatte, marschierte ich auf und ab. Zerbrach mir den Kopf wegen meiner Tochter.

Ich war jetzt seit zwölf Stunden in Bagram. Wo war Katy? Warum hatte Blanton sie noch nicht gefunden?

Ich marschierte weiter sinnlos auf und ab.

Warum hatte ich Welsted nicht ins Vertrauen gezogen?

Ich kannte Katys Einheit. Ich konnte sie selbst finden.

Nein, riet mir eine leise Stimme.

Dieses eine Mal befolgte ich ihren Rat.

Ich holte mir eine Flasche Wasser aus dem Schrank, schob Papiere und Magazine auf dem Tisch beiseite, holte die Gross-Akte aus meinem Rucksack und fing an zu lesen.

Doch sehr schnell wurden mir die Augen schwer. Ich konnte mich nicht konzentrieren.

Vielleicht bringen dich Essen und ein bisschen Bewegung

wieder auf Vordermann, dachte ich mir und ging zur Kantine.

Vierzig Minuten und einen epischen Salat später bog ich wieder in meine Hüttenstraße ein. Mein Puls beschleunigte sich, als ich den rosa Zettel sah, der im Türstock meiner Hütte klemmte. Ich rannte los, weil ich hoffte, dass es eine Nachricht von Katy war.

War es auch.

Kann gar nicht glauben, dass Du hier bist. Wahnsinn! Bin mit meiner Einheit heute und morgen unterwegs. Treffen morgen Abend. Zehn Uhr, Lighthouse Coffeehouse. (Zu spät für Dich, alte Dame? Haha!) Sag nichts zu meinen Haaren.

Katy.

Ja!

Mit leichterem Herzen und frischer Energie kehrte ich zu der Akte zurück.

20

Zuerst las ich den Vorfallbericht des NCIS. Ohne groß auf das Fachkauderwelsch zu achten, konzentrierte ich mich auf die wesentlichen Fakten.

Eine Abriegelungs- und Durchsuchungsoperation in Sheyn Bagh führte zu einem Feuergefecht, in dessen Verlauf zwei unbewaffnete afghanische Zivilisten erschossen wurden. Der Schütze war Second Lieutenant John Gross. Gross funkte seinen Gefechtsschadensbericht ans Kompaniehauptquartier und erläuterte nach seiner Rückkehr ins FOB Delaram seinem Kompaniekommandanten Captain Wayne Hightower den Vorfall detaillierter.

Hightower gab Gunnery Sergeant Werner Sharp den Befehl, alle Beteiligten zu befragen und den Vorfall ans Bataillonshauptquartier zu melden. Die Befragten berichteten Sharp, dass die Fahrt nach Sheyn Bagh dreißig Minuten gedauert habe. Der Konvoi aus fünf Humvees und einem Siebentonner-Panzerfahrzeug erreichte das Dorf bei Sonnenuntergang. Zwei der Humvees waren mit schweren Maschinengewehren M2 Kaliber 50 bewaffnet. Auch wenn das Dorf bis dahin als freundlich gesinnt betrachtet wurde, hatte der Nachrichtendienst von möglichen Waffen- und Sprengstofflagern berichtet. Die Einheit befand sich in höchster Alarmbereitschaft.

Sheyn Bagh war auf drei Seiten von einer Mauer umgeben, an der vierten erhob sich ein steiler Hügel. Die vordere Wand hatte zwei Einlässe von der Straße ins Dorf, einen an jedem Ende.

Ich schaute mir die Fotos des NCIS an. Die Szene sah aus wie aus einem Roman von Ray Bradbury.

Zurück zur Zusammenfassung.

Das Licht wurde schwächer. Drei Humvees fuhren ins Dorf, zwei gingen vor der Mauer in Position, jeder neben einem Einlass. Der Siebentonner stellte sich zwischen sie.

Einsatzteams der zweiten und dritten Abteilung begannen nun damit, an Türen zu klopfen und die Bewohner aufzuscheuchen, wobei sie sich von gegenüberliegenden Enden zur Mitte vorarbeiteten. Die erste Einheit hatte den Befehl, die Fahrzeuge zu bewachen und die Durchsuchenden zu decken.

Lieutenant Gross blieb, bewaffnet mit einem M16 und einer M9 Beretta, vorne stehen, um die Operation zu überwachen und zusätzlichen Feuerschutz zu geben. Gross wies den Schützen Corporal Grant Eggers an, mit seinem leichten Maschinengewehr ebenfalls vorne in Stellung zu gehen.

Das erste zu kontrollierende Haus befand sich an dem Ende dicht vor dem Lieutenant. Zwei männliche Afghanen wurden nach draußen geführt und angewiesen, dort stehen zu bleiben. Die Durchsuchenden fanden nichts und gingen zum nächsten Haus. In diesem Augenblick erschütterte eine Explosion den Bereich neben einem der Humvees. Die Explosion klang wie eine raketengetriebene Granate. Zwei Marines in der Nähe des Humvee wurden getroffen.

Feuer aus automatischen Gewehren von der Hügelflanke wirbelte Staub im vorderen Teil des Dorfplatzes auf. Lieutenant Gross schrie »Feindberührung« und »Feuer erwidern, Feuer erwidern«. Er rief den Schützen an den schweren Maschinengewehren zu, die Hügelflanke mit Feuer zu belegen. Sie pflügten den Hügel auf, und Eggers feuerte mehrere Stöße aus seinem M249. In diesem Augenblick hörte Eggers rechts von sich Schreie, die er als »Allah Akbar« interpretierte, und er hörte, dass der Lieutenant das Feuer eröffnete. Er drehte sich um und sah, wie die zwei Einheimischen in einem schrägen Winkel und mit ruckartigen Bewegungen zwischen dem Lieutenant und dem Haus taumelten, weg von der Einschlagstelle der Granate.

Als Eggers die Einheimischen sah, waren sie fünfzig bis zwanzig Meter von dem Lieutenant entfernt und wurden durch die Wucht der Kugeln zur Seite geschleudert. Als sie mit dem Gesicht nach unten zu Boden stürzten, warf Lieutenant Gross das Magazin seines M16 aus und steckte ein neues hinein. Eggers drehte sich, um wieder den Hügel unter Beschuss zu nehmen, doch kein Feind erwiderte das Feuer. Die Schützen an den Maschinengewehren hielten weiter die Hügelflanke unter Beschuss. Lieutenant Gross befahl Feuereinstellung, und es wurde still.

Lieutenant Gross beorderte seine Männer zu den Fahrzeugen zurück und ging mit dem Sanitäter zu den Verwundeten. Eggers untersuchte die beiden Einheimischen, und beide waren tot. Eine erste Durchsuchung erbrachte keinen Hinweis auf Waffen oder Sprengstoff an den oder in der Nähe der Leichen.

Der Sanitäter befand die Verwundeten für stabil, dennoch bedurften sie dringend medizinischer Versorgung. Lieutenant Gross entschied, dass ein Transport mit einem Fahrzeug schneller wäre, als auf einen Evakuierungshubschrauber zu warten, brach deshalb die Mission ab, ließ die Verwundeten in den Siebentonner laden und raste nach Delaram zurück. Die toten Afghanen wurden den Dorfbewohnern überlassen.

Ich hörte auf zu lesen, um aufzustehen und mich zu strecken und mir vorzustellen, was für ein höllisches Chaos in diesen wenigen Minuten geherrscht haben musste. Dann wandte ich mich wieder dem Bericht des Gunnery Sergeant zu. Im Wesentlichen hatte Sharp das Folgende herausgefunden.

Nur Gross und Eggers sahen, dass die Afghanen beschossen wurden, wobei Eggers die ersten Sekunden fehlten. Anfangs waren die beiden kooperativ gewesen und schienen keine Gefahr darzustellen. Nur Gross und Eggers hörten, dass die Männer etwas schrien. Gross behauptete, die Afghanen wären auf ihn zugestürzt. Nur Gross schoss auf sie. Es war unbestritten, dass die Männer unbewaffnet waren.

Sharp ging besonders auf Eggers' Aussage ein und fasste sie sehr detailgenau zusammen:

> Eggers war sehr erregt und dachte, beiden Einheimischen sei in den Rücken geschossen worden. Dachte, sie würden von der Explosion davonlaufen, nicht auf Gross zu. Warum dann ein Magazin mit dreißig Schuss auf diese Männer

abfeuern? Das feindliche Feuer kam vom Hügel. Eggers meinte, den jüngeren Einheimischen von einer früheren Durchsuchung des Dorfes zu kennen. Der Junge hatte freundlich gesinnt gewirkt. Dorfbewohner hatten ihm gesagt, dass Übeltäter das Dorf infiltrieren, auf Patrouillen schießen und dann wieder verschwinden würden. Eggers war sicher, dass die Toten Nichtkombattanten waren.

Ich las den Bericht des Kompaniekommandanten Wayne Hightower, erfuhr aber nichts Neues. Eine Aktennotiz eines Special Agent des NCIS zitierte Hightower mit der Bemerkung, er habe als Vorgesetzter Lieutenant Gross nie einen Freibrief für die Erschießung von Zivilisten ausgestellt, und er habe seinen Vorgesetzten detailliert über den Vorfall berichtet.

Aus einer Aussage des Bataillonskommandanten Lieutenant Colonel Walter Roberts erfuhr ich, dass Roberts den kommandierenden Offizier von RCT-G Colonel Craig Andrews informiert hatte. Roberts hatte außerdem Lieutenant Gross seines Postens als Zugführer enthoben und ihn in die Etappe versetzt. Roberts bemerkte, dass der Gross-Fall das Potenzial hatte, sich zu einem schwerwiegenden Problem auf Regierungsebene zu entwickeln. Er empfahl, dass die Untersuchung »streng nach den Vorgaben des Gesetzes« durchgeführt werde.

Ich las eine Direktive von Andrews, die Sache Gross solle für Ermittlungen wegen einer möglichen Verbrechensanklage an das örtliche Büro des NCIS übergeben werden.

Ich stand auf, streckte mich und rollte die Schultern. Dann nahm ich mir die Ermittlungsakte des NCIS vor.

Zwei Dinge fielen mir sofort auf. Erstens war sie für einen Vorfall, der möglicherweise zu einer Verbrechensanklage führen konnte, bemerkenswert dünn. Zweitens war der Special

Agent, der die Ermittlungen vor Ort durchgeführt hatte, nicht Blanton gewesen. Irgendwie gab mir das mehr Vertrauen.

Während ich mich durcharbeitete, verstand ich, warum die Akte so dünn war. Als endlich ein Besuch des NCIS vor Ort arrangiert war, gab es nicht mehr viel zu untersuchen. Die Leichen waren begraben und der Schauplatz gereinigt, eventuelle Spuren waren durch das dörfliche Alltagsleben zerstört worden.

Einer der Dorfältesten lieferte dreißig M16-Patronenhülsen ab und zeigte die Stelle, wo er sie gefunden hatte. Das Ermittlungsteam fotografierte Schäden an der Stelle der Mauer, wo die raketengetriebene Granate explodiert war, sammelte Metallfragmente des Humvee, machte Teleskopaufnahmen der Einschusslöcher an der Hügelflanke und pulte eine Handvoll Kugeln Kaliber 50 aus dem weichen Fels.

Übersetzer des NCIS führten Befragungen durch, aber kein Mensch hatte die eigentliche Schießerei gesehen. Jeder Befragte erzählte dieselbe Geschichte. Die Toten waren gute Männer gewesen. Keine Aufständischen im Dorf. Kein Sprengstoff. Keine schlimmen Waffen, nur Flinten zum Schutz vor Dieben. Die Aufständischen auf dem Hügel waren gekommen und wieder gegangen. Die Marines hatten einen Jungen getötet. Sehr schlimme Sache.

Die Erlaubnis einer Exhumierung wurde wiederholt verweigert. Ohne Leichen und Zeugen blieben den Ermittlern nur der Bericht über die Tatortuntersuchung und die Aussagen der Mitglieder von Gross' Einheit.

Wenn man die Aussagen der Marines und die Ermittlungen des NCIS aufs Wesentliche reduzierte, stachen zwei Fakten heraus. Erstens, die beiden Zeugen der Schießerei erzählten einander widersprechende Geschichten. Zweitens, die Kugeln hatten die Einheimischen entweder von vorne oder von hinten getroffen.

Ich verstand jetzt, warum die Exhumierung so wichtig war. Gleichzeitig fragte ich mich, was Gross dachte. Er kannte ganz offensichtlich die Wahrheit.

Vielleicht weil Eggers kein Interesse am Ausgang hatte, hatte seine Aussage so viel Gewicht, dass Colonel Andrews sich gezwungen sah, gegen Gross Anklage wegen Mordes und eines Offiziers unziemlichen Verhaltens zu erheben.

Ja, dachte ich, Mord ist wirklich unziemlich.

Ich las die militärischen Anklageblätter, die DD Forms 458. Das erste identifizierte den Angeklagten als Second Lieutenant John Gross und brachte Verstöße gegen UCMJ Article 118 und UCMJ Article 133 vor. Für eingefleischte Zivilisten: Wir reden hier vom Uniform Code of Military Justice, also dem »Einheitlichen Gesetzbuch der Militärgerichtsbarkeit«.

Die Spezifikationen unter 118 lauteten: »Dass in Sheyn Bagh in der Provinz Helmand in der Republik Afghanistan der Beschuldigte ungesetzlich einen afghanischen Einheimischen namens Ahmad Ali Aqsaee ermordete, indem er mehrfach mit einer automatischen Waffe vom Typ M16 auf ihn schoss.« Genannt wurden Zeitpunkt und Datum des Vorfalls.

Die Spezifikation unter 133 bezog sich auf dieselbe Zeit und denselben Ort, brachte aber vor, dass der Beschuldigte sich auf eine einem Offizier nicht ziemliche Art verhielt, indem er ungesetzlich besagten Ahmad Ali Aqsaee erschoss.

Das zweite Formular 458 brachte identische Vorwürfe bezogen auf einen gewissen Abdul Khalik Rasekh vor. Beide Formulare waren von Colonel Andrews unterschrieben.

Die Chronologie zeigte, dass, nachdem Colonel Andrews die Anklagen vorgebracht hatte, RCT-6 auf ihre Basis in

Camp Lejeune, North Carolina, die Heimat der Second Marine Division, zurückversetzt wurde.

In Lejeune ernannte Colonel Andrews Lieutenant Colonel Frank Keever zum ermittelnden Beamten nach Article 32 und teilte Major Christopher Nelson als Staatsanwalt sowie Major Joseph Hawthorn als Verteidiger des Angeklagten ein.

Zwei Monate nach der Rückkehr von RCT-6 nach Lejeune eröffnete Lieutenant Colonel Keever die Anhörung nach Article 32. Die Akte enthielt eine Mitschrift des Verfahrens. Ich überflog sie.

Hawthorn beantragte eine Vertagung des Verfahrens, bis eine Exhumierung durchgeführt werden konnte. Nelson erhob dagegen Einspruch mit der Begründung, eine Exhumierung sei unwahrscheinlich. Es gab eine Diskussion, nach der Keever den Antrag ablehnte.

Der erste Zeuge der Anklage war Grant Eggers, zu der Zeit frisch aus dem Militärdienst entlassen. Seine Zeugenaussage schien mit den Angaben übereinzustimmen, die er vor Lieutenant Sharp und den Special Agents des NCIS gemacht hatte.

Um meine Neugier zu befriedigen, las ich den Teil von Hawthorns Kreuzverhör, der sich mit Eggers' Motiven zur Beschuldigung von Gross beschäftigte.

Hawthorn: »Sie sind Zivilist?«
Eggers: »Ja, Sir.«
Hawthorn: »Liegt der Grund dafür, dass Sie Ihren Dienst nicht verlängerten, in der Tatsache, dass Lieutenant Gross Ihnen eine schlechte Leistungsbewertung gab und Ihnen sagte, er würde sich Ihrer Beförderung zum Lieutenant widersetzen?«
Eggers: »Nein, Sir. Er sagte mir das zwar, aber das war nicht der Grund, warum ich nicht verlängert habe.«

Hawthorn: »Er hat Sie degradiert, nicht wahr?«
Eggers: »Nein, Sir. Er stufte mich vom Zugführer zum Schützen zurück, aber ich behielt meinen Dienstgrad und die entsprechende Bezahlung.«
Hawthorn: »Niemand in Ihrer Einheit gab an, gesehen zu haben, dass den Einheimischen in den Rücken geschossen wurde, richtig?«
Eggers: »Sonst war niemand in einer Position, es sehen zu können.«
Hawthorn: »Haben Sie tatsächlich gesehen, dass die Kugeln die Männer in den Rücken trafen?«
Eggers: »So erschien es mir, Sir. Die Männer wurden von der Wucht der Kugeln herumgeschleudert, aber es sah aus, als wären sie in den Rücken getroffen worden.«
Hawthorn: »Würden Sie Lieutenant Gross als Lügner bezeichnen?«
Eggers: »Im Allgemeinen nein. Aber hier steht für ihn viel auf dem Spiel.«

Der zweite Zeuge der Anklage war Donald Drew, einer der Special Agents des NCIS, die den Tatort begutachtet und die Marines befragt hatten. Seine Zeugenaussage dauerte einen ganzen Tag, doch er sagte wenig Neues.

Die Anklage schloss mit Aussagen von drei Mitgliedern des Trupps, die angaben, es habe ein intensives Feuergefecht gegeben, in dem sie sich in Gefahr fühlten, das Feuer sei jedoch vom Hügel gekommen, nicht aus dem Bereich der Häuser.

Damit war die Beweisführung der Anklage beendet.

Am nächsten Morgen sagte Major Hawthorn Keever, er habe erfahren, dass die Afghanen beschlossen hätten, eine Exhumierung durchführen zu lassen, und beantragte eine

Vertagung des Verfahrens bis nach der Autopsie. Nach einer längeren Diskussion machte Keever einen Rückzieher und stimmte einer Unterbrechung von sechzig Tagen zu mit der Maßgabe, dass Hawthorn ihn in dieser Zeit regelmäßig informieren müsse. Sollten Exhumierung und Autopsie früher abgeschlossen sein, würde die Anhörung sofort wiederaufgenommen werden. Keever erklärte die Anhörung für vertagt.

Ich wandte mich dem letzten Dokument in der Akte zu, einer handgeschriebenen Seite, die aus einem Tagebuch gerissen zu sein schien.

Und mein Interessepegel stieg schlagartig an.

Der Tagebucheintrag war von dem Mann selbst verfasst.

15. Juli 1142 AFT

Bin gestern Abend in die Scheiße getreten. Hinterhalt bei Abriegeln und Durchsuchen. Das übliche Muj-Geballer. Jede Menge Munition verbrannt, einfach nur draufgehalten.

Muj? Ich überlegte kurz und dachte mir dann, dass es wohl Soldatenslang für Mujaheddin war.

Wir wussten nicht, was uns in Sheyn Bagh erwarten würde. In der Gegend sind schon mehrfach Patrouillen in Bedrängnis, Hinterhalte und Sprengfallen geraten. Nachrichtendienst meldete Waffen und Sprengstoffe in dem Dorf. Unser Auftrag war, die Einheimischen bei Sonnenuntergang zu überraschen, ihnen das Zeug abzunehmen, bevor sie es gegen uns anwenden können.

Anfahrt, Aufstellung und Filzen. Das Adrenalin floss in Strömen, meine Jungs waren hypernervös. Die Einheimischen begrüßten uns nicht gerade mit Liebe.

Wir hatten schon ein paar Häuser durchsucht, als eine Granate explodierte. Zwei meiner Jungs schrien, sie waren getroffen. Vom Hü-

gel her wurden wir unter Beschuss genommen. Mit Sicherheit AKs. Ich befahl meinen Männern, in Deckung zu gehen und das Feuer zu erwidern.

Eine Weile war alles nur Lärm, Leuchtspurgeschosse und herumfliegender Schutt. BA war keine Treffer von den AKs, zwei WIAS von der Granate. Keine EKIAS oder EWIAS. Zwei Kollateral-KIAs im Dorf. Hochachtungsvoll, der Schütze.

Ich hielt inne, um mir die Abkürzungen zu übersetzen. BA hieß *battle assessment* und meinte die Einschätzung der Kampfschäden. KIA und WIA waren einfach: *killed in action* und *wounded in action,* im Kampf getötet oder verwundet. Bei AK und EKIA und EWIA beschloss ich, dass sie feindliche Opfer, getötet oder verwundet, bedeuteten.

Ich sehe es vor mir, sobald ich die Augen schließe. Zwei Muj, die auf mich zustürzen und dabei Allah schreien. Nur Sekunden, um zu reagieren. Ich dachte mir, die Trottel sind vollgepackt mit Sprengstoff. Hab sie per Express ins Märtyrertum geschickt.

Die Heckenschützen auf dem Hügel drehten völlig durch, aber wir hatten die Feuerhoheit. Irgendwann hatten sie ihre Munition verpulvert und sind verschwunden.

Und? Bei der Durchsuchung der toten Muj wurde kein Sprengstoff gefunden. Das hatte ich nicht wissen können. Völliges Chaos. Überall schlugen die Kugeln ein. Entscheidung in einem Sekundenbruchteil. Leichte Entscheidung. Mein Leben vor ihrem.

Im Kopf gehe ich es immer wieder durch. Was habe ich gehört? Was habe ich gesehen?

Schüsse. Schreie. Irgendein Möchtegernmärtyrer, der Allah Akbar brüllt. Zwei Einheimische in Dischdaschas, die auf mich zugerannt kommen. Scheiße. Du musst sie plattmachen.

Wer weiß, was die Scheißkerle vorhatten. Ich befahl ihnen, stehen zu bleiben. Sie rannten weiter. Ich hab dafür gesorgt, dass die

Jungs zu Boden gehen und dort bleiben. Hab mein Magazin leer geschossen.

Eggers deckte mir den Rücken, als die Scheiße losging. Warum zum Teufel richtete er sein M249 nicht auf die zwei, die auf mich zugerannt kamen? Keine große Überraschung. Der Kerl ist eine Katastrophe.

Während die Muj sich aus dem Staub gemacht haben, untersuchten der Doc und ich die beiden Getroffenen. Sie hatten Granatsplitter abbekommen, waren aber transportfähig. Wir luden sie zusammen mit dem Doc und Begleitschutz in den Siebentonner und fuhren zurück nach Delaram.

Eggers macht sich wichtig. Kurz vor Sheyn Bagh musste ich ihn vom Zugführer zum Schützen zurückstufen. Er wollte diskutieren, aber ich hab ihm gesagt, meine Entscheidung ist gefallen.

Wie viele Warnungen braucht der Trottel noch, bis seine Unfähigkeit jemanden das Leben kostet? Beschissene Inspektion, bevor er mit seiner Einheit auf Patrouille ging. Schaffte es nicht, Areale unter seiner Verantwortung anständig zu durchsuchen und zu sichern. Untaugliche Positionierung seines Teams im Einsatz. Der Kerl ist ein Desaster in den Startlöchern.

Gestern hat Eggers bewiesen, dass ich recht hatte. Seine Unfähigkeit zum entschiedenen Eingreifen hätte mich das Leben kosten können. Wenn die Muj bewaffnet gewesen wären, dann wäre ich in einer Kiste nach Hause gekommen.

Es ist ja nicht so, dass ich diese Jungs umbringen wollte. Mein Gott. Ich muss jetzt noch fast kotzen, wenn ich daran denke. Aber es war eine gerechtfertigte Tötung. Sie stellten eindeutig eine Bedrohung da.

Eggers kapiert es nicht. Er denkt nicht wie ein Marine. Und verhält sich nicht wie ein Marine. Zivile Opfer bei einem Einsatz sind beschissen. Aber Kollateralschäden gehören zum Krieg.

Ich habe kein Vertrauen in Eggers, und er mag mich nicht.

21

Der MH-60 Blackhawk hob ab und stieg zwischen Schiefer- und Kalksteinklippen in die Höhe, bevor er sich auf den Flug ins etwa dreihundert Meilen entfernte Sheyn Bagh machte.

Das war zumindest meine Schätzung der Entfernung. Welsted hatte versucht, mich ins Bild zu setzen, aber im Lärm der Rotoren und im Rauschen des Winds an der Außenhaut war eine Unterhaltung nicht möglich. Und Lippenlesen gehört nicht zu meinen Stärken.

Es war noch früh, erst kurz nach null-sechshundert, aber nach einer unruhigen Nacht war ich bereit für den Einsatz. Ein Albtraum hatte den anderen gejagt. Katys Stimme, die mich inmitten von Artilleriegetöse aus der Dunkelheit rief. Birdie, der am Grund eines tiefen Brunnens jaulte. Andere Szenarios, alle ähnlich bizarr. Immer und immer wieder dieselben Bilder.

In der Dunkelheit kurz vor Sonnenaufgang hatte ich mich angezogen und mir dann ein schnelles Frühstück einverleibt. Nachdem ich meine Panzerweste übergestreift hatte, traf ich mich mit Blanton und Welsted auf dem Flugfeld.

Der Blackhawk ist ein Wunder militärischer Ingenieurskunst. Ein vierzehn Millionen Dollar teures Fluggerät aus kugelsicherem Stahl und Lexan-Glas, angetrieben von zwei gigantischen Wellenleistungstriebwerken.

Wir teilten uns den Vogel mit einem halben Dutzend Soldaten. Stoische Gesichter, intensive Augen. Zusammengepfercht wie knallharte Sardinen in einer Dose. Wie Welsted mir sagte, flogen sie in ein Gebiet nördlich von Sheyn Bagh, um dort einen Aufruhr zu unterdrücken. Sie ging nicht näher darauf ein, und ich fragte nicht nach.

Der Blackhawk gewann mit schwindelerregendem Tempo an Höhe und raste auf unser Ziel zu. Die Sonne stieg eben über den Horizont, warf Strahlen frühmorgendlichen Lichts über die Erde. Das Land war wunderschön, so wie arktische Tundra schön sein kann. Ein schmaler Fluss schlängelte sich wie ein dunkles Band über die trockene Leere.

Mein Blick wanderte zu Welsted, dann zu Blanton. Irgendetwas in ihrer Haltung schien gegenseitige Ablehnung auszudrücken. Wenn ihre Blicke sich trafen, sprangen sie sofort woandershin, wie sich gegenseitig abstoßende Magneten. Die Luft zwischen ihnen knisterte vor aufgestauter Spannung.

Ich hatte die Reibung gestern schon gespürt, konnte aber den Grund nicht bestimmen. Nur ein beharrliches Kitzeln am unteren Ende meines Hirnstamms sagte mir, dass da etwas nicht stimmte.

Hatten sie gegensätzliche Ansichten über die Exhumierung? Waren sie unglücklich darüber, dass sie sich in einem Dorf voller potenziell feindseliger Muslime der Gefahr aussetzen mussten? Oder war es etwas Persönliches?

Vergiss es. Konzentrier dich auf deine Aufgabe.

Ich schaute zum Seitenfenster des Blackhawk hinaus. Das kugelsichere Glas war vernarbt von milchigen Kerben, wo Flak-Geschosse den Helikopter getroffen hatten und abgeprallt waren. Ich schaute auf das Land unter mir, fragte mich, ob uns jemand im Visier hatte.

Konzentrierte mich darauf, auch diesen Gedanken zu verdrängen.

Dank eines starken Rückenwinds erreichten wir Delaram früh, schon kurz vor acht. Die Rotoren des Blackhawk wirbelten Fahnen aus gelbem Staub hoch, als wir landeten. Blanton stieg als Erster aus, gefolgt von den Soldaten. Alle eilten mit gegen den Wind gesenkten Köpfen und hochgezogenen Schultern über den Landeplatz.

Als ich hinter Welsted ausstieg, stach der Sand mir ins Gesicht und sammelte sich in den Augenwinkeln. Während die Soldaten in den Transporter eines Konvois stiegen, winkte Blanton uns zu einem Humvee im Leerlauf, bemannt mit zwei sandverklebten Marines, einer hinter dem Steuer, der andere als bewaffnete Eskorte auf dem Beifahrersitz.

»Der größte verdammte Sandkasten der Welt.« Blanton verzog das Gesicht zu einem sarkastischen Grinsen.

Welsted huschte an uns vorbei in das Fahrzeug. Blanton und ich setzten uns zu ihr in den Fond.

Der Humvee rumpelte eine unbefestigte Straße entlang, die ausgebleicht und knochenweiß dalag, planiert durch die vielen Konvois. Nicht viel zu sehen. Sand, vom Wind zu stacheligen Formationen zusammengebacken. Gestutzte Bäume mit vertrockneten Früchten. Die verkohlten Überreste eines halb im Sand des Banketts vergrabenen Fahrzeugs.

Unser Fahrer war jung. In Katys Alter. Nein, jünger. Seine Wangen waren nur von einem seidigen Flaum bedeckt. Die Eskorte neben ihm war nicht viel älter.

Ich fragte mich, was ihre Eltern davon hielten, dass ihre Söhne hier draußen waren. In meinem Kopf sprang eine Falltür auf, plötzlich sah ich das Fahrerfluchtopfer in Charlotte vor mir. Das Mädchen mit der pinkfarbenen Haarspange und der pinkfarbenen Kätzchenhandtasche. Das Mädchen in dem Leichensack.

Ich drehte kurz den Kopf und sah, dass Blanton mich anschaute, mit zugekniffenen Augen, vielleicht sogar unfreundlich. Berechnend? Wenn ja, was berechnete er? Wie hier vorzugehen war? Warum sollte sich Blantons Ziel oder das des NCIS von meinem unterscheiden? Von Welsteds?

Vielleicht hatte es nichts zu bedeuten. Blanton hatte klargemacht, dass er sich nicht gerne außerhalb der Umzäunung bewegte. Vielleicht hatte er Angst. Mein Gott, auch ich fühlte mich alles andere als in meinem Element. Alle waren angespannt. Dennoch konnte ich das Gefühl seiner kalten, abschätzenden Augen nicht abschütteln.

Der Humvee kam zu einem Checkpoint, der nicht mehr war als ein kleiner Betonbunker. Zwei Soldaten saßen auf Klappstühlen davor und schwitzten, obwohl die Sonne gerade erst aufgegangen war. Einer stand auf und trottete zu uns, eine Pilotenbrille vor den Augen.

Welsted zeigte einige Dokumente. Der Soldat überflog sie und bückte sich, um in den Humvee sehen zu können.

»NCIS?«

Welsted deutete mit dem Kopf auf Blanton.

»Anthropologin?«

Diesmal wies das Nicken auf mich.

Die getönten Brillengläser drehten sich in meine Richtung. Blieben ein paar Sekunden hängen. Glaubten sie, ich wäre hier, um die Verfolgung von Second Lieutenant Gross zu untermauern? Um ihn als Mörder hinzustellen? Wieder einmal die Einheimischen aufzustacheln und jedermanns Arbeit noch schwieriger und gefährlicher zu machen?

Der Soldat winkte uns durch.

»Wir sind schon fast da«, sagte Welsted, ohne den Kopf zu drehen. »Das Dorf macht nicht viel her. Typisch für die Art, wie man sie in dieser Provinz findet. Viehzucht, ein bisschen kleinteilige Landwirtschaft. Unter normalen Umständen würde man keine offenen Ressentiments finden.«

»Wir gehen nicht unter normalen Umständen rein.«

»Nein, Mr. Blanton, das tun wir nicht.«

Blanton reckte das Kinn. Rührten die Reibungen vom selben Zuständigkeitsgerangel her, das ich aus Charlotte und Montreal kannte? Die Army gegen die Navy? Militär gegen Zivilisten? Ich fand den Gedanken merkwürdig beruhigend.

In den nächsten fünf oder sechs holperigen Minuten sagte niemand etwas. Dann:

»Ich würde diese Leute nicht Ignoranten nennen, weil es nicht stimmt, ganz zu schweigen davon, dass es potenziell gefährlich ist.« Mit zusammengekniffenen Augen starrte Welsted in das Hitzeflimmern am Horizont. »Aber das Leben, das sie führen, ist einfach. Es ist uns ein Anliegen, ihre Sitten und Gebräuche zu respektieren, sofern sie nicht unseren Zielen entgegenlaufen.«

»Und die sind?«, fragte ich.

»Ziel Nummer eins ist es, die freie Welt zu schützen. Ziel Nummer zwei, unser ganz spezielles Anliegen bei dieser Operation, ist herauszufinden, ob sich Personal der Vereinigten Staaten bei der Verfolgung von Ziel eins richtig verhalten hat.«

Nach einigen weiteren Meilen stummen Holperns und Schwankens nahm Sheyn Bagh in der Ferne Gestalt an, eine Ansammlung geduckter Steingebäude, auf drei Seiten umschlossen von einer Steinmauer, während sich an der vierten Seite ein steiler Hügel erhob.

Welsted hatte recht. Das Dorf war nichts Besonderes. Außer der persönliche Architekturgeschmack tendiert zu nacktem Minimalismus. Aber die Umgebung war nicht von dieser Welt.

Sheyn Bagh lag am Fuß einer Erhebung, die auf der Südseite steil in die Höhe ragte, etwa siebzig Meter bis zu einem Plateau, das mit merkwürdig geformten Felsbrocken gesprenkelt war. Der Abhang, eher Klippe als Hügelflanke, bestand aus merkwürdigen, spitz zulaufenden Formationen, die an aufrechte Löffelbiskuits unterschiedlicher Größe erinnerten. Im dunstigen Morgenlicht erkannte ich winzige Löcher in den Felsen, wie Honigwaben. Im Näherkommen sah ich, wie aus diesen Löchern Türen, Fenster und Treppen wurden.

Ich wollte eben eine Frage stellen, als Welsted zu einer Erklärung ansetzte.

»Die Hälfte des Dorfs ist in die Hügelflanke gebaut. Der Fels ist stabil genug, um als Fundament zu dienen, aber porös genug, um Löcher hineingraben zu können.«

»Vielleicht ist das der Grund, warum Osama sich so gut verstecken konnte.«

»Diese Ortschaften sind wie Eisberge.« Welsted ignorierte wie gewohnt Blantons Kommentar. »Nur ein kleiner Teil davon ist sichtbar.«

Wir fuhren durch eine Lücke in der Wand und hielten auf einer Fläche, die wahrscheinlich als Dorfplatz diente. In einer Lücke zwischen zwei niedrigen Gebäuden hob eine Ziege den Kopf, blökte und kam auf den Humvee zugelaufen.

Der Begleitschutz umklammerte sein Gewehr fest. Er hob den Lauf so, dass er durchs Fenster zu sehen war, und rief etwas in Paschtu, wie ich vermutete. Ein vielleicht zehn- oder elfjähriger Junge kam herbeigelaufen und zerrte die Ziege wieder in die Lücke, aus der sie gekommen war.

»Die Mistkerle stopfen ihren Haustieren Sprengstoff ins Arschloch.« Blantons Stimme klang angespannt.

Die Eskorte drückte die Tür mit der Schulter auf und stieg aus. Welsted folgte.

Drei Männer erschienen, ihre Kleidung von derselben Farbe wie die Wüste. Sie hatten gestreifte Kefijes um die Köpfe geschlungen. An den Füßen trugen sie Sandalen.

Ein Mann war größer als die anderen. Einer hatte über seinem Bart ein wie ein Gänseblümchen geformtes Muttermal. Alle drei waren schlank, die Gesichter großporig und vernarbt. Ich konnte ihr Alter nicht einschätzen. Sie sahen aus wie lebendiger Stein.

»Ich übernehme das Reden.« Welsted ging um den Humvee herum und näherte sich ihnen ein kleines Stück.

Knapp zwei Meter von ihr entfernt blieben die Männer stehen. Feierlich wurden Grüße ausgetauscht. Keiner lächelte.

Als ich das sah, gingen mir viele Fragen durch den Kopf. Schaute ich in die Gesichter von abscheulichen Taliban? Waren das Männer, die ihre Frauen schlugen, ihnen die Ohren und Nasen abschnitten, obwohl sie um Gnade bettelten? Sie verstümmelten und verstießen, weil sie Vergewaltigungen zum Opfer gefallen waren? Männer, die Schulen zerstörten, damit Mädchen nicht lesen lernen konnten? Freiwillige Helfer töteten, damit sie nicht gegen Kinderlähmung impfen konnten?

Oder waren es einfache Bauern, die nur ihr Dasein fristeten? Sich abmühten, um Ziegen zu halten, Feldfrüchte anzubauen und ihre Kinder aufzuziehen?

Während Welsted mit unserem Begrüßungskomitee verhandelte, schaute ich mich um.

Fenster starrten mich still und leer an. Oder auch nicht? Beobachteten versteckte Augen jede unserer Bewegungen?

Ein AK-47 hielt eine Tür auf. Alt, aber zweifellos noch funktionstüchtig. Ein tödlicher Türstopper.

Hier und dort schauten Männer in Dreier- und Zweiergruppen argwöhnisch. Jungs standen wie erstarrt da, ihre

Spiele waren vergessen. Nirgendwo war ein weibliches Wesen zu sehen.

Nach einem kurzen Wortwechsel zog das Trio sich zurück, unterhielt sich kurz und kam dann wieder zu Welsted. Der Größte der drei sprach. Welsted antwortete. Der große Mann zögerte kurz und nickte dann.

Welsted kehrte zum Humvee zurück.

»Sie sagen, es hätte Spannungen zwischen den amerikanischen Truppen und einigen Einheimischen gegeben. Angesichts des Vorfalls. Er sagt, die Exhumierung muss mit Behutsamkeit und –«

»Würde«, sagte ich.

»Genau.«

»Bitte sagen Sie ihnen, dass ich die Leichen mit Ehrerbietung behandeln werde.«

Welsted übersetzte. Wieder unterhielten sich die Männer untereinander. Wieder nickte der Große.

»Fangen wir mit diesem verdammten Zirkus doch endlich mal an.« Blantons Blick huschte von Gebäude zu Gebäude, von Gasse zu Gasse, von neugierigem Gesicht zu neugierigem Gesicht. Auf seinen Schläfen pochten Adern.

Zwei Jungen wurden gerufen. Teenager mit langen, schlaksigen Gliedern und flaumigen Bärten. Jeder trug eine Schaufel auf der knochigen Schulter.

Sie wirkten wachsam, aber auch aufgeregt. Im Friedhof graben. Verboten, blasphemisch, an diesem Tag aber erlaubt.

Den Blick auf den großen Mann gerichtet, sprach Blanton mit Welsted.

»Sorgen Sie dafür, dass dieser Muj kapiert, dass ich alles filmen werde. Ich will kein Tamtam von wegen, ich verärgere die Vorfahren oder kidnappe Seelen.«

Welsted übersetzte. Der Mann antwortete.

»Filmen Sie keine Frauen«, gab Welsted weiter.

»Wird also nichts mit meiner Modeserie in der *Cosmopolitan*.« Blanton spuckte in den Sand. »Sagen Sie denen, sie sollen ihre Ärsche in Bewegung setzen.«

»Ihre Einstellung ist hier unangebracht.« Welsteds Ton war giftig.

Blanton und ich suchten Kameras, Schaufeln und andere Ausrüstung zusammen. Welsted holte das Sieb. Der große Mann deutete zu der Gasse mit der Ziege. Unser Fahrer übernahm die Spitze des Zugs, die Eskorte deckte uns den Rücken. Beide sahen verunsichert aus, wie Wild auf einem offenen Feld.

Während wir im Gänsemarsch zum östlichen Rand des Dorfes gingen, spürte ich unsichtbare Augen im Rücken. Hörte nur unsere eigenen Stiefelschritte und irgendwo außer Sichtweite ein Windspiel.

Der Friedhof lag etwa hundert Meter außerhalb der Mauer. Der felsige Hügel ragte darüber empor, beschattete die Grabstätte wie ein Mini-Masada.

Die einzelnen Gräber waren bescheiden, keine reich geschmückten Grabsteine oder gemeißelten Statuen wie auf alten amerikanischen Friedhöfen. Einige hatten grobe Marksteine aus demselben Fels wie die Mauer. Die meisten hatten schlicht ein Oval aus Steinen als Umrandung.

Über einigen Gräbern waren noch frische Erdhügel erkennbar, die meisten jedoch waren eingesunken. Die erst kürzlich Verstorbenen, die schon lange Toten. Alle waren in Reihen angeordnet, wie auf einem Getreidefeld. Aber in der Erde lagen Knochen, nicht Samen.

Wortlos gingen wir von dem einen Grab zum anderen.

Aqsaee lag dicht am Eingang zum Friedhof, Rasekh so weit hinten, dass sein Oval am Fuß des Hügels schräg nach oben wanderte.

Welsted schaute mich an. Ich sagte ihr, dass wir mit Rasekh beginnen würden. Kein besonderer Grund. Wir standen alle hier zusammen.

Mit angespannten Körpern und nervösen Blicken bezogen die Marines am Friedhofseingang Posten. Ich wusste nicht so recht, ob ihre verkrampfte Wachsamkeit mein Sicherheitsgefühl stärkte oder schwächte.

Während Blanton filmte und fotografierte und die Jungen die Begrenzungssteine entfernten, untersuchte ich mit einer langen Metallsonde Unterschiede in der unterirdischen Dichte, um die Struktur von Rasekhs Grab zu bestimmen.

Dann stachen die Jungs, nach einer kurzen Instruktion durch Welsted, ihre Schaufeln in die trockene Wüstenerde. Während sie mit gespreizten Füßen und pumpenden Armen arbeiteten, kauerte ich mich vor den tiefer werdenden Graben und achtete genau auf Farbveränderungen, die auf Verwesungsprozesse hindeuten würden.

Eine halbe Stunde lang hörte man abwechselnd das Geräusch von Metall, das sich in die Erde grub, und das Rieseln von Erde auf einen wachsenden Haufen.

Männer versammelten sich an der Dorfmauer, um in grimmigem Schweigen zuzuschauen. Hin und wieder hob ich den Blick in ihre Richtung. Obwohl ich zu weit weg war, um ihre Augen erkennen zu können, wusste ich, dass sie jede unserer Bewegungen genau beobachteten.

Eine Stunde verging. Neunzig Minuten. Die Sonne stieg und mit ihr die Temperatur.

Nachdem Blanton seine dritte Fotoserie abgeschlossen

hatte, stellte er sich an den Rand der Gruppe und zündete sich eine Zigarette an. Ein alter Mann kam zu ihm und streckte die Hand aus. Blanton klopfte eine Zigarette aus dem Päckchen und gab sie ihm.

Schließlich bemerkte ich die charakteristische Veränderung im Erdreich.

»Stopp«, sagte ich.

Die Jungs hörten auf zu schaufeln. Im Aufrichten schauten sie erst einander und dann mich an.

»Bitte sagen Sie ihnen, sie sollen zurücktreten«, bat ich Welsted.

Die Jungen gehorchten.

Das Loch war einen knappen Meter tief. Am Grund zeichnete sich ein dunkles Oval in der gelb-braunen Erde ab. Etwas, das aussah wie Gewebe, lugte daraus hervor.

Ich hörte Schritte, dann fiel ein Schatten über das Grab.

»Einen unserer Jungs gefunden?«

Ohne auf Blantons Frage einzugehen, legte ich mich auf den Bauch, schloss die Augen und atmete tief durch die Nase ein.

Der Geruch verwesenden Fleisches ist unverkennbar. Süßlich stinkend, wie Abfall in einer Mülltonne.

Ich roch nur Erde und einen Hauch von etwas Organischem. Entweder waren die Leichen mumifiziert oder völlig skelettiert.

Ein zweiter Schatten stellte sich neben Blantons.

»Brauchen Sie Hilfe?«

»Bitte holen Sie mir die Kelle und den Pinsel aus meinem Rucksack.«

In weniger als einer Minute war Welsted wieder da. »Was haben Sie?«

»Wahrscheinlich einen Zipfel des Leichentuchs.«

»Zeit für einen Leichensack?«

»Ja.«

Mit der Kelle schabte ich die Erde neben und unter dem Gewebe weg und legte so langsam die klumpigen Umrisse seines Inhalts frei. Als genug zu erkennen war, hob ich behutsam ein fragiles Ende an.

Das Leichentuch enthielt genau das, was ich erhofft hatte. Ich erkannte ein Schlüsselbein, ein wenig dunkles und ledriges Bändergewebe.

Mit Gesten gab ich den Jungen zu verstehen, dass sie jetzt mit Kellen weiterarbeiten sollten, und zeigte ihnen kurz, wie sie es zu tun hatten.

Eine Stunde später lagen Rasekhs verhüllte Knochen auf der Erde. Ich kniete und zog eben den Reißverschluss des Leichensacks auf, als ich weit weg ein Geräusch hörte. Ein tiefes Summen, wie eine von der Sonne träge Honigbiene.

Ich hob den Kopf. Suchte den Himmel ab. Sah nichts.

Das Summen wurde lauter. Jetzt kam noch das Trampeln von Schritten hinzu.

Ich schaute mich um.

Ein paar Meter entfernt sah ich Blantons Augen sehr groß in einem sehr weißen Gesicht. Die Dörfler waren von der Mauer verschwunden. Welsted stand wieder am Humvee und starrte in den Himmel. Die Marines ebenfalls. Mein Grabungsteam war nirgends zu sehen.

Das menschliche Gehirn ist eine Schaltstelle, die auf zwei Ebenen arbeitet. Während mein Kortex diese Fakten noch verarbeitete, pumpte mein primitives Hirn bereits Adrenalin aus allen Schleusen.

Aus dem Summen wurde ein Heulen. Näher. Lauter. Die zarten Härchen in meinen Ohren vibrierten unangenehm.

»Runter!«, schrie unsere Eskorte. »Sofort.«

Ich rollte mich zusammen und warf die Hände über den Kopf.

Die Welt explodierte.

22

Ich öffnete die Augen.

Dunkelheit.

Ich horchte.

Absolute Stille.

Instinktiv hatte ich mir die Hand vor den Mund gehalten, um eine Lufthöhle zu schaffen. Und mein Helm hatte auch geholfen. Aber die kleine Blase war nicht genug. Meine Brust war zusammengedrückt, die Lungenflügel so komprimiert, dass sie kaum funktionierten. Die schwere Panzerweste machte den Druck nur noch schlimmer.

Ich versuchte zu atmen. Konnte aber nicht.

Ich versuchte es noch einmal. Keine Luft.

Panik setzte ein.

Wie lange hielt ein Mensch es ohne Sauerstoff aus? Drei Minuten? Fünf?

Wir lange war ich schon gefangen?

Ich hatte keine Ahnung.

Wieder versuchte ich, Luft in die Lunge zu ziehen. Schaffte es wieder nicht.

Mein Herz hämmerte. Pumpte Blut, das schnell das wenige an Sauerstoff verlor, was es noch enthielt.

Ich versuchte, die Hand vom Mund wegzubewegen. Traf schon nach Millimetern auf Widerstand.

Mein anderer Arm war taub. Ich hatte kein Gefühl für seine Lage.

Schwindel überflutete mein Gehirn. Ich sah Bilder der Hochfläche. Der Löffelbiskuit-Felsen.

Gestein, das mich jetzt gefangen hielt wie ein Sarg.

Wie viele Meter tief? Wie viele Tonnen schwer?

Die Panik wurde größer. Adrenalin schoss durch meinen Körper.

Atme!

Ich spannte die Hals- und Schultermuskeln an. Drückte den Kopf nach vorne, so weit es ging, und stieß ihn dann nach hinten.

Mein Schädel krachte auf Fels. Im Hirn explodierte der Schmerz.

Aber es hatte funktioniert. Ich hörte Sand rieseln, spürte minimal weniger Druck auf der Brust.

Ich atmete langsam ein. Die staubige Luft legte sich auf meine Zunge, die Kehle. Meine Lunge explodierte in keuchendem Husten. Ich atmete noch einmal. Hustete noch einmal.

Der Schwindel verging. Meine Gedanken fingen an, sich in kohärenten Mustern zu organisieren.

Schreien? Aber in welche Richtung? Wie lag ich?

War da draußen irgendjemand? War noch irgendjemand am Leben, um mich zu befreien? Waren die anderen ebenfalls verschüttet worden?

Ich blinzelte Sand aus den Augen. Sah nur tintenartige Schwärze. Hörte nur Stille. Keine Stimmen. Keine Schaufelgeräusche. Keine Bewegung.

Wieder die Panik.

Denk nach. Vergiss das Geröll. Den Staub. Die ohrenbetäubende Stille.

Ich versuchte, mich nach links zu drehen. Mein rechtes Bein klemmte fest. Ich spürte, wie sich eine scharfe Kante ins Fleisch meiner Wade drückte.

Ich versuchte, das Knie zu beugen. Heißer Schmerz schoss mir vom Knöchel hoch.

Ich versuchte, mich nach rechts zu drehen. Nichts zu machen. Meine Schulter drückte an einen Fels. Ein Fels, der Augenblicke zuvor noch über dem Friedhof gehangen hatte. Ein Fels, der mich begrub wie den Toten, den wir eben hatten wiederauferstehen lassen.

Denk nach.

Ich zwang mich zur Ruhe. Zum entspannten Atmen. Zwang die sperrige Weste, sich zu heben und zu senken.

Ein. Aus. Ein. Aus.

Ich versuchte zu schreien, aber mein Mund war zu trocken. Ich sammelte so viel Speichel, wie ich konnte, und versuchte es noch einmal.

Meine Stimme klang tonlos, gedämpft. Und wo war oben? Unten? Schrie ich in den Himmel oder in die Erde?

Meine Gedanken wurden wieder wirr. Sauerstoffmangel? Oder ein Übermaß an Kohlendioxid? Früher wusste ich die Antwort auf diese Frage. Jetzt hatte ich keine Ahnung.

Fragen tauchten auf.

Eine Mörsergranate? Eine Boden-Boden-Rakete? Von wem abgefeuert?

Was machte das schon aus?

Waren Blanton und Welsted ebenfalls verschüttet? Die beiden jungen Grabhelfer?

Ich schloss die Augen. Hörte nur das leise Zischen von Sand, das durch Risse rieselte.

Warum suchte niemand mit einer Sonde nach mir? Grub? Rief? Hatten die Dorfbewohner uns im Stich gelassen? Damit unsere Leute uns herausholten oder auch nicht?

Woran würde ich sterben? Unterkühlung? Ersticken? Wie lange würde es dauern?

Der Gedanke an den Tod erfüllte mich mit einer schrecklichen Traurigkeit. An diesem Ort, so weit weg von zu Hause, von den Menschen, die ich liebte. Katy. Harry. Pete. Ryan. Ja, Ryan.

Eine Träne rollte seitlich über meine Wange und tropfte mir auf die Hand.

Mein benebeltes Hirn schaffte eine Schlussfolgerung.

Tropfte. Schwerkraft. Ich lag auf meiner rechten Seite. Die Erde war irgendwo darunter. Geröll, Fels und Himmel waren irgendwo über meiner linken Schulter.

Ich atmete ein und tastete, wie weit meine linke Hand sich nach oben bewegen ließ.

Meine Finger strichen über kleine Oberflächen, doch Schwerkraft und Druck hielten die Einzelteile zusammen. Eine Störung des Kräftegleichgewichts konnte etwas ins Rutschen bringen, dazu führen, dass noch mehr Geröll auf mich herunterstürzte.

Wie viel Luft hatte ich? Die Felsen waren porös und höchstwahrscheinlich nicht so stark komprimiert, dass sie den Sauerstoff völlig ausschlossen. Aber wie tief lag ich vergraben? Wann würde Hilfe eintreffen? Um eine Überlebende oder eine Leiche zu finden?

Dann dachte ich nichts mehr.

Ich wachte auf. Hörte Geräusche. Wässerig, undeutlich.

Stimmen?

Ich erstarrte.

Ja. Menschliche Stimmen. Hoch und erregt.

Verzweifelt, euphorisch bewegte ich meine Hand so, dass sie den äußersten Winkel des kleinen Hohlraums vor meinem Gesicht erreichte. Meine Finger schlossen sich um einen etwa faustgroßen Stein. Mit rasendem Herzen bewegte ich ihn in dem kleinen Bogen, den der Hohlraum erlaubte, und versuchte, gegen den Fels über meinem Kopf zu schlagen.

Wie ging der Morsecode für SOS?

Mein Gott. Wen interessierte das?

Mit erbärmlich kleinen Schlägen pochte ich, wollte verzweifelt einen Kontakt mit der Außenwelt herstellen.

Das Geschrei wurde intensiver. Kam näher. Ich hörte knappe Befehle. Antworten. Knirschen. Dumpfe Schläge.

»Vorsicht!«, bellte ich. Oder flüsterte. »Ich bin okay, aber bitte Vorsicht.«

Das Knirschen ging weiter. Trennte sich in Geräusche einzelner Steine, die bewegt wurden.

Nach einer Ewigkeit, wie es mir vorkam, durchstach ein einzelner Lichtstrahl die Dunkelheit. Noch mehr Knirschen, dann kamen helle Nadeln aus allen Richtungen, ein Kaleidoskop funkelnden Staubs in der Luft um mich herum.

Schließlich wurde ein Felsbrocken angehoben, und grelles, wunderbares Sonnenlicht strömte herein. Geblendet blinzelte ich nach oben.

Blantons Gesicht hing über mir, die Haut so rot wie gekochter Schinken.

»Halten Sie still. Wir holen Sie sofort raus.«

Ich konnte nur lächeln.

Drei Stunden später waren wir auf der Rückfahrt nach Delaram. Aqsaee und Rasekh lagen in Leichensäcken hinten im Fahrzeug.

Beim Einschlag der Mörsergranate waren beide Marines hinter dem Humvee positioniert gewesen. Welsted ebenfalls. Bis auf ein paar Kratzer von herumfliegenden Splittern waren alle drei unverletzt geblieben.

Ironie des Schicksals. Blantons Gier nach Nikotin hatte ihn gerettet. Er hatte ebenfalls außerhalb der Einschlagzone gestanden. Die Grabhelfer, trotz ihrer Jugend schon kriegserfahren, hatten das heranrasende Geschoss gehört, begriffen und die Beine in die Hand genommen.

Mit anderen Worten, ich war die Einzige, die blöd genug gewesen war, um etwas abzubekommen. In kniender Haltung zu langsam oder zu unerfahren, um davonzurennen. Die Wucht der Explosion hatte mich ins Grab geschleudert. Die Schuttschicht über mir war gar nicht so dick gewesen. Und obwohl es mir vorgekommen war wie eine Ewigkeit, war ich nur ungefähr zehn Minuten verschüttet gewesen. Die Seitenwände der Grube hatten mich geschützt.

»Wahrscheinlich eine M252A1«, spekulierte Welsted während der Fahrt. »Man lernt, die Unterschiede zu erkennen. Jede Granate singt in der Luft ihr eigenes Lied.«

»Sehr interessant, aber irrelevant. Die wichtige Frage ist doch: Wer hat das verdammte Ding abgefeuert?«

»Das kann man im Augenblick einfach nicht sagen. Wahrscheinlich kein friendly fire. Unsere Leute hätten mehr als eine abgefeuert.« Welsted beantwortete zwar Blantons Frage, jedoch direkt an mich gewandt. »Die M252 stammen zwar aus britischer Herstellung, aber unsere Mörsereinheiten verwenden sie. Army und Marines. Wenn Truppen gezwungen sind, sich schnell zurückzuziehen, können Waffen zurückgelassen werden.«

»Und die Aufständischen sammeln sie auf.«

Welsted nickte. »Sie nehmen sie und tun damit, was jeder clevere Feind tun würde.«

»Waren wir das Ziel?«, fragte ich.

Welsted zuckte die Achseln. »Kann sein, dass ein Späher unser Fahrzeug entdeckt und die Chance gesehen hat, es zu eliminieren, es könnte aber auch eine Fehlzündung gewesen sein oder eine falsche Flugbahnberechnung auf ein anderes Ziel. Könnte –«

»Könnte auch jemand was weltklassemäßig vergeigt haben. Ich bin hier rausgekommen, um einen Job zu erledigen, nicht um mir den Arsch abschießen zu lassen.«

Welsted warf Blanton einen vernichtenden Blick zu.

»Wir sind hier in einem Kriegsgebiet. Jeder Auftrag birgt ein gewisses Risiko.«

»Werden Sie Ermittlungen anstellen, woher die Granate kam?«, fragte ich.

»Ein Erkundungsteam ist bereits unterwegs, aber ich erwarte nicht viel. Diese Granatwerfer wiegen nur gut dreißig Kilo. Ein Zweimannteam kann in Windeseile eine Granate abschießen und verschwinden. Und der Mörser hat eine Reichweite von dreieinhalb Meilen. Das ist eine Menge Sand zum Absuchen. Bin überrascht, dass die Schützen nur eine Granate abgefeuert haben. Wahrscheinlich hatten sie nur eine.«

»Sind die Taliban nicht klasse?« Blanton schüttelte angewidert den Kopf.

In diesem Augenblick traf der Humvee ein Schlagloch. Der plötzliche Ruck schickte mir einen Feuerstoß vom Knöchel bis ins Knie. Welsted sah, dass ich zusammenzuckte.

»Sie sollten sich das behandeln lassen.«

»Ich kümmere mich selber darum.«

»Ihre Entscheidung.«

Und das war mir auch recht so. Die ganze Sache war mir schon peinlich genug. Dank Helm und Panzerweste beschränkten sich meine Verletzungen auf Schnitte und Abschürfungen. Aber der verstauchte Knöchel hatte mich gezwungen, den Rest der Exhumierung am Grabesrand sitzend zu überwachen.

Verängstigt von der Explosion, hatten die ursprünglichen Grabhelfer sich geweigert zurückzukehren. Die Ersatzleute waren ähnlich jung und ähnlich stark gewesen, aber deutlich weniger engagiert, was eine konzentrierte Überwachung und umfangreiche Anweisungen erfordert hatte.

Zwanzig Minuten nach dem Start erreichten wir Delaram und unseren wartenden Blackhawk. Als ich darauf zuhumpelte, sah ich, dass die Leichensäcke in den Frachtraum gehievt wurden. Ich beeilte mich, zu Welsted zu kommen.

»Ich glaube, die Leichen sollten vorne mitfliegen.«

»Warum?«

»Sie im Frachtraum zu verstauen könnte als Respektlosigkeit interpretiert werden. Als würde man eine Leiche im Kofferraum eines Autos transportieren.«

Blanton sah zu, wie Welsted den Befehl gab, die Überreste nach vorne zu bringen, sagte aber nichts.

Als ich mich anschnallte, sah ich das Dorftrio in einem verrosteten Jeep heranfahren. Der große Mann und der mit dem Muttermal stiegen aus und gingen auf den Hubschrauber zu. Sie würden mit uns kommen, um die Autopsie zu überwachen, wie es die Übereinkunft vorsah. Ich überlegte mir, ob Uncle Sam ihnen einen Rundflug spendierte oder ob der

Fahrer über Land nach Bagram holperte, um sie wieder abzuholen.

Während des Fluges warf ich verstohlene Blicke auf die Männer. Beide saßen mit verschlossenen Gesichtern da und starrten auf ihre Hände. Ich konnte mir nicht vorstellen, was sie dachten. Konnte nicht einmal Vermutungen anstellen.

Wir kamen zügig voran, erreichten Bagram aber trotzdem erst nach Sonnenuntergang. Der Stützpunkt leuchtete wie ein Netz aus Licht in einem Meer der Dunkelheit.

Ich war erschöpft, und mein Knöchel schmerzte. Nicht unerträglich, nur ein dumpfes Pochen. Mein Körper fühlte sich sandig an und ausgedörrt von Sonne und Wind.

Aber noch gab es Arbeit zu erledigen.

»Ich begleite die Überreste ins Krankenhaus«, sagte Welsted. »Sie müssen nicht mitkommen.«

Ich wollte Helm, Schutzweste und Kampfanzug ausziehen, duschen, eine Gallone Wasser trinken und ins Bett fallen.

»Doch«, sagte ich. »Das muss ich.«

»Es ist schon spät. Gehen wir's an.« Von Blanton.

Überrascht drehten Welsted und ich uns um.

»Ich kann ab jetzt übernehmen«, sagte Welsted.

»Nie im Leben.«

Blanton ging auf einen nachgerüsteten, tief liegenden Jeep zu und stieg ein. Ich humpelte hinter ihm her. Als die Leichensäcke sicher in einem Transporter verstaut waren, kam Welsted zu uns und gab den Befehl zum Losfahren. Die Einheimischen würden uns folgen.

»Ein Growler.« Welsted klopfte durch das offene Fenster auf das Seitenblech des Fahrzeugs. »Zweihunderttausend Dollar pro Stück. Ihre Steuergelder im Einsatz.«

Falls Welsted eine schockierte Reaktion erwartet hatte,

musste ich sie enttäuschen. Hatte ich nicht gelesen, dass die Army sechshundert Dollar für einen Toilettensitz bezahlte?

Unterwegs zogen wir unsere Schutzwesten aus. Welsted bemerkte, dass die Fünfzig-Betten-Einrichtung, zu der wir fuhren, einem modernen Krankenhaus in den Staaten in nichts nachstand.

»Der Unterschied ist, dass die Ärzte hier weniger Schussverletzungen sehen als zu Hause in Texas.«

Mein Gott. Woher nahm die Frau jetzt noch die Energie für Humor? Falls es als Witz gemeint war.

Das Heathe N. Craig Joint Theater Hospital befand sich auf einem gut ausgeleuchteten Gelände am westlichen Rand des Stützpunktes. Das Hauptgebäude war ein geduckter, gelb-brauner Kasten mit einem halben Dutzend rauchender Kamine auf dem Dach. An einer Stange hing eine afghanische Flagge neben Old Glory. Beiden Standarten schien die Umgebung ziemlich egal zu sein.

Der Transporter fuhr zu einer überdachten Laderampe, unser Growler dicht dahinter. Alle stiegen aus. Während die Leichensäcke auf Rollbahren gelegt wurden, schaute ich mich um.

Eine riesige amerikanische Fahne hing an der Decke über unseren Köpfen. Auf einer Säule stand in senkrechten Buchstaben *Warrior's Way.* Schilder mit Schrägbalken in roten Kreisen wiesen eindringlich darauf hin, dass hinter diesen Türen keine Waffen erlaubt waren.

Die Beobachter aus dem Dorf trafen in einem zweiten Growler ein. Sie stiegen aus, als die Bahren in die Notaufnahme gerollt wurden.

Drinnen im Krankenhaus war es so kalt, dass ich Gänsehaut bekam. Das Personal, dem wir begegneten, schaute uns mit unverhohlener Neugier an, Schwestern und Pfleger in Kampfanzug oder Krankenhausmontur, Ärzte mit Schutzhauben auf den Köpfen und Atemmasken um die Hälse.

Aqsaee und Rasekh wurden über einen langen, gefliesten Gang zu einem Kühlraum gerollt, der sich von dem zu Hause im MCME kaum unterschied. Dort würden sie bis zu meiner Untersuchung bleiben.

Ich schaute kurz zur Dorfdelegation und wandte mich dann an Welsted.

»Wenn noch heute Abend Röntgenaufnahmen von jedem Objekt gemacht werden könnten, würde das die Arbeit morgen deutlich beschleunigen. Ich muss wissen, was drin ist, bevor ich die Leichentücher aufwickle.«

»Sie sollten eigentlich in die Koje.«

»Das sollten wir alle«, erwiderte ich.

Welsted sah mich lange an. »Wenn ich anwesend bin, trauen Sie dann einem Radiologietechniker zu, dass er die richtigen Aufnahmen macht?«

Genau das würde ich auch zu Hause tun.

»Ja«, sagte ich.

Welsted ging zu den Dörflern und kam nach kurzer Unterhaltung zurück.

»Sie sind damit einverstanden. Solange wir dafür sorgen, dass die Leichen in Richtung Mekka liegen.«

»Ich kann bleiben.«

Welsted schaute auf die Uhr. »Sie machen jetzt Feierabend.« Zu den anderen: »Das gilt für alle. Wir treffen uns morgen früh hier um null-siebenhundert wieder.«

Zurück in meinem Quartier, warf ich meine Schutzweste in die Ecke, zog den Kampfanzug aus und streifte die Socken ab. Mein Knöchel war ein Tequila Sunrise aus gesprenkeltem Fleisch und abgeschürfter Haut.

Ich wusste, dass ich die Verletzung kühlen sollte. Hatte aber nicht die Zeit, mir über eine Schwellung den Kopf zu zerbrechen. Ich sagte mir, dass es viel schlimmer hätte kommen können, streifte Jeans und ein Sweatshirt über und band den Stiefel so fest, wie ich es ertragen konnte. Beim Losgehen hoffte ich, dass ich noch nicht zu spät dran war.

Abends um zehn ging es auf dem Stützpunkt so geschäftig zu wie tagsüber. Auf den Straßen dröhnten Humvees, Pick-ups, Jeeps und Motorräder. Fußgänger eilten zu Kantinen, Freizeitzentren, Duschen oder zurück in ihre Quartiere. Funktürme und Lichtmasten flackerten vor dem nächtlichen Himmel.

Die Luft war kühl, der Wind kam frisch aus den Bergen. Insekten umschwärmten die Straßenlaternen.

Immer wieder nach dem Weg fragend, fand ich schließlich das einstöckige, gelbe Gebäude, über dessen Eingang ein Transparent mit der Aufschrift *Lighthouse* hing. Draußen standen ein paar Gäste herum, ihre Zigarettenspitzen leuchteten orange in der Dunkelheit.

»Mom! Mom, hierher!«

Ich hob den Kopf.

Katy winkte mir vom Balkon im ersten Stock.

»Komm hoch.«

Ich hatte den Knöchel völlig vergessen, als ich mich durch die Tür zwängte und die Treppe hochstieg.

Der Laden war gesteckt voll, nur ein Tisch war frei. Ich ging eben darauf zu, als Katy strahlend und mit weit ausgebreiteten Armen auf mich zustürmte.

Als wir uns umarmten, staunte ich über die Kraft meiner Tochter. Über die neue Härte ihres Bizeps.

»Heilige Scheiße, Mom. Du bist ja wirklich hier.«

»Ja, bin ich wirklich.«

»Ich war bei deiner Unterkunft, aber du warst nicht da.«

»Ja«, sagte ich nur.

Ein Lance Corporal der Marines ging auf den freien Tisch hinter uns zu. Ein Blick von Katy, und er machte kehrt. Wir beide setzten uns.

»Was ist mit deinem Fuß los?«

»Hab mir einen Muskel gezerrt.«

»Weichei.«

»Genau. Hab deine Nachricht erhalten. Hat ein Scott Blanton sich bei dir gemeldet?«

»Wer?«

»Egal.«

Katy hatte ihre Haare sehr kurz geschnitten. Das wurde zwar nicht verlangt, aber meine Tochter war noch nie ein Freund von halben Sachen gewesen.

»Ich habe deine E-Mails erhalten.«

»Und warum hast du nicht geantwortet?«

»Unsere Einheit war außerhalb des Lagers. Sind eben zurückgekommen.«

»Was habt ihr getrieben?« So beiläufig, wie es nur ging.

»Kann ich nicht sagen. Das verstehst du doch. Außerdem wissen wir doch beide, wie du sein kannst.«

»Wie ich sein kann?«

Katy machte Glubschaugen, öffnete den Mund und schlug sich mit den Händen auf die Wangen. »Völlig hysterisch.«

»Ich werde nicht völlig hysterisch.«

»Okay. Aber du machst dir zu viele Sorgen.«

»Oder du zu wenig.« Die Müdigkeit. Der Knöchel. Ich bedauerte den Satz, kaum dass ich ihn ausgesprochen hatte.

Katy kniff den Mund zusammen.

»Tut mir leid«, sagte ich. »Ich hatte einen langen Tag.«

»Ich mache nur meinen Job, Mom, genauso wie du. Du bist hierhergekommen. Ich bin hierhergekommen. Wir wussten beide, dass wir nicht in den Club Med fliegen.«

»Du hast recht. Hysterisch. Okay.«

Katys Ausdruck wurde sanfter.

»Braucht dir nicht leidzutun. Ich wäre am Boden zerstört, wenn du dir keine Sorgen machen würdest. Wer würde das denn sonst für mich tun?«

Wir bestellten Snacks und Kaffee, der sogar Dickhäutern Herzrasen beschert hätte. Unser weiteres Gespräch beschränkte sich auf sichere Themen. Was zu Hause in Charlotte passierte. Petes bevorstehende Hochzeit mit Summer.

Schon bald legte Katy ihre Hand auf meine.

»Muss morgen früh raus. Und du siehst aus, als würdest du auf Reserve laufen.«

»Tu ich auch. Und ich muss auch im Morgengrauen aufstehen.«

Ich bezahlte die Rechnung. Wir standen auf. Katy wandte sich zum Gehen. Drehte sich mit Schalk in den Augen noch einmal um.

»Und danke.«

»Wofür?« Ich hatte keine Ahnung.

»Dass du meine Frisur nicht runtergemacht hast.«

Als Katy ging, ging ein Teil meines Herzens mit ihr. Aber ich würde sie bald wiedersehen.

Während ich in der Dunkelheit zurückging, überlegte ich. Duschen? Ein Abstecher in die Kantine, um mir mehr Essen und Eis für meinen Knöchel zu besorgen?

Vergiss es.

Wieder in meinem Quartier, stellte ich die Weckfunktion meines iPhones, zog die Jeans aus und schlüpfte ins Bett.

Während über meinem Kopf Motoren dröhnten, schlief ich ein.

23

Als ich aufwachte, dröhnten über meinem Kopf noch immer Motoren.

Meinem Knöchel ging es besser, aber in meinem Kopf pochte es, eine Mischung aus Jetlag, Mangel an vernünftigem Essen und dünner Wüstenluft.

Ich zog mich schnell an und sah nach meinen E-Mails. Nichts von Larabee. Acht Tage, seit man das Mädchen gefunden hatte. Ich befürchtete, dass mein Fahrerfluchtfall ziemlich schnell kalt wurde.

In der Kantine holte ich mir Eier und Bratkartoffeln, goss mir Kaffee ein und suchte mir einen freien Tisch. Ich hatte kaum zu essen angefangen, als Blanton sich auf den Stuhl gegenüber plumpsen ließ. Unter den Augen hatte er dunkle Ringe.

»Ein neuer Tag im Paradies.«

Speckbrocken hingen in den Stoppeln über Blantons Oberlippe. Ich überlegte, ob ich es ihm sagen sollte. Tat es nicht.

»Gut geschlafen?«

Blanton zog ein Unterlid nach unten, um mir einen blutunterlaufenen Augapfel zu zeigen. »Wie ein Baby.«

»Wird das ein Problem sein, Mr. Blanton? Wir haben viel Detailarbeit vor uns.«

»Sie, nicht ich.«

»Aber ich brauche alles dokumentiert.«

»Das ist nicht mein erstes Rodeo, meine Liebe.« Blanton grinste, salutierte und marschierte davon.

Ich überlegte, während ich meinen Kaffee austrank. Stand gegen diesen Wichser sogar Slidell in einem guten Licht da? Ich knallte die Tasse aufs Tablett. Nein. Aber viel fehlte nicht.

Welsted und die Dörfler waren bereits im Krankenhaus, als ich eintraf.

»Die Überreste wurden geröntgt.« Welsted informierte mich, während wir zu dem uns zugewiesenen Raum gingen. »Soll ich sie hierher bringen lassen?«

»Bitte. Wo sind die Filme?«

»Auf einer der Bahren.«

Als sie weg war, schaute ich mich um.

Weiße Fliesen, zwei leere Bahren, Standleuchte, tragbare Lichtkästen, zwei tiefe Edelstahlspülbecken samt Arbeitsfläche, eine kleine Sammlung von Schneidewerkzeugen und Greifzirkeln und eine Lupe. Nicht zu vergleichen mit dem, was ich in Charlotte oder Montreal hatte, aber ausreichend.

Blanton kam dazu, als ein Pfleger die Überreste durch die Tür rollte und wortlos anfing, seine Kameraausrüstung aufzubauen. Die beiden Dorfabgeordneten beobachteten alles, die Körper angespannt, die Augen ruhelos. Beide wirkten sie so nervös, als bräuchten sie Beruhigungsmittel.

Ich ging zu Welsted und flüsterte: »Es ist vielleicht besser, wenn sie von nebenan zuschauen.« Ich deutete mit dem Kopf zu dem Beobachtungsfenster über den Spülbecken.

»Ich gehe mit ihnen«, bot Welsted an.

Augenblicke später sprang ein Licht an, und die drei erschienen auf der anderen Seite der Scheibe.

Nachdem ich ihnen aufmunternd zugenickt hatte, zog ich

Rasekhs Röntgenaufnahmen aus dem Umschlag und klemmte sie auf die Lichtkästen.

Während ich mir die Aufnahmen eine nach der anderen vornahm, verließ mich der Mut.

Rasekh hatte bereits auf der Erde gelegen, als die Granate eingeschlagen war. Wir hatten fast eine Stunde gebraucht, um den Leichensack aus seinem neuen Grabhügel aus Erde und Steinen zu befreien. Entsprechend hatte ich mir schon die ganze Nacht Sorgen gemacht, dass der Steinhagel die Knochen beschädigt haben könnte.

Ich betrachtete die im Leichentuch weiß leuchtenden Überreste. Die Röhrenknochen waren noch einigermaßen intakt, aber der Torso war völlig durcheinandergeworfen und der Schädel zertrümmert. Nichts war mehr miteinander verbunden. Rasekh war in einem viel schlimmeren Zustand, als ich befürchtet hatte.

Ich schickte ein zuversichtliches Lächeln zu den Gesichtern im Fenster. Zuversicht, die ich nicht hatte.

»Fertig?« Zu Blanton, während ich einen Latexhandschuh aufblies.

»Kann losgehen.«

Blanton schaltete den Camcorder ein. Ich zog mein iPhone aus der Tasche und diktierte Zeit, Datum, Ort und die Namen der Anwesenden. Dann zog ich mir die Schutzmaske vors Gesicht.

Als ich den Leichensack öffnete, wehte ein modriger, erdiger Geruch heraus. Behutsam wickelte ich das Leichentuch auf.

In einem Jahr hatte Mutter Natur ihr unvermeidliches Wunder vollbracht. Fragmente von Bindegewebe waren noch vorhanden, hier und dort ein Band zwischen Fingergliedern, ein Gewebestreifen über einer Gelenkkapsel. Ansonsten war das Fleisch verschwunden.

Doch was die Zeit und die Wüste übrig gelassen hatten, hatte die Erdlawine in Sekunden zerstört.

Kein Teil von Abdul Khalik Rasekhs Schädel oder Unterkiefer maß mehr als maximal fünf Quadratzentimeter. Ich erkannte einen Teil eines Augenhöhlenbogens, den Splitter eines Jochbogens, einen Warzenfortsatz, ein Kiefergelenkköpfchen, einzelne Zähne.

Das übrige Skelett sah nicht viel besser aus. Oberschenkelknochen und Schienbeine waren intakt, der Rest der Beinknochen aber zerbrochen. Das Becken war zertrümmert.

Der Brustkorb und die oberen Glieder hatten am meisten gelitten. Armknochen, Schlüsselbeine, Brustbein, Wirbel und Rippen waren praktisch pulverisiert.

Was nicht gut war.

Marines lernen, immer auf das Zentrum eines Objekts zu zielen. Stellen Sie sich einen menschlichen Torso vor. Ziehen Sie eine Linie von Brustwarze zu Brustwarze, dann zwei andere von jeder Brustwarze zur Kehle. Jede Kugel, die diesen Bereich trifft, hat Kampfunfähigkeit durch Lähmung, Schock oder Tod zur Folge. Das Dreieck des Todes.

Rasekhs Dreieck war ein Trümmerhaufen, entweder durch die Wucht der Kugeln oder den Geröllhagel.

Tief durchatmen. Den Beobachtern zunicken.

Ich suchte alle noch erkennbaren Elemente heraus und arrangierte sie zu einer Art makabrem Skelett. Während ich jedes Fragment an seinen Platz legte, untersuchte ich es nach Hinweisen auf Schussverletzungen.

Um konzentriert zu bleiben, rief ich mir das Basiswissen wieder ins Bewusstsein.

Schusswunden werden kategorisiert nach der Entfernung zwischen Schütze und Opfer. Ein Kontaktschuss, bei dem die Waffe ins Fleisch gedrückt wird, kann Ruß, einen Mündungsabdruck oder sogar eine durch die Treibgase der Patrone erzeugte Platzwunde hinterlassen. Man nennt das auch einen aufgesetzten Schuss. Ein Schuss aus mittlerer Entfernung, bei dem der Schütze relativ nah am Opfer steht, kann eine Tüpfelung, auch Pulvertattoo genannt, hinterlassen. Bei einem Schuss aus größerer Entfernung ist der Bereich der Pulvertüpfelung deutlich erweitert.

Doch das alles war hier unwichtig. Es gab ja kein Fleisch mehr. Und nach den Zeugenaussagen war Gross zwischen zehn und fünfzehn Meter von Aqsaee und Rasekh entfernt gewesen.

Und ich sah rein gar nichts.

»Mit was für einer Waffe hat Gross geschossen?«, fragte ich. Ich erinnerte mich zwar an die NCIS-Akte, wollte mich aber der grundlegenden Tatsachen versichern.

»Einer M16. Standardwaffe der Marines.«

»Wie viele Schüsse?« Ich redete auch, um meine Nervosität zu überspielen.

»Die M16 hat ein 30-Schuss-Magazin. Gross hat seins komplett leer geschossen.«

Das war Overkill, auch bei zwei Zielen.

»Was für Munition?«

»NATO-Standard 5,56 Millimeter.«

»Geschwindigkeit?«

»940 Meilen pro Sekunde. Alles unter tausend: Popcorn!«

Auf seine nicht sehr charmante Art spielte Blanton auf eine Ereignissequenz an, die bei gewissen Typen von Projektilen auftritt. Wenn die Kugel taumelt oder giert, also sich dreht, kann sie beim Aufprall zersplittern, was Metallsplitter ins umgebende Fleisch jagt. Diese Art von Wunde kann viel mehr Schaden anrichten als ein glatter Durchschuss.

»Steht in den Zeugenaussagen irgendwas über die Schussabfolge?«, fragte ich.

Blanton schaute in seinen Unterlagen nach.

»Zeugen berichteten, einen Feuerstoß, eine Pause und dann noch einen Feuerstoß gehört zu haben. Aber alle sagen dasselbe. Es herrschte totales Chaos.«

Ich schaute zu den Abgesandten hoch. Ihre grimmigen, entschlossenen Gesichter klebten noch immer an der Scheibe. Ich stellte mir vor, dass meins ähnlich aussah.

Als ich den gesamten Inhalt von Rasekhs Leichensack sortiert hatte, formulierte ich während der Untersuchung, was ich sah. Wie es meine Gewohnheit war, arbeitete ich mich vom Kopf zu den Füßen vor.

»Identifizierbare Schädelmerkmale deuten auf einen Mann mittleren Alters hin.« Ich zählte sie auf. »Gebiss fragmentiert und unvollständig, aber nach Alter und Geschlecht vereinbar mit der Zielperson Abdul Khalik Rasekh.«

»Ist das wirklich nötig?« Blanton klang ungeduldig.

»Dinge werden verwechselt, Erinnerungen verblassen. Die Identifikation ist der erste Schritt einer jeden Exhumierung.«

Ich untersuchte weiter die Fragmente und dokumentierte Merkmale, die für Rasekhs biologisches Profil relevant waren. Ein Fragment der Schambeinfuge bestätigte meine Altersschätzung. Die Form des Schambeins zeigte, dass es das eines Mannes war.

Aber die Splitter, Bruchstücke und Brocken, die den Torso darstellten, waren zu zertrümmert und abgeschürft, um Informationen über die Todesursache zu liefern.

Obwohl ich beschlossen hatte, ruhig zu bleiben, schlich sich Erregung in meine Stimme. Blanton bemerkte es.

»Alles okay, Doc?«

»Bestens.«

Ich strich mir die Haare aus der Stirn und schaute mir noch einmal jedes Bruchstück von Rasekhs Oberkörper an, diesmal jedoch mit der Lupe.

Während ich arbeitete, kehrten die Kopfschmerzen von heute Morgen zurück. In der Brust spürte ich eine gewisse Enge. Ich hatte gesagt, eine Geschossbahn sei leicht zu analysieren. Man hatte mich siebentausend Meilen geflogen, damit ich genau das tat. Bis jetzt war es mir noch nicht gelungen.

Ich untersuchte eben ein zwanzig Zentimeter langes Segment des Oberarmknochens, als ich ein fast unsichtbares Spritzmuster quer auf der Oberfläche entdeckte.

»Hier könnte was sein.« Ich hielt den Knochen so, dass Blantons Kamera die Spuren gut im Visier hatte.

»Könnte Pulvertüpfelung sein. Aber die Spuren sind gleichmäßig verteilt.«

»Also kein Hinweis auf die Schussrichtung«, vermutete Blanton.

»Nein.« Nachdem ich das Fragment noch einige Augenblicke dicht vor den Augen hin und her gedreht hatte.

Enttäuscht diktierte ich eine Beschreibung des Defekts. Blanton legte ein Lineal an und schoss weitere Detailaufnahmen mit einer Nikon, dann zur Sicherheit noch einige Polaroids.

»Diese Dinger hier sind schon was ganz anderes als die Plastikkästen, die wir früher hatten.« Blanton zog das Foto aus dem Gerät. »Vierzehn Megapixel, tintenloser Ausdruck. Im Notfall ist das Dokument sofort verfügbar. Ich habe schon zu viele Katastrophen mit angeblich fehlersicheren Hightechgeräten erlebt. Mit den Polaroids sichere ich mich immer ab.«

Hut ab, Mr. Blanton.

Fragment um Fragment suchte ich weiter.

Und fand rein gar nichts.

Entmutigt richtete ich mich auf und rollte die Schultern. Die Uhr zeigte 12:10.

»Pause?«, fragte Blanton.

Ich schüttelte den Kopf. »Da die Knochen jetzt anatomisch angeordnet sind, geht Rasekh zurück in die Radiologie.«

Blanton rief den Techniker, der die Überreste in ihrer Umhüllung geröntgt hatte. Er kam sofort. Harold. Ich sagte ihm, was ich wollte, und er schob die Bahre durch die Tür.

»Wenn die Aufnahmen nicht noch was zeigen, was ich übersehen habe – und das halte ich eher für unwahrscheinlich –, ist Rasekh ein Reinfall. Machen wir also weiter.«

Ich diktierte den Namen des zweiten Mannes. Ahmad Ali Aqsaee. Und weitere wichtige Informationen. Dann schaute ich mir die Aufnahmen von Aqsaee in seinem Leichentuch an.

Und entspannte mich ein wenig.

Aqsaee war in besserem Zustand als Rasekh. Kein Wunder. Er war noch in der Erde, als die Granate einschlug. Dennoch schien die normale postmortale Schädigung ausgedehnt zu sein.

Nachdem ich mich versichert hatte, dass in dem Leichentuch nichts fehlte, ging ich zur Bahre, öffnete den Leichensack und wickelte das Tuch auf.

Neben mir atmete Blanton scharf ein.

Aqsaee bestand wie Rasekh nur noch aus Knochen. Aber sein Skelett unterschied sich in einem hervorstechenden Aspekt.

Die Uneingeweihten glauben, dass Knochen immer weiß

sind. Sie denken an Halloween-Poster, an Lehrskelette aus dem Biologieunterricht oder die ausgebleichten Brustkörbe von Rindern, die in Western sehr beliebt sind. Aber Knochen nehmen oft Pigmente des Substrats an, in dem sie liegen.

Genau das war bei Aqsaee passiert. Sein Skelett hatte die Farbe von altem Sattelleder.

»So was sieht man nicht alle Tage.«

»Es ist nicht ungewöhnlich«, erklärte ich Blanton. »Höchstwahrscheinlich sind Mineralien aus den Steinen oder der Erde in die Knochen eingedrungen.«

»Warum nur bei dem?«

»Kann sein, dass die Bodenbeschaffenheit im hinteren Teil des Friedhofs anders ist. Vielleicht ist Sickerwasser vom Hügel durch Rasekhs Grab geflossen und hat die kritischen Komponenten ausgeschwemmt.«

»Die Verfärbung macht Ihnen also keine Probleme?«

»Nein.«

Ich behandelte den jüngeren Mann genauso wie den älteren. Nur mit etwas weniger Beklemmung.

Ich bestätigte, dass alle skelettalen und dentalen Merkmale mit Aqsaees biologischem Profil vereinbar waren. Männlich. Siebzehn Jahre alt.

»Doc.«

Ich schaute zu Blanton hoch.

»Der Rest des Teams braucht was zu essen.«

Wiederstrebend willigte ich ein. Dreißig Minuten später waren wir zurück, und ich begann meine Verletzungsanalyse.

Der Schädel war völlig unversehrt. Keine Brüche. Keine Schusslöcher.

Blanton schoss Nahaufnahmen aus unterschiedlichen Blickwinkeln.

Der Unterkieferknochen war zwar in der Mitte auseinandergebrochen, doch ich vermutete, dass es sich hierbei um eine postmortale Schädigung durch den Druck der darüberliegenden Erde handelte.

Weitere Fotos.

Die Arme und Beine zeigten keine Hinweise auf Verletzungen. Ich wandte mich dem Brustkorb zu.

Aqsaees Torso war fast so stark beschädigt wie Rasekhs. Als ich mir die fragmentierten Rippen, die zerbrochenen Schlüsselbeine und die zerquetschten und abgeschürften Wirbel und Schulterblätter sowie das Brustbein anschaute, wurde mir die Brust wieder eng.

Unwillkürlich wanderte mein Blick zum Beobachtungsfenster. Auf der anderen Seite sah ich Welsted und die Abgesandten in erregter Diskussion. Der große Mann gestikulierte heftig. Ich sah, dass er sich umdrehte und zur Scheibe deutete.

Auch Blanton hatte den Streit bemerkt.

»Ich kümmere mich drum.«

Öl ins Feuer gießen? Vielleicht, aber ich versuchte erst gar nicht, ihn aufzuhalten. Meine ganze Konzentration galt Aqsaees Brust.

Eins nach dem anderen nahm ich die Fragmente zur Hand und untersuchte sie. Nach etwa zehn Minuten entdeckte ich einen Defekt an einem zwei Zentimeter langen Teilstück einer Rippe. Der kreisrunde Umriss war zwar unvollständig, aber klassisch. Ich legte das Fragment beiseite.

Sieben Minuten später fand ich einen weiteren partiellen Defekt. Und noch einen.

Mit wachsender Aufregung identifizierte und arrangierte ich vier annähernd dreieckige Bruchstücke, die im Leben das Brustbein gebildet hatten.

Mein Herz schlug schneller.

Behutsam drehte ich die Fragmente um und fügte sie wieder aneinander, um mir die Rückseite der Knochen ansehen zu können.

Ich musste mich beherrschen, um nicht in Jubelgeschrei auszubrechen.

Bumm! Bumm!

Mein Kopf schnellte zum Fenster. Der große Mann hatte mit der Faust auf die Scheibe geschlagen. Blanton redete auf ihn ein. Von Welsted war nichts mehr zu sehen.

Ich war viel zu aufgeregt, um mir darüber den Kopf zu zerbrechen.

Ich schickte die Knochen zum Röntgen. Doch die Aufnahmen würden nichts mehr ändern.

Ich wusste, was passiert war.

24

Eine Stunde nach Abschluss meiner Untersuchungen saß ich an dem hellen Eichentisch im Konferenzsaal der Stützpunktkommandatur. Die Beobachter waren mit dem Versprechen eines vollständigen Berichts und der Erlaubnis, Aqsaee und Rasekh zurück nach Sheyn Bagh zu transportieren, nach Hause geschickt worden.

Alle anderen saßen auf exakt denselben Plätzen wie am Dienstag. Mich eingeschlossen. Verrückt, wie die Leute das immer wieder so hinkriegen.

Große Halbmonde verdunkelten Blantons Achselhöhlen, wie Zwillinge der Tränensäcke unter seinen Augen. Er war verschwunden, als wir das Krankenhaus verließen. Ich fragte mich, wohin er gegangen war. Was er getan hatte, um so ins Schwitzen zu geraten.

»Alles okay?«, fragte ich, mehr um die Zeit zu verkürzen denn aus Sorge um Blantons Wohlergehen. Wie schon beim ersten Mal warteten wir auf Colonel Fisher.

Blanton hob eine Schulter. »Kann sein, dass ich mir was eingefangen habe.«

Danach saßen wir schweigend da. Minuten vergingen. Blanton, Welsted und ich wussten, was ich herausgefunden hatte. Noonan nicht. Er wirkte angespannt.

Noonan und Welsted erhoben sich halb, als Fisher eintrat. Blanton und ich nicht.

Fisher schloss die Tür und setzte sich ans Kopfende des Tisches. »Nun denn«, sagte sie mit einem schnellen Lächeln in meine Richtung. »Sie sind fertig?«

»Ja, das bin ich.«

»Soweit ich weiß, haben Sie vor Ort einiges erlebt.«

»Langweilig war es nicht.«

»Fahren Sie fort.« Fisher lehnte sich zurück und faltete die Hände auf dem Schoß.

»Ich habe, wie es so schön heißt, eine gute und eine schlechte Nachricht.«

»Dann zuerst die schlechte Nachricht.«

»Mr. Rasekhs Überreste waren viel zu beschädigt, um Rückschlüsse bezüglich Geschossbahnen zuzulassen. Nicht einmal bezüglich Todesart und -ursache.«

Fisher nickte knapp. »Und die gute Nachricht?«

»Mr. Aqsaee war in einem besseren Zustand. Trotz ausgedehnter postmortaler Schädigung waren Schussverletzungen im Thoraxbereich nachweisbar. Ich war deshalb in der Lage, partielle Einschuss- und Austrittswunden an zwei Rippenfragmenten, einem Wirbel und an den anterioren und posterioren Oberflächen des Sternums zu identifizieren, zu beschreiben und aufzuzeichnen.«

Fisher hob leicht die Augenbrauen.

»An seinem Brustbein.«

»Fahren Sie fort.«

»Wollen Sie eine umfassende biomechanische Beschreibung der Bruchmuster?«

»Heben Sie sich das für Ihren Bericht auf. Für unsere Zwecke genügt das Endergebnis.«

»Second Lieutenant Gross hat Ahmad Ali Aqsaee nicht in den Rücken geschossen.«

War es zuvor schon ruhig gewesen, wurde es jetzt totenstill im Raum.

Nach wenigen Augenblicken sagte Fisher: »Vielleicht wären einige Details doch recht nützlich.«

»Ich konnte drei Einschusslöcher und zwei Austrittswunden identifizieren. Zusammengenommen beschreiben die Schadstellen mindestens zwei Geschossbahnen. Der Einschusskanal verlief in beiden Fällen von anterior nach posterior.«

Wieder die Augenbrauen.

»Die Kugel drang vorne in Mr. Aqsaees Brust ein und trat hinten am Rücken wieder aus.«

»Ein Befund, der Second Lieutenant Gross' Bericht über den Vorfall bestätigt.«

»Ja.«

»Wie überzeugt sind Sie von Ihrem Ergebnis?«

»Sehr.«

»Basierend auf ein paar kleinen Kerben im Knochen?«

»Zusätzlich zu den Einschuss- und Austrittslöchern waren in den Röntgenaufnahmen auch Metallfragmente zu sehen.

Deren Anordnung stützt die Schlussfolgerung einer Bewegung von vorne nach hinten.« Ich hatte die Fragmente entdeckt, als ich die Aufnahmen von Aqsaees Knochen im ausgewickelten und arrangierten Zustand betrachtete.

Noonan beugte sich vor. »Wollen Sie damit sagen, dass Sie sich beim jüngeren Opfer hundertprozentig sicher sind?«

»Nichts ist je hundertprozentig.«

»Mit angemessener medizinischer Gewissheit.«

»Ja«, sagte ich.

Noonan strich sich übers Kinn. Atmete durch die Nase aus.

Fisher hatte noch Fragen.

»Was ist mit Abprallern? Könnte eine Kugel von hinten eindringen, von den Rippen oder dem Sternum oder was auch immer abprallen und hinten wieder austreten?«

Ich schüttelte den Kopf. »Kugeln verhalten sich nicht wie ein Bumerang. Wenn eine Kugel in den Körper eines Opfers –«

»Können wir jetzt aufhören, sie Opfer zu nennen?«

Die Schärfe des Tons überraschte jeden. Fisher reagierte.

»Was würden Sie vorziehen, Mr. Blanton?«

»Aufständische? Oder wie wär's mit Schützen?«

»Es gibt keinen Hinweis darauf, dass Aqsaee oder Rasekh bewaffnet waren.«

Blanton ließ sich kopfschüttelnd zurücksinken.

Fisher hatte noch eine Frage.

»Könnte er sowohl in die Brust als auch in den Rücken geschossen worden sein?«

»Das ist theoretisch möglich, wenn der Geschosshagel ihn herumgewirbelt hätte, aber ich habe keine Hinweise auf Einschüsse hinten und Austritte vorne gefunden.«

»Dann kann es sein, dass Gross unschuldig ist.« Noonans

Stimme klang flach, ohne Überraschung, Erleichterung oder Skepsis.

»Bitte verstehen Sie mich richtig«, warnte ich. »Ich sage nur, dass Mr. Aqsaee entweder vor Lieutenant Gross stand oder auf ihn zulief, als er erschossen wurde.«

Gross' Schuld oder Unschuld war eine andere Frage, eine Frage mit Variablen, die sich nicht an Knochen ablesen ließen. War das Verhalten der Männer bedrohlich? Hatte Gross einen berechtigten Grund zu der Annahme, dass er unmittelbar bedroht war? Aber diese Fragen mussten die Anwälte beantworten, nicht ich.

Fisher sagte: »Wir sind Ihnen sehr dankbar für Ihre schnelle Arbeit. Seit dem Vorfall waren die Beziehungen zu Sheyn Bagh bestenfalls wackelig. Wenn diese Exhumierung mangelhaft durchgeführt worden wäre, hätte sie das wenige an Wohlwollen, das wir erreicht haben, torpedieren können.«

»Ich bezweifle, dass die Dorfbewohner in meinen Ergebnissen Trost finden werden.«

Fisher dachte darüber nach. »Nein, der Ausgang wird ihnen nicht gefallen. Aber so traurig es ist, das afghanische Volk kennt den Preis des Krieges. Sie werden akzeptieren, dass ein Soldat unter Druck gezwungen war, eine Entscheidung über Leben und Tod zu treffen. Dass er in einer Bedrohungslage handelte, um sich selbst und seine Männer zu retten.«

Vielleicht. Aber ich fragte mich, welche Wortverdrehungen sie und ihr Team benutzen würden.

»Sie haben hier erstaunliche Arbeit geleistet, Dr. Brennan. Dafür gebührt Ihnen hohe Anerkennung. Aber man hat mich gebeten, Ihnen noch einen weiteren Dienst aufzubürden. Wie Sie vielleicht wissen – oder auch nicht –, wurde Second Lieutenant Gross' Anhörung nach Article 32 ausgesetzt, um diese

Operation durchzuführen. Ihre Anwesenheit in Lejeune ist erforderlich.«

Ich hatte das vorausgesehen. »Wann?«

»Sofort.«

Scheiße.

»Ich werde dort sein.«

»Ihr Transport wurde bereits arrangiert. Das Marine Corps dankt Ihnen. Und ich ebenfalls.«

Wir alle erhoben uns, gaben uns die Hände und gingen unserer Wege.

Katy konnte sich nicht zum Abendessen mit mir treffen, deshalb hatten wir uns bereits am Abend zuvor zu einem Einkaufsbummel verabredet.

Als ich die kurze Strecke von meinem Quartier zum PX-Laden ging, färbte ein grandioser Sonnenuntergang die schneebedeckten Bergspitzen glutrot. Die vorgefertigten Gebäude, an denen ich vorbeikam, leuchteten wärmer als tagsüber, und Schatten teilten den Boden in Streifen aus Sonnenlicht und Dunkelheit.

Der Laden war gesteckt voll. Ich schaute mich um, konnte in dem Meer aus Tarnanzügen meine Tochter aber nirgends entdecken.

»Huch, Kleine.« Ich spürte ein doppeltes Klopfen auf meinem Rucksack. »Du wärst eine lausige Beschatterin.«

Ich drehte mich um. Katy stand einen halben Meter hinter mir.

»Musst deine Flanke im Auge behalten, Mom.«

»Technisch gesehen bist du nicht in meiner Flanke.«

Katy lächelte. Sie trug Tarnanzug und Stiefel. Ein M16 hing ihr über der Schulter.

Merkwürdig, meine Tochter bewaffnet zu sehen.

»Einen Kaffee?«, fragte sie.

»Klar.«

Der Innenraum des Green Bean sah aus wie jedes x-beliebige Café zu Hause. Eine Karte an der Wand bot unzählige Variationen von Kaffee und Tee an. Im Hintergrund zischte eine Espressomaschine.

»Was für einen willst du?«, fragte ich. »Ich zahle.«

»Normalen Kaffee, nur mit Milch.«

Noch eine Überraschung. Der Kaffeegeschmack meiner Tochter entsprach nun ihrer neuen Frisur. Einfach und praktisch.

Wir setzten uns in Sessel vor einer Wand, die mit militärischen Abzeichen bedeckt war. Das Leitmotiv war der Kampf: Schädel, Schwerter, eiserne Kreuze. Die 335th FTR SQDN nannte sich selbst The Chiefs, die Häuptlinge.

Katy bemerkte, dass ich die Ansammlung anstarrte. »Viele Einheiten haben ihre eigenen Abzeichen. Die sind so was wie Familienwappen.«

Ich wusste das, ließ sie aber erklären. Das Thema unserer Unterhaltung war mir egal, es machte mich einfach glücklich, mit meiner Tochter zusammen zu sein.

Irgendwann fragte Katy mich nach meinen Ermittlungen.

»Es lief gut«, sagte ich.

»Bist du fertig?«

»Ich fliege morgen ab.«

Katy erwiderte nichts. Ich fragte mich, ob sie traurig war, dass ich wieder ging. Erleichtert? War ich in eine Welt eingedrungen, die sie lieber für sich behalten wollte?

»In Manas habe ich zwei Frauen kennengelernt«, sagte sie nach einer Pause, die ewig zu dauern schien. »In Pete's Place.«

»Was ist das?«

»Eine Bar auf dem Stützpunkt. In Manas sind Armeeangehörigen alle zwanzig Stunden zwei alkoholische Getränke erlaubt. Oder so was in der Richtung. Ausgenommen die Marines.«

»Warum nicht die Marines?«

»Schätze, einige haben sich ein paar zu viel genehmigt und alles vermasselt. Wie auch immer, dort geht es sehr viel zivilisierter zu als hier in Afghanistan.«

»Kein Freund des Alkoholverbots.«

Sie verdrehte die Augen. »Also, diese beiden Frauen waren Mutter und Tochter und hatten sich gemeinsam verpflichtet, die Ausbildung absolviert und wurden dann gemeinsam in den Einsatz geschickt.«

»Im Ernst?«

»Sie waren bei der Air Force, eingesetzt als Geleitschutz.«

»Willst du mir vorschlagen, dass wir uns zusammentun?«

Ein lautes Lachen. Noch eine Pause und dann: »Meine Einheit bricht in zwei Tagen wieder auf.«

»Wohin?«

»In den Norden. Mehr kann ich nicht sagen. Und eigentlich weiß ich auch nicht mehr.«

»Verstehe.« Ich tat es. Und hasste es.

Katy trank den letzten Schluck ihres ach so einfachen Kaffees und fragte: »Bereit, die Shoppingmeile unsicher zu machen?«

Wir lachten beide. Die »Shoppingmeile« von Bagram bestand aus einem Gewirr von Läden und Kiosken, die vorwiegend örtlich hergestellte Produkte anboten. Sachen aus Messing, Holz oder Stoff. Schmuck. Teppiche. Das war so ziemlich alles.

»Führe mich, o Kaiserin des Shoppens.«

Sie tat es.

»Sind die Händler alle Afghanen?«, fragte ich.

»Ich glaube schon. Sie kommen in der Früh, passieren die Sicherheitskontrollen, betreiben ihre Stände, checken am Abend wieder aus und gehen nach Hause. Wir reden von sechzehn, siebzehn Stunden am Tag.«

Händler, an denen wir vorübergingen, luden uns höflich ein, ihre Waren zu begutachten. Hin und wieder blieben wir stehen. Ich bewunderte eben ein sehr fein gewebtes Tuch, als etwas meine freie Hand streifte. Ich drehte mich um.

Ein afghanisches Mädchen von vielleicht fünfzehn oder sechzehn Jahren stand vor mir und starrte mir mit ihren großen, braunen Augen ins Gesicht.

»Hallo.« Ich lächelte.

Das Mädchen flüsterte etwas auf Paschtu oder Dari. Ich verstand nur ein Wort. Allah.

»Tut mir leid«, sagte ich. »Ich verstehe nicht.«

Hektisch nach links und rechts blickend, wiederholte sie, was sie gesagt hatte. Vielleicht. Wieder verstand ich nur Allah.

Wollte das Mädchen etwas? Oder wollte sie einfach nur ihre frohe Botschaft verbreiten?

Katy untersuchte ein Tuch an einem anderen Stand. Ich winkte sie zu mir.

»Verstehst du, was sie sagt?«

»Denk dir nichts.« Katy senkte die Stimme. »Sie ist ein bisschen daneben.«

»Was meinst du damit?«

»Ich habe sie das schon öfter tun sehen.«

»Was?«

»Frauen in Zivil anquatschen.« Katy schob mich um das

Mädchen herum auf die Straße. »Eine meiner Stubenkameradinnen sagt, die Kleine spinnt.«

Ich ließ mich von ihr führen. Doch als wir wieder stehen blieben, schaute ich mich um.

Das Mädchen starrte mich direkt an. Dann kam vor meinen Augen ein Mann aus dem Laden und zog sie beiseite.

»Mom.«

Ich drehte mich zu Katy um.

»Schau dir das an.«

Etwas verwirrt versuchte ich mich auf den Teppich zu konzentrieren, der Katys Interesse geweckt hatte. Ich wollte gerade etwas sagen, als ein Heulen die Luft zerriss.

»Feindlicher Angriff.« Katy ließ den Teppich los. »Gehen wir.«

Wir rannten über die Straße, schlugen einen rechten Haken und stürzten in einen niedrigen, mit Sandsäcken bedeckten Betonbau. Auf den Bänken saßen bereits einige andere. Weitere folgten uns.

Binnen Sekunden war der Bunker voll. Ich spürte keine Panik, eher die gelassene Akzeptanz, die aus der Routine entsteht.

Während wir bei Sirenengeheul in der Dunkelheit warteten, spürte ich eine leichte Berührung an meiner Hand. Ich schaute nach links. Erkannte die Gestalt. Das Allah-Mädchen kauerte neben mir. Und neben ihr war der Mann, der sie in den Laden gezerrt hatte.

Zeit verging.

Das Mädchen war so nahe, dass ich ihren Körper zittern spürte. Irgendwann wimmerte sie. Der Mann redete scharf auf sie ein. Ich hörte das Wort *Khandan*. Ihr Name?

Schließlich kam die Entwarnung. Wir packten unsere Sachen und krochen nach draußen.

»Du nimmst das ja ziemlich cool«, sagte ich, während ich mir den Rucksack über die Schulter hängte.

Katy zuckte die Achseln. »Das ist eher lästig als sonst was. Man gewöhnt sich daran. Das Leben geht weiter.«

Normalerweise. Aber auf US-Stützpunkten waren schon viele bei Raketen- und Mörserangriffen gestorben.

Während wir redeten, gingen der Mann und das Mädchen an uns vorbei. Während er uns keines Blickes würdigte, schaute das Mädchen mich unverwandt an. Traurig? Verwirrt? Flehend?

Ja. Genau das quälte mich. Das Mädchen hatte so hilfsbedürftig gewirkt. Aber wobei brauchte sie Hilfe?

Dann war sie verschwunden.

»Was meinst du, was das Mädchen mir sagen wollte?«, fragte ich Katy.

»Ich hab's dir gesagt. Die Kleine spinnt. Vergiss es.«

Ich versuchte es.

Aber als ich an diesem Abend allein auf meiner Pritsche lag, hatte ich das Gesicht des Mädchens vor Augen.

Wieder und wieder sah ich ihre dunklen, bittenden Augen.

25

Vierundzwanzig Stunden später dachte ich noch immer über das Mädchen nach.

Genauer gesagt, über zwei Mädchen.

Khandan in Bagram. Die Unbekannte in Charlotte.

Welsted hatte meine Rückflüge organisiert. Ich war mit der Sonne aufgestanden und hatte mich auf den Weg gemacht. Diese Reise über siebentausend Meilen, eine, die auch den hartgesottensten Globetrotter auf die Probe stellte, hatte traurig begonnen und sich schnell zu einem Albtraum entwickelt.

Am Anfang stand der tränenreiche Abschied von Katy. Wir trafen uns auf dem Flugfeld. Wir umarmten und drückten uns. Sie war so verdammt stark.

»Pass gut auf dich auf.«

»Ich bin diejenige, die nach Hause geht. Versprichst du mir, dass du auf dich aufpasst?«

»Entspann dich, Mom. Mir passiert schon nichts.«

Ihre Zuversicht machte mir irgendwie Angst.

Wir umarmten uns noch einmal. Dann machte ich mich auf den Weg in den geschlossenen Wartebereich.

Und nun fing das wahre Elend an. Unsere C-130J hatte an einem Triebwerk Propellerschaden. Die Mechaniker waren bereits gerufen. Wir alle wissen, was das heißt.

Da ich die Sicherheitskontrolle bereits hinter mir hatte, durfte ich nicht mehr auf den Stützpunkt zurück. Also verbrachte ich Stunden damit, zu dösen, Football zu schauen, Kaffee zu trinken, auf die Toilette zu gehen und Plastiksandwiches und -muffins zu essen, zusammen mit hundert verschwitzten Soldaten, Fliegern und Marines.

Schließlich stiegen wir ein und schnallten uns in unsere Sitze. Die Maschine wuchtete sich durch die Wüstenluft hoch, durchbrach die Wolkendecke und flog davon. Ich lehnte mich an das eisige, vibrierende Schott und schloss die Augen.

Und wieder waren die Mädchen da.

Khandan. Irgendetwas an ihr ließ mich nicht mehr los. Katy hatte sie für geistig behindert gehalten, aber ich wusste nicht so recht. Sie hatte eine Intensität, die nicht dazu passte.

Was hatte sie mir sagen wollen? Ich hatte nur ein Wort verstanden. Allah. Suchte sie Hilfe? Wollte sie ein Almosen?

Etwas verkaufen? Mich bekehren? Und warum ging mir diese Begegnung nicht mehr aus dem Kopf?

Dann war da die Unbekannte im Kühlraum der MCME-Leichenhalle. Funkstille von Larabee. Sackgassen, kalt gewordene Spuren? Ging Slidell der Sache noch nach? Ich musste meine Aussage machen, nach Hause fliegen und mich wieder dem Fall widmen. Dem Versprechen, das ich ihr gegeben hatte.

Als wir in Manas landeten, pulsierte mein Kopf, eine Feuerader lief mir die Wirbelsäule hinunter, und mein Knöchel machte mir ernsthaft Probleme. Diesmal nahm mich ein milchgesichtiger Soldat mit weichem Flaum auf der Oberlippe in Empfang. Auf seinem Namensschild stand ELKINS.

»Sergeant Mensforth ist anderweitig beschäftigt.« Elkins' Stimme war hoch und näselnd. »Ich begleite Sie durch die Kontrollen.«

Ich folgte ihm durch das Labyrinth des Transitzentrums, vorbei an amerikanischen Soldaten und kirgisischen Wachen mit steinernen Gesichtern und sehr großen Waffen.

Elkins deutete zu einem Gepäckhaufen, der genauso aussah wie der, durch den ich mich auf dem Hinflug gewühlt hatte.

Ich wuchtete meine Taschen heraus und schleppte sie zum Zoll. Wo jeder Gegenstand herausgezogen und untersucht wurde, als hätte ich ein langes Vorstrafenregister in Sachen Drogen- und Waffenschmuggel.

Weiter ging es zur Passkontrolle. Wo mir die Abfertigung verweigert wurde.

Da ich kein Kirgisisch sprach, verstand ich nicht, wo das Problem lag. Elkins ebenfalls nicht. Ein Dolmetscher wurde gerufen. Eine längere Diskussion folgte, während der mein Anschlussflug aufgerufen wurde.

Schließlich erklärte mir der Dolmetscher, dass ich beim Hinflug eine Erlaubnis für eine Einreise nach Kirgisistan erhalten habe. Der heutige Transit stelle aber eine neue Einreise dar.

Sechzig Minuten und eine Million Telefongespräche später war das Problem gelöst. Oder das Bestechungsgeld bezahlt. Ich habe keine Ahnung. Ich rannte zum Gate und bestieg meine Maschine, als die Türen sich bereits schlossen.

Fünf Stunden nach dem Start landete ich in Istanbul. In der Lounge der Turkish Airlines kontrollierte ich eben meine E-Mails, als eine ärgerlich ruhige und zuckrige Stimme mehrere Startverzögerungen verkündete. Mein Flug gehörte dazu. Da die Lounge der komfortabelste Ort war, an dem ich seit einer Woche gewesen war, hielt sich meine Erschütterung in Grenzen.

Die Morgendämmerung erhellte bereits den Horizont, als ich mich in meinen kleinen Kokon in der Businessclass fallen ließ. Ich war gerade dabei, die Speisekarte zu lesen, da drang die Stimme des Kapitäns aus den Lautsprechern.

»Ladys und Gentlemen, wir haben hier ein lästiges kleines Licht, das auf dem Armaturenbrett blinkt. Hat wahrscheinlich nichts zu bedeuten, aber wir wurden angewiesen, am Gate zu bleiben.«

Die Flugbegleiter begannen sofort, Alkohol an die Businessclass-Passagiere auszugeben. Kein Trost für uns Nichttrinker.

Es war später Nachmittag, als wir schließlich abhoben. Ein wenig später auf Flughöhe aß ich eine Mahlzeit, schaute mir einen Film an und schaltete dann das Licht aus. Und schlief sogar, allerdings unruhig.

Außer dem Wissen, dass ich sieben Stunden gewonnen

hatte, hatte ich keine Ahnung, welche Tageszeit in Washington war. Ich holte mein Gepäck, schleppte es durch Zoll und Einwanderung und dann weiter zu meinem Abfluggate.

Was wohl? Mein Flug hatte Verspätung.

Es gibt Zeiten, da kann man nichts anderes tun, als die völlige Zufälligkeit und Nichtigkeit unserer Existenz in diesem Universum zu akzeptieren.

In der Wartezeit hörte ich meine Sprachnachrichten ab. Ruff Noonan hatte angerufen, um mir zu sagen, dass Lejeune über meine Situation Bescheid wusste und dass ich nach der Landung in Jacksonville, North Carolina, abgeholt würde.

Larabee wollte, dass ich ihn gleich nach meiner Ankunft in Charlotte zurückrief.

Pete bat mich ebenfalls um Rückruf, sobald ich wieder im Lande war.

Nichts von Ryan.

Ich mailte Katy, dass ich wieder in der Welt gelandet war.

Es war kurz nach Mitternacht, als ich schließlich auf dem Albert J. Ellis Airport in Jacksonville landete. Ein Sergeant in Kampfmontur kam auf mich zu, als ich eben mein Gepäck vom Förderband hievte. Ein kräftiger Mann mittleren Alters, der aussah, als könnte er mit bloßen Armen einen Toyota hochstemmen.

»Master Sergeant Earl Rigg, Ma'am. Ich bin Ihr Chauffeur nach Lejeune.« Rigg hängte sich meine Reisetasche über die Schulter. »Folgen Sie mir.«

Wir fuhren auf der Route 258 nach Norden. Immer wieder zuckte das Licht des Gegenverkehrs über die Windschutzscheibe. Rigg war nicht sehr gesprächig. Vielleicht spürte er aber auch meine Erschöpfung.

Ich starrte zum Fenster hinaus, nahm jedoch kaum wahr,

was an mir vorbeizog. Das Schild eines Leihhauses verkündete: WIR NEHMEN AUCH GALA-UNIFORMEN. Eine Fast-Food-Bude nach der anderen. Wilson Bay, das Wasser ein endloser, schwarzer Spiegel.

Nach einiger Zeit hielten wir vor einer imposanten Backsteinmauer, an der ein Schild verkündete: CAMP LEJEUNE, HEIMAT DES EXPEDITIONSCORPS IN BEREITSCHAFT.

Rigg machte erst nach der Einlasskontrolle den Mund auf.

»Sie sehen aus, als könnten Sie ein wenig Schlaf gebrauchen.«

»Ist das so offensichtlich?« Ich lächelte. Glaube ich zumindest.

»Ja, Ma'am.«

Während Rigg mich über den Stützpunkt fuhr, öffnete ich das Fenster und atmete tief die warme Nachtluft ein. Bei dem Geruch von frisch gemähtem Gras, Kiefern und Rotzedern merkte ich, wie froh ich war, wieder in North Carolina zu sein. Das Lejeune Inn, das Gästehaus des Stützpunkts, war ein strikt zweckorientierter Ziegelbau. Die Architektur des Schlichten Kastens.

»Gehen Sie zum Empfang«, sagte Rigg. »Ich bringe Ihre Sachen.«

Ich bekam ein Zimmer im Erdgeschoss. Rigg erschien, als ich gerade die Tür aufschloss.

»Eine gute Nacht, Ma'am.« Ein kurzes Nicken, und er war verschwunden.

Ich schaute mich um.

Eine Küchenzeile. Ein Tisch und zwei Stühle. Eingebaute Schränke und Regale, auf einem davon ein Fernseher. Zwei Doppelbetten.

Ein Elektrowecker auf einem Nachtkästchen zwischen den

zwei Betten zeigte 0:47. In der Stille konnte ich ihn leise summen hören.

Nach einer Katzenwäsche zog ich mich aus und kroch unter die Decke. Ich schlief, kaum dass ich den Kopf auf das Kissen gelegt hatte.

Das Schrillen eines Telefons weckte mich.

»Mm.«

»Sergeant Rigg, Ma'am. Major Hawthorn würde sich gerne um zehnhundert mit Ihnen treffen.«

Ich schaute auf den Wecker. 9:24.

»Ich bin in zwanzig Minuten in der Lobby.«

Schnell unter die Dusche, Haare waschen, Zähne putzen. Ein wenig Rouge, ein grässlicher Instantkaffee, und schon war ich zur Tür raus.

Rigg wartete. Er nickte und drehte sich dann schnell um. Ich glaube, er fühlte sich komisch, weil er nicht salutieren durfte.

Der Vormittag war warm, aber bedeckt. Dutzende Vögel hielten Wache auf den Stromkabeln und höheren Ästen.

Während wir am Strand entlangfuhren, bemerkte ich eine Einheit Marines bei nautischen Manövern, Sechserteams, die Zodiac-Schlauchboote in die Brandung zerrten. Durch das Geräusch der Wellen hörte ich den Drill Sergeant Befehle brüllen.

Das Legal Services and JAG Office befand sich ziemlich am Anfang des Holcomb Boulevard. Rigg setzte mich an der Vordertür ab.

»Fragen Sie nach Major Joe Hawthorn.«

Die Empfangsdame hatte lange Beine, glatte Haut und hochgesteckte bernsteinfarbene Haare. Ihr Südstaatendialekt war so dick, wie ich ihn lange nicht mehr gehört hatte.

»Temperance Brennan für Joe Hawthorn«, sagte ich.

»Tut mir leid.« Als wäre sie persönlich betroffen. »Major Hawthorn wird sich ein klitzekleines bisschen verspäten.«

Klitzeklein?

»Kein Problem.«

»Bitte kommen Sie mit mir.«

Lächelnd stand sie auf und ging nach rechts einen schmalen Gang entlang. Ihre Stilettos klapperten über den grau glänzenden Fliesenboden. Sie führte mich durch eine Tür mit Hawthorns Rang und Namen auf dem Schild.

»Kann ich Ihnen irgendetwas anbieten? Kaffee oder Tee? Oder vielleicht eine Limonade?«

»Kaffee bitte.«

Beim Anblick des Büros musste ich an Mrs. Flowers denken. Die Schreibunterlage lag perfekt parallel zur Tischkante. Alles war mit Präzision angeordnet. Ein gelber Notizblock. Ein Brieföffner. Drei Kugelschreiber in identischem Abstand, die Spitzen auf gleicher Höhe.

Ein gerahmtes Foto zeigte einen nichtssagend gut aussehenden Mann, seine nichtssagend hübsche Frau und zwei gepflegte Kinder. Während ich mir zum Spaß passende Namen ausdachte, kehrte Ms. Südstaaten zurück und reichte mir eine Serviette und einen dampfenden Styroporbecher. Hawthorn trat ein, als sie ging.

»Ich muss mich für die Verspätung entschuldigen.«

Hawthorns Erscheinung war das Spiegelbild seines Büros. Die Schuhe glänzend, die Uniform perfekt gebügelt, der Schnurrbart akkurat gestutzt, die Haare mit Laserpräzision gescheitelt.

Ich stand auf. Wir gaben uns die Hand. Hawthorns Handfläche war trocken, Nägel und Nagelbetten perfekt manikürt.

»Vielen Dank für Ihr Kommen. Ich weiß, dass Sie müde sein müssen.«

»Ich hole das später nach.«

»Bitte setzen Sie sich.« Er deutete auf den Stuhl, den ich eben verlassen hatte.

Ich setzte mich. Hawthorn ging zu dem Stuhl an seinem Schreibtisch.

»Wie Sie wissen, wird die Anhörung nach Article 32 morgen wiederaufgenommen.« Hawthorn legte die Fingerspitzen zusammen und stützte das Kinn darauf. »Sie wissen, was eine Anhörung nach Article 32 ist?«

»Im Wesentlichen.«

»Seit Anfang der 1950er-Jahre wird die Militärjustiz in Übereinstimmung mit dem UCMJ, dem Uniform Code of Military Justice, ausgeübt. Dieser Code bildet den gesetzlichen Rahmen, der das Fundament des eigenständigen Strafrechts und der strafrechtlichen Verfahren innerhalb des amerikanischen Militärs bildet.

Viele der eigenständigen Regelungen ähneln denen, die man in der nationalen Rechtsprechung und der der einzelnen Bundesstaaten findet. Die Verfahrensvorschriften können allerdings sehr unterschiedlich sein.

Laut Article 32 des UCMJ darf eine Anklage an ein allgemeines Kriegsgericht erst dann weitergereicht werden, wenn eine unparteiische Ermittlung den Wahrheitsgehalt der Anklage festgestellt hat. Nicht viel anders als bei einem Grand-Jury-Verfahren für Zivilisten.«

Pete hatte immer behauptet, dass der Article 32 dem Angeklagten tatsächlich größere Rechte gewährt, weil er dem Angeklagten und seinem Verteidiger gestattet, bei der Anhörung anwesend zu sein, die Zeugen der Anklage ins Kreuzverhör zu nehmen und eigene Beweismittel zu präsentieren, was bei einer Anhörung vor einer Grand Jury alles nicht gestattet ist.

Ich erinnerte mich, wie gereizt er reagierte, als ich Groucho Marx mit dem Satz zitierte, militärische Gerichtsbarkeit verhalte sich zu normaler Gerichtsbarkeit wie Militärmusik zu normaler Musik.

Hawthorns Stimme holte mich ins Jetzt zurück.

»Die Anklage hat ihre sämtlichen Beweise vorgelegt. Ich habe vor, nur einen Zeugen aufzurufen, nämlich Sie. Ich habe Ihren Bericht gelesen und beabsichtige, ihn mit Ihnen durchzugehen, so wie es jeder zivile Anwalt auch tun würde.«

Hawthorn lehnte sich in seinem Sessel zurück.

»Ich schätze, Sie wollen ein bisschen was über den Mann der Stunde erfahren?«

»Alles, was Sie für sachdienlich halten, ja.«

»Der Vater von Second Lieutenant Gross war in der Air Force, also wuchs er als typischer Soldatensohn auf. Von Stützpunkt zu Stützpunkt, von Dienstspanne zu Dienstspanne. Hatte die Armee im Blut, wenn Sie so wollen.«

»Manchmal läuft es auch genau andersherum.«

»Ja, aber nicht bei John. Nach seinem Highschool-Abschluss – als Klassenbester, wenn ich das anfügen darf – ging er direkt in ein Rekrutierungsbüro der Marines.«

»Nicht zur Air Force?«

Hawthorn ließ die Hände sinken und legte die Handflächen auf die Schreibunterlage. »Ich vermute, er hatte das Bedürfnis, seinem Vater etwas zu beweisen.«

Ich fragte nicht nach, was er damit meinte.

»John entschied sich für eine Ausbildung bei den Marines, weil sie ihm die Möglichkeit zu einem Kampfeinsatz direkt nach der Ausbildung bot. Und gleich nach dem Abschluss meldete er sich freiwillig und wurde auch eingesetzt, bei Desert Storm. Von 91 bis 94 diente er, mit Unterbrechungen, immer wieder im Nahen Osten.«

»Das ist eine lange Zeit.«

»Ja.« Hawthorn schien etwas anmerken zu wollen, entschied sich dann aber dagegen. »Nach Abschluss seines letzten Einsatzes schrieb John sich nicht wieder ein. Er hatte bewiesen, was er beweisen musste, sich selbst und seinem Vater. Für sein Leben hatte er andere Pläne. Er studierte an der NC State University und arbeitete trotz Militärstipendium nebenbei Vollzeit. Nach Abschluss mit einem Diplom in politischer Wissenschaft unterrichtete er einige Jahre lang in einer Highschool in Charlotte. Könnte aber auch Charleston gewesen sein.«

»Und doch hatte er sich offensichtlich wieder zum Militärdienst gemeldet.«

»Am 9. November 2005. Hat dieses Datum für Sie irgendeine Bedeutung, Dr. Brennan?«

Ich schüttelte den Kopf.

»Für John schon. An diesem Tag überfielen Selbstmordattentäter drei amerikanische Hotels in Amman, Jordanien. Das Radisson SAS, das Grand Hyatt und ein Days Inn. Im Radisson war es am schlimmsten. Ein Attentäter-Ehepaar betrat einen Ballsaal, in dem gerade eine Hochzeitsfeier mit neunhundert Gästen im Gange war. Achtunddreißig Menschen wurden getötet, darunter auch die Väter von Braut und Bräutigam.«

Jetzt fielen mir diese Attentate wieder ein. Insgesamt sechzig Tote, hundertzwanzig Verletzte.

»Nach solchen Überfällen steigen die Wiedereinschreibungen generell an. Nach 9/11 bildeten sich vor den Rekrutierungsbüros lange Schlangen.«

Hawthorns Telefon klingelte. Er blickte kurz auf die Anruferkennung, nahm aber nicht ab.

»John sah sich wohl in seiner persönlichen Verantwortung gefordert. Das ist meine Interpretation, müssen Sie wissen. Er hat das nie so gesagt. Es ist der Eindruck, den ich bei unseren vielen Gesprächen erhalten habe.«

»Verstehe.«

»John hatte drei Jahre im Irak verbracht, um die Welt sicherer zu machen. Dieses Massaker an Zivilisten zeigte, dass das nicht funktioniert hatte.«

»Aber wir reden von einem anderen Konflikt, anderen Tätern.«

»Absolut. Aber für einige Soldaten ist das alles ein allgemeines Böses. Saddam, Gaddafi, der Ayatollah, die Taliban – ein Böses mit vielen Gesichtern. Wie eine Hydra, eine vielköpfige Schlange.«

»Dachte John auch so?«

»Nach diesen Angriffen betrachtete John den Terrorismus als eine sehr reale und sehr persönliche Bedrohung.«

»Er hat seinen Job gekündigt und sich wieder eingeschrieben.«

»Er bewarb sich für einen Offizierslehrgang, was bei seinem Alter etwas problematisch war.«

Ich rechnete schnell nach. »Er war zu dem Zeitpunkt Anfang dreißig.«

»Wie die amerikanische Wirtschaft zieht auch das Militär es vor, wenn seine Führungspersönlichkeiten früh anfangen. In seinem Alter hätte John bereits auf der mittleren Ebene sein sollen. Dennoch wurde er angenommen.« Hawthorn richtete den Brieföffner aus. »Johns Vorgeschichte war ebenfalls ein Nachteil für ihn.«

»Seine Vorgeschichte?«

»Ein ehemals einfacher Soldat, der sich für die Offizierslaufbahn bewirbt. Es ist schwer, den Sprung aus der Truppe in die Offiziersklasse zu schaffen.«

»Aber Gross hat es geschafft.«

Hawthorn nickte. »Schloss den Offizierslehrgang als Jahrgangsbester ab, entschied sich für den Einsatz bei der Infanterie und meldete sich freiwillig für Afghanistan. Er war auf seinem vierten Einsatz, als sich der Vorfall in Sheyn Bagh ereignete.«

»Was hielten die Offizierskollegen von Gross?« Ich platzierte Serviette und leeren Becher an der Tischkante.

»Hart arbeitend, fair, auch unter Druck gelassen. Entschuldigen Sie die Formulierung, aber einer nannte ihn einen *gung ho mo fo.«*

Ich kannte den Ausdruck. Einen extrascharfen Mistkerl.

»John war also sehr engagiert.«

Hawthorn lächelte knapp. »Einige sagen, ein Marine kann nie zu engagiert sein.«

»Was ist mit denen unter seinem Kommando?«

Hawthorns Blick schnellte kurz zu der Serviette und dem Becher, die die sorgsame Symmetrie auf seinem Schreibtisch ruinierten. Unbewusst richteten seine Finger die bereits präzise liegende Schreibunterlage neu aus.

»Natürlich variieren die Meinungen. Aber die meisten sind ihm positiv gesinnt.«

»Aber nicht Grant Eggers.«

»Corporal Eggers ist der Hauptzeuge der Anklage.«

Damit war alles gesagt.

»Wie geht Lieutenant Gross mit dieser ganzen Geschichte um?«

»John liebt sein Land, und er liebt das Corps. Aber er fühlt sich verraten. Er hasst es, hier in Jacksonville festzusitzen, er wäre lieber wieder in Afghanistan. Er ist sicher, dass man ihn freisprechen wird. Wie ich auch.«

Hawthorn lächelte und deutete mit spitzem Finger auf den störenden Abfall. »Darf ich?«

»Ja. Vielen Dank.«

Er warf Serviette und Becher in etwas neben seinen Füßen.

»Nun gut«, sagte er und richtete sich auf. »Können wir uns dann bitte etwas detaillierter mit Ihrer Aussage beschäftigen?«

Etwa eine Stunde lang gingen wir die wesentlichen Punkte durch. Hawthorn hörte zu, stellte ein paar Fragen, machte sich ein paar Notizen. Als ich fertig war, stand er auf und dankte mir noch einmal.

»Falls Sie sonst noch etwas brauchen, ich bin im Lejeune Inn«, sagte ich und hoffte inständig, dass er nicht anrufen würde.

Rigg wartete draußen mit dem Transporter auf mich.

Während wir über den Stützpunkt fuhren, dachte ich über Hawthorns Bemerkungen nach.

Engagiert war das Wort, das er benutzt hatte.

Wie engagiert?, fragte ich mich.

Rigg setzte mich unter dem Vordach ab und kündigte an, mich am nächsten Tag um halb neun wieder abzuholen. Ich ging in mein Zimmer und rief Ryan an. Erreichte nur den Anrufbeantworter. Obwohl er auf meine vorherigen Nachrichten nicht reagiert hatte, hinterließ ich ihm noch eine.

Frustriert und hungrig ging ich in ein Wendy's und bestellte mir einen doppelten Cheeseburger mit Pommes. O Gott, es war schön, wieder zu Hause zu sein.

Zurück in meinem Zimmer, zeigte der summende Wecker 13:15. Ich bedauerte das Viertelpfund Fett, das ich in mich hineingestopft hatte, jetzt schon und legte ich mich aufs Bett. Draußen zwitscherten die wachhabenden Vögel wie verrückt.

Ich schloss die Augen.

Wieder wurde ich vom Klingeln des Telefons geweckt. Im Zimmer war es inzwischen dunkel.

»Hallo?«

Schweigen.

»Hallo?«

Das Schweigen klang hohl, als würde jemand lauschen. Oder den Hörer abdecken.

Klick.

Ebenfalls Entschuldigung, Arschloch.

Ich ging den Gang hinunter, zog mir aus dem Automaten eine Cola light und fuhr meinen Laptop hoch. Während ich Fotos in eine PowerPoint-Präsentation kopierte, kehrten meine Gedanken immer wieder zu Gross zurück.

Würden die Knochen, die ich in der afghanischen Wüste ausgegraben hatte, über sein Schicksal entscheiden?

26

Der Gerichtssaal war spartanisch: ein erhöhter Richtertisch hinten in der Mitte, die Tische von Verteidigung und Anklage einander gegenüber, der Zeugenstand neben dem Richtertisch mit Blick in den Gerichtssaal, der Tisch des Protokollführers vor dem Zeugenstand, eine leere Geschworenenbank und schließlich einige Plätze für Zuschauer.

Der Vorsitzende der Anhörung, Lieutenant Colonel Frank Keever, war grauhaarig und gepflegt und wirkte wie jemand, der sich nichts gefallen ließ. Major Christopher Nelson hatte einen blonden Bürstenschnitt und einen offensichtlich sehr langen Oberkörper. Der Ankläger wirkte im Stehen viel kleiner als im Sitzen.

Ein Mann und eine Frau waren die einzigen Anwesenden in den drei Zuschauerreihen. Die Einzigen, die Zivilkleidung trugen. Eifriges Notieren deutete darauf hin, dass die beiden Journalisten waren.

Als ich eintraf, saß Lieutenant John Gross bereits, den Rücken steif, die Finger auf der Tischplatte verschränkt. Er war gebaut wie eine Bulldogge, kompakt, aber kräftig, mit einem Gesicht wie behauener Granit. Die Bügelfalten waren messerscharf. Jedes Haar war an seinem Platz.

Pünktlich um 9:30 eröffnete Keever die Anhörung und fragte Hawthorn, ob er mit der Beweisführung der Verteidigung fortfahren wolle.

Ich wurde in den Zeugenstand gerufen.

Gross' Blick folgte mir, als ich den Saal durchquerte. Ansonsten bewegten sich an ihm kein Muskel, kein Haar und keine Wimper.

Hawthorn begann mit einer Aufzählung meiner Referenzen. Einige Fragen waren dieselben wie bei der Auswahl der Geschworenen vor zwei Wochen in Charlotte.

Hawthorn erwähnte, dass ich einen Doktortitel in Anthropologie und die Zulassung des American Board of Forensic Anthropology hatte, einer Gruppe mit weniger als hundert Mitgliedern. Ich erklärte, dass ich keine Ärztin bin, sondern spezialisiert auf die Untersuchung skelettalen Materials, und dass ich bei der Bewertung menschlicher Überreste eng mit Pathologen zusammenarbeite.

Hawthorn erwähnte meine frühere Arbeit für JPAC und meine Vertrautheit mit dem Militärischen. Er wies darauf hin, dass der Großteil meiner Arbeit den Zwecken der Anklage und nicht der Verteidigung diene.

Ich bestätigte, dass ich eben aus Afghanistan zurückgekehrt war, wo ich die Exhumierung der Leichen von Abdul Khalik Rasekh und Ahmad Ali Aqsaee überwacht und im Krankenhaus der Bagram Air Force Base die skelettalen Autopsien durchgeführt hatte.

Gross beobachtete mich mit der Intensität eines Katers, der einen Spatzen im Visier hat. Hin und wieder zuckte sein linkes Unterlid.

Dann kam Hawthorn zur Sache.

Hawthorn: »Zu welchen Schlüssen, wenn überhaupt, gelangten Sie in Bezug auf die Eintritts- und Austrittspunkte der Kugeln?«

»Im Falle von Mr. Rasekh zu keinen. Im Falle von Mr. Aqsaee kam ich zu dem Ergebnis, dass die Kugeln ihn im Bereich der Brust getroffen hatten und am Rücken wieder ausgetreten waren.«

Keine Reaktion von Gross. Bis auf das Lidzucken.

Hawthorn: »Warum konnten Sie bei Mr. Rasekh keine Geschossbahnen bestimmen?«

»Die Zerstörung der Knochen war zu beträchtlich, um Eintritts- oder Austrittspunkte bestimmen zu können.«

Hawthorn: »Aber bei Mr. Aqsaee konnten Sie solche Punkte bestimmen?«

»Ja.«

Hawthorn: »Bitte beschreiben Sie die Befunde, die Sie zu dieser Ansicht führten.«

»Da gab es mehrere. Defekte an zwei Rippensegmenten, an Knochensplittern, die Teile des Brustbeins gewesen waren, und an einem Wirbel demonstrierten alle klassische Bruchmuster für Schusswunden in einer Flugbahn von vorne nach hinten. Metall- und Knochenfragmente, die ich auf Röntgenaufnahmen entdeckt habe, stützen diesen Befund. Mr. Aqsaee wurde in die Brust geschossen.«

Gross blieb absolut bewegungslos, sein Gesicht war eine steinerne Maske.

Hawthorn: »Können Sie kurz erklären, was passiert, wenn eine Kugel auf Gewebe trifft?«

Ich umriss für das Gericht nun möglichst fachjargonfrei die Biomechanik einer Schussverletzung, einschließlich der Auswirkungen von Projektiltaumeln, Hohlraumbildung und Zersplitterung.

Hawthorn: »Erläutern Sie uns Knochenverletzungen durch Kugeln.«

»Ein Projektil, das mit hoher Geschwindigkeit unterwegs ist, unterwirft den Knochen einer plötzlichen dynamischen Belastung. Auch wenn Knochengewebe allgemein als starr betrachtet wird, hat es doch eine gewisse Elastizität. Wie auch bei Bindegewebe produziert eine Kugel, wenn sie Knochensubstanz durchdringt, einen temporären Hohlraum.«

Hawthorn: »Welche Geschwindigkeit ist nötig für eine Durchdringung von Knochen?«

»Studien deuten auf eine Minimalgeschwindigkeit von sechs Metern pro Sekunde hin. Das ist viel langsamer als eine aus einem M16 abgefeuerte Kugel.«

»Erläutern Sie uns Eintritts- und Austrittswunden.«

»Wenn eine Kugel in Knochen eindringt, entsteht typischerweise am Eintrittspunkt ein runder bis ovaler Defekt. Die Defektränder sind scharf, und der Durchmesser entspricht in etwa dem Kaliber der Kugel. Eine Austrittswunde ist eher größer und unregelmäßiger geformt.«

Hawthorn: »Warum?«

»Eine Reihe von Faktoren, darunter das Potenzial für eine Verformung oder Zersplitterung der Kugel und der potenzielle Verlust von einem Großteil ihrer Bewegungsenergie.«

Hawthorn: »Größer und unregelmäßiger geformt. Sind das die einzigen Unterschiede?«

»Nein. Wenn eine Kugel aus dem Knochen ausstritt, werden Fragmente von den Rändern der Austrittsoberfläche abgerissen und nach vorne geschleudert, sodass sie die Kugel auf ihrer Bahn begleiten. Als Folge davon wird der Austrittsdefekt kegelförmig ausgeschrägt. Schematische Darstellungen sind in meinem Bericht enthalten. Außerdem habe ich Fotos und Kopien der Röntgenaufnahmen beigefügt.«

»Haben Sie die in ein computertaugliches Format übertragen, das Sie uns auf dem Bildschirm präsentieren können?«

»Ja.«

Ich fuhr meinen Laptop hoch, öffnete die PowerPoint-Präsentation und holte eine Darstellung eines Rippenabschnitts auf den Monitor.

»Dieses Foto zeigt die Vorderansicht eines Stücks von Mr. Aqsaees fünfter Rippe.«

Hawthorn: »Also die Seite, die nach vorne zeigte?«

»Ja.« Ich fuhr mit dem Cursor um den oberen Rand eines zum Teil erhaltenen kreisrunden Defekts. »Beachten Sie die scharfen, sauberen Ränder. Das ist das Eintrittsloch einer Kugel.«

Ich schaltete zum nächsten Bild.

»Dieses zeigt die Hinteransicht derselben Rippe, also die Seite, die in die Richtung von Mr. Aqsaees Rückgrat zeigte. Beachten Sie die ausgeschrägten Ränder des Defekts. Die Ausschrägung deutet darauf hin, dass dies der Austrittspunkt ist.«

Hawthorn: »Was sagte Ihnen diese Bruchmusterverteilung?«

»Die Bahn der Kugel verlief von vorne nach hinten.«

Gross blieb teilnahmslos, schien jedoch hin und wieder einen flüchtigen Blick zur Richterbank zu werfen, um zu sehen, wie der Lieutenant Colonel darauf reagierte.

Ich schaltete zum nächsten Bild.

»Dieser Defekt befindet sich auf der Vorderansicht von Mr. Aqsaees rechter siebter Rippe, an einer Stelle knapp neben ihrer Verbindung mit dem Sternum.«

Hawthorn: »Seinem Brustbein.«

»Ja. Beachten Sie, dass die Charakteristika des Defekts mit jenen auf dem vorherigen Foto fast identisch sind.«

Das nächste Bild zeigte eine Hinteransicht derselben Rippe. Wie schon bei dem Austrittsdefekt an der fünften Rippe waren auch hier die Abplatzungen nicht zu übersehen. Ich schaltete weiter.

»Diese Aufnahme zeigt einen Kugelschaden an einem Teilstück derselben Rippe, an einer Stelle dicht neben ihrer Verbindung zur Wirbelsäule.«

Hawthorn: »Wo sie sich umbiegt, um die Rückseite des Brustkorbs zu bilden?«

»Ja. Das ist die Vorderansicht. Beachten Sie die sauberen Ränder des Defekts.«

Nächstes Bild.

»Dies ist eine Hinteransicht desselben Rippensegments. Beachten Sie die Ausschrägung.«

Hawthorn: »Also drang eine Kugel vorne in Höhe der siebten Rippe in den Brustkorb ein und hinten an derselben Rippe, in der Nähe des Rückgrats, wieder aus?«

»Ja.« Nächstes Bild. »Das ist eine Aufnahme der Vorderansicht von Mr. Aqsaees Sternum, nach einer Rekonstruktion der einzelnen Fragmente.«

»Seinem Brustbein.«

»Ja.«

»Haben Sie es selbst rekonstruiert?«

»Ja. Beachten Sie den scharfkantigen kreisrunden Defekt in der rechten Mitte. Das ist ein Kugeleintrittsloch.«

Nächstes Bild.

»Dies zeigt die Hinteransicht des Brustbeindefekts. Beachten Sie, dass er bedeutend größer ist und unregelmäßig geformt, und beachten Sie auch die Splitterung, die die schwammartige Konsistenz des darunterliegenden Knochengewebes freilegt. Das ist ein Kugelaustrittsloch. Das auf diesen beiden Aufnahmen gezeigte Bruchmuster deutet darauf hin, dass eine Kugel Mr. Aqsaees Brustbein von vorne nach hinten durchstieß.«

Hawthorn: »Nun gut. Sie sagen also, dass drei Kugeln in Mr. Aqsaees Brust eindrangen und am Rücken wieder austraten.«

»Mindestens drei. Es hätten auch mehr sein können. Ich kann nur Verletzungen untersuchen, die am Skelett sichtbar sind.«

Hawthorn: »Sagen die Einschusskanäle irgendetwas über Mr. Aqsaees Position im Verhältnis zu der von Lieutenant Gross zum Zeitpunkt der Schussabgabe aus?«

Ich zeigte nun ein Foto, dem ich grafische Elemente zugefügt hatte, um genau diesen Punkt zu illustrieren. Das rekonstruierte Brustbein, Rippen- und Wirbelfragmente waren in der schematischen Darstellung eines Skeletts anatomisch korrekt platziert. Rote Linien verbanden die Eintrittswunden mit den dazugehörigen Austrittswunden und ragten nach vorne und nach hinten aus Brustkorb und Wirbelsäule heraus. Jede Linie verlief in etwa parallel zu den Füßen des Skeletts.

»Die Flugbahnen der Kugeln deuten darauf hin, dass Mr. Aqsaee in aufrechter Position und mit dem Gesicht zu Lieutenant Gross stand, als er erschossen wurde.«

Gross kniff die Lippen zusammen. Sein Kinn reckte sich kaum sichtbar und senkte sich dann wieder.

»Ich kann auch die Röntgenaufnahmen auf den Bildschirm holen.«

Ich klickte ein Bild an, auf dem brillante weiße Punkte ein Rippensegment und zwei Wirbelfragmente sprenkelten.

»Wenn eine Waffe abgefeuert wird, können Metallpartikel die Kugel auf ihrer Bahn durch den Körper begleiten. Diese Partikel erscheinen hier aufgrund ihrer höheren Dichte im Vergleich zu Knochensubstanz als weiße Punkte.«

Ich schaltete zu einer Abbildung, auf der die Röntgenaufnahme eine schematische Skelettdarstellung überlagerte, und zeichnete mit dem Cursor einen Pfad von der Rippe zu den Wirbeln.

»Beachten Sie, dass die Metallspur in der Rippe dichter ist als in den Wirbeln. Partikel blieben hängen, während die Kugel weiter vordrang.«

Hawthorn: »Auf ihrer Bahn von der Brust zum Rückgrat.«

»Ja. Zusätzlich zu den Metallpartikeln können auch Knochenfragmente mitgerissen werden, wenn die Kugel Gewebe durchdringt.«

Ich schob den Cursor neben einen winzigen Splitter, der

nicht so intensiv weiß leuchtete wie die Metallpartikel, aber heller als der Wirbelkörper, in den er eingebettet war. Dann bewegte ich ihn zu einem zweiten und einem dritten Splitter.

»Diese Knochenfragmente stammen von der Austrittsstelle hinten am Brustbein, von dem Bereich der Knochenabsplitterung, die wir zuvor beobachten konnten. Die Orientierung der Fragmente deutet darauf hin, dass sie sich mit der Kugel von vorne nach hinten bewegten.«

»Zusammengefasst heißt das also, auf diesen Indizien basiert Ihre Schlussfolgerung, dass Mr. Aqsaee aufrecht und mit dem Gesicht zu Lieutenant Gross stand, als er in die Brust geschossen wurde.«

»Ja.«

»Haben Sie einen Bericht Ihrer Vorgehensweise, Befunde und Schlussfolgerungen vorbereitet?«

»Ja, das habe ich.«

Hawthorn: »Ich möchte Ihnen nun Beweisstück Nummer eins der Verteidigung zeigen. Ist das Ihr Bericht?«

»Ja, das ist er.«

»Sir, die Verteidigung beantragt, Beweisstück Nummer eins zu dem Verfahren zuzulassen. Eine Kopie ging Major Nelson bereits vorab zu.«

Nelson hatte gegen den Bericht nichts einzuwenden und auch keine Fragen an mich. Keever verkündete, dass er seine Schlussfolgerungen und Empfehlungen binnen einer Woche vorlegen werde, und vertagte dann die Anhörung.

Obwohl die Zeugenaussage deutlich zu seinen Gunsten verlief, zeigte Gross' Miene keine Anzeichen von Entspannung oder gar ein Lächeln. Er verharrte die ganze Zeit über in seiner strammen, aufrechten Haltung, während er weiter gegen sein Lidzucken ankämpfte.

Als ich am Tisch der Verteidigung vorbeiging, löste er sich von Hawthorn und kam auf mich zu. Sein Gesicht blieb unergründlich, aber seine Haltung und sein Schritt verrieten Zuversicht.

»Ich danke Ihnen, Ma'am.«

Gross streckte mir die Hand entgegen. Ohne groß nachzudenken, nahm ich sie.

Gross' Hemdmanschette bewegte sich, als wir die Hände schüttelten, und zeigte den unteren Teil eines Tattoos. Ich sah die Buchstaben RIP im Halbkreis und darüber Weltkugel und Anker des Marine Corps.

Ich hatte gehört, dass diese Version von den meisten *gung ho mo fo*-Typen bevorzugt wurde. Leg dich mit dem Corps an und du ruhst in Frieden.

Als Gross meinen Blick auf das Tattoo bemerkte, nahm er Haltung an, salutierte und sagte: »Semper fi, Ma'am.« Das eigentliche Motto der Marines.

Damit trat er einen Schritt zurück, drehte sich um und ging davon.

DRITTER TEIL

27

Am Dienstagmorgen wachte ich auf, bevor der Wecker läutete. Frühes Morgenlicht sickerte durch das Fenster und machte aus meinem Zimmer eine Studie in Grauschattierungen. Draußen ließen die ersten Spottdrosseln ihr Trillern hören.

Verschlafene Augen wanderten über den Stuhl, den Tisch, das alte Holzregal mit seinen Souvenirs. Eine Muschelschale aus Maui. Ein silbernes Brautstirnband aus Lettland. Fotorahmen, deren Bilder ich nicht sehen konnte. Egal. Ich kannte jedes wie mein eigenes Gesicht. Katy nach ihrem Collegeabschluss. Ryan und ich in Guatemala. Pete und Boyd am Strand auf der Isle of Palms. Birdie, der sich in der Sonne streckte.

O Gott, es war gut, zu Hause zu sein.

Ich drehte mich um.

Der Wecker zeigte 6:12.

Ich versuchte, wieder einzuschlafen. Unmöglich. Es hätte vielleicht geholfen, wenn Birdie hier gewesen wäre, der sich schnurrend an mich schmiegte.

Um 6:45 gab ich auf. Eine lange, heiße Dusche und ausführliches Haarewaschen spülten den letzten aus Bagram mitgebrachten Dreck weg. Mein Knöchel war noch empfindlich, besserte sich aber deutlich. Die Schwellung war zurückgegangen, die Verfärbungen waren weniger dramatisch.

Unten in der Küche machte ich Kaffee und steckte Brot in

den Toaster. Komischerweise hatte ich Milch im Kühlschrank. Und Hüttenkäse, Orangensaft und einen Plastikbehälter mit Lasagne von Pasta and Provisions, frisches Gemüse, Aufschnitt und Käse und einige andere Dinge, die ich nicht eingekauft hatte. Darunter ein Heineken.

Mehr als ein Dutzend *Observer* waren während meiner Abwesenheit brav ins Haus gebracht worden. Ich nahm mir vor, meinem Nachbarn zu danken, und blätterte einige schnell durch, von den älteren zu den neueren. So bekam ich ein allgemeines Gefühl dafür, was in meiner Abwesenheit passiert war. Nur das Übliche.

In Montana hatte ein Student in einer Schule um sich geschossen und danach behauptet, er sei gequält worden. Vier Tote. Bei einem Paar wurde in der Wohnung ein ganzes Arsenal von Waffen und Sprengstoffen gefunden. Beide waren in Haft. Die National Rifle Association verteidigte das Recht jedes Amerikaners, eine halbautomatische Waffe mit dreißig Schuss Munition bei sich zu führen. Die Videoindustrie behauptete, nicht schuld zu sein am Aufblühen einer Kultur der Gewalt.

Lokal wurde über die Schließung einer Fabrik in Gastonia berichtet, die Hunderte arbeitslos machte. In zwei Middleschools waren Waffen gefunden worden. In einem College gab es Gerüchte über Betrug. Ein Junge aus Mount Holly, der 2004 als vermisst gemeldet worden war, wurde lebend bei seinen Großeltern im nördlichen Michigan aufgefunden. Er war inzwischen vierzehn.

Ich war bei meiner sechsten Zeitung, als mir eine kleine Überschrift ins Auge stach. Im Lokalteil. Drei Spalten. Der Artikel war am vergangenen Sonntag erschienen.

NACH TÖDLICHER FAHRERFLUCHT:
VERDÄCHTIGER GESUCHT

Zu Beginn des Textes wurde die Öffentlichkeit um Mithilfe bei der Identifizierung eines Fahrerfluchtopfers im Teenageralter gebeten. Der Artikel lieferte eine kurze Beschreibung des Mädchens, das Datum und die ungefähre Zeit sowie den Unfallort an der Kreuzung Rountree-Old Pineville. Es hieß, die Behörden suchten nach Zeugen oder Personen mit Hinweisen. Mein Name wurde genannt, Slidells ebenso. Jeder, der das Mädchen kenne oder etwas über den Unfall wisse, wurde dringend gebeten, sich bei der Polizei zu melden.

Ergänzt wurde der Text durch das Foto, das ich in der Kühlhalle aufgenommen hatte. Und durch die Telefonnummer des zuständigen Morddezernats.

Die Verfasserin war Alison Stallings.

In nahm mir vor, auch ihr zu danken. Allerdings hätte ich auch ohne die Erwähnung meiner Person gut leben können. Meinen Namen in der Zeitung zu lesen weckt bei mir nicht gerade Begeisterung. Außer ich wäre das Zehn-Kilometer-Rennen in Charlotte unter einer Stunde gelaufen.

In dieser Ausgabe fand sich auch ein Folgeartikel über den Vermisstenfall, den Slidell gerade bearbeitet hatte, als ich nach Afghanistan geflogen war. Fotos der Frau, Cheryl Connelly, und ihrer Kinder, Informationen über ihre Aufenthaltsorte vor dem Verschwinden sowie die Andeutung, dass die Frau geistig verwirrt sein könnte.

Das hieß, vor zwei Tagen war Connellys Aufenthaltsort noch immer unbekannt. Wenn sie nicht am Montag plötzlich aufgetaucht oder gefunden worden war, würde Slidell immer noch abgelenkt sein.

Ich brachte die Zeitungen in die Recyclingtonne. Unten in der Tonne lagen zwei leere Heineken-Flaschen.

Hm.

Ich ging ins Arbeitszimmer. Auf meinem Schreibtisch stand ein Laptop. Das Kabel steckte in einer meiner Wanddosen. Ein Dell, mindestens zehn Jahre alt.

Pete und ich haben gegensätzliche Ansichten, was Autos und Computer angeht. Ich sehe Erstere als Transportmittel, Letztere als raffinierten Zugang zum Wissen der Welt. Mein Mazda ist zu alt, um noch Wiederverkaufswert zu haben. Mein Mac ist schnell und neu und wird ersetzt, sobald ein verbessertes Modell auf den Markt kommt.

Für meinen Ex ist automobiles Tempo immer wichtiger als das der Daten. Ich wusste, wer im Haus gewesen war. Und hatte auch so meine Vermutungen, warum.

Ich rief Mrs. Flowers an.

»Mecklenburg County, Medical Examiner.«

»Dr. Brennan hier.«

»Ach du meine Güte, Gott sei Dank. Ich hab meinen Ohren nicht getraut, als ich hörte, dass Sie in diesem schrecklichen Land sind. Wie geht es Ihnen?«

»Gut, vielen Dank.«

»Haben Sie einen dieser furchtbaren Taliban gesehen?«

»Ich war meistens auf dem Stützpunkt.«

»Ich habe jeden Tag für Sie gebetet. Kommen Sie bald wieder ins Büro?«

»Vielleicht später noch. Ich bin erst gestern Nacht zurückgekommen.«

»Dann müssen Sie sofort auspacken. Wenn Sie das aufschieben, wer weiß, was dann für schreckliche Kreaturen aus Ihrem Koffer kriechen und bei Ihnen einziehen. Ist einer Freundin von mir passiert.« Mrs. Flowers senkte die Stimme. »Ich will gar nicht sagen, was sich in ihrem Haus niedergelassen hat.«

»Werde ich tun.«

»Sie haben mehrere Telefonnachrichten.«

»Darum kümmere ich mich gleich als Erstes.«

»Und einen neuen Fall.«

Mrs. Flowers setzte mich kurz ins Bild. Es ging um Hooligans, ein Klohäuschen und einen Kopf in der Kacke. Ich muss gestehen, ich genieße ihre Wortwahl.

»Vielen Dank. Könnten Sie mich zu Larabee durchstellen?«

»Natürlich.«

Eine seelenlose Version von *Sailing* verkürzte mir die Wartezeit, dann nahm Larabee ab. Warum haben Behörden eigentlich keinen Musikgeschmack?

»Tempe, bin froh, dass Sie zurück sind. Wie war's?«

»Ich habe jetzt grenzenlosen Respekt für unsere Truppen.«

»So schlimm?«

»Nur ermüdend.« Und Ungeziefer, Schutzweste und Lebendbestattung.

»Haben Sie Katy gesehen?«

»Ja. Sie ist echt ein Fall für sich.«

»War sie immer schon. Hören Sie, ich habe auf Ihre Nachrichten nicht reagiert, weil ich Sie nicht ablenken wollte.«

»Kein Problem.«

»Der DNS-Test brachte keine Ergebnisse zu unserer Unbekannten. Sie ist nicht im System.«

»Keine große Überraschung.«

»Nein. Aber einen Versuch war es wert.«

Ich fragte ihn, ob er Alison Stallings' Artikel gelesen habe. Hatte er.

»Aber es hat sich noch niemand gemeldet.«

»Wir sind also noch keinen Schritt weiter als bei meiner Abreise.«

»*Au contraire*. Ich habe die Resultate der Spermaanalyse. Wir hatten recht. Es stammte von mehr als einer Person.«

Ich setzte mich aufrechter hin. »Und jetzt sagen Sie mir gleich, dass die DNS-Proben auch Namen haben.«

»Die DNS-Proben haben auch Namen. Zwei Treffer direkt hier in der Datenbank von North Carolina. Ich lege Ihnen die Berichte auf den Schreibtisch. An Slidell habe ich sie schon weitergeleitet.«

»Das könnte was Großes sein.«

»Könnte. Ich habe noch etwas gefunden, das ebenfalls was Großes sein könnte.«

Ich wartete.

»Als ich mir die Röntgenaufnahmen noch einmal angeschaut habe, habe ich eine kleine, strahlenundurchlässige Schliere in der Nähe der rechten parietookzipitalen Naht entdeckt. In diesem Teil des Gehirns waren die Hämatome ziemlich ausgedehnt, und die Gehirnrinde ist an dieser Stelle ziemlich dick, deshalb war es mir zuerst nicht aufgefallen. Als ich mir die Leiche noch einmal angeschaut und dabei die Schädelschwarte zurückgeschoben habe, hatte sich dort tatsächlich etwas verfangen. Wahrsch…«

»Was haben Sie gefunden?«

»Sieht aus wie ein Knochensplitter. Hat die Schwarte durchstochen, ist aber nicht in den Schädel eingedrungen. Ich habe Ihnen den Splitter auf den Schreibtisch gelegt, zusammen mit den beiden DNS-Berichten.«

Es piepste in der Leitung.

»Einen Augenblick.«

Während Larabee umschaltete, um den hereinkommenden

Anruf entgegenzunehmen, überlegte ich mir, was ein Knochenfragment in der Schädelschwarte des Opfers bedeuten konnte. Ein Sturz? Ein Schlag? Irgendein Haar-Accessoire? Ich kam nicht weit, denn Larabee meldete sich schon wieder.

»Muss los. Doppelter Suizid. In Myers Park. Ich dachte, die feinen Herrschaften dort sind zu gut erzogen, um sich selber mit Rattengift um die Ecke zu bringen.«

»Ich bin in Kürze im Institut.«

»Gut. Sie haben einen Schädel aus einem Scheißhaus.«

Völlig aus dem Häuschen legte ich auf. Wegen der DNS, nicht wegen des Latrinenfunds.

Als ich Charlotte verlassen hatte, war der Fahrerfluchtfall schon fast kalt gewesen. Jetzt hatten wir Spuren. Die Namen der Männer, die mit dem Opfer Sex gehabt hatten. Erzwungen? Aus Liebe? Nur zum Spaß? Für Geld? Es war unwichtig. Diese Männer kannten sie.

Ich rief Slidell an, wurde aber sofort auf den AB umgeleitet. Hinterließ ihm als Nachricht die Bitte, mich so schnell wie möglich zurückzurufen.

Ich rief im ICE an, weil ich mir dachte, dass diese neue Information vielleicht auch bei Luther Dew Interesse wecken könnte. AB. Noch eine Nachricht.

Es ist zwar irrational, aber es gibt bestimmte Arbeiten, die ich so hasse, dass ich mir endlos Ausreden einfallen lasse, um sie nicht zu tun. Lebensmittel einkaufen. Die Zähne mit Zahnseide bearbeiten. Das Auto zum Kundendienst bringen.

Ganz oben auf der Liste steht Kofferauspacken. Mrs. Flowers' Rat traf genau auf den Punkt. Wenn auch aus anderen Gründen. Rationalen. Aber ich wusste, wenn ich es aufschob, würde ich mich später selbst verachten.

Obwohl ich sehr neugierig war auf das, was Larabee mir

auf den Schreibtisch gelegt hatte, ging ich ins Schlafzimmer, stellte die Reisetasche auf den Boden und fing an zu sortieren. Schmutzige Kleidung in die Wäsche. Toilettenartikel ins Bad. Bücher, Papiere und anthropologisches Material in mein Arbeitszimmer.

Draußen im Garten stülpte ich die Tasche um und verstaute sie dann im Schrank im Erdgeschoss. Zufrieden mit mir selbst machte ich eine kurze Pause, um meine E-Mails zu checken.

Katy hatte geschrieben, dass sie sich über mein Kommen sehr gefreut habe. Und dass ich die einzige Mutter in ihrer Einheit sei, die das je getan habe. Außerdem versprach sie, auf sich aufzupassen.

Nichts von Ryan.

Warum hatte ich überhaupt nachgesehen?

Ich lief ins Schlafzimmer zurück und wandte mich dem Rucksack zu. Ich hatte kaum damit angefangen, als das Telefon klingelte.

Da ich dachte, es sei Slidell oder Dew, nahm ich ab, ohne auf die Anruferkennung zu schauen.

Klick.

Tote Leitung.

Erst in Lejeune, jetzt hier. Zweimal in zwei Tagen.

Toll.

Zurück zum Rucksack. Zuerst leerte ich das große Fach. Kappe, Jacke, Sonnenbrille, Bücher, ein Nackenkissen, das ich mir während des Aufenthalts in Istanbul gekauft hatte. Die kleine Naschtüte, die man in der Businessclass geschenkt bekommt.

Dann arbeitete ich mich durch die Außentaschen. Von denen es an einem militärischen Rucksack unzählige gibt. Meine Durchsuchungen ergaben Handcreme, Batterien, zwei geschmolzene Proteinriegel, mindestens ein Dutzend Ohrstöpsel und jede Menge Sand.

Zehn Minuten später riss ich den letzten Klettverschluss auf und griff in eine Seitentasche, in der ich nichts anderes erwartete als zusammengeknüllte Papiertücher. Meine Hand schloss sich um etwas, das sich anfühlte wie Plastik.

Sekundenlang starrte ich das Ding verwirrt an.

Ich drehte es um.

Meine Verwirrung wuchs.

28

Ich starrte auf ein verblasstes, an den Rändern bereits eingerissenes Foto. Irgendjemand hatte es in eine stark zerkratzte Plastikhülle geschoben.

Hatte Katy mir das Foto in den Rucksack gesteckt? Heimlich, als ich nicht hingeschaut hatte?

Anfangs hielt ich das für die Antwort. Ich konzentrierte mich nicht auf das Dargestellte, nur darauf, wie das Foto in meine Habseligkeiten gelangt sein könnte.

Dann fielen mir ein paar technische Details auf. Das Foto war im Format neun mal dreizehn Zentimeter auf Papier mit einem Gewicht und einer Oberflächenbehandlung gedruckt, das nicht auf einen Heim-PC oder einen Drogerieautomaten hindeutete.

Eine frische Erinnerung blitzte auf. Eine Bemerkung über fotografische Absicherung.

Natürlich. Die Aufnahme war mit einer Sofortbildkamera gemacht worden, einer Polaroid oder einer ähnlichen Marke.

Ich ging mit der Plastikhülle zum Fenster und schaute mir das Foto genauer an.

Die Aufnahme war grobkörnig und leicht verschwommen, aufgenommen in Eile oder mit bewegter Kamera. In der Mitte war eine Gruppe afghanischer Mädchen in Kopftüchern und traditionellen Kleidern zu sehen.

Ich zählte. Insgesamt sechs. Fünf standen untergehakt da, die Augen voller Lachen und Schüchternheit. Das sechste Mädchen stand hinter der Gruppe und zeigte mit gespreizten Fingern »Teufelshörner« über dem Kopf eines anderen.

Das wirkte irgendwie nicht richtig. Waren Teufelshörner nicht ein sehr christliches Symbol? Wo hatten diese Mädchen es gelernt? Hatten sie es westlichen Soldaten abgeschaut?

Fünf Mädchen blickten direkt in die Kamera. Auch wenn sie unterschiedlich groß waren, schienen sie alle junge Teenager zu sein, wahrscheinlich zwölf bis dreizehn Jahre alt. Das sechste Mädchen war teilweise verdeckt, schien aber ein bisschen größer zu sein als die anderen. Alle sechs hatten dunkle Augen und glänzend schwarze Haare, die ihnen in die Stirn fielen.

Heranwachsende Mädchen in einem verspielten Augenblick. Das Thema sprach gegen Katy als Quelle. Außer sie hatte es während eines Einsatzes aufgenommen.

Aber Katy hätte ein Smartphone oder eine Digitalkamera benutzt, keine Sofortbildkamera. Und warum sollte sie mir das Foto heimlich in den Rucksack stecken? Es wäre ein merkwürdiges Souvenir. Und auch wenn das ihre Absicht gewesen wäre, warum hatte sie es mir nicht einfach gegeben?

Aus der Frage, wie ich zu dem Foto gekommen war, ergab sich die Frage nach seiner Herkunft. Afghanistan? Wahrscheinlich.

Die Mädchen standen wenige Schritte von der Ecke eines bescheidenen Steinhauses entfernt, wie ich sie in Sheyn Bagh gesehen hatte. Hinter dem Haus breitete sich in alle Richtungen trockene Wüste aus. Am äußersten linken Rand stach eine entfernte Felsformation wie eine Nadel in den wolkenlosen, blauen Himmel, dunkel und strukturlos, fast nur ein Schemen wegen der mangelnden Tiefenschärfe.

Der Augenblick konnte in irgendeinem von Hunderten, vielleicht Tausenden von Dörfern irgendwo in Südasien aufgenommen sein.

Daraus ergab sich die nächste Frage. Die nach dem Fotografen.

Es war unwahrscheinlich, dass ein örtlicher Bauer eine Sofortbildkamera besaß. Aber möglich. Ein Geschenk aus Übersee. Vielleicht von einem alliierten Soldaten, der das Dorf besucht hatte.

Vielleicht war der Fotograf ein Angehöriger der amerikanischen Streitkräfte. Vielleicht war Fotografieren ein Trick, um sich bei den Einheimischen beliebt zu machen. Um die Herzen und die Köpfe zu gewinnen, wie es beim Militär heißt.

Ich ließ den Blick von Gesicht zu Gesicht wandern. Die Mädchen sahen aufgeregt, aber schüchtern aus, wie Teenager in der Gegenwart von Fremden eben sind. Das würde zu der Soldatentheorie passen.

Ich drehte die Hülle um und las, was auf der Rückseite des Abzugs stand. Eine Liste von Namen, alle in Großbuchstaben.

LAILA. KHANDAN. MAHTAB. ARA. TAAHIRA. HADIYA.

Sechs Mädchen. Sechs Namen.

Eindeutig nicht Katys Handschrift. Ihr Gekritzel sieht aus wie die Spuren einer Schnecke auf Sauftour.

Was mich neugierig machte, war die Tatsache, dass die Namen in lateinischer Schrift geschrieben waren. Paschtu wie Dari benutzen Variationen des persischen Alphabets.

Vielleicht hatte ein Soldat oder ein Marine das Foto geschossen und die Namen aufgeschrieben, wie die Mädchen sie ihm nannten. Das würde zu der Herz-und-Kopf-Theorie passen.

Ich stellte mir die Szene vor. Und überlegte. Hatten die Erwachsenen in stummer Missbilligung dabeigestanden? Hatten sie sich über das Lächeln ihrer Kinder gefreut? Hatten die Mädchen sich schnell fotografieren lassen, als die Eltern gerade einmal nicht hinschauten?

Ich drehte das Foto hin und her. Gesichter. Namen. Entsprach die Namensreihenfolge der Anordnung der Mädchen auf dem Foto? Hatte diese Anordnung irgendeine Bedeutung?

Welches Mädchen hatte das Foto erhalten? Hatte man ihr erlaubt, es zu behalten? Oder war es ihr abgenommen worden?

Eine andere Möglichkeit: Hatte der Soldat das Foto behalten, vielleicht um es seiner Familie zu Hause zu mailen? Um ihnen ein Gefühl für den Ort zu vermitteln? Um einer Mutter oder einer Ehefrau zu zeigen, dass die Einheimischen auch nur gewöhnliche Menschen waren?

Vielleicht wurden Fotos aber auch zur Dokumentation aufgenommen. Noch ein Herz-und-Kopf-Manöver. Beim nächsten Besuch in dem Dorf frag namentlich nach den Mädchen. Eltern lieben das.

Aber das war alles nur Spekulation. Und keine Theorie erklärte, wie das Foto in meinen Rucksack gelangt war. Aber immerhin konnte ich eine Verdächtige ausschließen oder bestätigen.

Ich ging ins Arbeitszimmer hinunter, zog den Schnappschuss aus der Hülle, fotografierte ihn mit meinem iPhone und hängte die Datei an eine E-Mail. Dann schrieb ich Katy folgende Nachricht:

> Habe das in meinem Rucksack gefunden. Warst Du das? Wenn Du diese Mädchen kennst, würde ich gern die ganze Geschichte erfahren. Übrigens, das Ding sieht aus wie ein Polaroid. Sind Sofortbildkameras da drüben gebräuchlich? (Mit anderen Worten, es würde mich interessieren, warum Du mir die Aufnahme nicht per E-Mail geschickt hast.)

Als ich den Abzug wieder in die Hülle steckte, traf mich eine Erkenntnis. Wer auch immer das Foto geschossen hatte und wo und aus welchen Gründen, ihm oder ihr war es so wichtig gewesen, dass er es in eine Plastikhülle gesteckt hatte. Um es zu erhalten.

Aber warum dann mir geben?

Noch immer verwirrt, legte ich das Foto auf den Schreibtisch, verstaute den leeren Rucksack und verließ das Haus.

Kurz nach Mittag traf ich im MCME ein. Der Empfangsbereich war verlassen, und nirgendwo war ein Pathologe, Todesermittler oder Techniker zu sehen.

Mrs. Flowers war nicht an ihrem Platz. Ich nahm an, dass sie eben ihr übliches Sandwich mit Thunfisch oder Hühnchen aß oder sich um ihre Parzelle des Personalgartens kümmerte. Ihre Spezialitäten waren Salat und Basilikum.

Ich ging direkt in mein Büro. Das Lämpchen an meinem Telefon blinkte, Akten und Papiere türmten sich auf meinem Schreibtisch.

Nachdem ich meine Handtasche verstaut hatte, ging ich den Stapel an. Obenauf lag eine Anfrage für ein anthropologisches Gutachten. Mrs. Flowers' Klohäuschen war eine Dixi-Kabine, und der Kopf war ein Schädelfragment. Kacke muss nicht erklärt werden.

Auch wenn die Vorstellung etwas unappetitlich war, hoffte ich doch, dass Joe die Reinigung des Fragments mir überlassen hatte. Man weiß nie, was sich in anhaftendem Material alles findet. Gold in der Scheiße?

Ich legte eine Fallakte an und steckte die Anfrage hinein. Dann nahm ich mir die Spermaberichte vor. Jeder nannte die Fallnummer, unter der die Probe archiviert worden war, den Namen, das Alter, die letzte bekannte Adresse und das Vorstrafenregister der Person, deren genetisches Profil die Probe entsprach.

Der erste DNS-Treffer war ein Mann namens Cecil Converse »CC« Creach. In Creachs Polizeiakte fanden sich im Erwachsenenalter mehrere Verhaftungen wegen des Verkaufs von Meth und Marihuana, zwei wegen Vandalismus und eine wegen Einbruchs.

Von seinen zweiundvierzig ereignisreichen Jahren auf diesem Planeten hatte Creach stolze siebzehn hinter Gittern verbracht. Sein Jugendstrafregister war versiegelt, man würde also einen richterlichen Beschluss brauchen, um darauf zugreifen zu können.

Creachs letzte bekannte Adresse lag in einem Viertel der Stadt, das als Five Corners bekannt war, in der Nähe der Johnson C. Smith University. Gegenwärtig war er auf Bewährung frei, nachdem er wegen Scheckbetrugs zu zwei bis fünf Jahren verurteilt worden war.

Der zweite Samenspender war Ray Earl Majerick. Bevor

ich sein Register lesen konnte, piepte eine frisch eingegangene E-Mail.

Eine Antwort von Katy. So schnell?

> Nicht schuldig, aber süße Mädchen. Polaroids sind hier nicht unüblich, könnte aber auch ein Fotorama sein, ein Nachbau von Fuji. Einige Missionen haben den Auftrag, Fotos von den Einheimischen zu schießen, um sie aufzuheitern. Oft werden Sofortbildkameras benutzt, weil sie einen Schnappschuss ausspucken, den man sofort weitergeben kann. Für den persönlichen Gebrauch benutzen die Soldaten Digitalkameras oder Smartphones.

Ich wandte mich wieder dem Ausdruck bezüglich Majerick zu. Sein Register erzählte eine andere Geschichte als die von Creach. Bewaffneter Raub. Körperverletzung. Freiheitsberaubung. Vergewaltigung. Dieser Kerl klang nach wirklich schlechten Nachrichten. Keine aktuelle Fahndung, aber Majericks letzte bekannte Adresse kam von der Bewährungskommission. Sie lag in Concord.

Ich rief Slidell an. Mailbox. Gingen die Leute denn gar nicht mehr ans Telefon?

Langsam, Brennan. Konnte ja sein, dass er bereits mit Creach und Majerick redete.

Ich wandte mich dem Knochen zu, den Larabee in der Schädelschwarte unserer Unbekannten gefunden hatte. Wie versprochen lag er in einem kleinen Plastikröhrchen auf der Schreibunterlage.

Nachdem ich Handschuhe übergestreift hatte, nahm ich den Verschluss des Röhrchens ab und ließ mir das Ding auf die Hand gleiten. Das Fragment hatte eine grauweiße Färbung und war etwa zwei Zentimeter lang und am dickeren Ende einen halben Zentimeter breit. Das schmalere Ende verengte sich zu einer sehr scharfen Spitze.

Die Farbe sah korrekt aus. Das Gewicht war okay.

Ich drückte mir das kleine Dreieck ans Handgelenk. Es fühlte sich auf der Haut kühl an. Gut.

Und doch stimmte etwas nicht.

Mit einem komischen Gefühl holte ich eine Lupe, Streichhölzer und Sicherheitsnadeln aus meiner Schreibtischschublade.

In der Vergrößerung sollte die äußere Oberfläche eines Knochens winzige Poren aufweisen, manchmal schwarz oder braun von Erde oder anderen Verunreinigungen. Larabees Splitter sah merkwürdig homogen aus, wie Porzellan oder Keramik.

Plastik? Harz?

Ich legte den Splitter auf die Schreibunterlage, öffnete eine Sicherheitsnadel, zündete ein Streichholz an und erhitzte die Spitze, bis sie rot glühte. Dann drückte ich die heiße Spitze in den Splitter.

Obwohl ein schwach organischer Geruch aufstieg, brannte die Oberfläche nicht. Der Splitter war also weder Plastik noch Harz. Damit blieb Knochen oder Elfenbein.

Aber für Knochen sah das Material viel zu glatt und einheitlich aus.

Den Kopf voller Fragen, eilte ich in den Stinker-Saal und legte den Splitter mit der Bruchkante nach oben unter das Seziermikroskop. Dann stellte ich Licht und Vergrößerung ein.

Und da im Querschnitt sah ich sie. Hunter-Schreger-Bänder. Winzige geknickte Linien, wie ein Band aus lauter V. Ihr Vorhandensein bedeutete, dass das Material vom Stoßzahn eines Elefanten oder eines Mammuts stammte. Die Winkel der winzigen V konnten auf die Art hindeuten, doch hier ließ mich mein Gedächtnis im Stich.

Verwirrt starrte ich durchs Mikroskop. Wie kam Elfenbein in die Schädelschwarte eines Fahrerfluchtopfers?

Plötzlich musste ich unbedingt mit Slidell reden. Ich rannte in mein Büro zurück, steckte den Splitter wieder in das Röhrchen und wählte seine Nummer.

Zum dritten Mal an diesem Tag landete ich auf seinem AB.

»Verdammt noch mal!«

Vor Aufregung und weil ich in diesem Augenblick keine Kacke aus einer Hirnschale kratzen wollte, drückte ich den Nachrichtenknopf auf meinem Telefon und nannte dann, nicht besonders freundlich, den Code für meine Mailbox.

Nachricht um Nachricht arbeitete ich mich durch zehn Tage angehäuftes Gelaber.

Eine Frage vom obersten Medical Examiner in Raleigh. Eine andere von einem Kollegen in Wisconsin. Diese beiden löschte ich nicht. Zwei Aufleger. Eine interne Mahnung wegen des Missbrauchs des Kühlschranks im Aufenthaltsraum. Drei Anfragen von Medienleuten. Das alles löschte ich.

Die letzte Nachricht stoppte meine Finger, die genervt auf die Schreibunterlage trommelten.

29

Der Anruf stammte von einer Frau, gemurmelte Worte auf Englisch mit starkem Akzent. Hintergrundgeräusche machten das meiste des Gesagten unverständlich.

»... will sagen, aber ... Mädchen, das ... kein Unfall ...«

Die Lautstärke schwankte stark, als würde die Frau immer wieder den Kopf drehen und die Lippen von der Sprechmuschel entfernen. Vielleicht änderte sich aber einfach nur die Signalstärke.

Die Stimme kam mir irgendwie bekannt vor. Oder vielleicht war es der Tonfall, die Dringlichkeit.

Ping.

War es dieselbe Person, die mich aus der Telefonzelle am Seneca Square angerufen hatte?

Ich hielt den Atem an, damit mir kein Wort, keine Nuance entging.

»... Passion Fruit ... Laden ... gehen ... nicht richtig ...«

Im Hintergrund hörte ich Geschrei. Rief da jemand nach der Frau? Oder bedrohte sie?

Wieder und wieder hörte ich mir die Nachricht an, mein Stift schreibbereit über Papier schwebend. Doch ich notierte mir so gut wie nichts.

Ich erhalte Hunderte von Anrufen, höre Unmengen von Nachrichten ab, manche nützlich, andere Unsinn und wieder andere das traurige Gefasel von Hinterbliebenen. Im Lauf der Jahre habe ich einen Instinkt dafür entwickelt, welche Nachrichten ich ernst nehmen muss. Dieser Anruf gehörte dazu.

Ich überprüfte die Verbindungsdaten. Der Anruf war am vergangenen Freitag in der Zentrale eingegangen, einen Tag nach Stallings' Artikel im *Observer.*

Ich betrachtete die wenigen Worte, die ich hingekritzelt hatte. Mein Bauch sagte mir, dass mit Passion Fruit nicht die exotische Frucht gemeint war.

Ich gab den Namen bei Google ein. Volltreffer. Der Passion Fruit Club lag an der Griffith, in einer Gegend, in der man sich vorwiegend um die Bedürfnisse männlicher Gäste kümmerte.

Ich griff zum Hörer und rief Mrs. Flowers an.

»Ja, Dr. Brennan.«

»Ich habe am letzten Freitag um 13:31 einen Anruf erhalten. Er wurde an meine Mailbox weitergeleitet. Können Sie in den Verbindungsdaten nachsehen, ob die Nummer aufgezeichnet wurde?«

Nach ein paar Sekunden las Mrs. Flowers mir eine Ziffernfolge vor, die mit 704, der lokalen Vorwahl, begann. Ich gab die Nummer in ein Online-Telefonverzeichnis ein, bekam aber nichts. Keinen Namen, keine Adresse.

Ich wählte eben Slidells Nummer, als der Mann persönlich in meiner Tür erschien.

»Hallo, Doc.« Er ließ sich geräuschvoll auf den Stuhl vor meinem Schreibtisch fallen, streckte die Beine aus und verschränkte sie.

»Detective?«

»Wie geht's?«

»Haben Sie meine Nachrichten erhalten?« Kurz angebunden.

Slidell streckte die Hand aus, schnappte sich die Sicherheitsnadel von meiner Schreibunterlage und fing an, sich den Daumennagel zu säubern. Das Schaben zerrte an meinen Nerven wie das Sirren eines Moskitos in der Nacht.

»Sind aber nicht mit einer dieser fiesen Wüsten-Wolfsspinnen aneinandergeraten, oder?«

»Wie bitte?«

»Groß wie Golfbälle.« Slidell hörte auf zu schaben und spreizte die Finger. »Mit gestreckten Beinen sind sie so groß wie flache Teller. Und diese Scheißdinger können springen. Ein Typ hat mir erzählt –«

»Können wir über meinen Fahrerfluchtfall sprechen?«

»Steht ganz oben auf meiner Liste.«

»Tatsächlich?«

»Hab unsere Vermisste gefunden.« Er schabte wieder.

»Cheryl Connelly.«

»Mh-hm. Auto kam von der West Arrowood ab und landete in einem Tümpel im Moody Lake Office Park. Das Wasser hat kaum das Dach bedeckt.«

»Es tut mir leid, das zu hören.« Das tat es wirklich. Allerdings war ich auch froh darüber, dass Slidell jetzt die Zeit hatte, sich auf meine Unbekannte zu konzentrieren. »Haben Sie meine Nachrichten erhalten?«

»Nach meiner Zählung zweiundsiebzig.«

»Die DNS-Berichte haben Sie bekommen?«

»Die vielen Liebhaber unserer Hispanogöre.«

»Diese Bemerkung ist beleidigend und spekulativ.«

Slidell hob beschwichtigend die Handflächen. »Ich meine ja nur.«

Ich bückte mich, um meinen Knöchel zu reiben, der aus irgendeinem Grund wieder zu schmerzen angefangen hatte.

»Haben Sie sich da drüben am Fuß was getan?«

»Ich bin okay. Was wissen Sie über Creach und Majerick?«

Slidell zog zwei Ausdrucke aus der Innentasche seines Sakkos und warf sie mir auf den Schreibtisch. Dann ließ er sich zurücksinken und beschäftigte sich wieder mit seinem Daumen.

Ich faltete die Blätter auf und legte sie nebeneinander.

Zwei Gesichter starrten mich an. Verbrecherfotos in Schwarz-Weiß.

CC Creach hatte dicht beieinanderstehende Augen über einer Nase, die mehr als einen Schlag abbekommen hatte. Seine Lippen waren wulstig und leicht geöffnet. Ein heller Hautfleck reichte von der rechten Schläfe bis zur Wange, ein blasser Fußabdruck in einem ansonsten dunklen, aknenarbigen Gesicht. Laut Beschreibung war Creach Afroamerikaner, eins achtundachtzig groß und sechsundachtzig Kilogramm schwer.

Ray Earl Majerick starrte blasiert und selbstbewusst direkt in die Kamera. Mit seinen lockigen Haaren, dem kantigen Kinn und der geraden Nase wirkte er auf durchschnittliche Art attraktiv. Aber in seinen hellen Augen lag eine Kälte, eine Verschlagenheit, die durch sein schiefes Grinsen nicht abgemildert wurde. Laut Beschreibung war Majerick weiß, eins achtundsiebzig groß und achtzig Kilogramm schwer.

»Sie kennen sie?«

»Ich kenne den Typ.«

»Und das heißt?«

Slidell beugte sich vor und deutete mit dem Daumen auf Creach. Er blutete.

»So wie ein Rattenfänger seine Ratten kennt. Dieser Kerl da, CJ –«

»CC.«

»CC, CJ, PJ, BJ, ist doch scheißegal. Creach ist ein ganz gewöhnlicher Kleindealer. Wenn der Trottel zwei funktionierende Hirnzellen hat, was ich bezweifle, dann schafft er es nicht, sie so aneinanderzureiben, dass ein vernünftiger Gedanke herauskommt. Aber er hält sich für clever, und das macht es einfacher, ihn zu schnappen.«

»Haben Sie mit seiner Bewährungshelferin gesprochen?«

»Auch nicht gerade die Allerhellste. Die Adresse, die sie bezüglich Creach hatte, ist eine billige Absteige am Freedom Drive. Sie hat ihn seit mehreren Monaten nicht gesehen.«

»Creach ist auf Bewährung draußen. Muss er sich da nicht regelmäßig melden?«

Slidell zuckte die Achseln.

»Und sie hat keine unangekündigten Hausbesuche gemacht?«

»Die Dame hat behauptet, sie wäre total überlastet.«

O Mann.

»Und der andere?«

»Ray ›Magic‹ Majerick. Den kenne ich persönlich. Paranoid und fies wie eine Schlange, was eine ziemlich gefährliche Mischung ergibt.«

»Wie ist seine Geschichte?«

»Sieht sich selber als Frauenheld.« Er hörte kurz mit der Maniküre auf, fing aber sofort wieder an. »Ein echt charmantes Bürschchen, so wie Charlie Manson oder Al Bundy.«

»Ted.«

»Was?«

»Unwichtig. Fahren Sie fort.«

»Majericks Akte ist so dick wie ein Telefonbuch. Fängt harmlos an, wird aber dann ziemlich schnell richtig übel. Körperverletzung, Angriff mit einer tödlichen Waffe, Einbruch.«

Slidell hielt inne, um Blut vom Daumen zu saugen.

»Können Sie bitte damit aufhören?«

Slidell verdrehte die Augen, legte aber die Sicherheitsnadel auf meinen Schreibtisch zurück.

»Vor ein paar Jahren schlitzt er das Fliegengitter vor einer Glasschiebetür auf und dringt in ein Wohnhaus in Beverly Woods ein. Die Bewohnerin ist alleine zu Hause, hat aber Glück und schafft es, einen Alarm auszulösen. Als wir auftauchen, hat Majerick sie, an Händen und Füßen gefesselt, in den Keller gesperrt. In einer Sporttasche finden wir ein Seil, eine Zange und genug Messer für eine Zirkusnummer.«

»Klingt nach Folterwerkzeug.«

»Ja. Der alte Magic hatte eine fiese kleine Party vor.«

»Warum ist er nicht im Gefängnis?«

»Sein Anzugträger hat dafür gesorgt, dass er mit einem Urteil auf einfachen Einbruch davonkam.«

»Soll das ein Witz sein?«

»Das Arschloch hat argumentiert, auf der Straße hätte es geheißen, im Haus wär ein Safe mit Bargeld, und die Sachen in Majericks Tasche als normales Einbruchswerkzeug ausgegeben. Wie sich zeigte, gab es im Schlafzimmerschrank tatsächlich einen Safe. Die Jury kaufte ihm die Geschichte ab. Majerick saß fünf Jahre ab und kam dann wieder frei.«

»Ich vermute, Sie suchen nach den beiden.« Ich deutete auf die Ausdrucke.

»Ich habe die Fahndung rausgegeben, kaum dass ich die Berichte auf dem Schreibtisch hatte. Habe mich bei den Kollegen vor Ort umgehört, mit den Nachbarn gesprochen. Creach hat zwei Schwestern, aber die wussten nichts. Oder wollten nichts sagen. Bei Majerick konnte ich überhaupt niemanden finden, der auch nur zugab, ihn zu kennen. Diese Drecksäcke wechseln die Adressen wahrscheinlich öfter als ich die Unterhose.«

Ich weigerte mich, mir das bildlich vorzustellen.

»Also sind Creach und Majerick flüchtig.«

»Ja.« Slidell hob den Daumen zum Mund. Sah mein Gesicht. Ließ die Hand wieder in den Schoß sinken. »Aber nicht lange.«

»Kann sein, dass wir noch eine andere Spur haben.«

Ich schaltete mein Telefon auf Lautsprecher und spielte die Nachricht der Frau ab. Während Slidell zuhörte, nahm ich ein Papiertuch und wischte die zweifach zweckentfremdete Sicherheitsnadel in den Abfalleimer.

Am Ende der Nachricht schaute Slidell mich mit hochgezogener Braue an.

»Ich glaube, das ist dieselbe Frau, die schon einmal angerufen hat.«

»Glauben Sie, sie ist ernst zu nehmen?«

»Ja.«

Slidell drehte den Zeigefinger im Kreis, um anzudeuten, dass ich die Nachricht noch einmal abspielen sollte.

Danach sagte er: »Klingt, als hätte sie eine Scheißangst.«

»Ja. Können Sie die Nummer zurückverfolgen?« Ich schob ihm den Zettel mit der Ziffernfolge hin, die ich mir notiert hatte.

Slidell schaute den Zettel kurz an, zog sein Handy vom Gürtel und drückte ein paar Knöpfe. Eine Stimme antwortete. Slidell verlangte eine Nebenstelle. Wartete. Dann meldete sich eine andere Stimme.

»Slidell hier. Ich brauche eine Anruf-Rückverfolgung. Nein. Ich hatte auf das nächste Thanksgiving gehofft.«

Die Stimme gab eine entschieden knappe Antwort.

»Ja? Ich sorge dafür, dass Sie einen Orden bekommen.«

»Trottel«, formte Slidell mit den Lippen in meine Richtung. Ich hatte Mitleid mit der Person am anderen Ende der Leitung.

Eine ganze Minute verging, bis die Stimme sich wieder meldete.

Slidell machte Schreibbewegungen in die Luft. Ich gab ihm einen Stift. Er klemmte sich das Handy zwischen Schulter und Wange und schrieb.

»Mix-coat-all?«

Die Stimme erwiderte etwas.

»Buchstabieren Sie das.«

Die Stimme tat es.

»Sie haben was gut bei mir.«

Die Stimme war bereits verstummt.

»Der Anruf kam aus einem mexikanischen Lokal an der Old Pineville Road. Taquería Mixed Coat All.«

»Heilige Scheiße.«

»Ay, caramba.«

Ich war so aufgeregt, dass ich gar nicht daran dachte, sein Spanisch zu korrigieren. Old Pineville. Dort war meine Unbekannte gestorben.

Ich holte meine Handtasche aus der Schublade und sprang auf.

»Lust auf einen Taco, Detective?«

»Sí, Señorita.«

30

Die Taquería Mixcoatl befand sich an einer miesen, kleinen Abzweigung der Griffith Road, einer zweispurigen Straße, die sich von der Old Pineville nach Westen wand und am Charlotte Marriott Executive Park als Sackgasse endete. Das Restaurant lag zwischen einem Tattoostudio und einem Discounter für Autoteile. Alle drei Geschäfte hatten vergitterte Fenster und dreckige Scheiben, durch die man nichts sehen konnte.

Slidell bog auf den geteerten Vorplatz ein und parkte drei Türen von der Taquería entfernt. Es standen nur drei andere Fahrzeuge da: ein roter Mini Cooper, ein grauer Lexus und ein aufgemotzter Chevy-Pick-up mit Scheiben, die so dunkel waren wie die Fenster der Läden.

»Mixed Coat All.« Slidell schaute sich das Schild an und schüttelte den Kopf. »Was soll denn das heißen?«

»Mixcoatl ist der aztekische Gott der Jagd.«

Das Restaurant war klein und roch nach gegrilltem Fleisch. Drinnen hing an der Wand rechts neben der Tür eine Anschlagtafel voller Werbezettel, Bekanntmachungen und Poster, alle auf Spanisch. Links war ein Tresen mit Kasse. Die Tische waren aus Holz, die Stühle hatten hohe Lehnen, und alles war in Primärfarben gestrichen.

Jetzt, mitten am Nachmittag, war das Lokal verlassen. Slidell und ich zögerten einen Augenblick und setzten uns dann ans Fenster.

Sekunden später kam eine Frau durch einen Perlenvorhang, der die Sicht in die Küche versperrte. Sie trug Sachen, die irgendwie mexikanisch aussahen. Eine weiße Baumwollbluse mit Puffärmeln. Einen leuchtend bunten Textilrock.

»Buenos días«, sagte ich.

»Tut mir leid, dass Sie warten mussten.«

»Wir haben es nicht eilig.« Mit einem großen Lächeln.

Die Frau gab uns die Speisekarten. Sie waren laminiert und zeigten Fotos von mexikanischer Standardkost.

»Ich weiß schon genau, was ich will.« Ich lächelte sie noch einmal freundlich an. »Enchiladas verdes mit Hühnchen und eine Jarritos-Limonade.«

Die Frau nickte.

Slidell bestellte sich einen Burrito mit Rindfleisch und ein Dr Pepper. Eine Braue bildete ein Komma, als die Frau durch den Perlenvorhang klapperte.

»Buenos días?«

»Ich wollte sie zum Reden bringen.«

»Glauben Sie, sie ist unser Mädchen?«

Ich zuckte nur mit den Schultern.

Dachte dann aber einen Augenblick nach.

»Der Anruf landete gegen halb zwei auf meinem Anrufbeantworter. Der Laden sieht nicht aus, als wäre hier viel los.«

Ich ließ den Blick durch das Restaurant wandern, sah weder einen Festnetzanschluss noch ein schnurloses Gerät in der Nähe der Kasse.

»Das Telefon muss hinten sein.«

»Was heißt, dass nur Angestellte Zugang haben.« Slidell verstand sofort, was ich meinte. Nur eine kurze Liste möglicher Anrufer.

Unser Essen kam schnell. Obwohl ich verdammt freundlich war, ließ sich die Frau nicht in ein Gespräch verwickeln. In keiner Sprache.

Als sie unseren Tisch verließ, spähte ich durch die Perlenschnüre, die sich hinter ihr wieder schlossen. Erhaschte einen kurzen Blick auf einen alten Mann am Grill. Sein Gesicht sah aus wie nach tausend Stunden in der Sonne. Vor Brust und Bauch hatte er eine weiße Schürze, die am Rücken zugebunden war.

Während des Essens wanderte mein Blick zum Fenster und hinaus zu dem Parkplatz auf der anderen Seite, der nur schwach zu erkennen war. Der Mini war verschwunden, und der Lexus war durch einen SUV ersetzt worden. Der Pick-up stand noch unverändert da. Aus diesem Blickwinkel meinte ich hinter dem Steuer eine Silhouette zu erkennen.

» – bei den Gleisen gibt's den Bronco Club. Sie können mir nicht erzählen, dass die Damen keine Doppelschichten fahren.«

Slidell war noch immer darauf fixiert, dass unser Fahrerfluchtopfer eine Prostituierte war.

»Es gibt keinen Beweis, dass die Kleine anschaffen ging.«

»Wirklich? Was ist mit dem Doppeltreffer bei der DNS?«

Slidell trank einen Schluck und knallte die Dose auf den Tisch. »Ich habe nicht den ganzen Tag Zeit. Kommen wir zur Sache.«

Bevor ich ihn davon abhalten konnte, klopfte er mit den Knöcheln auf die Tischplatte, um die Kellnerin zu rufen. Sie tauchte wieder auf und kam direkt zu uns.

»Wie wär's mit der Rechnung?«

Die Frau zog einen kleinen Block aus ihrer Rocktasche. Während sie zusammenzählte, kam Slidell ganz unverblümt zum Punkt.

»Und, Señorita, in letzter Zeit irgendwelche interessanten Telefonate geführt?« Die Frau hob den Blick. Sie schaute Slidell an, dann mich, legte die Rechnung auf den Tisch und eilte wieder in die Küche.

»Das war nicht sehr intelligent.«

»Ach ja? Glauben Sie, sie ist davongerannt, weil sie nicht die glückliche Anruferin ist?«

»Ich glaube, sie ist davongelaufen, weil Sie ihr Angst eingejagt haben.« Geflüstert, aber wütend. »Oder weil sie die Frage nicht verstanden hat.«

»Sie hat schon verstanden.«

»Wenn das stimmt, dann hoffe ich nur, Sie haben sie nicht so verschreckt, dass sie gar nichts mehr sagt.« Ich schnappte mir die Rechnung. »Wir sehen uns am Wagen.«

Ich stand auf, ging zur Kasse und hoffte, die Frau würde kommen, nicht der alte Mann. Als Slidell draußen war, erschien sie.

»Ich entschuldige mich für meinen Begleiter«, sagte ich auf Spanisch.

Die Frau starrte mich über die Theke hinweg an, die Brauen so zusammengekniffen, dass sie sich fast berührten.

Anstatt die Rechnung auf den Tresen zu legen, zog ich eine Visitenkarte aus der Tasche und legte sie ihr so hin, dass sie sie lesen konnte.

Die Frau schaute nach unten, dann hob sie den Blick wieder und sah mir unverwandt in die Augen. Ich wusste Bescheid. Slidell hatte recht gehabt.

»Ich bin Dr. Brennan«, sagte ich sanft. »Sie haben mich am letzten Freitag angerufen.«

Die dunklen Augen verrieten nichts.

»Sie haben das Foto eines Mädchens in der Zeitung gesehen. Vielleicht auch auf einem Flugblatt. Das Mädchen wurde von einem Auto überfahren und sterbend am Straßenrand liegen gelassen.«

Die Frau wurde sehr still. Eine Ader pochte in der Kuhle ihres Halses, sodass sich dort ein winziges, herzförmiges Muttermal hob und senkte.

»Wir wissen nicht, wer sie ist. Ich glaube, Sie könnten es wissen.«

»Nein.«

»Aber Sie wissen etwas über sie. Und das beunruhigt Sie.«

Der Blick der Frau wanderte zur Küche. Meiner ebenfalls. Durch den Perlenvorhang sah ich, dass der Mann zu etwas auf dem Kühlschrank für Milchprodukte hochschaute. Das flackernde Licht auf seinem Gesicht deutete darauf hin, dass es sich um einen an die Wand geschraubten Fernseher handelte.

Die Frau streckte die Hand aus. »Bitte. Wenn Sie jetzt bezahlen.«

»Der Mann in meiner Begleitung ist ein Detective der Polizei. Er hat den Anruf zu diesem Restaurant zurückverfolgt. Er kann Sie deswegen drankriegen.« Unwahrscheinlich, aber ich dachte mir, dass Slidell inzwischen etwas ungeduldig wurde.

»Wenn Sie Informationen haben und sie nicht preisgeben wollen, kann er Ihnen Behinderung der Justiz zur Last legen. Verstehen Sie, was das ist?«

Die Frau schüttelte den Kopf. Als ich ihr den Begriff auf Spanisch erklärte, riss sie die Augen weit auf.

»Wie heißen Sie?«

»Rosalie.« Kaum hörbar.

»Rosalie …?«

»D'Ostillo. Bitte. Ich bin legal hier. Ich habe –«

»Das ist mir völlig egal, Rosalie.«

Wieder schnellten ihre Augen zur Küche.

»Und auch der rechtliche Status von sonst jemandem. Ein junges Mädchen ist tot. Meine Aufgabe ist es, herauszufinden, wer sie ist und was mit ihr passiert ist. Jedes Detail ist wichtig.«

Ich berührte sie sanft am Handgelenk.

»Rosalie …«

»Ich … ich mache Anrufe. Zwei.«

»Sie haben das Richtige getan.«

Sie senkte kaum merklich das Kinn. Ich bedrängte sie nicht, wartete, dass sie nach ihrem eigenen Tempo redete.

»Ich habe ihr Bild gesehen. An einem Mast. Ich denke mir, Rosalie, du kennst dieses Mädchen.«

Wieder wartete ich.

»Sie war hier. Ich erinnere mich an sie wegen« – sie berührte ihre Haare, tat so, als würde sie sie mit einem Clip zusammenfassen – »das pinkene Dings.«

»Wegen der Haarspange.« Ich spürte ein Kribbeln in der Brust. »Geformt wie eine Katze?«

»*Sí*. Ich erinnere mich an die Katze, als ich sie auf Foto sehe. Das Gesicht sehen anders aus, aber dieses Mädchen war hier. Sie isst ein Käse-Enchilada. Tun sie alle.«

»Hatte das Mädchen auch eine pinkfarbene Handtasche, die wie eine Katze aussah?« Ich musste mich anstrengen, um meine Stimme ruhig zu halten.

»Eine Handtasche, ja. Pink wie das Haarding.«

»Wann war das?«

Rosalie kniff nachdenklich die Augen zusammen.«

»Dos semanas.«

Zwei Wochen. Ungefähr die Todeszeit unserer Unbekannten.

»Kam sie oft hierher?«

»Nein. Nur ein Mal.«

»War jemand bei ihr?«

In diesem Augenblick streckte Slidell den Kopf durch die Tür.

»Ich werde hier draußen nicht jünger, Doc.«

»Nur noch ein paar Minuten.« Ich zwinkerte ihm zu.

Slidell seufzte, sagte aber nichts. Als die Tür wieder zu war, drängte ich Rosalie weiterzureden.

»Drei Mädchen, ein Mann. Sie essen, sie gehen wieder. Er zahlt.«

»Wie war die Stimmung?«

Rosalie schaute mich verständnislos an.

»Wirkten die Mädchen glücklich?«

Rosalie schüttelte den Kopf. *»Nervioso.«*

»Warum sagen Sie das?«

»Sie schauen auf Tisch, nicht in mein Augen. Kein Lächeln. Kein Reden.«

»Haben Sie mit ihnen gesprochen?«

»Ich sage *hola,* sie sagen nichts. Ich sage *buenos días*, sie sagen nichts.«

»Haben sie mit dem Mann geredet? Hat er mit ihnen geredet?«

»Der Mann bestellt drei Käse-Enchiladas. Nicht freundlich. *Muy frío.*«

»Wie sah er aus?«

Sie schüttelte den Kopf. »Kappe.« Sie hielt sich beide Hände an die Stirn, wie einen Kappenschirm. »Ich nicht gut sehen.«

»War er groß, klein, dick, dünn?«

Sie wedelte mit der Hand. »Nicht so groß, nicht so dünn oder fett.«

Ich zog die Verbrecherfotos von Creach und Majerick aus meiner Handtasche. Rosalie betrachtete sie und schüttelte dann langsam den Kopf.

»Die Kappe. Und ...« Sie tat so, als würde sie sich den Kragen aufstellen. »Und er nicht schaut mir in die Augen.« Sie zuckte die Achseln. »Kein Gesicht.«

Klasse. Ein Kerl mittlerer Größe mit einer Kappe. Slidell würde begeistert sein von dieser Beschreibung.

»Sind der Mann und die Mädchen in einem Auto gekommen?«

»Zu Fuß.«

»Haben Sie gesehen, wohin sie gingen?«

Rosalie nickte. »Als sie gehen, ich schaue durch Fenster.«

Nach einem weiteren schnellen Blick zur Küche kam sie um den Tresen herum, stieß die Tür auf und deutete auf eine Ladenfront etwa einen halben Block entfernt auf der anderen Straßenseite.

»Da. Sie gehen da hin.«

»Was ist das?«

Sie zögerte kurz und sagte dann: »*Sala de masaje.*«

Darüber musste ich nachdenken. Als sie mein Unverständnis sah, tat Rosalie so, als würde sie sich Nacken und Schultern reiben.

»Massagesalon?«

»Ja.« Ihre Lippen wurden schmal. »Nur Männer. Männer gehen rein, Männer kommen raus. Keine Frauen. Aber Mädchen.«

»Das mit der pinkfarbenen Haarspange.«

»Sí.« Sie ließ die Tür wieder zufallen, kehrte zum Tresen zurück und streckte die Hand aus. Ich gab ihr einen Zwanziger.

»Darf ich Ihnen noch eine Frage stellen?«

Sie schaute mich an.

»Haben Sie dem Mädchen mit der Haarspange einen Zettel von der Kirche St. Vincent de Paul gegeben?«

»*Sí.* Ich denke, vielleicht reden die Mädchen nicht, weil sie nicht Englisch können.« Sie zuckte die Achseln. »Ich denke, vielleicht reden sie mit Jesus.«

»Das war sehr freundlich.«

»Sie sagen nicht *gracias.* Sie sagen gar nichts.«

Sie gab mir das Wechselgeld, schob die Kassenlade zu und atmete tief ein. Ich spürte, dass sie noch etwas zu sagen hatte.

»Ich glaube, diese Mädchen haben Angst. Dann eins ist tot. Ich muss etwas –« Sie hob die Hand zu dem herzförmigen, braunen Fleck an ihrer Kehle. »Ich rufe Sie an. Irgendwas ist schlecht. Irgendwas stimmt nicht.«

»Sie haben das Richtige getan, Rosalie. Detective Slidell und ich werden herausfinden, wer dieses arme Mädchen ist. Dank Ihnen wird man sie zu ihrer Familie zurückbringen können. Und wir werden herausfinden, wer ihr das angetan hat. Wenn auch anderen Mädchen etwas getan wurde, werden wir auch das herausfinden.«

Die Tür flog auf, und zwei Jungs schlurften herein. Beide trugen Sporttrikots und Jeans, in denen vier ihrer Sorte Platz gehabt hätten.

»Está abierto?«

»Sí.« Zu mir. »Ich jetzt gehen.«

»Sie haben meine Nummer. Bitte rufen Sie mich an, wenn Ihnen sonst noch etwas einfällt oder wenn Sie den Mann mit der Kappe noch einmal sehen.« Ich steckte die Ausdrucke wieder in die Tasche. »Oder einen dieser beiden Männer.«

Draußen lehnte Slidell am Taurus.

»Ich hoffe nur, es hat sich gelohnt.« Er riss die Tür auf und setzte sich hinters Steuer.

»Fahren Sie an diesem Gebäude vorbei.« Ich deutete zum Massagesalon und berichtete dann, was Rosalie mir erzählt hatte.

»Dann ging die Kleine also doch anschaffen?«

War es wirklich so? Hatte Rosalie eine gemeinsame Mahlzeit von jungen Prostituierten und ihrem Zuhälter beobachtet? Ich gab es zwar ungern zu, aber allmählich ergab Slidells Theorie einen Sinn.

Der Massagesalon stand zwischen einem Tattoostudio und einem Schnapsladen. Wie seine Nachbarn war er ein schmutzig weißer Backsteinbau mit einer Glastür und einem großen Schaufenster. Im Gegensatz zu seinen Nachbarn waren alle Glasflächen mit Vorhängen verdeckt. Ein kleines Schild identifizierte den Laden als den Passion Fruit Club.

Slidell und ich beobachteten schweigend die Straße. Kein Mensch betrat die Geschäfte oder verließ sie.

Nach zehn Minuten sagte ich: »Wir sollten uns den Laden ansehen.«

»Weil einer Kellnerin das Aussehen der Kundschaft nicht gefällt?«

»Sie hat gesehen, dass unsere Unbekannte da hineinging.« Gereizt.

Skinny verweigerte mir die Ehre einer Antwort.

Slidell hatte recht. Aber es ärgerte mich trotzdem.

Wir beobachteten noch fünf Minuten, dann legte Slidell wortlos den Gang ein, wendete und fuhr in Richtung Griffith.

Unterwegs berichtete ich ihm alles, was ich von D'Ostillo erfahren hatte.

Ich war kaum damit fertig, als eine Formulierung, die sie benutzt hatte, bei mir eine Assoziationskette auslöste.

Kein Gesicht.

Eine tief in die Stirn gezogene Kappe und ein aufgestellter Kragen.

Wer würde sein Gesicht verdecken?

Jemand mit einem entstellten Gesicht?

Ein Veteran mit einem entstellten Gesicht?

Ein Veteran, der mit Schmuggel zu tun hatte?

Dom Rockett?

Warum sollte Rockett mit einer Gruppe junger Mädchen in eine Taquería gehen? Von denen eins tot in unserem Kühlraum lag.

31

Es war später Nachmittag, als Slidell mich am MCME absetzte. Mein Knöchel meldete sich wieder, deshalb packte ich gegen fünf die Korrespondenz, die ich noch nicht bearbeitet hatte, und Kopien der Akten über Creach und Majerick zusammen und fuhr nach Hause.

Angenehme Überraschung. Pete hatte Birdie zurückgebracht. Der Kater begrüßte mich an der Tür, strich um meine Beine und positionierte sich dann so, dass er mich beleidigt anstarren konnte.

Ich fütterte ihn, obwohl es noch früh war. Warum auch nicht? Ich hatte ihn seit fast zwei Wochen nicht gesehen.

Ich sah dem Kater beim Fressen zu, dann gingen wir beide ins Arbeitszimmer für ein paar Streicheleinheiten auf dem Sofa. Ich kraulte ihm die Ohren. Er schnurrte. Ich kraulte ihn am Hinterteil. Er hob zustimmend den Schwanz und drückte den Rücken durch.

Die Lider wurden mir schwer. Ich gähnte. Schwang die Beine aufs Sofa und legte den Kopf auf die Armlehne. Der Kater rollte sich auf meiner Brust zusammen.

Der Festnetzanschluss läutete. Leise. Zu leise.

Ich stand auf und holte mir den schnurlosen Hörer vom Schreibtisch. Da er nicht sauber im Ladegerät gesteckt hatte, war er tot.

Fluchend steckte ich ihn ordentlich hinein und ging nach oben ins Schlafzimmer, um mir den dortigen Hörer zu holen. Auf dem kleinen Display sah ich, dass Pete anrief. Da ich sicher war, dass er es noch einmal versuchen würde, legte ich mich noch einmal hin. Birdie rollte sich wieder auf meiner Brust zusammen.

Augenblicke später läutete es wieder, diesmal in voller Lautstärke.

»Mm.«

»Willkommen zu Hause, Zuckerschnäuzchen.«

»Was willst du?« Groggy. Und gegen die Atembeschwerden vom Gewicht der Katze auf meiner Brust ankämpfend.

»Na, das ist ja ein freundliches Dankeschön.«

»Danke.«

»So viel Überschwang wär gar nicht nötig.«

»Ich meine es ernst, Pete. Danke.«

»War mir ein Vergnügen. Der kleine Kerl ist keine schlechte Gesellschaft.«

»Mm.«

»Machst du gerade ein Nickerchen, Prinzessin?«

»Jetlag.«

»Du behauptest doch, du hättest nie Jetlag.«

»Ich habe nie Jetlag.«

»Hier ist was, das dich wachrütteln wird. Ich habe einen Anruf von Hunter Gross bekommen. Der Ermittlungsbeamte in dem Article-32-Verfahren hat empfohlen, dass die Anklage fallen gelassen wird.«

»Großartig.« Gähnend.

»Hast du verstanden, was ich gesagt habe? John Gross wird freigesprochen werden.«

»Ich dachte mir schon, dass die Anhörung in diese Richtung gehen würde.«

»Du klingst aber nicht gerade begeistert.«

»Ich freue mich für ihn.«

»Natürlich geht seine Karriere jetzt wahrscheinlich den Bach runter.«

»Tatsächlich?«

»O Mann, was weiß denn ich?«

»Gross ist einer, der schon wieder auf die Beine kommt«, sagte ich.

»Stell dir mal den Stress vor, unter dem er gestanden hat.«

Pete hatte recht. In zweierlei Hinsicht. Ja, ich war nicht gerade begeistert. Irgendwie hatte Gross keinen sonderlich guten Eindruck auf mich gemacht. Zu eingebildet. Zu verkrampft. Und ja, der Druck musste entsetzlich gewesen sein. Vor allem für jemanden mit seiner Psyche.

»Schön, dass ich meinen Teil beitragen konnte«, sagte ich.

»Du weißt, dass du jetzt berühmt bist.«

»Was?« Bei dieser Bemerkung setzte ich mich auf. Was Birdie verärgerte.

»Google mal deinen Namen und *Stars and Stripes.*«

»Die Militärzeitschrift?«

»Nein. Die Fahne.«

Ich schaltete Pete auf Lautsprecher und legte den Apparat aufs Kissen. Dann holte ich meinen Laptop heraus und fuhr ihn hoch, folgte seinem Vorschlag und klickte auf den Link, der angezeigt wurde.

FORENSISCHE EXPERTIN SAGT ZUGUNSTEN DES BESCHULDIGTEN MARINE AUS

Die ganze Geschichte war da zu lesen. Mit meinem Namen, wie versprochen.

Dr. Temperance Brennan reiste im Auftrag des NCIS nach Afghanistan und führte zwei Exhumierungen durch. Ihre Zeugenaussage bei der Anhörung nach Article 32 in Camp Lejeune stellte sich als verfahrensentscheidend heraus …

Ich las nicht weiter. Zwei Presseerwähnungen in einer Woche. So viel zum Unauffälligbleiben.

Ich klappte den Computer wieder zu.

»Hallo-o?«

Ich griff wieder zum Hörer. »Ist Gross' Anwalt verantwortlich dafür?«

»Waren bei der Anhörung keine Journalisten anwesend?«

»Möglich. Es gab ein paar Zuschauer.« Gereizt.

»Na komm. Du hast dem Kerl den Arsch gerettet. Genieß den Ruhm.«

Ich verdrehte die Augen. Was nichts brachte, da Pete mich nicht sehen konnte.

Einige Augenblicke, dann fragte ich: »Hast du den Computer auf meinen Schreibtisch gestellt?«

»Ja. Er arbeitet ziemlich träge, deshalb lasse ich einen Viruscheck durchlaufen.«

»Hast du vielleicht auch dran gedacht, dass das Ding eine Antiquität ist?«

»Ich benutze ihn nur für meine privaten E-Mails. Alle meine Dateien sind im System der Firma.«

»Mach mal was Verrücktes, Pete. Kauf dir einen neuen.«

»Vielleicht.«

»Warum hier? Warum kannst du den Viruscheck nicht zu Hause laufen lassen?«

»Summer hat jede Steckdose besetzt.«

»Was? Kocht sie Crystal Meth?« Die Vorstellung zauberte mir ein Lächeln auf die Lippen.

»Sie lädt irgendwelche Lämpchen für den Hochzeitsempfang. Müssen eine Million sein.«

»Hast du dich in meinem Haus aufgehalten, während ich weg war?«

»Ich habe ein wenig Football geschaut.«

»Danke für die Vorräte.«

»War mir ein Vergnügen, Sahnetörtchen.«

»Wie alt ist die Lasagne?«

»Gestern gekauft. Hol dir mal 'ne Mütze Schlaf. Du klingst, als hättest du es nötig.«

Nach dem Auflegen sah ich nach meinen E-Mails. Nichts von Katy. Nichts von Ryan.

»Natürlich nicht.« Lauter, als ich beabsichtigt hatte.

Birdie hob den Kopf von den Pfoten, sagte aber nichts.

Das Icon meines Junkmail-Ordners zeigte vierundsiebzig Einträge. Ich löschte einen nach dem anderen und ließ bei jedem Tastendruck ein wenig von der aufgestauten Frustration ab.

Bis eine Betreffzeile meinen Finger mitten in der Luft erstarren ließ.

Du stirbst auch, du verdammte Schlampe.

Was mich verwirrte? Nicht die Beleidigung. Ich hatte soeben mehrere mindestens so obszöne gelöscht. Stirbst? Stirbst auch?

Ohne auf die warnende Stimme in meinem Kopf zu hören, öffnete ich die Mail.

Leer.

Ich schaute auf das Eingangsdatum. Gestern. Der Artikel in *Stars and Stripes* war ebenfalls gestern gepostet worden.

Der Absender der Mail hatte die Adresse citizenjustice@hotmail.com.

Eine politische Gruppe? Ein Spinner? Ein Junge mit zu viel Webzugang und zu wenig elterlicher Aufsicht?

Oder war es etwas Persönliches? Eine speziell an mich gerichtete Drohung?

Ich lasse Nachrichten von mehreren Konten auf ein zentrales Mail-Programm umleiten. Diese Mail war durch das System des ME gekommen, nicht an mein persönliches Gmail-Konto. Die Adresse war leicht zu beschaffen. Sie stand auf meinen Visitenkarten. Mann, ich hatte sie sogar auf die Flugblätter geschrieben, die ich überall in der Old Pineville Road und dem South Boulevard aufgehängt hatte.

War *citizenjustice* ein verärgerter Exknacki? Jemand, der wegen meiner Zeugenaussage gesessen hatte? Oder das Gegenteil? Ein Freund oder Familienangehöriger, den es ärgerte, dass meine Untersuchungsergebnisse zu einem Freispruch geführt hatten? Zum Verlust einer erhofften Entschädigung in einem Zivilprozess?

Ich zermarterte mir das Hirn nach weiteren Möglichkeiten.

Ein Student, der mit einer Note unzufrieden war? Ein Nachbar, der meine Katze nicht mochte? Ein mir völlig fremder Psychopath, dem ich zufällig auf der Straße begegnet war?

Ich starrte die derbe Botschaft an. Sollte ich es Slidell sagen? Vergiss es. Ich brauchte seine Skepsis nicht. Oder schlimmer noch, seine herablassende Fürsorglichkeit.

Wahrscheinlich hatte es nichts zu bedeuten.

Ich klappte den Computer zu, aß die Lasagne, nahm ein Aspirin für meinen Knöchel und kroch ins Bett.

Schlaf senkte sich über mich wie der Vorhang am Ende eines Theaterstücks.

Schiie-Tschunk!

Meine Lider schnellten auf.

Ich horchte, weil ich nicht wusste, ob ich geträumt oder das Geräusch tatsächlich gehört hatte.

Das Geräusch war eindeutig real. Und im Haus.

Mein Puls beschleunigte sich.

Ich blinzelte, bis sich meine Augen an die Dunkelheit gewöhnt hatten. Hielt den Atem an.

Ich ließ den Blick durch das Zimmer wandern, suchte nach der leisesten Bewegung. Sah nichts als Schatten. Hörte nur Stille.

Der Wecker auf dem Nachtkästchen zeigte 2:38.

Schiie-Tschunk!

Mein Puls wurde noch schneller.

Das Geräusch kam von unten, es klang, als würde der Wagen einer Schreibmaschine zurückgeschoben.

Ich griff nach dem Telefon. Verdammt! Ich hatte das Schnurlose im Arbeitszimmer liegen gelassen, das iPhone steckte noch in meiner Handtasche.

Ich stand leise auf und schlich zur Tür, wich dabei Dielen aus, von denen ich wusste, dass sie knarzen würden.

Ich horchte mit angehaltenem Atem.

Keine verstohlenen Schritte. Kein Rascheln von Gewebe, das eine Wand streifte. Überhaupt keine Bewegung.

Etwas Flauschiges berührte meine nackte Wade. Ich zuckte zusammen und atmete scharf ein. Schaute nach unten.

Zwei runde Augen leuchteten in der Dunkelheit.

Ich streckte dem Kater die geöffnete Hand entgegen. Bleib. Er schoss durch die Tür, als das Geräusch wieder ertönte.

Schiie-Tschunk!

Ein Satz blitzte in meinem Kopf auf.

Du stirbst auch, du verdammte Schlampe.

Adrenalin schoss mir durch den Körper.

Ich schaute über die Schulter, suchte im Zimmer nach etwas, das ich als Waffe benutzen konnte.

Der Troll aus Norwegen? Der LSJML-Becher? Die Vase von MacKenzie-Childs?

Ich entschied mich für die Bronzefigur von zwei Händchen haltenden Affen. Schwer. Scharf.

Mit der Figur in einer Hand trat ich vorsichtig auf den Gang. Im Halbdunkel warf mir der Wandspiegel ein gespenstisches Bild der Treppe entgegen.

Am Fuß kauerte keine Gestalt mit Messer oder Waffe in der Hand.

Birdie saß auf der obersten Stufe. Als er mich kommen hörte, glitt er nach unten.

Schiie-Tschunk!

Der Kater erstarrte. Sein Schwanz bewegte sich. Dann schoss er wieder nach oben und verschwand im Badezimmer.

Kaum atmend tastete ich mich die Stufen eine nach der anderen nach unten. Mein Knöchel schickte mir kleine Warnungen.

Unten blieb ich stehen und horchte noch einmal.

Schiie-Tschunk!

Lauter.

Mein Gott. Was war das nur?

Ich spähte ins Wohnzimmer, ins Esszimmer dahinter.

Als ich dort nichts Bedrohliches sah, bewegte ich mich aufs Arbeitszimmer zu. Das Geräusch schien aus dieser Richtung zu kommen.

Ich stieß die Tür auf.

SCHIIE-TSCHUNK!

Mein Blick schnellte hin und her, suchte nach einem Telefon. Ein schnurloses lag auf dem Sofa. Das andere steckte in der Ladeschale auf dem Schreibtisch. Das winzige rote Licht des Ladegeräts warf einen Lichtfleck auf die Schreibunterlage.

In dem Schein blitzte etwas. Blitzte noch einmal.

Mein Blick schnellte zu Petes Laptop.

Ich sah, wie der CD-Einschub herausschnellte und dann wieder zurückfuhr.

SCHIIE-TSCHUNK!

Was zum Teufel?

Ich ließ die Bronzeprimaten sinken, ging zum Schreibtisch und drückte den Deckel des Dell ganz auf. Auf dem Monitor lief gelbe Schrift über einen violetten Hintergrund.

Bäh! Bäh! Bäh! Bäh! Bäh! Bäh! Bäh! Bäh! Bäh! Bäh! Bäh! Bäh! Bäh!

Dieses eine Mal hatte mein technikfeindlicher Ex recht gehabt. Sein Computer hatte wirklich einen Virus.

Ich schaltete ihn aus, fuhr ihn wieder hoch und wartete die ganze ärgerliche Windows-Startprozedur ab. Die Laufschrift war verschwunden. Der CD-Einschub blieb zu.

»Du bist mir was schuldig, mein Großer«, flüsterte ich leise.

Ich durchquerte eben das Esszimmer, als ich im Augenwinkel erneut eine Bewegung wahrnahm. Eine subtile Veränderung der Schatten, die den Teppich sprenkelten. Unter dem Fenster, auf der anderen Seite des Tisches.

Ich hielt inne. Spielte der Adrenalinausstoß meinem Hirn einen Streich? Der ausgeflippte Computer?

Nein. Wie das Geräusch des Einschubs war auch diese Schattenkräuselung real.

Mit dem Rücken an der Wand schlich ich zu den Vorhängen und spähte hinaus.

Die Nacht war mondlos, das Gelände von Sharon Hall dunkel wie ein Grab.

Aber dort, unter der Magnolie. Ein blasses Aufblitzen? Eine Silhouette?

Eine ganze Minute kauerte ich da und starrte. Aber das war alles gewesen. Ich sah sonst nichts mehr. Falls ich überhaupt etwas gesehen hatte.

Plötzliches Nachdenken.

Hatte ich richtig abgeschlossen? Die Alarmanlage eingeschaltet? Ich war überrascht gewesen, Birdie zu sehen. Hatte ich es, abgelenkt und erschöpft, einfach vergessen? So gewissenhaft ich bin, wenn ich das Haus verlasse, so nachlässig bin ich manchmal in Sicherheitsdingen, wenn ich zu Hause bin.

Mein Blick fiel auf die Akten, die ich auf den Tisch geworfen hatte. Creach und Majerick. Zwei Einbrecher. Einer ein Gewalttäter.

Ich kontrollierte alle Türen und Fenster und schaltete den Alarm ein. Als ich mir ein Schnurloses aus dem Arbeitszimmer holte, hörte ich, schwach, aber eindeutig, wie ein Auto angelassen wurde.

Mir war ein wenig mulmig zumute, als ich wieder ins Bett ging.

32

Wieder weckte mich *Ma Belle.* Ich schätze, ich war drauf und dran, eine Art Rekord aufzustellen.

»Wir haben Cecil Creach geschnappt.« Slidell klang beinahe fröhlich.

»Wo?«

»Im Moosehead am Montford Drive.«

Ich kannte den Laden und wusste, dass der Besitzer ein Freund der Null-Toleranz-Politik war.

»Creach hat dort aber nicht gedealt.«

»Der Trottel hat dort gesoffen und dumm dahergeredet. Mit sich selber. Hat die anderen Gäste wahnsinnig gemacht, deshalb hat der Türsteher ihn rausgeworfen. Creach hockte dann auf dem Parkplatz und jammerte über die Ungerechtigkeit der Welt. Also rief der Türsteher die Polizei. Creach hatte den Bauch voller Schnaps, aber keinen Stoff bei sich.«

»Wann war das?«

Ich hörte Papier rascheln.

»Kurz nach eins heute Nacht.«

Falls ich einen nächtlichen Besucher gehabt hatte, konnte

es nicht Creach gewesen sein. Ich überlegte, ob ich Slidell von dem Vorfall letzte Nacht erzählen sollte. Aber was sollte ich ihm sagen? Dass ich von einem Computerwitzbold verarscht worden war?

»Hat Creach Widerstand geleistet?«

Slidell schnaubte nur.

»Was jetzt?«

»Ich lasse ihn eine Weile schmoren, dann nehme ich ihn mir vor.«

»Ich will dabei sein.«

»Die Show startet in einer Stunde.«

»Fangen Sie nicht ohne mich an.«

Slidell machte ein Geräusch, das man als Einverständnis deuten konnte.

Ich fütterte Birdie, duschte und zog mich an. Ein Kaffee und ein Häppchen kalte Lasagne, und ich war bereit. Trotz des unterbrochenen Schlafes war ich voll frischer Energie. Wir machten Fortschritte.

Ich stopfte die unberührten Akten in meine Laptoptasche, schnappte mir Handtasche und Schlüssel und öffnete die Hintertür.

Und erstarrte.

Auf der Fußmatte stand ein Karton, wie man ihn benutzt, wenn man einen Pullover oder ein Hemd verschenken will. Auf dem Deckel sah ich kein Etikett, keinen gedruckten oder handgeschriebenen Namen oder Absender.

Das Ding hatte nichts übermäßig Bedrohliches. Keine Drähte. Keine Geräusche aus dem Inneren. Trotzdem waren meine Instinkte im Alarmzustand.

Das Schattenspiel in der Nacht. Die Bewegung unter dem Baum.

Und noch etwas.

Eine rötlich braune Blüte hatte sich vom unteren Rand des Kartons über die linke Seite ausgebreitet.

Ich schaute mich um.

Mein Mazda stand da, wo ich ihn abgestellt hatte. Kein Auto stand am Bordstein oder fuhr die Einfahrt entlang. Das Gelände war leer. Die Myers Park Baptist Church auf der anderen Straßenseite war verlassen. Vor der Ampel an der Selwyn warteten ein paar Fahrzeuge.

Ich schaute wieder auf den Karton hinunter. Ich atmete einmal tief durch, stellte meine Laptoptasche ab und zog Gummihandschuhe aus einem Außenfach. Nachdem ich sie übergestreift hatte, öffnete ich behutsam den Deckel.

Der Karton enthielt nur einen Gegenstand. Graubraun und verschrumpelt, sah er aus wie ein Stück mumifiziertes Fleisch. Der Karton darunter war dunkel und glänzend.

Anfangs hatte ich keine Ahnung.

Ich drehte das Ding mit einer Fingerspitze um. Schaute es mir genauer an.

Und dann begriff ich.

Obwohl der Tag warm war, lief mir ein Schauer über den Rücken.

»Mein Gott …«

Ich schluckte. Schluckte noch einmal. Hob den Kopf und ließ mir die frische Morgenluft übers Gesicht streichen. Zwang mich, ruhig zu bleiben.

Wieder kontrollierte ich die Umgebung, dann drückte ich den Deckel wieder zu, trug den Karton in die Küche und schloss die Tür.

Mit zitternder Hand zog ich mein iPhone aus der Handtasche und drückte auf einen Kurzwahlknopf.

Slidell hob nach dem zweiten Läuten ab.

»Wo zum Teufel sind Sie?«

»Kommen Sie zu mir. Sofort.«

Slidell hörte die Dringlichkeit in meiner Stimme.

»Alles in Ordnung, Doc?«

»Ja. Nein. Kommen Sie einfach sofort her. Und vielleicht sollten Sie die Spurensicherung benachrichtigen.«

Dieses eine Mal stellte er keine Fragen.

Ich schloss Birdie im Schlafzimmer ein und kehrte in die Küche zurück. In weniger als zwanzig Minuten war Slidell an meiner Tür. Er wirkte nervös und besorgt.

Ich ließ ihn ein und zeigte ihm, was ich auf die Anrichte gestellt hatte.

»Das lag heute Morgen auf meiner Türschwelle.« Ich klang viel ruhiger, als ich mich fühlte. »Es kann sein, dass ich heute Nacht gegen halb drei einen Eindringling gesehen habe.«

»Haben Sie den Karton geöffnet?«

Ich nickte und hob die Latexhände.

»Was ist es?«

Ohne zu antworten, nahm ich den Deckel ab und trat beiseite.

Slidell schob seinen Bauch zur Anrichte und schaute in den Karton.

»Ach du Scheiße.«

Slidell schaute weg, dann gleich wieder hin. Nach ein paar Sekunden zog er die Brauen zusammen. »Ist es das, wofür ich es halte?«

»Eine Zunge.«

»Menschlich?« Sein Ton sagte mir, dass er die Antwort bereits kannte.

»Ja. Beachten Sie die Papillen.«

»Die kleinen Höcker, die aussehen wie Brustwarzen?«

»Ja.«

Slidell strich sich übers Kinn. »Der Schnitt sieht ziemlich sauber aus.«

»Ja. Obwohl es Abschürfungen und Risse gibt, die wahrscheinlich durch Reiben an den Zähnen verursacht wurden.«

»Sagen die Schnittspuren Ihnen irgendwas?«

»Ich sehe Krümmungen. Mehrere Bögen, das heißt mehrere Versuche, das Fleisch zu durchtrennen. Ich schätze, mit einer kleinen Astschere mit Wellenschliff.«

Slidell richtete sich auf und atmete tief durch.

»War das Opfer am Leben, als es passierte?«

»Die Verfärbung des Kartons deutet auf starke Blutung hin.«

Slidell hob die Augenbrauen.

»Sobald das Herz aufhört, Blut durch die Gefäße zu pumpen, stoppt die Blutung.« Sehr vereinfacht, aber ausreichend für Slidell.

»Haben Sie in letzter Zeit irgendjemand verärgert? Ich meine, mehr als gewöhnlich?« Slidell war schon wieder ganz der Alte.

Ich zuckte die Achseln. Wer weiß? »Halten Sie das für eine Drohung? Eine Warnung?«

Slidell zog sein Handy heraus und tippte Ziffern ein.

»Schafft die Spurensicherung her.« Er nannte meine Adresse und runzelte dann die Stirn über die Information, die er erhielt. »Dann eben so schnell wie's geht.«

Er klemmte sich das Handy wieder an den Gürtel und schaute mich mürrisch an. »Wie kommen Sie drauf, dass das eine Drohung ist und keine Rache?«

»Kommen Sie mit ins Arbeitszimmer.«

Er tat es mit einem Kopfschütteln.

Ich fuhr meinen Laptop hoch und öffnete die E-Mail von citizenjustice@hotmail.com.

»Wann kam die an?«

»Vor ein paar Tagen.«

»Und Sie haben nichts gesagt, weil …?« Da war er. Dieser herablassende Unterton.

»Ich habe die Mail erst gestern gesehen.«

Ich erzählte ihm, was in den frühen Morgenstunden passiert war. Vielleicht passiert war.

»Es könnte auch nichts gewesen sein.«

»Oder es könnte das Arschloch gewesen sein, das Ihnen das Geschenk auf die Schwelle gelegt hat. Ab jetzt lasse ich Ihr Haus überwachen.«

»Ist das wirklich nötig?«

»Ja«, blaffte Slidell. »Es ist wirklich nötig. In der Zwischenzeit rühren Sie den Karton nicht an. Oder die Fußmatte. Oder die Schwelle.«

»Ich weiß, wie die Spurensicherung arbeitet.« Schnippisch. Aber Slidells Attitüde ging mir auf die Nerven.

»Wer das getan hat, war entweder stinksauer oder verrückt. Was ist Ihnen lieber, Doc?«

»Wie wär's, wenn wir jetzt mit Creach reden?«

Skinny warf mir einen seiner Dirty-Harry-Blicke zu.

»Hören Sie, ich muss doch eine Aussage abgeben.« Ich deutete auf den Karton. »Das kann ich gut auch in der Zentrale machen.«

Slidell spitzte die Lippen und seufzte dann.

»*Ich* rede mit Creach.« Während er auf sein Handy einhackte. »Sie hören nur zu.«

33

Als ich anfing, für das MCME zu arbeiten, war das Charlotte Police Department noch nicht mit seinem Pendant im Mecklenburg County zusammengelegt. Die CPD-Zentrale war ein unauffälliges, beiges Gebäude Ecke Fourth und McDowell.

Heute erinnert das CMPD-Mutterschiff an einen kleinen Universitätscampus. Zehn Minuten, nachdem wir mein Stadthaus verlassen hatten, gingen Slidell und ich durch die Eingangstür einer gigantischen Festung aus Glas und Stahl.

In den Gängen wimmelte es von Uniformierten, Zivilfahndern, Hilfspersonal, Anwälten und verwirrten, bekifften oder wütenden Bürgern. Slidell und ich zeigten die Ausweise und fuhren dann im Aufzug in den zweiten Stock. Er führte mich an einer Reihe Verhörzimmern vorbei zu einem mit der Aufschrift VZ4.

»Creach ist in der drei.« Er öffnete die Tür. »Sie sehen von hier aus zu.«

Der kleine Raum enthielt wie gewohnt Tisch und Stühle, eine Audio-Video-Ausrüstung und ein Wandtelefon. Während ich mich setzte, sprang der kleine Monitor an und zeigte ein grobkörniges Schwarz-Weiß-Bild. Metallische Geräusche knisterten aus dem Lautsprecher.

CC Creach saß auf einem Holzstuhl ähnlich dem, auf dem ich saß. Er hatte die Ellbogen auf den Tisch gestützt, das Kinn ruhte auf den Fäusten. Seine langen, dunklen Haare waren zu einem Zopf geflochten, der von alle paar Zentimeter angebrachten Gummibändern gehalten wurde.

Ich hörte eine Tür aufgehen. Creach riss den Kopf hoch und drehte ihn dem Geräusch zu.

Schritte, dann kam Slidell ins Sichtfeld. Creach verfolgte ihn mit seinem Blick, die Unterarme aufrecht wie lange, dünne Stangen, die Augen weit aufgerissen und ängstlich.

Slidell warf eine Akte auf den Tisch. Sie landete mit einem scharfen Knall.

Creach ließ die Hände sinken, sodass sein Gesicht besser zu sehen war. Das harte Neonlicht tauchte den hellen Fleck auf seiner Wange in ein fahles Blau.

»Hey, Mann.« Creach zeigte ein kurzes, nervöses Grinsen. »Was ist los?«

Still und unbewegt starrte Slidell auf sein Gegenüber herab.

»Schätze, ich habe ein bisschen über die Stränge geschlagen.« Creach machte ein komisches Kichergeräusch.

Slidell zog seinen Stuhl heraus.

»Der Kerl hat keinen Humor. Ich entschuldige mich. Ist ja nichts passiert, oder?«

Slidell setzte sich. Schlug die Akte auf. Sortierte und organisierte gemächlich den Inhalt.

Creach lehnte sich zurück. Beugte sich wieder vor.

Slidell kontrollierte, ob das Audio-Video-System eingeschaltet war und funktionierte.

»Diese Befragung wird aufgenommen. Zu Ihrem Schutz und zu meinem. Haben Sie etwas dagegen?«

Creach schüttelte den Kopf.

Slidell drückte auf einen Knopf. »Bei dieser Befragung anwesend sind Detective Erskine Slidell, Charlotte Mecklenburg Police Department, Abteilung Schwerverbrechen und Morde, und Cecil Converse Creach.« Slidell nannte noch Datum und Uhrzeit.

Nervös sah Creach zu, wie Slidell ein Blatt Papier aus seinem Stapel zog und so tat, als würde er es lesen. Ich wusste, was er tat. Und warum er Creach so lange hatte warten lassen. Er wollte Creach ängstlich und verletzlich. Weil er so eher Fehler machte.

Slidell legte das Papier weg. »Die Unterrichtsstunde hat begonnen.«

»Was soll das heißen?«

»Warst wohl nie in der Schule, was, CC? Vielleicht auf 'ner Sonderschule?«

»Schule der harten Schläge.« Creach kicherte auf eine Art, die mich an Jack Nicholson in *Easy Rider* denken ließ.

»Finden Sie das lustig?«

»Ich dachte, Sie machen einen Witz. Sie wissen schon, diesen Blödsinn mit der Schule.«

Slidell starrte ihn einfach nur an.

Creachs rechter Fuß fing an zu wippen, sodass sein knochiges Knie auf und ab schnellte wie ein Kolben.

»Ich habe nie nichts getan.«

»Das nennen wir eine doppelte Verneinung, CC. Wenn du nie nichts getan hast, dann hast du was getan. Darum sitzt du hier und verpestest die Luft in meinem Verhörzimmer.«

Einige Befrager wiegen ihre Verdächtigen gern in Sicherheit, gewinnen ihr Vertrauen und schlagen dann zu. Nicht Slidell. Er holte lieber gleich zum entscheidenden Schlag aus.

»Du bist auf Bewährung draußen, hab ich recht?«

Creach nickte.

»Festnahme wegen ungebührlichen Verhaltens unter Alkoholeinfluss. Habe ich noch einmal recht?«

Creach sagte nichts.

»Wenn du nicht kooperierst, CC, ist dein dürrer, schwarzer Arsch gleich wieder im Loch. Ich hab gehört, du bist drinnen ziemlich beliebt.«

Creach blickte unruhig im Raum umher.

»Sieh mich an, Wichser. Wenn du dich nicht konzentrierst, verliere ich die Geduld. Und das willst du nicht.«

»Da haben Sie was falsch verstanden, Mann.«

»Habe ich das? Versuchen wir's damit. Passion Fruit Club.«

Creach blickte jetzt ernsthaft verwirrt drein.

»Hast du dir im Passion Fruit je das Rohr durchblasen lassen?«

»Was?«

»Soll ich es dir buchstabieren?«

Creach öffnete die Lippen, sagte aber nichts.

»Ich habe eine Frage gestellt, Arschloch. Schon mal den Joystick aufmöbeln lassen in diesem« – Slidell malte Anführungszeichen in die Luft – »Massagesalon?«

Creach konnte nicht mehr still sitzen. Seine Finger zupften an der Tischkannte. Sein Turnschuh machte auf den Fliesen *rat-tat-tat.*

Slidell seufzte und fing an, seine Papiere zusammenzusammeln.

Creach warf die Hände in die Höhe. »Also gut. Ja. Ich war dort.«

»Wann?«

»Paarmal. Dreimal vielleicht.«

»Wann?«

»Wie, was für ein Datum?«

»Ja, Trottel. Was für ein Datum.«

»Mit Daten hab ich's nicht so.«

»Denk lieber sehr genau nach, CC.«

Creachs Blick wurde ruhiger, als er über den Ablauf seiner jüngeren Vergangenheit nachdachte.

»Vor ein paar Wochen vielleicht.«

Slidell legte den Kopf schief.

»Ein Montag? Ja. Jetzt fällt es mir wieder ein. Montag vor zwei Wochen. Ich war mit diesem Kerl Zeno zusammen. Zeno hat gesagt, er hätte frisches Material, das im Bronco Club tanzt.«

Ich griff zu meinem iPhone und öffnete den Kalender. Montag vor zwei Wochen. Der Tag, an dem unsere Unbekannte starb.

»Was soll das heißen, frisches Material?«

»Der Besitzer bringt jeden ersten Montag im Monat neue Tänzerinnen. Wenn wir Kohle haben, gehen Zeno und ich dahin, um Titten zu glotzen.«

»Wie alt sind diese Titten?«

»Das weiß ich nicht.«

Slidell durchbohrte Creach mit einem Blick.

»Die an diesen speziellen Montagen kommen, die sind jung.«

»Kinder?«

»Hören Sie, Mann. Ich frag die nicht nach ihren Ausweisen.«

»Und manchmal versüßt dir eine dieser jungen Damen den Abend.«

»Nie und nimmer.« Creach schüttelte zu oft und zu schnell den Kopf. »Falls sich eine von denen beschwert hat, ich war das nicht. Oder wenn sie minderjährig sind oder sonst was.«

»Soso. Lass mich raten. Die Mösen im Bronco kannst du dir nicht leisten, also lässt du's dir ein bisschen billiger im Passion Fruit besorgen. Was, sind die Mädchen da vielleicht schon ein bisschen älter, haben vielleicht schon alle ihre Backenzähne?«

»Nein, die sind auch jung.« Creach war zu dumm, um Slidells Sarkasmus zu verstehen. »Ich mag keine alten Mösen.«

»Da hast du ja wirklich einen exzellenten Geschmack, CC.«

Slidell klang so angewidert, wie ich mich fühlte. Nach einem Augenblick des Schweigens zog er ein Foto unserer Unbekannten aus seiner Sammlung und warf es über den Tisch.

»Kennst du die?«

Creach kratzte sich am Ohr, während er das Foto betrachtete. »Ja.«

Slidell schaute kurz zu der Kamera hoch.

Ich hielt den Atem an.

»Wie heißt sie?«

»Candy.«

»Erzähl mir von ihr.«

»Soll das ein Witz sein?«

»Ich meine es todernst.«

»Im Passion Fruit wird nicht lange gequatscht.«

Slidell verschränkte die Arme.

Creach zuckte die Achseln. »Die konnte kein Englisch, Mann. Keine von denen konnte es. Die haben Spanisch oder sonst was geredet.«

Slidell schob Ray Majericks Verbrecherfoto über den Tisch.

Creach betrachtete das Gesicht, sagte aber nichts.

»Ich sage jetzt etwas, das ich vielleicht nicht sagen sollte.« Slidell atmete tief ein und durch die Nase wieder aus. »Ich glaube ja, dass du dir Mühe gibst, CC. Aber bis jetzt reicht das noch nicht. Wenn du mir was gibst, womit ich weiterarbeiten kann, dann tue ich, was ich kann, um diese Sache mit dem ungebührlichen Verhalten unter Alkoholeinfluss aus der Welt zu schaffen.«

»Ja?«

»Ja.«

Creach tippte auf das Foto, »Dieser Kerl ist immer dort.«

»Im Passion Fruit.«

»Ja.«

»Arbeitet er dort?«

»Das weiß ich nicht. Ehrlich, ich weiß es nicht. Die Mädchen haben Magic zu ihm gesagt. Und sich benommen, als hätten sie Angst vor dem Kerl.«

»Warum?«

»Keine Ahnung.«

Mir war gar nicht aufgefallen, dass der wippende Fuß sich beruhigt hatte. Bis er wieder damit anfing.

»Diese ganze Scheiße ist vertraulich, okay. Wenn rauskommt, dass ich mit Ihnen geredet habe, nageln die mir die Eier an die Wand.«

Slidell schob Stift und Block über den Tisch. »Schreib's auf.«

»Ich hab doch schon alles gesagt. Kommen Sie. Es geht um meinen Arsch!«

Slidell ging bereits zur Tür. Er drehte sich noch einmal um.

»Tu dir selber einen Gefallen. Krieg dich verdammt noch mal wieder ein.«

»Hey! Warten Sie! Was passiert mit mir?«

Ich traf Slidell im Gang.

»Was denken Sie, Doc?«

»Seine Geschichte scheint zu stimmen.«

»Dann haben wir also Candy als Straßennamen für unsere Unbekannte. Vielleicht Majerick als ihren Zuhälter.«

»Denken Sie, dass Majerick alleine arbeitet oder nur als Handlanger für einen anderen?«

»Magic ist zu fies und zu verrückt, um eine Organisation zu führen. Falls es um so was geht.«

Ich dachte darüber nach, was Creach gesagt hatte. Dass jeden Montag neue junge Mädchen eintrafen.

Von woher? Aus Kleinstädten? Mittelklassevorstädten? Großstadtgettos? Mit Bussen? Zügen? Autos, von denen sie sich hatten mitnehmen lassen?

Ein widerliches Karussell von Frauen, die jung und naiv ankamen und dann immer weiter abrutschten, bis sie in Läden wie dem Passion Fruit landeten, süchtig, gebrochen, der jugendliche Optimismus für immer verschwunden. Eine entmutigende Vorstellung.

Plötzlich fiel mir bei der Erinnerung an eine von Creachs Bemerkungen etwas ein, das D'Ostillo gesagt hatte.

»Zeigen Sie ihm Dom Rocketts Foto.«

»Warum?«

»Tun Sie es einfach.«

»Warum eigentlich nicht.«

Kurz darauf sah ich auf dem Monitor, wie Slidell das dritte Foto über den Tisch schob, und wusste dabei gar nicht genau, welche Reaktion ich mir erhoffte.

»Ja. Er war dort.«

»Im Passion Fruit Club?«

»Ja. Die Tussis drehten wegen ihm völlig durch.«

»Sie hatten Angst vor ihm?«

»Eine Heidenangst.«

»Wer ist er?«

»Woher soll ich das wissen?«

Slidell legte Rocketts Foto neben Majericks. »Kannten sich die beiden?«

»Dieselbe Antwort.«

Slidell schnippte ungeduldig mit den Fingern.

»Woher soll ich das wissen?«, wiederholte Creach.

»Hast du gesehen, dass sie miteinander gesprochen haben?«

Creach schüttelte den Kopf.

Der Bildschirm trat in den Hintergrund. Der Raum um mich herum. Jetzt fügten sich Fakten schnell zusammen.

Dominick Rockett besuchte oft den Passion Fruit Club. Unsere Unbekannte arbeitete unter dem Straßennamen Candy im Passion Fruit Club. Rosalie D Ostillo hatte Candy und andere Mädchen in der Taquería Mixcoatl gesehen. Die Taquería lag in der Nähe der Kreuzung, an der Candy gestorben war. D'Ostillo und Creach dachten, Candy und die anderen Mädchen würden Spanisch sprechen. Dom Rockett war ein Importeur, wahrscheinlich ein Schmuggler, der häufig nach Südamerika reiste.

Ich hörte Slidells Schritte auf dem Fliesenboden in VZ3. Die Tür aufgehen und wieder zufallen.

Creach fing an zu jammern. Über seine Rechte. Seine Abmachung mit Slidell. Seine Sicherheit.

Bild und Ton wurden abgeschaltet.

Ich stand in der kleinen muffigen Kammer, und eine kalte Leere füllte meine Brust.

O Gott.

Konnte es so ein?

34

»Angenommen, diese Mädchen werden illegal ins Land gebracht und in die Prostitution verkauft.«

Slidells Miene machte seine Zweifel mehr als deutlich.

»Menschenhandel. Denken Sie darüber nach.«

Wir standen vor dem Bereitschaftssaal des Morddezernats.

Durch die Tür sah man ein Labyrinth von Trennwänden, Aktenschränken und Schreibtischen. Einige waren besetzt.

»Creach sagt, der Bronco Club bringt jeden Monat spezielle Tänzerinnen. Sehr junge Mädchen. Glauben Sie, die sind alle per Anhalter aus Iowa und Nebraska gekommen?«

»Das sind Stripperinnen. Die machen ein paar Dollar und ziehen dann weiter.«

»Und machen an der Yale ihren Doktor«, blaffte ich.

»Das habe ich nicht gemeint.«

»Überlegen Sie mal. Wer wäre in einer guten Position, um den Bedarf für einen ständigen Nachschub an jungen Frauen zu decken?«

Slidell schaute mich skeptisch an.

»Dom Rockett«, sagte ich.

»Nur weil der Kerl schmuggelt, muss das nicht heißen, dass er auch lebende Menschen schmuggelt.«

Ich zählte die Punkte auf, die meine Assoziationskette ergaben. Candy. Passion Fruit. Spanisch. Häufige Einkaufsreisen nach Südamerika.

»Und Rockett hatte Geld flüssig, um in S&S Enterprises zu investieren. Woher hatte er es?«

»Sie wollen damit sagen, er stopft sich die Taschen voll, indem er mit Kindersexsklavinnen handelt?«

Langsam, Brennan.

»Ich will damit sagen, wir sollten die Möglichkeit in Betracht ziehen, dass die Mädchen illegal hierhergebracht und dann gezwungen werden, im Sexgewerbe zu arbeiten.«

»Und dass Rockett der Täter ist.«

»Eine ganze Reihe von Fakten deuten auf ihn.«

»Tote Hunde schmuggeln ist eine Sache. Mädchenhandel ist eine ganz andere Kategorie.«

»Das ist mir bewusst.«

Slidell sah auf die Akte in seiner Hand. Trat von einem Fuß auf den anderen.

»Majerick kann ich mir ja vorstellen, aber eine Operation dieser Art geht über seine Fachkompetenzen. Rockett, mh?« Er verzog das Gesicht und schüttelte den Kopf.

Ich musste ihm zustimmen. Mein Eindruck von Dom Rockett war widersprüchlich. Ein verunstalteter Kriegsheld. Ein Mann, der kein Interesse hatte, bei der Identifizierung eines Fahrerfluchtopfers zu helfen. Ich hatte Mitleid. Und war angewidert.

»Rockett hat die Fachkompetenzen, wie Sie es nennen. Und die Infrastruktur. Die Lastwagen, die Nachschubrouten«, sagte ich. »Besitzt er die kaltherzige Skrupellosigkeit, mit hilflosen Kindern zu handeln? Ich weiß es nicht.«

Und darüber hinaus die Kaltschnäuzigkeit, sie zu töten, falls sie sich wehrten? Dieser Gedanke war zu schrecklich, um ihn auszusprechen.

Zwei weitere Neuronen meldeten sich.

Ein Plastikröhrchen. Ein antiker Stoßzahn.

»O Mann, Slidell. Mir ist eben noch was anderes eingefallen. Larabee hat in Candys Schädelschwarte einen Elfenbeinsplitter gefunden.«

»Was tut Elfenbein in den Haaren einer Nutte?«

»Lassen Sie mich ausreden.«

Slidell schaute auf seine Uhr.

»Als wir in Rocketts Haus waren, habe ich in seinem Wohnzimmer einen geschnitzten Stoßzahn gesehen. Das Ding sah alt aus.«

»Und?«

»Was soll das heißen, *und?*« Scharf. »Das weltweite Verbot

des Handels mit Elfenbein besteht seit über zwanzig Jahren. Wer hat das Zeug einfach so herumliegen?«

»Ich habe eine Elfenbeinkugel, die mein Großvater mir geschenkt hat.«

»Hören Sie mir überhaupt zu?«

»Beruhigen Sie sich, Doc.«

»Ich bin ruhig. Wussten Sie, dass, neben Drogen und Waffen, Menschen die häufigste Schmuggelware auf der ganzen Welt sind?«

Slidell rieb sich das Kinn.

Im Bereitschaftssaal hinter uns klingelte ein Telefon.

»Ich beantrage einen Durchsuchungsbeschluss. Das heißt nicht, dass ich einen kriege, aber wir haben Creachs Geständnis, dass das Passion Fruit kein medizinischer Massagesalon ist. Das werde ich vorbringen. Wenn wir erst mal drin sind, werden wir sehen, was wir finden.«

Während Slidell versuchte, einen Richter zu einem Durchsuchungsbeschluss zu überreden, fuhr ich zurück ins MCME, um ein wenig zu recherchieren. Ich erfuhr Folgendes.

Eine Studie der Vereinten Nationen schätzte den jährlichen Profit aus dem Menschenhandel auf 31,6 Milliarden Dollar. Und diese Zahl war bereits einige Jahre alt. Bei der steilen Wachstumskurve der Industrie rückten manche die wahrscheinliche Gesamtsumme näher an die 40 Milliarden.

Als Folge des Menschenhandels befinden sich weltweit 2,5 Millionen Menschen in Zwangsarbeit, und das dauernd. 161 Länder sind betroffen, 127 als Exporteure, 137 als Importeure. Asiatische und pazifische Länder sind die häufigsten Quellen, gefolgt von Ländern in Afrika, dem Mittleren Osten und dem ehemaligen Ostblock.

Die Mehrheit der Opfer ist zwischen achtzehn und vierundzwanzig Jahre alt, aber jährlich sind auch etwa 1,2 Millionen Kinder betroffen.

Geschmuggelte Personen landen in abhängiger oder Zwangsarbeit oder in sexueller Knechtschaft. Abhängige Arbeiter arbeiten, um einen Kredit oder eine Dienstleistung abzubezahlen, oft jahrelang. Zwangsarbeiter schuften gegen ihren Willen, normalerweise im Haushalt, in der Landwirtschaft oder in illegalen Produktionsbetrieben.

Dreiundvierzig Prozent der Menschenhandelsopfer landen gegen ihren Willen in kommerzieller sexueller Ausbeutung. Achtundneunzig Prozent davon sind Frauen und Mädchen.

Als ich mich nach einer Stunde zurücklehnte, war mir schlecht.

Ausreißer, die auf ein besseres Leben als Kindermädchen oder Model hoffen. Teenager, die eine aufregende Bekanntschaft machen, einen exotischen Fremden, einen älteren Mann kennenlernen. Kinder, die spielen oder in die Schule gehen, werden gepackt und in einen Transporter geworfen. Mädchen mit gefesselten Händen, die Gesichter ohne jede Hoffnung. Knaben auf Matratzen in dreckigen Kellern.

Ich taumelte am Rand eines tiefen Grabens hilfloser Wut.

Eine E-Mail holte mich zurück.

Ich sah den Absender. Las die Betreffzeile.

Spürte eisige Nadeln auf meiner Haut.

Du bist die Nächste, Schlampe.

citizenjustice@hotmail.com.

Dann versuch's doch, du Scheißkerl.

Ich öffnete das üble Ding.

Ein einziges Bild füllte den Monitor, eine als Anhang übermittelte .jpg-Datei.

Das Foto zeigte eine auf dem Rücken liegende junge Frau, auf dem Asphalt unter ihrem Kopf eine dunkle Pfütze. Die Augen der Frau waren offen und starrten ins Nichts. Das Gesicht war geschwollen, verfärbt und blutverschmiert.

Mir blieb die Luft weg.

Der Mund der Frau stand weit offen. Zu weit.

»O Gott. O nein.«

Trotz des Bluts konnte ich sehen, das der Mund der Frau leer war.

Schockiert und angewidert starrte ich hin. Und wusste Bescheid. Die Zunge der Frau war herausgeschnitten, verpackt und mir auf die Schwelle gelegt worden. Kannte ich sie?

Das Gesicht der Frau war zu entstellt, um ein Wiedererkennen zu ermöglichen. Auch wenn ich sie kennen würde.

Ich ließ den Blick über den liegenden Körper wandern. Die Kleidung war unauffällig, eine Jacke, dunkle Hose, praktische Schuhe.

Mein Blick arbeitete sich wieder hoch.

Die Jacke war fleckig, von Blut, wie ich annahm.

Mein Blick fiel auf den Hals der Frau.

Ein Herzschlag. Zwei. Ein Dutzend.

Die eisigen Nadeln wurden glühend heiß.

Ich griff zu meiner Lupe. Bewegte sie auf und ab, bis das Bild scharf wurde.

Sah das herzförmige Mal in der Kuhle am Hals der Frau.

Meine Faust knallte auf den Schreibtisch.

Verdammt! Verdammt! Verdammt!

Tränen brannten mir unter den Lidern.

Ich stand auf. Ging auf und ab. Wütend. Trübselig.

Schuldig?

Als das Telefon klingelte, hätte ich es beinahe ignoriert.

»Was?« Eher ein Aufschrei als eine Frage.

»Alles okay, Doc?« Slidell.

»Ich … sind Sie in der Nähe eines Computers?«

»Kann ich sein.«

»Ich schicke Ihnen ein Foto an Ihr E-Mail-Konto.«

»Könnte eine Minute dauern.«

»Rufen Sie mich an, sobald Sie es haben.« Ich hoffte, meine Stimme verriet nicht, wie fertig ich war.

»Ich dachte, Sie wollen –«

»Tun Sie es einfach.«

Und wieder marschierte ich auf und ab.

Zwölf Minuten später klingelte das Telefon.

»*Citizenjustice*. Wer ist dieser Wichser?«

Ich hörte Slidells Atem, wusste, dass er das Foto anstarrte.

»Die Tote ist D'Ostillo«, sagte ich.

»Die Kellnerin aus dem Mixcoatl.«

»Ja.«

»Sind Sie sicher?«

»Sehen Sie das Muttermal an ihrer Kehle?«

Slidell knurrte.

»Es ist D'Ostillo. Sie hat mit uns geredet, und dann wurde sie umgebracht.«

»Denken Sie jetzt nur nicht, das wär Ihre Schuld.«

»Ach wirklich? Wessen dann? Wessen Schuld ist es dann? Wer hatte die Idee, in dieses Restaurant zu gehen?«

»Sie hatte doch Sie angerufen.«

»Und weil sie eine gute Samariterin war, schneidet man ihr die Zunge raus!«

Ich war den Tränen nahe. Und hasste es. Vor allem wenn ich mit Slidell redete.

Slidell schwieg so lange, dass ich schon dachte, er hätte aufgelegt. Bei meiner Unhöflichkeit hätte ich es ihm nicht verdenken können.

»Die Sache wird immer übler«, sagte er schließlich.

»Wer das getan hat, spielt um größere Einsätze als nur eine Teenagernutte.«

»Sie glauben, es gibt eine Verbindung zwischen Candy und D'Ostillo?«

»Sie nicht? Candy wurde in der Nähe der Taquería getötet. D'Ostillo hat uns gesagt, sie hätte Candy da drinnen gesehen, und gemeint, sie würde im Passion Fruit arbeiten. D'Ostillo ist tot, Candy ist tot.«

»Ist Rockett immer noch Ihr Favorit?«

»Ganz oben auf meiner Liste.«

»Ich schicke die E-Mail an unsere Computerabteilung, mal sehen, ob sie eine ISP finden. Techniker können das Bild analysieren. Es filtern oder vergrößern oder was sie eben tun. Vielleicht finden wir ja so den Tatort heraus.«

»Wie hoch ist die Chance, dass die Leiche noch dort ist?«

Slidell machte eins seiner Slidell-Geräusche. Dann sagte er: »Der Passion Fruit Club gehört einer Personengesellschaft namens SayDo LLP.«

»Was?«

Er fing an, den Namen zu wiederholen. Ich fiel ihm ins Wort.

»Wer sind die Besitzer?«

»Die sind nicht gerade gesprächig.«

»Ist da jemand dran?«

»In diesem Augenblick. Übrigens, ich habe den Durchsuchungsbeschluss.«

»Wann schlagen Sie zu?«

»Heute Nacht. Stelle gerade ein Team zusammen.«

»Ich will dabei sein.«

»Hab ich mir gedacht.«

35

Die Nacht war kühl, die Luft roch nach Diesel und mindestens einem verärgerten Stinktier. Der Vollmond stand im östlichen Himmel, überzogen von feinen, schwarzen Fingern.

»Tolle Nacht für eine Razzia.«

Slidell sagte das hinter dem Steuer eines Streifenwagens. Ein Uniformierter namens Rodriguez saß neben ihm, ich auf dem Rücksitz.

Unser Fahrzeug war eins von vieren, die im Leerlauf auf einer Industriebrache ein Stück nördlich und fünfzig Meter westlich des Passion Fruit Club standen. In drei Chevy Suburban saßen je drei Männer von SWAT-Teams. Slidell hatte sich für die Bärenjagd gerüstet. Seine Worte.

Mein Herz hämmerte in meiner Kevlarweste. Slidells Idee. Das Ding war sperriger als die Panzerweste, die ich in Afghanistan getragen hatte. Mein Knöchel schmerzte im Stiefel.

Wir stiegen aus. Die anderen taten dasselbe, behelmte Gestalten mit Bushmasters AR-15 und Remington 700P.308 Scharfschützengewehren samt Nachtsichtvisieren. Für die Bärenjagd eben.

»Der Laden hat zwei Ausgänge.« Slidells Gesicht war in der Dunkelheit kaum zu sehen, aber sein Tonfall sagte mir, dass er unter Hochspannung stand. »Wir gehen in einer Zangenbewegung rein, Alpha und Charlie vorn, Beta und Delta hinten.«

»Irgendwelche Waffen da drin?«

»Gehen Sie so vor, als wäre der Laden ein Arsenal.«

»Wissen wir, wie viele Personen drin sind?«

»Negativ. Sie kennen unsere Zielpersonen. Wenn Ray Majerick oder Dominick Rockett im Hause sind, festnehmen. Streng nach Vorschrift. Keine Grobheiten. Wir wollen nicht, dass uns ein Arschloch in Nadelstreifen mit Polizeigewalt kommt.«

Wir stiegen wieder in unsere Fahrzeuge. Slidell rollte an, ohne das Licht einzuschalten. Die Armada setzte sich in Bewegung, schweigend bis auf das Schnurren der Motoren und das Knirschen von sechzehn Reifen auf Kies.

Wie geplant, hielten zwei Einheiten vor dem Tattoosalon. Zwei andere fuhren zur Rückseite. Vor dem Passion Fruit stand nur ein einziges Fahrzeug. »Team Bravo in Position?«

»Ja.«

»Charlie?«

»Ja.«

»Delta?«

»Ja.«

»Alpha sagt grünes Licht. Legen wir los.«

Plötzlich erhellten Scheinwerfer und Signalleuchten die Nacht. Unser Wagen schoss vorwärts und stoppte so schnell, dass das Heck hochkam. Slidell und Rodriguez sprangen aus ihren Sitzen.

Ich öffnete meine Tür. Slidell drehte sich und zeigte mit dem Finger auf mein Gesicht.

»Ihre Backen bleiben auf dem Sitz.«

»Okay!«

Das war die Abmachung. Bleib im Auto, oder du darfst nicht mit.

Slidell und Rodriguez rannten geduckt vorwärts, die Glock in beiden Händen seitlich des Helms. Team Charlie stieß vor dem Passion Fruit dazu, zwei Mann seitlich, einer direkt vor dem Eingang.

Slidell sprach in sein Funkgerät, doch jetzt nicht mehr so leise.

»Los!«

Ein Mann des Charlie-Teams trat die Tür ein. Ich hörte Metall an eine Innenwand knallen. Glas zerbersten.

Slidell und Rodriguez stürmten hinein. Charlie folgte.

Irgendetwas krachte. Die Hintertür?

Gedämpft hörte ich Slidell bellen.

»Polizei. Keine Bewegung.«

Jemand kreischte, hoch und schrill.

Männer schrien.

Dann nichts mehr.

Keine Schüsse. Kein Geschrei von verärgerten Gästen. Kein Gekreische von verängstigten Frauen.

Sekunden vergingen. Eine Minute. Ein Leben.

Die Stille war ohrenbetäubend.

»Scheiß drauf.« Ich schwang mich aus dem Auto und lief auf das Gebäude zu.

Durch die offene Tür sah ich einen Wartebereich mit braungrauen Wänden, orangenen Plastikstühlen, Kunstfarnen, Kaffee- und Beistelltischen mit Brandnarben.

Einer der Jungs vom Charlie-Team war da.

»Gesichert?«, keuchte ich, randvoll mit Adrenalin.

»Ja.« Er deutete mit dem Lauf seiner Remington auf eine Tür auf der rechten Seite. »Die Party steigt da hinten.«

Ich ging einen Korridor entlang in den hinteren Teil des Gebäudes. Zu beiden Seiten sah ich Türen, alle gelb gestrichen. Drei links, drei rechts. Jede Tür stand offen.

Im Vorbeilaufen schaute ich in jede kurze hinein.

Die Zimmer hatten Sperrholzwände, die nicht ganz bis zur Decke reichten. Drei waren eher Kammern und enthielten nur ein ordentlich gemachtes Bett und einen Stuhl mit gerader Lehne. Zwei hatten die Standardausrüstung solcher Etablissements, eine Massagepritsche und einen Gettoblaster. Alle waren verlassen.

Gedämpfte Stimmen drangen aus dem sechsten Zimmer, dem letzten auf der rechten Seite. Eine gehörte Slidell. Stimmlage und Tonfall deuteten darauf hin, dass er seine Wut kaum zügeln konnte.

Ich trat ein.

Dieses Zimmer war auch eher kammergroß. Ein Schreibtisch stand darin, ein zerschlissener Polstersessel und ein uralter Fernseher mit einer Zimmerantenne wie Hasenohren. In einer Ecke stand eine Tür offen. Dahinter erkannte ich eine Treppe, die nach unten in die Dunkelheit führte.

In dem Zimmer war wieder ein SWAT-Mann, von Delta, denke ich. Sein Blick folgte mir unter dem Helm hervor.

Ich deutete zur Treppe.

Er nickte.

Der Keller war feucht und trostlos. Und war, wie es zu meiner Empörung aussah, bewohnt. Vier Pritschen, alle mit einer fadenscheinigen Decke. Ein winziger Kühlschrank. Eine Kochplatte. Ein Sideboard, darüber ein Regal. Auf einem kleinen Schreibtisch stand eine Lampe, daneben ein Becher voller Bleistifte und Kulis, leere Aschenbecher und ein Stapel Magazine.

Ein Kleiderständer mit Rädern stieß an das Sideboard. Alle Bügel waren leer. Eine Tür führte zu einem Bad am hinteren Ende des Kellers.

Slidell starrte böse auf eine Frau hinab, die nur gut eins fünfzig groß war. Sie starrte zurück, ließ sich nicht einschüchtern. In einer Hand hatte sie ein Blatt Papier, offensichtlich den Durchsuchungsbeschluss.

Rodriguez war ebenfalls dabei. Zwei SWAT-Männer. Ich nahm an, die anderen sicherten draußen das Gebäude oder kontrollierten die angrenzenden Grundstücke.

»Und Sie schmeißen dieses Drecksloch hier ganz allein?«

»Jemand kommt zum Putzen.«

»Wo sind sie, Mrs. Tarzec?« Slidell hatte sich drohend vor der Frau aufgebaut. Das kann der Mann ziemlich spektakulär.

»Ich hab's Ihnen doch gesagt. Ich weiß nicht, wovon Sie sprechen.« Mrs. Tarzec klang nach jahrzehntelangem Zigarettenkonsum. Ihr Aussehen entsprach ihrer Stimme. Die Haare waren dünn und spröde, die Haut blass und runzlig aufgrund mangelnder Durchblutung durch das Rauchen.

»Ich glaube, das wissen Sie sehr wohl.«

Mrs. Tarzec zuckte die Schultern.

Slidells Blick wanderte zu Rodriguez.

Rodriguez schüttelte beinahe unmerklich den Kopf.

Slidells Kiefermuskeln traten so stark vor, dass sie seinen Helmgurt aufwölbten. »Wer hat Ihnen den Tipp gegeben?«

»Ich habe keine Ahnung, wovon Sie sprechen.« Englisch mit leichtem Akzent. »Wir machen Massagetherapie. Nur Massagetherapie.«

»Ach ja?« Slidell schaute sich übertrieben um. »Wo sind dann die Masseusen?«

»Heute ist Mittwoch. Da ist nicht viel los. Es kostet mich mehr, das Licht brennen zu lassen, als ich an so einem Tag einnehme, deshalb habe ich den Mädchen den Abend freigegeben. Mädchen. Der richtige Ausdruck ist übrigens Masseurin.«

»Der richtige Ausdruck ist Hurenhaus.«

»Ich mag es, wie Sie den Macho spielen, Officer. Wie schwer sind Sie? Hundertachtzig?«

»Mit meiner Waffe.« Slidells Gesicht war hart, die Wangen dunkelrot.

»Sie wirken verspannt, Officer. Sie könnten von unserer Aromatherapie profitieren.«

»Sie könnten von einer Zeit in der Zelle profitieren.«

Mrs. Tarzec trat zwei Schritte zurück, schüttelte langsam den Kopf und lächelte. Ihre Zähne waren gelb und wirkten in ihrem Mund merkwürdig klein.

»Verhaften Sie mich jetzt?«

Slidell schwieg.

»Ich glaube nicht. Was Sie auch suchen, es ist nicht hier. War es auch nie. Sie haben nichts. Sie wissen es. Ich weiß es. Also nehmen Sie Ihre Scheißwaffen und Ihre Scheißtransporter und verschwinden Sie von meinem Grundstück.«

»Diese Masseurinnen, wo kommen die her?«

»Aus offiziellen Therapie-Trainingsprogrammen.«

»Was ist SayDo?«

»Wie bitte?«

»Die Firma, der dieser Laden gehört. Die Leute, die Ihre üppige Pension finanzieren.«

In diesem Augenblick kam ein SWAT-Mann die Treppe herunter, die Bushmaster auf den Boden gerichtet. Ich trat zur Seite, um ihn in den Raum zu lassen. Er nickte zum Dank.

Slidell wandte den Blick von Mrs. Tarzec ab und schaute den Mann an. Sein Stirnrunzeln wurde tiefer, als er mich sah.

Der SWAT-Mann schüttelte den Kopf und hob die Hand. Nichts.

»Noch einmal durchsuchen«, bellte Slidell.

Mrs. Tarzecs harte Schale zeigte den ersten Riss. »Das ist Belästigung. Das dürfen Sie nicht.«

»Ach ja?« Slidell deutete auf den Durchsuchungsbeschluss. »Hier steht, dass ich es darf.«

Mrs. Tarzec kniff die Augen zusammen. »Darf ich meine Zigaretten holen?«

»Nein. Dürfen Sie nicht.« Slidell deutete auf eine Pritsche. »Hinsetzen.«

Mrs. Tarzec setzte sich und verschränkte Beine und Arme.

Der SWAT-Mann ging wieder nach oben. Augenblicke später hörte ich Stiefelschritte auf den Bodenbrettern über meinem Kopf. Ich wusste, sie würden noch einmal nach Personen suchen, nicht nach Beweismitteln.

Auch Slidell wusste das, und es verbesserte nicht gerade seine Laune. Er durchwühlte den Schreibtisch und überflog wahllos Papiere. Seine Erregung war offensichtlich in seinem schnellen Atmen und den hastigen, fahrigen Bewegungen.

Rodriguez ging zum Sideboard und zog Ramen-Nudeln, Konserven und Schachteln mit getrockneten Makkaroni- und Spaghettigerichten heraus. Als alle Fächer leer waren, klopfte er auf das billige laminierte Holz, um nach Hohlräumen dahinter und darunter zu suchen.

Slidell schaute in den Abfallkorb. Leer. Zog die Decken von den Pritschen, die Bezüge von den Kissen. Nichts.

Dann verschwand er ins Bad. Ich hörte den Toilettensitz schlagen, den Deckel des Spülkastens kratzen, den Duschvorhang über die Stange kreischen.

Rodriguez öffnete den Kühlschrank. Fand Limonaden und Gewürze, ein paar Päckchen Käse. Slidell kam wieder aus dem Bad.

»Sie werden hier nichts Illegales finden.« Mrs. Tarzecs

Stimme klang jetzt hoch und angespannt. Entweder waren es die Nerven oder der Nikotinentzug.

»Da haben Sie allerdings recht. Keine Kundenliste. Keine Rechnungen. Keine Steuerunterlagen.« Slidell durchbohrte sie mit einem Blick. »Das ist ein interessanter Punkt. Was nicht hier ist, kann so belastend sein wie etwas, das hier ist.«

»Das bezweifle ich.«

Slidell ging zu ihr.

»Was ist SayDo?«

Mrs. Tarzec zuckte die Achseln.

»Für wen arbeiten Sie?«

»Darth Vader.«

»Sie sagen, geschäftlich läuft's gerade schlecht? Mal sehen, ob die Geschäfte besser werden, wenn vierundzwanzig Stunden lang ein Streifenwagen vor der Tür steht. Glauben Sie, Darth schreibt Ihnen dann einen fetten Bonusscheck aus?«

»Dafür gibt es Anwälte.«

Slidell zog das Foto heraus, das ich von Candy gemacht hatte.

»Kennen Sie sie?«

Mrs. Tarzec schaute sich das Foto an, sagte aber nichts.

»Die Kleine sieht nicht gerade tipptopp aus, so wie sie auf der Bahre in der Leichenhalle liegt.« Slidell wedelte mit dem Foto. »Sehen Sie noch mal genau hin.«

Mrs. Tarzec schlug die Beine andersherum übereinander, mied aber den Blick auf das Foto.

»Ja. Ich sehe auch nicht gerne tote Kinder.« Slidells Ton wurde härter als Granit. »Eine letzte Chance. Wohin haben Sie sie gebracht?«

»Sie sind doch verrückt.«

»Sagen Sie Darth Folgendes. Wohin Sie gehen, ich werde

da sein, Tag und Nacht. Von jetzt an bin ich Ihr schlimmster Albtraum. Sie sind erledigt.«

Keine Reaktion.

»Und hier ist der Teil, der Ihnen wirklich nicht gefallen wird.«

»Was das wohl sein könnte.«

»Wir sehen uns morgen.« Slidell zog die Luft zwischen die Zähne und zwinkerte.

Mrs. Tarzec stellte den Fuß auf die Zehenballen und fing an, mit dem Bein zu wippen. Aber sie sagte keinen Ton.

»Jetzt raus hier«, sagte Slidell zu Rodriguez.

Ich bekam nur ein wütendes Stirnrunzeln, als er sich an mir vorbeischob, um die Treppe hochzusteigen.

Auch Rodriguez und ich gingen nach oben und zur Tür hinaus. Die SWAT-Männer bestiegen bereits ihre Fahrzeuge.

Slidell saß im Streifenwagen, als Rodriguez und ich einstiegen. Seine Wut fühlte sich an wie Elektrizität in der Luft.

»Wer zum Teufel hat denen den Tipp gegeben?« Slidell rammte den Handballen aufs Lenkrad.

Ich hielt lieber den Mund. Rodriguez ebenfalls.

Slidell drehte sich zu mir um.

»Und verdammt noch mal, wer hat Ihnen erlaubt, das Fahrzeug zu verlassen?«

»Ich habe eine ganze –«

»Das ist noch nicht vorüber.« Slidell drehte den Zündschlüssel. »Ich besorge mir jedes Dokument, das es über diesen Laden gibt. Finde alles raus über jeden Penny, der hier je verdient oder ausgegeben wurde. Wann hier zum letzten Mal eine Fliege erschlagen oder die Toilette gespült wurde.«

Rodriguez und ich ließen ihn Dampf ablassen.

»Und keine Samthandschuhe mehr für Rockett. Diesen Wichser hole ich mir wieder aufs Revier.«

Slidell legte den Gang ein und raste davon.

Ich lehnte mich zurück, denn ich wusste, meine eigentliche Strafpredigt stand mir erst noch bevor. Aber ich verstand Slidell. Er war nicht nur frustriert, weil man ihn übertölpelt hatte. Hinter seinem Gepolter lauerte dasselbe Schuldbewusstsein, vor dem er mich gewarnt hatte. Wir hatten D'Ostillo befragt, und jetzt war sie tot.

Und Slidells Zorn war gar nicht so schlecht. Einen wütenden Slidell hatte niemand gern im Nacken.

36

Am nächsten Morgen schlief ich länger als an allen Tagen seit meiner Rückkehr. Trotzdem fühlte ich mich beim Aufwachen ruhelos und beklommen.

Ich hatte Kaffee und Raisin Bran, und während ich Schüssel und Tasse wusch, fühlte ich mich, als hätte meine Haut nicht die richtige Größe. Die erfolglose Razzia im Passion Fruit. Die Sorgen um die Mädchen, denen vielleicht dasselbe Schicksal bevorstand wie Candy. Die Frustration, weil wir Candys Identität noch immer nicht kannten. Die Angst vor Slidells Zorn. Das schlechte Gewissen wegen D'Ostillo.

Das schlechte Gewissen, weil ich Larabees Scheißhausschädel nicht untersuchte.

Das ungute Gefühl, weil irgendein Spinner mir eine Zunge auf die Schwelle gelegt hatte.

Der Knöchel fühlte sich ziemlich gut an. Ich beschloss, dass es jetzt Zeit war, ihn wieder ranzunehmen.

Ich rief die Telefonzentrale des MCME an. Mrs. Flowers meldete sich. Ich sagte ihr, dass ich eine Runde laufen und gleich danach ins Institut kommen würde. Sie fragte, ob ich den Booty Loop laufen wolle. Überrascht, dass sie die Strecke überhaupt kannte, sagte ich Ja, obwohl ich mir über die Route noch keine Gedanken gemacht hatte.

Ich zog meine Nikes und meine gewohnten Laufklamotten an – Radlerhose und ein weites, schlabbriges T-Shirt. Der Morgen war kühl, aber sonnig. Dank Mrs. Flowers machte ich mich an den Booty Loop, einen Fünf-Meilen-Kurs, der den Campus der Queens University umringt. Was der Name eigentlich bedeutet, wird unter den Charlottern immer noch heiß diskutiert.

Ich war seit einigen Wochen nicht gelaufen, und die erste Meile war eine Quälerei. Aber der Knöchel fühlte sich stabil an.

Nach der zweiten Meile brannte Milchsäure in meinen Beinmuskeln. Doch weil ich fest entschlossen war, den Rundkurs zu beenden, lief ich weiter.

Schwitzend und keuchend erreichte ich schließlich den Clock Tower. Ich stand gebeugt da und atmete heftig, als jemand meinen Namen rief.

Ich richtete mich auf und sah einen Mann von einer Bank aufstehen und auf mich zukommen. Er war groß und dünn und trug eine Kappe der Tar Heels, Jeans und eine schwarze Nylonjacke. An einer Hand baumelte eine Plastiktüte.

Was wollte der?

»Ich habe in Ihrem Büro angerufen. Die Frau am Telefon meinte, ich würde Sie hier finden. Sie war so freundlich, mir den Weg zu beschreiben.« Scott Blanton lächelte und zeigte seine schiefen Schneidezähne. »Ich hoffe, ich komme nicht ungelegen?«

Ungelegen? Ich schwitzte heftig, war völlig fertig und verwirrt. Den NCIS-Agenten hatte ich zuletzt in Bagram gesehen. Warum lauerte er mir beim Joggen auf?

Blanton streckte mir seine freie Hand entgegen.

Ich hob meine Hände in die Luft und grinste entschuldigend. »Verschwitzt.«

Blanton musterte mich vom Kopf bis zu den Zehen. »Aber sehr fit, wie's aussieht.«

»Danke.« Plötzlich wurde ich mir der Po-formenden Spandex-Hose bewusst.

»Wie geht's dem verstauchten Knöchel?«

»Völlig verheilt.«

»Nach der Exhumierung war mir hundeelend. Musste zwei Tage in Quarantäne, bevor man mich nach Hause ließ.«

Mir fiel ein Detail aus unserer Unterhaltung in der Kantine wieder ein. Blanton war aus Gastonia.

»Ich bin mir sicher, Ihre Familie ist sehr froh, Sie wiederzuhaben.« Lahm. Aber ich hatte keine Ahnung, was der Kerl wollte.

»Und Ihre Katze war sicher auch sehr froh, Sie wiederzusehen.«

Die Bemerkung überraschte mich. Dann fiel mir ein, dass ich das ebenfalls in der Kantine erzählt hatte.

»Ja.« Ich wischte mir feuchte Haare aus der Stirn.

Blanton griff in die Tüte und zog einen Karton heraus. Flach und rechteckig.

Wie derjenige, in dem D'Ostillos Zunge gelegen hatte.

Mit einem komischen Gefühl im Magen schaute ich mich um. Hinter uns liefen Studenten über den Campus. Auf der Radcliffe herrschte Verkehr, nicht sehr viel, aber genug, um mir ein Gefühl der Sicherheit zu geben.

»Für Sie, Doctor.« Blanton hielt mir den Karton hin. »Weil Sie so ein guter Soldat waren.«

»Ich habe nur meine Arbeit getan.«

»Dann nehmen Sie es als Dank dafür, dass Sie mein grässliches Benehmen klaglos hingenommen haben.«

Ich nahm den Karton und hob den Deckel an. Drinnen lag ein Paschmina-Tuch, ähnlich dem, das Katy und ich auf dem Basar in Bagram bewundert hatten.

Blanton war nach Charlotte gekommen und hatte mich ausfindig gemacht, nur um mir ein Tuch für zwei Dollar zu schenken?

»Ihre Miene sagt Stalker. Entweder das, oder Ihnen gefällt die Farbe nicht.«

»Es ist sehr schön. Nur unerwartet.«

»Ich war in der Gegend und dachte mir, vielleicht freuen Sie sich über ein Erinnerungsstück.«

Gastonia war gute vierzig Minuten entfernt. Wenn wenig Verkehr war.

»Hören Sie. Ich habe mich da drüben nicht von meiner besten Seite gezeigt. Ich war angespannt. Das Ungeziefer. Welsted hat mich wahnsinnig gemacht.« Schelmisches Grinsen. »Vergeben und vergessen?«

»Vergeben und vergessen.« Jetzt, da ich nicht mehr lief, fühlte sich die Brise auf der feuchten Haut und den schweißnassen Sachen kalt an. Ich fing an zu zittern. Blanton schien es nicht zu bemerken.

»Was wir getan haben, war wichtig, unabhängig vom Ausgang. Sheyn Bagh war eine üble Situation, in der es eigentlich keine Gewinner geben konnte. Wir haben der Gerechtigkeit Genüge getan.«

»Haben Sie mit Lieutenant Gross gesprochen?«

»Nein. Aber ich habe gehört, dass er unbedingt wieder in den Einsatz will.« Blanton starrte mich an, als wollte er mir ins Gehirn bohren. »Wie läuft die Arbeit? So viel zu tun wie drüben?«

»Hm.«

»Böse Menschen tun anderen Menschen böse Dinge an. Hoffentlich anderen bösen Menschen. Aber das ist nicht immer so, oder?«

Blanton beugte sich verschwörerisch zu mir. Er roch nach schalem Kaffee und Old Spice.

»Wir sehen es, nicht wahr? Das Böse. Tagein, tagaus. Nach einer Weile macht es einen ganz konfus. Wie kann guten Menschen eine solche Scheiße passieren? Menschen wie John Gross.«

Ich hielt das für ein schlechtes Beispiel, sagte aber nichts.

»Ich weiß ja nicht, wie's Ihnen geht, aber ich glaube inzwischen, dass das Böse in dieser Welt wirklich existiert. Das echte, greifbare Böse. Man weiß nie, ob man eines Morgens aufwacht und es auf der eigenen Schwelle findet.« Blanton grinste selbstironisch.

»Na ja, ich philosophiere mal wieder. Und Sie stehen da und frieren.«

Blanton nahm das Tuch aus dem Karton in meinen Händen, faltete es auf und legte es mir um die Schultern. Als er sich über mich beugte, fiel mir auf seinem Hals ein Tattoo auf, irgendein chinesisches Symbol.

War ich die einzige Person auf diesem Planeten, die noch keine Tinte auf der Haut hatte?

»Passen Sie auf sich auf, Dr. Brennan.«

Bevor ich etwas erwidern konnte, drehte Blanton sich um und ging davon. Ich sah ihm nach, bis er bei der Selwyn um die Ecke bog.

Danach fühlte ich mich sehr erleichtert.

Mein Gott. Warum war mir der Kerl so unheimlich?

Plötzlich fühlte sich mein Knöchel nicht mehr so gut an.

Ich joggte langsam nach Hause, duschte, aß eine Kleinigkeit und fuhr dann ins MCME.

Um halb fünf war ich mit dem Schädel fertig. Der unangenehme Teil war das Abkratzen der Kacke gewesen. Der Ausschluss eines Verbrechens war dagegen ein Kinderspiel.

Der Schädel war der eines jungen Erwachsenen, sehr wahrscheinlich indischer Abstammung. Die Schädelnähte und die Zähne ermöglichten die Altersbestimmung. Die ausgeprägten Brauenwülste, die vorspringende Nackenleiste und der große Warzenfortsatz verrieten mir das Geschlecht.

Die kleinen Schrauben, die den Unterkiefer am Schädel befestigten, sagten mir, dass der Schädel von einem schulischen Anschauungsskelett stammte. Zwar wurden schon seit zwanzig Jahren keine echten menschlichen Knochen mehr exportiert, davor aber war es legal und durchaus üblich, und die meisten menschlichen Skelette kamen aus Indien. Diese Tatsache deutete zusammen mit der Gesichtsarchitektur auf eine südasiatische Abstammung hin.

Ich schrieb einen Bericht in diesem Sinne. Nun war es an Larabee und, falls er die Sache weiterverfolgte, am CMPD, zu klären, wie der Schädel im Klo gelandet war.

Motiviert durch meine vorbildlichen Leistungen beim Auspacken, Joggen und bei der Begutachtung des Schädels, fuhr ich auf dem Heimweg zu einem Harris Teeter, um meine Nahrungsvorräte aufzustocken. Wer will noch behaupten, dass ich ein Zauderer bin?

Es dämmerte schon, als ich zu Hause eintraf. Birdie kam

aus dem Wandschrank geschossen und strich um meine Beine.

Ich hob ihn hoch und kraulte ihm das Kinn. Er zeigte großes Interesse, als ich meine Einkäufe verstaute. Ich ließ ihn mit einer der Plastiktüten spielen.

Als ich gerade Toilettenpapier und Seife in den Badezimmerschrank räumte, dachte ich an die Alarmanlage und lief nach unten, um sie einzuschalten. Beim Ankommen hatte ich in der Zufahrt einen Streifenwagen gesehen. Slidells Überwachung. Trotzdem.

Ich würde es zwar nie zugeben, aber ich war froh um die Polizisten da draußen. Auch wenn sie nur in Abständen vorbeischauten. D'Ostillos Tod hatte mich ziemlich nervös gemacht. Ganz zu schweigen von der Zunge auf meiner Schwelle.

Auch Blantons unerwartetes Auftauchen machte mir Kopfzerbrechen. Warum hatte er mir das Tuch nicht einfach geschickt? Warum hatte er es überhaupt gekauft? Er war schon ein komischer Kauz.

Was hatte er gesagt? Aufwachen und das Böse auf der eigenen Schwelle finden? Sollte das eine versteckte Drohung sein?

Das Telefon klingelte.

»Mein Gott, Doc. Ich rufe seit einer Stunde an.«

»Was gibt's, Detective?«

»Ich habe mir Tarzec zum Verhör aufs Revier geholt. Hatte nicht viel erwartet und bekam auch nicht viel. Eigentlich gar nichts. Da ich nichts gegen sie in der Hand hatte, musste ich sie wieder gehen lassen.«

»Was ist mit Steuerunterlagen, Angestelltenverträgen, Pacht- oder Hypothekenverträgen für das Gebäude?«

»Ich arbeite daran. Aber ich habe den Typ vom ICE angerufen.«

»Luther Dew.«

»Ja. Was für ein Trottel.«

»Wenn Sie ihm vielleicht sagen, was D'Ostillo gesagt –«

»Ich bin Ihnen weit voraus. Ich bin vorbeigefahren, um ihm ein paar Fotos zu zeigen.«

»Das Foto von D'Ostillos Leiche?«

»Dachte schon, er würde sein Mittagessen auskotzen. Aber jetzt kapiert er es. Dass es um mehr gehen könnte als um tote Hunde. Er hat mir einige frisch erhaltene Informationen zukommen lassen.«

Ich wartete.

»Rockett reist häufig nach Texas.«

»Wie hat Dew das herausgefunden?«

»Das ICE gräbt wirklich tief. Handydaten, Kreditkartenabrechnungen, das Übliche.«

»Fährt Rockett mit dem Auto?«

»Manchmal. Aber hören Sie sich das an. Manchmal fliegt er hin, aber nicht zurück.«

»Wohin?«

»Houston. Oder Phoenix. Und dann weiter nach El Paso.«

»Wo übernachtet er?«

»Das ist nicht klar.«

»Geht er auch mal rüber nach Mexiko?«

»Die Grenzpolizei hat Aufzeichnungen über Flüge Rocketts nach Guatemala, Ecuador und Peru. Dew nimmt an, dass das legale Geschäftsreisen sind. Es gibt keine Aufzeichnungen darüber, dass er mit dem Auto von Texas nach Mexiko fährt.«

Ich wollte eine Frage stellen, doch Slidell kam mir zuvor.

»Oder von Arizona, New Mexico oder Kalifornien.«

»Passen seine Besuche zu Verkaufsabrechnungen hier?«

»Genau das ist es. Tun sie nicht. Das ICE hatte die Daten mit seinen Rechnungen verglichen.«

»Vielleicht macht er die Rundfahrten, um legale Ware abzuholen. Vielleicht dienen die One-Way-Flüge zu was anderem.«

Das musste ich ihm nicht erklären. Jeder Amerikaner weiß Bescheid über die Durchlässigkeit unserer Südgrenze. Die meisten wissen etwas von Schwarzarbeitern, die durch die Wüste laufen oder durch den Rio Grande schwimmen. Wir haben alle schon mal von den sogenannten Kojoten gehört, Geschäftemachern, die aus dem Schmuggel von Illegalen über Land Profit schlagen und sie bisweilen unterwegs lieber sterben lassen, als eine Verhaftung zu riskieren.

»Ich bezweifle, dass das so einfach ist«, sagte Slidell. »Vergessen Sie nicht, Rockett wurde in Charlotte-Douglas verhaftet, weil er illegale Ware einführen wollte.«

»Fracht ist einfach. Man verpackt sie und verschickt sie. Menschen sind ein viel haarigeres Problem. Sie müssen essen, trinken, atmen.«

Einige Augenblick dachten wir beide darüber nach.

»Wie hört sich das an? Irgendwie schafft Rockett Mädchen nach Mexiko. Aus Südamerika, Osteuropa, woher auch immer. Entweder haben sie eigene Pässe, oder er beschafft ihnen gefälschte. Vielleicht kümmert er sich auch gar nicht drum. Ob mit Papieren oder ohne, er schafft sie entweder zu Fuß oder auf Lastwagen über die Grenze und fährt sie dann nach Osten.«

»Hört sich einleuchtend an«, sagte ich.

»Eins ist sicher. Rockett reist nicht nach Texas, um sich Rodeos anzuschauen.«

»Nein«, pflichtete ich ihm bei.

Wieder Schweigen. Im Hintergrund hörte ich Telefone,

stellte mir vor, dass Slidell an seinem Schreibtisch im Bereitschaftssaal saß.

»Was ist mit Ray Majerick?«

»Noch flüchtig. Aber wir kriegen ihn.«

»Was ist mit *citizenjustice?* Irgendwas Neues?«

»Hab's an die Cyber-Jungs weitergeleitet, aber die stecken bis über beide Ohren in Arbeit.«

Es klingelte an der Tür. Meine Finger umklammerten den Hörer fester. Ich erwartete niemanden.

Es klingelte noch einmal.

Und noch einmal.

»Was ist da los?«

»Da ist jemand an der Tür«, sagte ich zu Slidell. »Sie haben einen Streifenwagen draußen, richtig?«

»Einer jede Stunde. Mehr ging nicht. Das Department hat zu wenig Leute.«

»Bleiben Sie dran?«

»Ja.«

Es klingelte noch einmal.

Und viel zu schnell noch einmal.

Mit dem Schnurlosen in der Hand stieg ich die Treppe hoch und versuchte, durch das Fenster zu sehen, das auf das Vordertreppchen hinausging. Die Außenbeleuchtung war ausgeschaltet. Unter dem Dachvorsprung erkannte ich einen Teil einer Männerschulter, ein Bein und abgewetzte Slippers.

»Soll ich einen Wagen schicken?«, fragte Slidell.

Ich hob mir das Gerät ans Ohr.

»Warten Sie.«

Ich lief nach unten, schlich zur Tür und drückte das Auge ans Guckloch.

»O mein Gott ...«

»Hallo, Doc? Alles okay?«

Schockiert schob ich den Riegel zurück und öffnete die Tür.

37

Sein Gesicht war eine Halloween-Maske, die Augen waren dunkle Höhlen, die Wangen eingefallen, das Kinn dunkel von Stoppeln.

»Reden Sie mit mir.« Slidells gebellter Befehl krächzte aus dem Hörer.

»Ich bin okay.«

»Was zum –«

»Es ist ein Freund.« Neutral, um die Gefühle zu überdecken, die in mir aufwallten. »Es geht mir gut. Vielen Dank.«

Ich legte auf. Dann stand ich wie erstarrt da, wusste nicht, wie ich mit der Situation umgehen sollte. Sollte ich mich erfreut zeigen? Wütend? Gleichgültig?

Ich schaltete die Außenbeleuchtung ein. Im weichen, gelben Licht sah ich rote Äderchen im Weiß seiner Augen.

»Du siehst beschissen aus.« Die witzige Variante.

»Danke.« Ryans Stimme klang belegt und heiser.

»Soll ich mal versuchen, bei dir auf Neustart zu drücken?«

»Funktioniert nicht.«

»Komm rein.«

Er rührte sich nicht.

»Wenn ich dich da draußen stehen lasse, verlotterst du noch mehr und machst den Nachbarn Angst.«

Normalerweise hätte Ryan mit einer witzigen Retourkutsche reagiert.

»Komme ich ungelegen?«

»Wollte eben die Flusen aus dem Trockner pulen.«

»Wenn du es nicht machst, steigt die Brandgefahr.«

Ich grinste.

Ryan grinste. In gewisser Weise.

Ich trat beiseite.

Ryan bückte sich und legte die Hand um den Griff eines verhüllten Würfels. Als er an mir vorbeiging, hörte ich ein Glöckchen bimmeln. Und Kratzen. Seine Kleidung stank nach Schweiß und Zigarettenrauch.

Ich schloss die Tür und drehte mich um.

Ryan stand mitten im Zimmer und schien nicht recht zu wissen, was er tun sollte. Er hatte Gewicht verloren und sah hager und abgezehrt aus.

»Er hat den Wunsch geäußert, in den Süden zu gehen.« Ryan zog das Tuch vom Käfig.

Charlie, unser Papagei, blickte verwirrt drein. Aber Vögel blicken immer verwirrt drein.

Ich deutete ins Esszimmer. Ryan stellte den Vogel auf den Tisch, legte das Tuch wieder darüber und kam dann ins Wohnzimmer zurück. Ich ließ mich in einen Lehnsessel sinken und hob die Augenbrauen.

Ryan setzte sich aufs Sofa, lehnte sich aber nicht zurück. »Schön hier.«

»Ist schon eine Weile her«, sagte ich.

»Ja.«

»Schön, euch beide zu sehen.«

Dreißig Sekunden lang nur Großmutters tickende Uhr. Es war ein angespanntes, verlegenes Schweigen.

»Wie geht's dem Tiger?«

»Noch immer König des Hauses.«

Ryan nickte, doch er rief oder suchte nicht nach Bird, wie er es normalerweise tat.

»Kaffee?«, fragte ich.

»Klar.«

Ich ging in die Küche. Ryan folgte mir nicht. Während ich die Kaffeemaschine in Gang setzte, dachte ich daran, wie oft wir uns diese Aufgabe geteilt hatten, das Mahlen der Bohnen, das Abmessen der Wassermenge, dann das Diskutieren, ob das Mischungsverhältnis zu stark oder zu schwach war. Was war denn nur passiert?

Als ich ins Wohnzimmer zurückkehrte, saß Ryan vorgebeugt da. Die Ellbogen auf den Knien, die Hände verschränkt zwischen ihnen.

Er nahm die dampfende Tasse, drehte dann den Kopf, um zum Fenster hinauszustarren. Um mir nicht in die Augen sehen zu müssen?

Ich setzte mich wieder in meinen Sessel und zog die Beine unter den Hintern. Machte mich gefasst auf das, was ich gleich hören würde. Die endgültige Trennung.

Schließlich bewegte Ryan den Blick in meine Richtung. Er stellte seinen unberührten Kaffee ab. Räusperte sich. Schluckte.

»Sie ist tot.«

»Wer?« Völlig aus der Fassung gebracht. »Wer ist tot?«

»Lily.« Ein ersticktes Flüstern.

Seine Tochter. Das Aussprechen ihres Namens löste bei Ryan einen Sturzbach der Gefühle aus, die er zu verstecken versucht hatte. Seine Nasenflügel wurden weiß, der Atem kam abgehackt.

In meiner Brust wurde es heiß. Tränen drohten.

Nein!

Ich stürzte zum Sofa, zog Ryan an mich und drückte ihn fest. Schluchzer ließen seine Schultern beben. Ich fühlte heiße Feuchtigkeit auf meinem T-Shirt.

»Das tut mir so leid«, murmelte ich immer wieder, im Angesicht solch verheerenden Kummers fühlte ich mich hilflos. »Es tut mir so leid.«

Nach einer Weile straffte Ryan sich wieder. Er löste sich von mir, setzte sich auf und strich sich mit den Händen über die Wangen.

»Captain America meldet sich zum Dienst.« Er grinste verlegen.

»Weinen ist gut, Ryan.«

»Männertränen.«

»Ja.«

Er atmete tief ein und ließ die Luft langsam aus. »Ich dachte mir, du solltest es wissen.«

»Natürlich.«

Ryan zog ein Taschentuch aus der Jeans und schnäuzte sich.

»Wann?«, fragte ich leise.

»Vor zehn Tagen.«

Kein Wunder, dass er auf meine Anrufe nicht reagiert hatte. Ich bekam ein schlechtes Gewissen. Doch es war unterlegt mit Schmerz. Warum hatte er sich nicht an mich gewandt?

»Was ist passiert?«

Ich war mir sicher, die Antwort bereits zu wissen. Ryan hatte mir die Geschichte seiner Tochter erzählt. Die Drogeneskalation, die schließlich in Heroinabhängigkeit gegipfelt war. Ein Dealer als Freund. Die Verhaftung wegen Ladendiebstahls. Ich war eine der wenigen, denen er sich anvertraut hatte.

Im letzten Jahr jedoch schien Lily die Kurve gekriegt zu

haben. Sie hatte glücklich gewirkt, einen Entzug gemacht und eine Reha besucht.

Aber was wissen wir wirklich über andere?

»Überdosis.« Ryan klopfte sich auf die Jackentaschen. Wurde sich dann bewusst, wo er war. Ließ die Hände in den Schoß sinken.

»Ist okay, wenn du rauchst.« War es nicht. Ich hasse den Geruch, hasse, was Zigaretten mit Teppichen und Vorhängen anstellen. Mit Menschen. Aber Ryan brauchte eine Stütze, um die Nerven zu beruhigen.

Obwohl ich wusste, dass ich keinen Aschenbecher hatte, ging ich in die Küche einen suchen. Kam mit einer Untertasse zurück.

Ryan klopfte sich eine Camel aus dem Päckchen. Als er sie anzündete, bemerkte ich, dass seine Hand zitterte.

»Schätze, jeder sucht sich sein eigenes Gift aus«, sagte er.

Ich sah zu, wie Ryan den Rauch tief einsaugte, ihn lange in der Lunge hielt und dann langsam durch die Nase ausließ.

»Man hat sie in einer verlassenen Doppelhaushälfte gefunden, die als Fixertreff benutzt wurde.«

Ich war einmal in so einer Heroinhöhle gewesen, zusammen mit einem Team, um eine Leiche zu bergen. Ich hatte das ganze Grauen noch gut vor Augen. Fleckige Matratze. Benutzte Nadeln. Ungeziefer. Der Gestank nach Urin und Fäkalien.

»Sie trug ein T-Shirt, das wir in Honolulu gekauft hatten. Sie liebte es, und ich musste den Spruch darauf auswendig lernen.« Wieder klang seine Stimme heiser. *»Hele me kahau'oli.«*

Ich strich ihm übers Gesicht.

»Gehe mit Freude«, übersetzte er.

»Ryan, du hast alles getan, was du konntest.«

Eine Träne löste sich und rollte ihm die Wange hinunter.

Er wischte sie grob mit dem Handrücken weg. Zog wieder an seiner Camel.

»Schätze, das war nicht genug.«

Was sollte ich darauf sagen?

Als Ryan von Lilys Existenz erfuhr, war sie bereits ein Teenager. Er hatte sie als Baby nie im Arm gehalten, nie kindliche Freuden mit ihr geteilt, sie nie getröstet. Ich wusste, er bedauerte seine Abwesenheit in ihrem Leben. Dass er sich verantwortlich fühlte für ihre Sucht. Für ihren Tod.

Nach dem Gesetz war Lily erwachsen. Ryan konnte ihr nicht mehr sagen, wie sie zu leben und was sie zu tun hatte. Trotzdem. Ich konnte mir meinen eigenen Kummer und die Selbstvorwürfe gut vorstellen, sollte Katy etwas passieren.

Eltern denken nicht rein rational. Man glaubt immer, man hätte mehr tun können. Gibt sich immer selbst die Schuld, wenn etwas schiefläuft.

»Ich hätte mich mehr auf Lily und weniger auf den Job konzentrieren sollen, auf Fremde, die meinen Namen nicht einmal kennen. Ich hätte mich voll und ganz auf *sie* konzentrieren müssen. Meine eigene Tochter.«

Ryans Schmerz war eine offene Wunde. Ich konnte absolut nichts tun außer zuhören.

»Komisch. Die Sachen, die einem wieder einfallen. Bedeutungslose Augenblicke. Eines Nachts kam sie in mein Schlafzimmer, um mir einen Song vorzuspielen, den sie sich von iTunes heruntergeladen hatte. Ich weiß noch genau, was es war. Israel Kamakawiwo'oles *Over the Rainbow/Wonderful World*.«

Ryans gequälter Blick suchte mein Gesicht. »Ist das alles, was wir hatten, Tempe? Alles, was ich ihr je gegeben habe? Ein lausiger Urlaub in Hawaii?«

Ich legte meine Hand auf seine. »Natürlich nicht.«

»Warum ist dann jede meiner Erinnerungen mit dieser Reise verbunden?«

»Es ist noch zu früh.«

Er schnaubte leise. Schüttelte den Kopf.

»Du solltest hierbleiben«, sagte ich. »So lange du willst.«

»Ich muss los.« Er zog noch einmal tief an seiner Camel und drückte sie dann aus.

»Jetzt?« Ungläubig.

»Tut mir leid.« Er strich sich mit der Hand durch die ungewaschenen Haare. Die Geste war so vertraut, dass es mir das Herz zerriss.

»Wohin?«

»Weg.«

Ich schaute ihn fragend an.

»Ich muss mich bewegen. Bewegen und in Bewegung bleiben.«

»Ryan –«

»Tut mir leid.« Er stand auf und ging zur Tür.

»Bitte.« Flehend. »Bleib.«

»Ich bin nicht in der Lage, mit anderen zusammen zu sein.«

»Wohin willst du?«

Er zögerte. »In den Süden.«

»Du kannst das Arbeitszimmer haben. Ich bin mit einem Fall beschäftigt. Du würdest mich kaum sehen.«

»Ich kann nicht. Tut mir leid.«

Er las in meinem Ausdruck etwas, das ich nicht meinte.

»Du hast recht. Es war ein Fehler. Ich wollte nur …«

»Ein Fehler?« Ich versuchte, mir meine Verärgerung und Verletztheit nicht anmerken zu lassen.

»Ich wusste einfach nicht, wohin ich sonst sollte.«

»Bleib, Ryan.«

»Du kannst nichts tun. Kein Mensch kann irgendwas tun.«

Und damit ging er.

Ich lief zur Tür und sah ihn langsam mit den Schatten verschmelzen. Die Tränen brannten heiß auf meinen Wangen.

Auf halbem Weg blieb er stehen, drehte sich um und kam langsam zurück.

»Es tut mir so leid.«

»Wenn du dir nur von mir helfen lassen würdest.«

»Das hast du bereits getan.«

Er breitete die Arme aus. Ich stürzte hinein. Sie schlossen sich um mich. Ich drückte meinen Körper an seinen.

Er umschlang mich fest. Ich roch schalen Rauch, Leder und einen Hauch seines Rasierwassers.

Während wir uns umarmten, schwangen Scheinwerfer um eine Kurve in der Zufahrt und beleuchteten unsere Körper. Geblendet konnte ich nicht sagen, ob das Auto zu Slidells Überwachungsteam gehörte.

Das Fahrzeug beschleunigte, fuhr an uns vorbei und bog rechts auf die Queens ab.

Bilder blitzten auf. Ein Karton. Eine abgetrennte Zunge. Ein verquollenes, blutiges Gesicht.

Ryan missverstand mein plötzliches Versteifen als Ablehnung und löste die Umarmung.

»Ich werde dich vermissen.« Er drückte sich seine Fingerspitzen an die Lippen und strich mir damit über die Wange.

»Geh nicht.« Vielleicht hatte ich es gesagt, vielleicht nur gedacht.

Ryan ging den Zuweg hinunter und bog um eine Ecke. Eine Autotür wurde zugeschlagen. Ein Motor sprang an.

Ich schloss und verriegelte die Tür. Ich lehnte mich dagegen, versuchte, diesen Besuch zu verarbeiten. Er hatte nicht nach Katy gefragt. Nach meinen Reisen. Ich war im Krieg gewesen, und ihm war es scheißegal.

In seiner Zeit des Leidens hatte Ryan mich ausgeschlossen. Die Zurückweisung fühlte sich an wie ein Messer im Herzen.

Im Ernst? Die Tochter dieses Mannes ist tot, und du bist sauer, weil er dich nicht angerufen und sich nicht nach dir erkundigt hat? Bis du schon so egozentrisch geworden?

Voller Scham über meine Kleinlichkeit stieß ich mich von der Tür ab. Ich hatte einen Fuß auf der Treppe, als das Telefon klingelte.

Aufgeregt griff ich zum Hörer.

Es war nicht Ryan.

»Hallo, Doc.«

»Was gibt's, Detective?«

»Sie klingen so begeistert wie ein toter Fisch.«

»Warum rufen Sie an?«

»Hab einen Schocker für Sie.«

Das war es wirklich.

38

»Erinnern Sie sich an Archer Story?«

»Der jüngere Bruder von John-Henry, der Mann, der in dem Flohmarktbrand umkam.« Vielleicht. »Was ist mit ihm?«

»Archer und John-Henry waren Partner bei S&S Enterprises.«

»Ja?« Gedehnt und als Frage betont. Ich hatte keine Ahnung, wohin das führen sollte.

»S&S. Story und Story. Ihnen gehörte John-Henry's Tavern,

eine Kette von Gemischtwarenläden, eine Reihe von Lagerhäusern und noch einiges andere. Eine nette kleine Geldmaschine. Aber richtig Kohle machten sie mit anderen Investitionen.«

»Die Saturn-Händlernetze und die Pizzerias.«

»Genau. Aber die Brüder zogen nicht unbedingt die Gewinne ab und schoben die Verluste hin und her. Sie diversifizierten. Und versteckten ihre Investments in Schichten um Schichten von Dachfirmen, Personengesellschaften mit beschränkter Haftung und ähnlichen völlig legalen Konstrukten.«

»Was hat das mit Candy und Rosalie zu tun?« Nach Ryans Besuch war ich jetzt völlig durch den Wind. Ich wollte mich nur noch zusammenrollen und schlafen, bis der Schmerz verging.

Nein. Was ich wollte, war ein Drink. Cabernet oder Pinot noir bis zur Euphorie, dann bis zum Vergessen. Aber ich wusste, wie eine Sauftour enden würde. Kannte den Selbstekel, der folgen würde. Ich war diesen Weg schon einmal gegangen. Würde es nie wieder tun.

»Lassen Sie mich vielleicht ausreden?«

Mein Seufzen vermittelte eine Ungeduld, die seiner in nichts nachstand.

»Wie sich zeigte, ist SayDo eine dieser Dachgesellschaften.«

Jetzt war ich ganz Ohr. »Der Passion Fruit Club.«

»Der Passion Fruit und vier andere Massagesalons. Die Namen sind zauberhaft. Ich erspare sie Ihnen.«

»O Mann.« Die Fakten fügten sich zusammen. John-Henry Story. Die Clubkarte von US Airways in Candys Handtasche. Passion Fruit.

»Ja. O Mann.«

»Wie konnten wir das übersehen?«

»Es dauerte eine Weile, das ganze Durcheinander aufzudröseln. Der Typ, den ich drangesetzt hatte, wurde zu einem anderen Fall abgezogen. Und ich musste mich um diese blöde Vermisste kümmern.«

»Und jetzt?«

»Jetzt überlege ich mir, wie ich an Archer Story herankomme.«

»Holen Sie ihn doch einfach aufs Revier.«

»Wenn ich das tue, müllt er mich mit Anwälten zu, bis mir schwarz vor Augen wird.«

Ich ignorierte die schiefe Metapher. »Können Sie ihn nicht wenigstens befragen?«

»Ausgehend von was? Dass er Sexläden besitzt und wir glauben, dass der Personalchef eine der Nutten umgebracht hat?«

»Was ist mit der schlechten Angewohnheit des Menschenhandels?« Ich hätte am liebsten geschrien.

»Die Razzia hat rein gar nichts ergeben.«

»Natürlich nicht. Tarzec bekam einen Tipp, schaffte die Mädchen weg und hat den Laden blitzblank geputzt.«

Schweigen.

»Überprüfen Sie wenigstens die anderen Massagesalons?«

»Ich habe nichts, um einen Durchsuchungsbeschluss zu beantragen. Und ich muss ja wohl nicht sagen, dass meine Glaubwürdigkeit nach dem Fiasko im Passion Fruit ziemlich am Boden ist.«

»Mein Gott, Slidell. Diese Leute haben Candy umgebracht. Und D'Ostillo. Sie töten wieder, wenn sie sich bedroht fühlen. Diese Mädchen bedeuten ihnen nichts.«

Slidell schwieg einen Augenblick.

»Da gibt's einen SayDo-Laden oben in NoDa. Ich schaue da heute Abend mal vorbei. So inoffiziell.«

»Halten Sie mich auf dem Laufenden.«

»Falls Sie das glücklicher macht, ich habe mir Rockett noch einmal zur Brust genommen.«

»Und?«

»Er meinte nur, ich soll ihm den Schwanz lutschen.«

Nach dem Telefonat ging ich nach oben, um mir ein langes, heißes Bad zu gönnen. Dabei fiel mir ein, dass ich Birdie noch nicht gesehen hatte. Slidells erster Anruf hatte mich abgelenkt. Dann war Ryan aufgetaucht. Und dann noch ein Anruf von Slidell.

War der Schlingel durch die offene Tür geschlüpft, als Ryan und ich draußen standen? Blöd von mir, dass ich sie nicht zugemacht hatte. Er schleicht sich gerne hinaus, vorwiegend, um meine Aufmerksamkeit auf sich zu ziehen, wie ich vermute. Ich finde ihn dann immer in den Sträuchern, nur wenige Zentimeter vom Haus entfernt.

Fluchend ging ich wieder nach unten und durch die Vordertür hinaus. Rief seinen Namen. Kein Kater.

Ich ging ums Haus herum, und meine Verärgerung wurde größer, je öfter mein Rufen unbeantwortet blieb. Schließlich dehnte ich meine Suche auf das ganze Gelände aus.

Nach fünfzehn Minuten gab ich auf. Gab mir die Anweisung, mich zu entspannen. Er würde schon heimkommen, wenn er Hunger hatte.

Das Bad war ein Reinfall. Ich lag zwar bis zum Kinn in Badeschaum, doch Traurigkeit und Sorge verhinderten jede Entspannung.

Lily, die vor ihrem zwanzigsten Geburtstag gestorben war.

Ryan, der mich ausschloss. Für immer?

Katy, die in Afghanistan kämpfte.

Pete, der eine Tussi mit mehr Busen als Hirn heiratete.

D'Ostillo, die versucht hatte, das Richtige zu tun, und dann ermordet und verstümmelt worden war.

Candy, die allein und voller Angst auf einer Nebenstraße zu Tode gekommen war.

Wie war Candy überhaupt auf dieser dunklen Straße gelandet? War sie ins Land geschmuggelt worden? Hatte jemand, dem sie vertraute, sie hierhergelockt? War sie gestohlen und eingesperrt worden wie Vieh?

Was für ein Schicksal hätte sie erwartet, wenn sie weitergelebt hätte? Wäre sie misshandelt und ihr Körper als Ware verhökert worden, bis er keinen Wert mehr hatte? Und dann?

Gab es da draußen noch andere, die durch dieselbe Hölle gingen?

Mein Hirn lief im übersteuerten Modus. Ich musste etwas tun, um die schrecklichen Gedanken und Bilder zu vertreiben, die mir durch den Schädel jagten.

Ich stieg aus der Wanne, trocknete mich ab und zog einen Jogginganzug an. Fasste die Haare zu einem Pferdeschwanz zusammen und ging nach unten.

Ich rief zur Vorder- und zur Küchentür hinaus. Schüttelte eine Tüte mit seinem Lieblingsfutter. Noch immer kein Birdie. Zur Verärgerung gesellte sich eine dunkle Vorahnung. Warum?

Pling.

Blanton hatte meine Katze erwähnt. Er hatte mich nur einen Block vom Annex entfernt abgepasst.

Paranoia, Brennan.

Ich machte Kaffee, ging zum Wandschrank im Arbeitszimmer und zog die große, abwischbare Tafel heraus, die ich zum Strukturieren von Vorlesungen benutze. Dann holte ich Klebeband und einen Marker vom Schreibtisch.

Nachdem ich die Tafel auf den Kaminsims im Wohnzimmer gestellt hatte, suchte ich mir alle Fotos zusammen, die sich in den letzten zweieinhalb Wochen angesammelt hatten. Schnappschüsse, Tatortfotos, Polaroids, Ausdrucke und Verbrecherfotos.

Ich fing damit an, das Foto von Candy auf die Tafel zu kleben, des Fahrerfluchtopfers, dessen richtigen Namen wir noch immer nicht kannten. Daneben klebte ich einen der Schnappschüsse, die ich aus John-Henry's Tavern hatte mitgehen lassen. Er zeigte John-Henry Story, den Mann, dessen Clubkarte Candy in ihrer Handtasche gehabt hatte

Mit dem Marker zog ich eine Linie zwischen Candy und John-Henry.

Daneben hängte ich den zweiten »geborgten« Schnappschuss, Dominick Rockett zusammen mit John-Henry Story in der Taverne. Rockett, der Schmuggler, der nach Südamerika reiste und mysteriöse Ausflüge nach Texas unternahm. Rockett, Gast oder vielleicht mehr als das im Passion Fruit Club, der via SayDo John-Henry und seinem Bruder Archer gehörte. Und Candys Arbeitgeber.

Ich zog Linien, die Candy und Rockett, Rockett und John-Henry Story verbanden.

Nachdem ich den Namen Passion Fruit auf die rechte Seite der Tafel geschrieben hatte, zog ich Linien vom Massagesalon zu Candy, Rockett und John-Henry.

Als Nächstes kam das Verbrecherfoto von CC Creach. Creachs Sperma war an Candy gefunden worden. Creach war Gast im Passion Fruit gewesen und hatte gesagt, die Mädchen hätten Angst vor Rockett gehabt. Und vor Ray Majerick, der oft dort war.

Ich hängte Majerick in diese Reihe. Sein Sperma war ebenfalls an Candy gefunden worden. Majerick hatte eine Vorgeschichte als Sexualtäter.

Ich zog Linien zwischen Candy und Creach, Candy und Majerick, Majerick und Creach, Majerick und Rockett, Majerick und John-Henry Story. Dann zwischen Creach und Majerick und dem Namen »Passion Fruit«.

Ich hielt inne, um zu überlegen.

Majerick war im Passion Fruit gesehen worden und hatte Sex mit Candy gehabt. Bedeutete das, dass er John-Henry Story kannte? Ich löschte Teile dieser Linie, bis nur eine gestrichelte Verbindung übrig blieb.

Das letzte Foto, das ich aufklebte, war das von Rosalie D'Ostillo. Mein Magen zog sich zusammen, als ich die grässlichen Verstümmelungen sah.

D'Ostillo hatte Candy im Mixcoatl gesehen. Die Taquería lag in der Nähe des Passion Fruit Club. Wie Creach hatte auch D'Ostillo gedacht, Candy und die anderen Mädchen würden Spanisch sprechen. Nur Stunden nachdem D'Ostillo mit mir gesprochen hatte, wurde sie ermordet. Und mir wurde ihre Zunge auf die Schwelle gelegt.

Ich zog eine Linie von D'Ostillo zu Candy und eine gestrichelte zum Namen »Passion Fruit«.

Dann trat ich einen Schritt zurück und betrachtete meine Arbeit.

Die Tafel zeigte ein Gewirr von Verbindungen. Welche waren bedeutsam? Welche waren fadenscheinig? War Candys Mörder einer der Männer auf diesen Fotos? Starrte ich jetzt im Augenblick in sein Gesicht? Wie ließen sich die Linien miteinander verknüpfen?

Ich ließ den Blick von Foto zu Foto wandern.

Candy auf der Bahre im Leichenschauhaus. Wie kam John-Henrys Clubkarte von US Airways in ihre Handtasche? Wie kam Sperma von Creach und Majerick auf ihre Haut? War sie anschaffen gegangen? Freiwilliger Sex? Vergewaltigung?

Dom Rockett und John-Henry Story, die miteinander Bier tranken. Die beiden waren Partner bei S&S. Woher hatte Rockett das Geld für diese Investition? Wenn Story über Rocketts illegalen Antiquitätenhandel Bescheid wusste, hatte er sich dann mit dem Vorschlag an ihn gewandt, dasselbe mit Menschen zu machen? Rockett war Schmuggler, kannte die Routen, die Polizisten und Agenten, die sich bestechen ließen, die durchlässigsten Grenzübergänge.

Oder war es andersherum gelaufen? Hatte Rockett John-Henry Story einen Plan zum Kohlescheffeln vorgeschlagen, weil er wusste, dass Story die Infrastruktur hatte, um ihn in die Tat umzusetzen?

Mir fiel etwas ein. Ich schrieb den E-Mail-Namen *citizenjustice* auf die linke Seite der Tafel.

Der Besitzer dieses Namens hatte mir Droh-Mails geschickt. Hatte dieselbe Person D'Ostillo ermordet und mir als Warnung ihre Zunge auf die Schwelle gelegt?

Ich starrte D'Ostillos verwüstetes Gesicht an. Überlegte. Wer war der Mann mit der Kappe und dem hochgestellten Kragen, den sie in der Taquería bedient hatte? Rockett war ja nur eine Vermutung.

Roy Majerick? Jemand, den wir noch gar nicht kannten? Das männliche Gegenstück zu Mrs. Tarzec?

Ich schrieb Mrs. Tarzecs Namen auf und zog Linien zu Candy, John-Henry sowie »Passion Fruit«.

Ich kniff die Augen zu. Massierte mir den Nasenrücken.

Ein Jucken im Hirn quälte mich. Wollte gekratzt werden.

Was übersah ich?

Die Linien überkreuzten sich wirr wie in einem schlecht ausgefüllten Malen-nach-Zahlen-Bildchen. Welche Fäden waren wichtig? Welche Überschneidungen?

Eindeutig der Passion Fruit Club. Hier liefen viele Linien zusammen. Candy. Creach. Majerick. Story. Rockett. D'Ostillo. Tarzec.

Candy ebenso. Jede Linie führte zu ihr.

Das Jucken verging nicht.

Was war die unbewusste Erinnerung, die ich nicht abrufen konnte? Welche versteckten Daten dösten in meinem Es?

Auf der verzweifelten Suche nach der Antwort starrte ich das verrückte Patchwork aus Fotos, Namen und Linien an. Frustriert schaute ich in Candys blutleeres Gesicht, wollte unbedingt das Versprechen einlösen, das ich ihr gegeben hatte.

Was entging mir?

Rockett. Warum reiste er nach Texas und kam mit leeren Händen zurück? Tat er das überhaupt?

John-Henry Story. Warum war seine Clubkarte in Candys Handtasche? War Story wirklich tot?

Entmutigt holte ich meine Lupe aus dem Arbeitszimmer und ging von einem Foto zum anderen.

Candy, das Gesicht zerschunden und zerschmettert. Die blonden Haare in der Kleinmädchenspange.

Nein. Keine Tränen.

Ich nippte an meinem inzwischen lauwarmen Kaffee, sah kurz nach Charlie und kehrte zu den Fotos zurück.

Story und Rockett in John-Henry's Tavern, keiner der beiden lächelte. Story knochendürr. Rocketts verunstaltetes Gesicht verdeckt von einer tief in die Stirn gezogenen Kappe.

Ich bewegte die Lupe über den Schnappschuss und schaute mir alle Details genauer an.

Eine Messingstange verlief parallel zur rechten Kante der Bar, ein Lichtpunkt erhellte die Krümmung ihrer Oberfläche.

»Blitzlicht«, murmelte ich vor mich hin.

Hinter dem Tisch eine Jukebox. An der Wand darüber drei Aufkleber, keiner größer als eine Männerhand.

Nein, keine Abziehbilder. Militärische Aufnäher. Bei meinem Besuch mit Slidell waren sie mir gar nicht aufgefallen. Die Aufkleber waren ähnlich wie die, die ich im Green Bean in Bagram gesehen hatte.

Was für einen Hinweis wollte mein Unterbewusstsein mir da geben?

Ich bewegte die Lupe auf und ab, versuchte, Wappen bestimmter Einheiten oder Namen zu erkennen. Die Bildqualität war zu schlecht. Morgen würde ich das Foto ins MCME mitnehmen und unter der stärkeren Vergrößerung meines Seziermikroskops betrachten.

Mein Blick wanderte weiter über das vergrößerte Bild.

Und hielt plötzlich an.

Beinahe hätte ich die Lupe fallen gelassen.

In der oberen linken Ecke war ein Teil des alten Spiegels im Hauptraum zu erkennen. Das Glas war leicht geneigt, hing nicht flach an der Wand. Ich vermutete, der Spiegel war an einem etwas zu lockeren horizontalen Draht befestigt.

Der Spiegel zeigte etwa drei Meter des Bereichs vor dem Tisch, an dem Rockett und Story saßen. Und dort stand ein Mann, die Arme erhoben, die Ellbogen angewinkelt, das Gesicht größtenteils verdeckt von einer kleinen Boxkamera und dem Gleißen des Blitzlichts.

Der Körper des Mannes war vom Hals abwärts zu sehen. Er

trug Jeans und ein dunkles T-Shirt. Und er hatte ein Tattoo, das ich schon einmal gesehen hatte.

Ich spürte, wie mir Adrenalin ins Blut sickerte.

Und alle meine Theorien rutschten zur Seite.

39

Unmöglich.

Doch er war es.

Zufall?

Ich glaube nicht an Zufälle.

Aber wie stellte er es an?

Egal.

Ich holte eine braune Mappe aus Wellpappe aus dem Arbeitszimmer, leerte den Inhalt auf den Esszimmertisch und ging jede Seite einzeln durch.

Es dauerte nicht lange.

Wie hatte ich das übersehen können?

Weil mir diese Möglichkeit überhaupt nicht bewusst war?

Weil ich nachlässig gewesen war?

Eine plötzliche Erkenntnis. Noch eine übersehene Möglichkeit?

Ich ging ins Wohnzimmer, zog Candys Foto von der Tafel und schaute es mir noch einmal unter der Lupe an.

Die dunkle Haut. Die blonden Haare mit den dunklen Wurzeln.

Rosalie D'Ostillo hatte die Mädchen auf Spanisch angesprochen, aber keine Antwort erhalten. Weil sie Angst hatten vor ihrem Bewacher? Oder aus einem anderen Grund?

Ich lief nach oben und holte ein Foto von der Schlafzimmerkommode. Setzte mich aufs Bett. Legte das Kommodenfoto neben das Leichenhallenfoto von Candy. Während ich mich bemühte, die Lupe in meiner Hand ruhig zu halten, schaute ich von einem Gesicht zum anderen.

O Mann.

Ich drehte das Kommodenfoto um. Las die handgeschriebene Liste auf der Rückseite.

O Mann, o Mann.

Ich griff zum Telefon und wählte.

Erreichte nur Slidells Mailbox.

»Himmelherrgott!«

Mein Blick flog zum Wecker. 22:40. Slidell war wahrscheinlich in dem Massagesalon in NoDa.

Ich hinterließ eine Nachricht. Rufen Sie mich so schnell wie möglich an. Es ist dringend.

Ich legte auf. Warf das Gerät aufs Bett. Stand auf und ging hin und her.

Jeder hat ein Handy bei sich. Warum ließ Slidell seins nicht eingeschaltet?

22:45.

Mach schon. Mach schon.

Wieder ging ich auf und ab.

Beschäftige dich.

Ich lief hastig die Treppe hinunter und kochte mir frischen Kaffee, obwohl ich wusste, dass Koffein das Letzte war, was ich jetzt brauchte. Um meinem Hirn was zu tun zu geben, kehrte ich zu den Papieren auf dem Esszimmertisch zurück.

Prüfte noch einmal alles nach.

Dachte über die Implikationen nach.

Natürlich. So musste es sein.

23:05.

Wo zum Teufel steckte Slidell?

Ich lief ins Arbeitszimmer. Drückte eine Kurzwahltaste auf dem Schnurlosen.

»Ja.« Pete klang groggy.

»Tempe hier.«

»Ja.« Pete gähnte. »Ich weiß.«

»Du musst mir einen Gefallen tun.«

Im Hintergrund sprach eine Frau, die Stimme ebenfalls schläfrig.

»Bist aber noch spät auf. Feierst du eine Party?«

»Klingt es, als wär hier eine Party im Gange?«, blaffte ich.

»Oje. Schlechten Tag gehabt?«

»Ich habe eine Frage für dich.«

»Schieß los.«

Ich fragte.

»Maria … nein, Marianna. Mariette? Nein, eindeutig Marianna.«

»Wie hieß sie mit Mädchennamen?«

»Ist es so wichtig, dass du es sofort wissen musst?«

»Ja.«

»Einen Augenblick.«

Ich hörte Bettzeug rascheln. Einen quengelnden Protest von Summer. Dann änderten sich die Umgebungsgeräusche, als wäre Pete in ein anderes Zimmer gegangen.

Augenblicke später hatte ich meine Antwort.

»Danke, Pete. Ich muss …«

»Alles okay mit dir? Du klingst merkwürdig.«

»Mir geht's gut. Ich muss jetzt auflegen. Danke.«

23:10.

Ich legte auf und rief Slidell noch einmal an. Hinterließ dieselbe Nachricht.

Es ergab alles einen Sinn. Einen schrecklichen, unwahrscheinlichen Sinn.

Ich kehrte zur Tafel auf dem Kaminsims zurück. Starrte das Foto aus John-Henry's Tavern an. Den vom Kamerablitz verdeckten Mann.

»Du widerlicher Scheißkerl«, murmelte ich.

Doch was jetzt? Es ging schon auf Mitternacht zu.

Andere Mädchen waren in Gefahr. Das sagte mir mein Bauch. Wenn sie nicht schon tot waren. Wie Candy.

Nein. Sie waren noch in Charlotte. Da war ich mir sicher.

Eine Million Orte, um Mädchen gefangen zu halten.

Zwei Millionen, um ihre Leichen zu vergraben.

Slidell hatte mit Rockett, mit Tarzec gesprochen. Diese Tiere wussten, dass die Schlinge sich zuzog. Und hatten absolut keinen Respekt vor dem menschlichen Leben.

Falls die Mädchen noch lebten, würden sie den nächsten Tag erleben?

Wo zum Teufel steckte Slidell?

Wo zum Teufel steckte Birdie?

Ich lief nach draußen, um noch einmal nachzuschauen. Noch einmal in die Gegend zu rufen. Kein Kater.

Ich rief mir E-Mails ins Gedächtnis. *Citizenjustice.* Eine Zunge in einer Schachtel.

Eine eisige Hand umklammerte meine Brust.

Ich rannte wieder ins Haus. Ging im Wohnzimmer auf und ab, wollte unbedingt etwas tun.

Atme.

Atme.

Um nicht durchzudrehen, öffnete ich die leuchtend gelbe Akte auf meinem Schreibtisch im Arbeitszimmer.

Ich fing mit den Tatortfotos an. Eine einsame Straße. Ein

Plastikstiefel. Eine armselige, kleine Erhebung unter einer roten Wolldecke.

Ich wandte mich den Autopsiefotos zu. Röntgenaufnahmen, die ein gebrochenes Kinn und eine zerquetschte Hand zeigten. Weiße Baumwollschlüpfer mit hellblauen Punkten. Eine streifenförmig gequetschte Schulter.

Das letzte halbe Dutzend Fotos war mir neu. Larabee oder Hawkins hatte sie aus unterschiedlichen Blickwinkeln aufgenommen. Sie zeigten einen Schädel, bei dem man Gesicht und Haare abgeschält hatte. Ein blutüberzogenes Objekt, geformt wie ein langes, schlankes Dreieck.

Ich starrte den Splitter an, den Larabee aus Candys Schädelschwarte gezogen hatte.

Elfenbein, kein Knochen.

Wie war der in Candys Kopf gelangt?

Ich hatte in Dominick Rocketts Haus einen geschnitzten Stoßzahn gesehen. Ging Elfenbein des Öfteren durch seine Hände?

Ich holte meinen Laptop und googelte »Elfenbeinverwendungen«.

Statuen, Schnitzereien, dekorativer Zierrat, Billardkugeln, Badezimmergriffe, Klaviertasten, Siegelstempel, Steuerungskomponenten für Radar und Flugzeuge.

Nutzlos.

Ich entschied mich für einen anderen Weg.

Wo war Candy gesehen worden? Im Mixcoatl. Im Passion Fruit. Im Yum-Tum. Sie alle drängten sich in einem ziemlich engen Radius nicht weit von der Kreuzung Rountree und Old Pineville entfernt, wo man ihre Leiche gefunden hatte.

Wurden die verschwundenen Mädchen in dieser Gegend festgehalten?

Ich schaltete um auf Google Maps und zoomte mir das Passion Fruit heran. Um ihn herum breitete sich ein Gewirr aus Dächern und leeren Grundstücken aus.

Die Dächer waren von unterschiedlicher Größe und Form, zeigten aber nichts von dem, was unter ihnen lag. Die meisten Grundstücke waren eingezäunt. Einige Zäune endeten in Stacheldraht.

Mit dem Cursor holte ich mir Schilder und Beschriftungen von einigen Häusern heran. Eine Halle mit Einstellabteilen. Ein Lagerhaus. Der Bronco Club.

Es war eine Gegend, wie sie in den meisten Großstädten existierte. Ein Ort, wo Dinge hergestellt, eingelagert oder dem Rost und Verfall überlassen wurden.

Hielten sie die Mädchen irgendwo in diesem Gewirr versteckt?

Frustriert wandte ich mich wieder der Akte zu.

Großmutters Uhr tickte leise, während ich mich durch die Seiten arbeitete.

Zehn Minuten später hörte ich ein leises Geräusch, wie ein Kratzen. Voller Freude lief ich zur Haustür. Doch auf der Schwelle saß keine Katze.

Ich versuchte es an der Küchentür. Auch hier eine leere Schwelle.

Ich war auf der Terrasse und rief Birdies Namen, als Scheinwerfer über die Auffahrt huschten. Sekunden später fuhr ein Streifenwagen vorbei. Der Polizist winkte. Enttäuscht und voller Angst um meine Katze kehrte ich ins Haus zurück.

Das bernsteinfarbene Licht auf meinem Festnetzapparat blinkte.

Verdammt!

Slidells Nachricht war kurz. Der Massagesalon in NoDa

war geschlossen und mit Kette und Vorhängeschloss verriegelt. Das war alles. Sonst nichts.

Ich drückte auf Rückruf. Erreichte wieder nur die Mailbox.

Bestürzt und erschöpft zwang ich mich, den letzten Ausdruck in der Akte zu lesen. Einen FBI-Bericht.

Ich überflog das Fachkauderwelsch über Lösungs- und Bindemittel und Pigmente und Additive, als mir etwas einfiel, was Slidell gesagt hatte.

Methyl-dies und Hydrofluor-das.

Hydrofluorkohlenstoffe?

Ich schaute mir die Liste der Komponenten, die man in dem Fleck auf Candys Handtasche gefunden hatte, genauer an.

Difluorethan.

Der Wachhabende in meinem Unterbewusstsein setzte sich auf und zeigte Interesse.

Eine plötzliche Erinnerung. Pete am Telefon in seinem BMW. Summer, die alte Flaschen für die Tischdeko bei der Hochzeit verzierte.

Difluorethan.

In Fahrzeuglacken?

Ich googelte den Begriff. Zog mir das Wichtige heraus und ignorierte die Hintergrundgeräusche.

... Treibmittel nötig ... ursprünglich Chlorfluorkohlenstoffe, verboten 1978 ... Propan und Butan, in den Achtzigern abgesetzt ... seit 2001 Hydrofluorkohlenstoffe wie etwa Difluorethan und Tetrafluorethan ...

Mein Puls beschleunigte sich.

Ich schloss die Augen. Sah ein Gebäude. Ein BETRETEN-VERBOTEN-Schild im Regen.

Fakten fügten sich zusammen.

Bilder stürzten auf mich ein.

Ich riss die Augen auf.

Sprang auf. Rannte zum Telefon.

Wieder bekam ich nur Slidells Mailbox.

Mutter Gottes!

»Ich weiß, wohin die geschmuggelten Mädchen gebracht werden. Ich fahre jetzt dorthin.« Ich hinterließ die Adresse und legte auf.

Randvoll mit Adrenalin schnappte ich mir eine Jacke, steckte eine Taschenlampe ein, griff mir die Schlüssel und rannte zum Auto.

40

Ich spähte durch verrosteten Maschendrahtzaun. Eine Mondsichel hinter zinnfarbenen Tentakeln zeigte die Szene hinter dem Zaun in Anthrazit und Schwarz.

Das Lagerhaus ragte dunkel und bedrohlich auf. Obwohl es im Schatten lag, konnte ich die Laderampe und ihre bunte Ansammlung von verrosteten Fässern, einen wackeligen Tisch und ein verunstaltetes Piano erkennen.

Vor der Laderampe stand ein Pick-up.

In meinem Rücken, auf der anderen Straßenseite, brütete still und leer der kleine Bungalow.

Vorsichtig auftretend ging ich um das Grundstück des Lagerhauses herum, weil ich eine Öffnung im Zaun suchte.

Es dauerte nicht lange. An der Südseite des Gebäudes war der Maschendraht aufgeschnitten und nach innen gebogen worden.

Mit einem Dank an die von Slidell so verunglimpften Obdachlosen schlüpfte ich durch den Spalt. Nach etwa zwei Metern stand ich vor einem verrosteten Schild an verbogenen Metallpfosten. Während ich den Strahler sorgfältig mit meiner Hand abschirmte, schaltete ich die Taschenlampe ein.

Das Schild verkündete die Entstehung von sechsunddreißig Luxuslofts. Ich kauerte mich dahinter und horchte.

Die Nacht war voller Geräusche. Blätter, die über den kiesbestreuten Beton wirbelten. Der gedämpfte Pfiff eines entfernten Zuges. Mein eigenes, ängstliches Atmen.

Niemand schrie mich an, ich solle mich zeigen oder verduften.

Ich hatte keinen wirklichen Plan. In meinem Eifer, die Mädchen zu retten, war ich einfach hierhergerast.

Ich starrte das Gebäude an. Es starrte zurück, ohne eins seiner Geheimnisse zu verraten.

Mir stockte der Atem. War da in einem der Obergeschossfenster ein Schatten vorbeigehuscht? Ich musterte das kaputte, schmutzverklebte Glas. Entdeckte keine Bewegung.

Zehn Meter Beton gähnten zwischen dem Zaun und dem Gebäude. Hier und dort glänzte dunkel irisierend eine Pfütze. Steine und Gegenstände undefinierbarer Funktion sprenkelten die Fläche. Nichts war groß genug, um Deckung zu bieten.

Ich zählte bis dreißig und schoss dann vorwärts.

Kaum hatte ich die undurchdringliche Dunkelheit unter der Laderampe erreicht, drückte ich den Rücken an die Ziegel und horchte wieder.

Tropfendes Wasser. Das Gurren einer aufgeschreckten Taube.

Ich schaute mir den Pick-up genauer an, einen Chevy mit stark getönten Scheiben. Wie der, den ich vor dem Mixcoatl gesehen hatte.

Citizenjustice? Der Mann, der mir die abgetrennte Zunge auf die Schwelle gelegt hatte? War er hier? War er vor der Taquería gewesen, um alles zu beobachten? Während er bereits den Mord an D'Ostillo plante?

Auf Zehenspitzen schlich ich die rostige Metalltreppe hoch. Am anderen Ende der Rampe stand eine Tür offen. Ich ging hin und schlüpfte hinein.

Der Geruch traf mich wie ein Schlag in die Magengrube. Brackiges Wasser, Urin, Schimmel, Taubendreck.

Eigentlich wollte ich unbedingt die Lampe anschalten. Hielt es aber dann für zu riskant, bis ich sicher wusste, wer hier war.

Mit hämmerndem Herzen schlich ich weiter. Wasser schwappte unter meinen Turnschuhen. Zwischen den Pfützen knirschte Vogeldreck.

Langsam gewöhnten sich meine Pupillen an die Dunkelheit. Im schwachen Mondlicht, das durch Löcher in den Fenstern hoch über mir fiel, erkannte ich Details.

Das Lagerhaus war höhlenartig. Eine Ziegelwand war versengt, lange Feuerzungen hatten ihre schwarzen, gewundenen Spuren hinterlassen. Eine andere Wand war mit Graffiti besprüht. Ein Vogel, ein ägyptisches Henkelkreuz, der Spruch DIE WARTEZEIT WERT auf einem leuchtend rosa Herzen.

Ich schaute nach oben. Nester klebten an den Dachsparren, einige überragt von geschnäbelten Silhouetten. Ich spürte tausend Vogelaugen im Rücken.

Etwas raschelte an meinem linken Fuß. Klauen klickten.

Ich musste mich beherrschen, um nicht zu schreien. Stellte mir noch mehr Augen vor, rote Knopfaugen. Gelbe Zähne und lange Schwänze.

Mit feuchten Handflächen bewegte ich mich tiefer ins Halbdunkel. Staub legte sich auf meine Zunge. Oder atomisierter Guano.

Ich war vielleicht zehn Meter gegangen, als mir ein unmissverständliches Geräusch an die Ohren drang.

Ich erstarrte.

Auf den ersten Schritt folgte ein zweiter.

Von oben? Hinten? Draußen? Echos verzerrten das leise Knirschen, machten es unmöglich, die Richtung festzustellen.

Mit rasendem Puls duckte ich mich in eine Nische und kauerte mich hin. Ich hoffte nur, dass der Schatten tief genug war, um mich zu verbergen.

Angestrengt lauschte ich auf den leisesten Hinweis menschlicher Anwesenheit. Hörte nichts als unregelmäßiges Gurren.

Zeit verging. Wie viel? Genug, damit sich mein Puls wieder ein wenig beruhigen konnte.

Ich wollte mich aufrichten. Wegen der abgequetschten Durchblutung knickten meine Knie ein. Ich kippte nach vorne.

Meine Hände trafen auf etwas Festes und doch Nachgiebiges, und darunter geformte Härte.

Das Gefühl an den Fingerspitzen ließ ein Bild vor mir aufblitzen.

Ich schrak entsetzt zurück.

Der Mann saß an eine Wand gelehnt, sein Kopf hing schräg nach links, ohne die Schulter zu berühren. Einer der Schuhe war abgestreift, im Dämmerlicht blitzte eine weiße Socke auf.

Wegen der Kappe auf seinem Kopf und der Dunkelheit in der Nische konnte ich sein Gesicht nicht erkennen.

Aber ich erkannte, dass er keine Bedrohung darstellte.

Blut tropfte unter der Kappe hervor in seine linke Augenhöhle. Vor meinen Augen löste sich ein Tropfen von seiner Nasenspitze.

Mit inzwischen wieder rasendem Puls trat ich zitternd einen Schritt näher. Eine 9-mm-Beretta lag neben der Hüfte des Mannes. Sein Gesicht konnte ich noch immer nicht richtig sehen.

Noch ein paar Zentimeter, dann tastete ich mit zitternden Fingern das Gesicht des Mannes ab. Furchen, die sich anfühlten wie Hafergrütze. Gummiartige, glatte Bänder. Eine vorgewölbte Stirn. Eine verunstaltete Nase.

Ich erkannte ihn wieder.

Schockiert zog ich meine Hand zurück.

Ohne nachzudenken, zog ich dem Mann die Kappe vom Kopf und leuchtete ihm ins Gesicht.

Dom Rocketts gutes Auge starrte in eine Zukunft, die er nicht mehr genießen würde. Blut troff aus einem Loch über seiner linken Schläfe.

Ich empfand was? Mitleid? Wut? Ja, Wut. Ich hatte Rockett lebendig gewollt, damit man ihn der Gerechtigkeit zuführen konnte. Angst? Ja, eine ganze Wagenladung voll Angst.

Bevor ich über die Implikationen von Rocketts Tod nachdenken konnte, ließ ein weiteres Schrittgeräusch meinen Kopf hochschnellen. Ich schaltete die Lampe aus und duckte mich tiefer in die Nische.

Weitere Schritte folgten. Wurden lauter.

Mit hämmerndem Herzen kroch ich auf den Ziegel zu, der aus dem oberen Rand der Nische ragte. Streckte den Kopf hinaus.

Wieder Schritte. Dann tauchten schwere Stiefel oben auf der Treppe auf, daneben ein paar kleine Füße, einer nackt, der andere in einem hochhackigen Schuh.

Die Füße stiegen herunter, die kleinen wackelig, als wäre ihre Besitzerin irgendwie beeinträchtigt. Die Unterschenkel waren merkwürdig ausgestellt, was darauf hindeutete, dass die Knie wenig Gewicht trugen.

Die Wut brannte mir in der Brust. Die Frau stand unter Drogen. Der Mistkerl schleifte sie mit sich.

Vier Stufen weiter unten durchquerten der Mann und die Frau einen Streifen Mondlicht. Keine Frau, ein Mädchen. Die Haare waren lang, die Arme und Beine klapperdürr. Unter dem Kinn des Mannes sah ich ein Dreieck aus weißem T-Shirt-Stoff. Einen Pistolengriff, der aus seinem Hosenbund ragte.

Das Paar tauchte wieder in Dunkelheit. Die eng aneinandergepressten Körper bildeten eine zweiköpfige Silhouette.

Nach dem letzten Schritt von der untersten Stufe packte der Mann das Mädchen mit einer Hand im Nacken und schob sie brutal auf die Tür zur Laderampe zu. Sie stolperte. Er riss sie wieder hoch. Ihr Kopf schwankte hin und her wie der eines Wackeldackels.

Die junge Frau machte noch ein paar taumelnde Schritte. Dann hob sie das Kinn, und ihr Körper sackte zusammen. Ein Schrei zerriss die Stille.

Der Arm des Mannes schoss hervor. Die Silhouette verschmolz wieder. Ich hörte einen Schmerzensschrei, dann kippte das Mädchen nach vorne auf den Beton.

Der Mann sank auf ein Knie. Sein Ellbogen pumpte, als er auf den leblosen, kleinen Körper einschlug.

»Willst du gegen mich kämpfen, du kleine Schlampe?«

Der Mann schlug und schlug, bis sein Atem abgehackt ging.

Meine Wut loderte jetzt weißglühend in meinem Hirn und vertrieb jeden Gedanken an meine persönliche Sicherheit.

Ich kroch zu Rockett und schnappte mir die Waffe. Kontrollierte die Sicherung und war in diesem Augenblick dankbar für das Training auf dem Schießplatz.

Froh über die Waffe, griff ich nach meinem Handy. Es war nicht in der Tasche bei der Taschenlampe.

Ich suchte in der anderen Tasche. Kein Handy.

Hatte ich es fallen gelassen? Hatte ich es bei meinem überstürzten Aufbruch zu Hause vergessen?

Die Panik war fast überwältigend. Ich konnte niemanden erreichen. Was sollte ich tun?

Eine winzige Stimme riet mir zur Vorsicht. Bleib in deinem Versteck. Warte. Slidell weiß, wo du bist.

»Du bist ja so tot.« Die Stimme dröhnte, grausam und böswillig.

Ich wirbelte herum.

Der Mann zerrte das Mädchen an den Haaren hoch.

Die Beretta in beiden Händen, stürmte ich aus der Nische. Der Mann erstarrte, als er die Bewegung hörte. Fünf Meter von ihm entfernt blieb ich stehen. Eine Säule als Deckung nutzend, spreizte ich die Füße und richtete die Waffe auf ihn.

»Lassen Sie sie gehen.« Mein Schrei wurde von Ziegeln und Beton zurückgeworfen.

Der Mann hielt weiter die Haare des Mädchens fest umklammert. Er stand mit dem Rücken zu mir.

»Hände hoch.«

Endlich ließ der Mann das Mädchen los und richtete sich auf. Seine Hände stiegen bis zur Höhe seiner Ohren.

»Umdrehen.«

Als der Mann sich umdrehte, traf ihn wieder ein Lichtstreifen. Einen Augenblick lang sah ich sein Gesicht in völliger Klarheit.

Das Gesicht auf dem Verbrecherfoto.

Ray Majerick.

Beim Anblick seiner Widersacherin ließ er die Hände leicht herabsinken. Da ich spürte, dass er mich besser sehen konnte als ich hin, drückte ich mich weiter hinter die Säule.

»Die verdammte Schlampe lebt.«

Du stirbst auch, du verdammte Schlampe.

»Waffe wegwerfen.«

Majerick rührte sich nicht.

»Jetzt!« Ich zog den Schlitten der Beretta zurück.

Majerick zog die Waffe aus dem Hosenbund und warf sie weg. Ich hörte sie irgendwo bei der Tür zur Laderampe auf dem Boden auftreffen.

»Man braucht Mut, um Droh-Mails zu schicken!« Meine Stimme klang viel selbstbewusster, als ich mich fühlte. »Um hilflose, kleine Mädchen herumzuschubsen.«

»Schulden eintreiben? Sie kennen die Regeln.«

»Für dich ist Schluss mit Schuldeneintreiben, du kranker Widerling.«

»Sagt wer?«

»Sagt ein Dutzend Polizisten, das jeden Augenblick hier sein wird.«

Majerick hielt sich eine Hand ans Ohr. »Ich höre keine Sirenen.«

»Gehen Sie von dem Mädchen weg!«, befahl ich.

Er machte einen rein symbolischen Schritt.

»Los«, knurrte ich. Majericks Arroganz machte mich so wütend, dass ich ihm am liebsten die Beretta über den Kopf gezogen hätte.

»Sonst was? Erschießen Sie mich?«

»Ja.« Kalt wie Stahl. »Ich erschieße Sie.«

Würde ich es tun? Ich hatte noch nie auf einen Menschen geschossen.

Wo zum Teufel war Slidell? Ich wusste, dass mein Bluff genährt war von Koffein und Adrenalin. Und dass beides irgendwann nachlassen würde.

Das Mädchen stöhnte.

In diesem Sekundenbruchteil verlor ich den Vorteil, der Majerick vielleicht das Leben gerettet hätte.

Ich schaute nach unten.

Er machte einen Satz auf mich zu.

Frisches Adrenalin schoss durch meinen Körper.

Ich hob die Waffe.

Majerick kam näher.

Ich zielte auf das weiße Dreieck.

Schoss.

Die Explosion war brutal laut. Der Rückstoß riss mir die Hände nach oben, aber ich blieb sicher stehen.

Majerick sackte zu Boden.

Im Dämmerlicht sah ich das Dreieck dunkel werden. Wusste, dass Rot sich darüber ausbreitete. Ein perfekter Treffer. Das Dreieck des Todes.

Stille bis auf mein eigenes, heiseres Atmen.

Dann übernahm mein Verstand die Kontrolle über das Stammhirn.

Ich hatte einen Mann getötet.

Meine Hände zitterten. Galle stieg mir in die Kehle.

Ich schluckte. Richtete die Waffe wieder aus und ging langsam vorwärts.

Das Mädchen lag reglos da. Ich kauerte mich hin und drückte

ihr zitternde Finger an die Kehle. Spürte einen Puls, schwach, aber regelmäßig.

Ich drehte mich um. Schaute in Majericks stumme, böswillige Augen. Tat nichts.

Plötzlich fühlte ich mich erschöpft. Und war entsetzt von dem, was ich eben getan hatte.

Ich überlegte. Konnte ich in meinem Zustand gute Entscheidungen treffen? Sie auch umsetzen? Mein Handy lag zu Hause.

Ich wollte mich hinsetzen, den Kopf in die Hände stützen und den Tränen freien Lauf lassen.

Stattdessen atmete ich ein paarmal tief durch, stand auf und ging durch Dunkelheit, die mir wie tausend Meilen vorkam, zur Treppe. Mit Beinen weich wie Gummi stieg ich hinauf.

Vom Treppenabsatz bog ein Gang nach rechts ab. Ich folgte ihm zu der einzigen geschlossenen Tür.

Die Waffe fest in einer feuchten Hand, streckte ich die andere aus und drehte den Knauf.

Die Tür schwang nach innen.

Ich starrte in nacktes Grauen.

41

Der Anblick verfolgt mich noch immer. Das wird er wohl für den Rest meines Lebens.

In dem Raum befanden sich vier Mädchen. Ihre Haare waren wirr und schmutzig. Eine trug nur ein langes, verdrecktes T-Shirt. Die anderen waren auch nicht eben gekleidet wie Pastorenfrauen.

Jede hatte um ein Fußgelenk eine Handschelle, die an einem Rohr längs vor einer Wand befestigt war. Eine saß mit erhobenen Armen da, die Handgelenke mit Kabelbinder an ein Rohr über ihrem Kopf gefesselt. Der Kopf hing zwischen hochgezogenen Schultern, verklebte Haare verdeckten das Gesicht.

Drei leere Handschellen hingen an dem unteren Rohr. Ein weggeworfener Kabelbinder lag darunter.

Die Mädchen starrten mich mit Augen an, wie ich sie aus Onlinebildern kannte. Leer, ohne jede Hoffnung. Vielleicht vollgepumpt mit Heroin.

Ein halbes Dutzend schmutzige Decken lagen über den Boden verstreut. In einer Ecke quoll ein Eimer über vor Urin und Fäkalien.

»Alles in Ordnung«, flüsterte ich. »Ich tue euch nichts.«

Das Mädchen mit dem Kabelbinder hob den Kopf. Die anderen rührten sich nicht und sagten auch nichts.

Was sollte ich tun? Ich konnte nicht weggehen, um die Polizei zu rufen. Es bestand die Gefahr, dass die Mädchen in meiner Abwesenheit fortgeschafft wurden. Das konnte ich nicht riskieren.

Blöd! Blöd! Wie hatte ich nur mein Handy vergessen können?

Während ich so unentschlossen dastand, flüsterte ein Mädchen einem anderen etwas zu. Ich konnte die Worte nicht verstehen, aber der Tonfall kam mir bekannt vor.

Ich wollte eben etwas sagen, als ein Motorengeräusch meine Lippen verschloss. Ich rannte den Gang entlang, stellte mich auf die Zehenspitzen und spähte über ein Fensterbrett.

Das Glas war matt und schmutzverklebt. Ich konnte nur zwei parallele Lichtkegel sehen, die die Dunkelheit unter mir durchschnitten.

Der Motor wurde abgestellt. Die Scheinwerfer. Eine Tür knallte zu. Stiefel klapperten die verrostete Treppe zur Laderampe hoch.

Scheiße! Scheiße! Scheiße!

Ich rannte den Gang wieder hoch, schlüpfte ins Zimmer und gab den Mädchen mit dem Zeigefinger vor dem Mund zu verstehen, dass sie still sein sollten.

Sie starrten mich nur an. Verstanden sie mich nicht? Waren sie zu betäubt, um zu reagieren?

Mit dem Herzschlag in der Stratosphäre, drückte ich den Rücken an die Wand und hielt die Waffe mit der Mündung nach oben und so ruhig, wie ich nur konnte. Meine Gedanken rasten. Ich hatte eine Kugel abgefeuert. Hatte Rockett auch geschossen? Wie viele Patronen hatte ich noch im Magazin?

Stiefel patschten und knirschten über den Lagerhausboden. Blieben abrupt stehen.

»Was zum Teufel? Ray?«

Einen Augenblick später kamen die Stiefel heraufgerannt.

Die Schritte näherten sich der Tür, hielten inne und, was mich schockierte, wichen dann zurück. Ich hielt den Atem an. Ging er wieder nach unten?

Stille legte sich über das Lagerhaus.

Auch im Rückblick habe ich noch kein Gefühl dafür, wie lange ich wartete.

Tauben gurrten.

Mein Herz hämmerte.

Der Motor sprang nicht wieder an.

War er verschwunden? Schaute er nach Majerick? Nach den Mädchen? Rief er Verstärkung?

Ich musste etwas tun.

Ich stellte mir die Ziele auf dem Schießstand in Bagram vor. Rief mir das Dreieck des Todes vor Augen.

Die Waffe mit beiden Händen fest umklammert, spähte ich um den Türrahmen.

Der Schlag warf mich zur Seite. Mein Kopf knallte auf Ziegel. Meine Sicht verschwamm, als mein Hintern auf dem Boden landete.

Ein Stiefel trat mir auf die Hand. Schmerz schoss mir den Arm hoch, mein Handgelenk war gefährlich überdehnt. Irgendetwas riss. Die Waffe schnellte mir aus den Fingern.

Ich schrie und trat mit einem Fuß aus. Traf etwas. Hörte die Waffe auf dem Boden scheppern, dann schlittern. Ein hallendes Klacken bedeutete einen Aufprall auf dem Boden im Erdgeschoss.

Auf allen vieren kroch ich zum Treppenabsatz. Mein Gegner war entweder bewaffnet oder nicht. Ich hatte keine andere Wahl. Tief gebückt rannte ich nach unten, immer zwei Stufen auf einmal nehmend.

Mein Verfolger polterte hinter mir her.

Ich rannte an Majerick vorbei, zur Tür hinaus und die Treppe der Laderampe hinunter. Neben dem Chevy-Pick-up stand jetzt ein Porsche 911.

Ich lief links an den Fahrzeugen vorbei und schoss auf die Lücke im Zaun zu, mein Verfolger dicht hinter mir.

Beinahe hätte ich es geschafft.

Zwei Meter von dem Bauschild entfernt packte eine Hand meine Schulter. Ich drehte mich und fuhr mit den Nägeln über deren Haut. Sah, dass parallele Striemen das Wort Ripper verdunkelten.

Der Griff erschlaffte einen Sekundenbruchteil. Ich riss mich los, sprang nach vorne und duckte mich hinter das Schild.

Der Mann schüttelte die verletzte Hand, in der anderen hatte er eine Waffe.

Ich kauerte dicht am Boden, der Puls pochte mir in den Schläfen, der Kehle, der Brust. Warum drückte er nicht ab?

Dann hörte ich ein Klicken.

Keine Kugel klirrte auf Metall. Oder zerriss mein Fleisch.

Noch ein Klicken. Wieder nichts.

Fluchend steckte der Mann die Waffe ein und kam auf mich zu.

Ich rannte auf den Zaun zu. Mit atemberaubender Geschwindigkeit war er über mir.

Wir gingen zu Boden und rollten. Metallschrott und Steine stachen mir in Bauch und Rücken. Öliges Wasser spritzte mir ins Gesicht und durchtränkte meine Kleidung. Unser heftiges Atmen verdrängte alle anderen Geräusche.

Da ich von Nahkampf keine Ahnung hatte, schlug ich nur wild um mich, randvoll mit Adrenalin und angetrieben von Panik.

Ein Wunder. Ich konnte mich losreißen und kroch auf die Öffnung zu.

Eine Hand packte meinen Fuß. Während mein Körper rückwärts über die Erde gezogen wurde, schlossen sich meine Finger um einen verrosteten Metallgegenstand. Das Ding war lang und zylindrisch, ich vermutete, ein Rohrstück.

Mit einem Fauchen tief aus den Eingeweiden drehte ich den Oberkörper und holte mit dem Metallding schräg nach oben aus.

Und traf.

Die Wucht des Aufpralls ließ meinen Angreifer auf die Knie sinken. Er riss die Hände an den Kopf.

Ich rappelte mich hoch und hielt das Rohr so fest umklammert, dass Rostpartikel meine Unterarme sprenkelten.

Das Gesicht meines Feindes leuchtete fahl im Mondlicht. Es überraschte mich nicht.

»Es ist vorbei, Lieutenant.«

Gross hob den Kopf, die Augen ohne Fokus, die Miene zwischen Wut und Schmerz.

Aber ich war in der Zwickmühle. Wenn ich durch den Zaun flüchtete, würde er verschwinden, sich aber vielleicht erst noch der Mädchen entledigen. Konnte ich ihn in Schach halten? Ich musste es. Ich musste Zeit schinden. Den Mistkerl hier festhalten, bis Slidell eintraf. Ihn noch einmal schlagen? Nein, das könnte auf Mord rauslaufen!

»Sie haben mich ausgetrickst.« Zwischen keuchenden Atemzügen.

Gross schwankte auf den Knien, sagte aber nichts.

»Wie läuft das?«, fragte ich. »Kaufen Sie die Mädchen und fliegen sie anschließend mit falschen Papieren in die Staaten? Oder überspringen Sie die Nettigkeiten und verschiffen sie wie Fracht?«

Noch immer keine Antwort.

»Semper fi, was, John-Henry?«

Gross hob überrascht den Kopf. Er nahm die Hände von den Schläfen und ließ sie langsam sinken.

»Ihr mittleres Namensinitial auf der Anklageschrift nach Article 32. Man musste kein Genie sein, um Sie mit Ihrem Onkel John-Henry Story in Verbindung zu bringen. Ihr beide solltet seine Schwester stolz machen. Sie ist Ihre Mutter, nicht? Marianna Story Gross?« Ich musste Pete für dieses Puzzlestück danken.

»Lassen Sie meine Mutter aus dem Spiel.«

Ich redete einfach weiter, während ich verzweifelt auf das Heulen von Sirenen wartete.

»Was ist das für ein Gefühl, das Corps zu entehren?« Bilder blitzten mir durchs Hirn. Tattoos. Aufnäher. »Und Ripper. Ich nehme an, Sie und Rockett haben sich bei Desert Storm zusammengetan. War der Plan seine Idee?«

»Der hatte nicht mal 'nen Plan, wie er von der Kloschüssel wieder runterkommt.« Verwaschen, aber inzwischen kräftiger.

»Wollte Rockett seinen alten Einheitskameraden verpfeifen? Musste er deswegen sterben?«

Gross' Schultern zuckten. Im ersten Augenblick dachte ich, er würde lachen.

»Was war Candys Sünde? Hat sie versucht zu entkommen? Damit gedroht, zu reden? War sie einfach nur eine Nervensäge, wurde sie deshalb überfahren? War Majerick da auch Ihr Mann fürs Grobe?«

»Was für ein verdammtes Genie Sie doch sind. Haben immer alle Antworten.«

Ich redete weiter, hielt das Rohr fest umklammert, obwohl mein Handgelenk brannte wie Feuer.

»Haben Sie deshalb den Jungen in Sheyn Bagh getötet?«

»Kollateralschaden.«

»Aqsaee kam wirklich auf Sie zu. Aber nicht als Aufständischer. Er wollte Sie wegen Ara zur Rede stellen. Das hat er doch gerufen, oder? Ara, nicht Allah. Schätze, dass Eggers sich verhört hatte, hat Ihrer Geschichte sogar geholfen.«

»Eggers ist ein Trottel.«

»Aqsaee hat Sie als den Mann erkannt, der Ara gestohlen hatte. Er hätte die Dorfältesten informiert.«

Als ich an das Polaroid in meinem Rucksack dachte, brannte mein Abscheu noch heißer.

»Warum Ara? Warum nicht Khandan oder Mahtab oder Laila oder Taahira? Oder hatten Sie die auch schon im Fadenkreuz, Sie elender Dreckskerl?«

»Für die Mädchen da drüben läuft es doch nur scheiße.« Jetzt wieder kalt. Kontrolliert. Ich umklammerte die Stange fester.

»Und Sie hatten vor, Ihnen die Welt zu Füßen zu legen.«

Gross hob ein Knie und stellte den Fuß auf. Schwankte. Stabilisierte sich wieder.

Ich hob das Rohr. »Eine Bewegung, und ich schlage Ihnen den Schädel ein.«

Unsere Blicke trafen sich. Keine Spur mehr da von dem fälschlich beschuldigten Kriegshelden. Vor mir war ein berechnendes Raubtier.

Einige Augenblicke, dann reagierte Gross. Zu langsam, zu offensichtlich. Ich sah es und wich seinem Tritt aus. Gross verlor das Gleichgewicht, schwankte, wirbelte dann aber zu mir herum.

Ich hob das Rohr, bereit, fester zuzuschlagen als je in meinem Leben. Aber auch meine Aktion war nicht unbemerkt geblieben. Gross hob beide Unterarme, um den Schlag abzuwehren.

Ich brach den Schlag ab, ließ das Rohr sinken und riss es dann, so fest ich konnte, zwischen seinen Beinen hoch.

Gross krümmte sich zusammen.

Was mir Zeit gab.

Ich bearbeitete seine Schienbeine. Die Knie.

Gross ging zu Boden und rollte sich zusammen.

Ich trat an ihn heran und hob das Rohr über seinen Kopf.

Mein Herz pochte. Mein Atem kam in keuchenden Stößen.

Ein dünnes Jaulen durchstach das Pandämonium in meinen Ohren und meiner Brust.

Ich stand da, die Waffe erhoben, die Muskeln angespannt.

Das Jaulen trennte sich in einzelne Sirenen.

Die Vernunft besiegte die primitive Wut.

Vielleicht wusste ich auch nur, dass Hilfe nahte.

Ich konnte nicht zuschlagen.

Kurz darauf hielten Streifenwagen quietschend vor dem Zaun. Türen knallten. Lichter pulsierten rot und blau auf dem Horrorhaus in meinem Rücken.

EPILOG

Der Oktober in Charlotte ist schizophren. An einem Tag geht man in Hemdsärmeln. Am nächsten zieht man Jacke und Handschuhe an.

Die Kälte kam am Sonntag. Es war eine Quälerei, die Pflanzen mit einer Hand ins Haus zu tragen.

Am Montag beschloss ich, im Kamin ein Feuer anzuzünden. Nach einiger Zeit ungeschickten Aufschichtens tanzten hinter dem alten Messingschirm vor dem Kamin die Flammen. Das Wohnzimmer roch schwach nach Rauch und Kiefernholz.

In den frühen Morgenstunden des Freitags hatte ich meine Pflicht erfüllt.

Auf dem Rücksitz eines Streifenwagens hatte ich Slidells Sperrfeuer von Fragen beantwortet und auch ein paar von Reportern, die Wind von der Sache bekommen hatten, weil sie den Polizeifunk abgehört hatten. Ich hatte sogar Alison Stallings Bescheid gegeben.

Ich hatte gesehen, wie die Sanitäter Gross und seine Opfer in Rettungswagen hoben. Gehört, wie Slidell in der Zentrale anrief, damit die Mädchen von Dolmetschern und Schwestern, die speziell für den Umgang mit Opfern von Sexualdelikten ausgebildet waren, in Empfang genommen wurden. Hatte mir angeschaut, wie Majerick und Rockett in einen Transporter des ME geladen wurden. Dann hatte ich, auf Slidells Beharren hin, eine Fahrt in die Notaufnahme des CMC akzeptiert.

Dank Slidells telefonischem Gepolter wurde ich sofort behandelt. Röntgenaufnahmen zeigten ein gebrochenes Kahnbein und einen glatten Bruch des äußeren Seitenrands meines rechten Handgelenks. Der Arzt in der Notaufnahme staunte, als ich ihm meine Geschichte mit dem Rohrschwingen erzählte. Ich kam nach Hause mit einer Fixierschiene von der Größe eines Vorschlaghammers.

Vielleicht kannte er die Stärke der Schmerzmittel, die man mir gegeben hatte. Vielleicht war er mit den Verhören von Story und Gross beschäftigt. Slidell schenkte mir das ganze Wochenende, bevor er mich besuchen kam. Mit einem Blumenstrauß von der Größe einer Bohrinsel in den Armen.

In der Zwischenzeit hatte Slidell das Folgende erfahren:

Die Kugel, die Larabee aus Rocketts Schädel geholt hatte, stammte aus Majericks Waffe. Ebenso die beiden in seiner Brust und eine in der Ziegelwand hinter ihm.

Die Kugel in Majerick erforderte keine Erklärung. Man würde mich nicht anklagen. Der Schuss war als Notwehr eingestuft worden und als extremer Glückstreffer.

Im Grunde genommen hatte ich zwei Mal Glück gehabt. Einmal, als ich abdrückte. Und einmal, als Gross es tat. Er hatte sich Majericks Waffe geschnappt, als er mich aus dem Lagerhaus jagte. Das Magazin war schon nicht mehr voll gewesen, als Majerick ankam. Er hatte es mit den Schüssen auf Rockett geleert.

Razzien in den anderen Massagesalons von SayDo hatten elf weitere Mädchen ergeben, alle aus Afghanistan. Die aus dem Laden in NoDa wurden im Keller eines geschlossenen Schönheitssalons gefunden, in einem ähnlichen Zustand wie die in dem Lagerhaus im South End.

Keins der Mädchen sprach Englisch. Keins hatte ein gültiges Visum oder einen Pass. Vom Alter her schienen sie zwischen dreizehn und siebzehn zu sein. Sie waren jetzt alle in der Obhut des ICE.

Das Mädchen, das Majerick geschlagen hatte, als ich ihn überraschte, hieß Huma. Vögelchen. Sie stammte aus einem Dorf in der Nähe von Sheyn Bagh. Huma hatte Prellungen, Abschürfungen und eine gebrochene Nase, ansonsten aber ging es ihr gut.

Archer Story war verhaftet worden unter dem Vorwurf der Verschwörung zum Mord sowohl an Ara wie an Rosalie D'Ostillo, des Betreibens von Etablissements zur Prostitution und der Förderung der Prostitution von Minderjährigen. Außerdem wurde ihm vielfacher Menschenhandel zur Last gelegt.

Auch John-Henry Gross wurden all diese Verbrechen zur Last gelegt und zusätzlich noch versuchter Mord in Bezug auf mich.

Die Geschäftsführerinnen aller vier Etablissements wurden der Beteiligung an der Prostitution Minderjähriger und des Menschenhandels angeklagt.

Nach den Gesetzen North Carolinas begeht Menschenhandel, wer wissentlich und mit welchen Mitteln auch immer Personen anwirbt, anlockt, beherbergt, transportiert, zur Verfügung stellt oder erwirbt, um sie in unfreiwilliger oder sexueller Knechtschaft zu halten.

Ist die betreffende Person minderjährig, wird der Tatbestand als Verbrechen der Klasse C eingestuft. Bei vierzig Jahren pro Verbrechen mal mindestens sechzehn Opfer hatten die Angeklagten allein für den Punkt des Menschenhandels 640 Jahre zu erwarten. Kein Wunder, dass sie sich alle krummlegten, um

Deals auszuhandeln. Story und die Damen sangen wie die Kanarienvögel.

Story behauptete, von Menschenhandel und Prostitution nichts gewusst zu haben. Seine Anwälte versprachen volle Kooperation im Gegenzug für ein Urteil von nicht über fünfzehn Jahren. Mrs. Tarzec und die anderen Damen boten Schuldeingeständnisse als Gegenleistung für Schuldsprüche von maximal acht Jahren an.

Gross' Anwalt hatte sich wegen Schuldeingeständnissen bei reduzierten Vorwürfen an den Bezirksstaatsanwalt gewandt. Doch der biss nicht an.

»Wird irgendeins der Mädchen im Zeugenstand aussagen?«, fragte ich.

Slidell schnaubte. »Die sind so verängstigt, die sehen mich nicht einmal an, wenn ich mit ihnen rede.«

»Aber Majerick ist tot und Gross hinter Gittern.«

»Die Schweine haben sie klein gehalten, indem sie drohten, ihren Familien was anzutun. Majerick hat Ihr Leichenhallenfoto von Ara und sein Foto von D'Ostillo herumgezeigt. Und gesagt, wenn eins der Mädchen versucht, wegzulaufen oder die Arbeit schleifen zu lassen, würde ihm dasselbe passieren.«

»Majerick war *citizenjustice?*«

»Ja. Der schmierige kleine Scheißkerl hat die Taquería von seinem Pick-up auf dem Parkplatz aus beobachtet. Und Gross vom Münztelefon angerufen, um ihm zu berichten, dass D'Ostillo mit uns geredet hat. Gross ließ sie auf eine Art umbringen, die Eindruck schinden würde.«

»D'Ostillo hatte Majerick mit Ara und den anderen Mädchen gesehen.«

Slidell nickte bedrückt.

»Noch Kaffee?«

»Können Sie mit diesem Vorschlaghammer von einem Verband überhaupt eingießen?«

»Sehr lustig. Drei Stück Zucker, richtig?«

Ich ging in die Küche, kam zurück und gab Slidell seine frisch gefüllte Tasse.

»Hat dieser Vogel mir eben gesagt, ich kann ihn am Arsch lecken?«

Charlie war in einem Bordell aufgewachsen, Ryan hatte ihn gerettet und nach der Razzia mir geschenkt. So hatte er nicht das normale Repertoire eines netten Papageis. Ich hatte keine Lust, das Slidell zu erklären.

»Warum wurde Ara umgebracht?«, fragte ich, nachdem ich mich wieder gesetzt hatte.

»Majerick hat sie zu dem Laden in NoDa gefahren. Nach der Version, die er Story erzählte, ist sie aus dem Pick-up gesprungen. Archer war schockiert, als er von dem Unfall erfuhr. Natürlich erst nachträglich.«

»Natürlich.«

»Majerick war gewalttätig und sehr schnell auf die Palme zu bringen. Als die Kleine rebelliert hat, verlor er wahrscheinlich die Beherrschung und hat sie überfahren.«

Ich sah einen Frechdachs in einer Sechsergruppe, die neckische Finger über den Kopf einer Freundin hielt. Ich wusste, dass es stimmte. Wusste, dass Ara den Mut zum Widerstand gehabt hatte.

»Und das Monster hat sie einfach liegen gelassen.«

»Majerick hat Story was davon erzählt, es wär zu viel Verkehr gewesen, um sie einzusammeln, ohne gesehen zu werden. Und ins Krankenhaus hätte er sie sowieso nicht gebracht.«

Ich erinnerte mich an das verlassene Straßenstück, an dem

Ara gestorben war. Spürte, dass mir Tränen in die Augen stiegen. Slidells Frage drängte sie zurück.

»Wie sind Sie auf Gross als Täter gekommen? Den hatten wir doch nie auf dem Radar.«

»Sein Tattoo.«

Slidell hob fragend die Augenbrauen.

»Ich sah es bei der Anhörung nach Article 32 in Camp Lejeune. Aber nur den unteren Teil, der aus seiner Manschette herausgeschaut hat, deshalb hab ich es falsch interpretiert. Ich dachte, es heißt nur RIP, also *Rest In Peace* – Ruhe in Frieden.«

»Kein besserer Freund, kein schlimmerer Feind.«

Es überraschte mich, dass Slidell den Corps-Slogan kannte.

»Nur dass Gross eine Schande für das Militär ist«, sagte ich.

»Und was für eine. Er ist nicht das, worum es bei den Marines geht.«

Ich fragte mich, ob Slidell eine Geschichte beim Corps hatte, die ich nicht kannte. Doch fragen würde ich ihn auf keinen Fall.

»Wie auch immer, dieses Tattoo hab ich dann in dem Schnappschuss von John-Henry Story und Dom Rockett in der Taverne wieder gesehen, aber da habe ich nicht gleich geschaltet. Es war ein Spiegelbild, das Tattoo also verkehrt herum. Als ich mir am Donnerstagabend noch mal alle Fotos vorgenommen habe, machte es plötzlich klick. Ich hatte den Aufnäher der Task Force Ripper in Rocketts Wohnzimmer hängen sehen. RIP. Ripper. Gross war derjenige, der das Foto gemacht hatte. Das brachte ihn mit Rockett und Story in Verbindung.«

»Verstehe.«

»Daraufhin warf ich noch mal einen Blick in die Anklageschrift für die Anhörung und sah, dass Gross' Mittelinitial H war. Dann ließ ich mir bestätigen, dass seine Mutter eine geborene Marianna Story war. John-Henry Gross war der Neffe von John-Henry und Archer Story. Danach fügte sich alles zusammen.

Gross war auf seinem vierten Einsatz in Afghanistan. Ich habe das Foto aus meinem Rucksack mit dem verglichen, das ich von dem Fahrerfluchtopfer geschossen hatte. Die Haare unserer Unbekannten waren gebleicht, aber es war eindeutig dasselbe Mädchen. Ebenfalls auf dem Foto war Khandan, das Mädchen, das mich in Bagram angesprochen hatte. Und als ich ganz genau hinschaute, konnte ich eine ziemlich markante Felsformation hinter dem Dorf Sheyn Bagh identifizieren.«

»Das Kaff, wo Sie die Knochen ausgegraben haben.«

»Ja. Von da an ergab alles einen schrecklichen Sinn. Der Mann, dem ich in Camp Lejeune geholfen hatte, hatte Aqsaee und Rasekh tatsächlich ermordet. Aqsaee hatte gesehen, wie Gross Ara verschleppt hat. Als Aqsaee Gross bei der Dorfdurchsuchung wiedererkannte, ist er auf ihn zugerannt und rief ›Ara‹, nicht ›Allah‹. Gross geriet in Panik und nutzte eine Gefechtssituation, um ihn niederzuschießen und Rasekh ebenfalls.«

»Glauben Sie, dass diese Khandan Ihnen das Polaroid in den Rucksack gesteckt hatte?«

Ich nickte. »Kurz nachdem sie mich angesprochen hatte, saßen wir eine Zeit lang nebeneinander in einem Bunker.«

»Wer hat es aufgenommen?«

»Das werden wir wohl nie erfahren.«

»Wie ist Khandan an das Foto geraten?«

»Keine Ahnung. Aber offensichtlich war es ihr sehr wichtig. Sie hatte es in eine Plastikhülle gesteckt.«

Ich wollte eben eine Frage stellen, als Slidell mir zuvorkam.

»Wie ist Ara in den Besitz von John-Henry Storys Clubkarte der US Airways gekommen?«

»Hat Archer etwas über die Beteiligung seines Bruders an den Massagesalons gesagt?«

»Er behauptet, davon rein gar nichts zu wissen.« Triefend vor Abscheu. »Aber Mrs. Tarzec sagt, John-Henry wär ein Stammkunde gewesen.«

»Vielleicht ist John-Henry die Karte aus der Tasche gefallen. Vielleicht hat Ara sie ihm geklaut. Aus welchen Gründen auch immer, jedenfalls hat sie die Karte behalten.«

»Gut für uns. Dieses Plastikding war unsere erste Spur.«

Einige Augenblicke dachten wir beide darüber nach. Dann fragte Slidell: »Sind Sie sicher, dass es tatsächlich Story war, der in diesem Feuer gestorben ist?«

»Larabee hat sich die gesamte Akte noch einmal angesehen«, sagte ich. »Er hat keinerlei Zweifel an der Identität.«

Eine Weile beobachteten wir beide das orangene Flammenspiel hinter dem durchbrochenen Messing. Charlie nutzte die Pause, um einen seiner Lieblingssprüche zu krächzen.

»I want your sex!«

Slidells Blick blieb auf die Flammen gerichtet. Ich sah mich zu einer Erklärung genötigt.

»Das ist eine Zeile aus einem alten Song von George Michael.«

»Verraten Sie mir noch eins.« Slidell schaute wieder in meine Richtung. »Wie sind Sie auf dieses Lagerhaus gekommen?«

»Eigentlich nur mutig geraten. Larabee hatte doch diesen Elfenbeinsplitter in Aras Schädelschwarte gefunden. Heutzutage wird Elfenbein nicht mehr häufig verwendet, aber früher war es für Klaviertasten sehr gebräuchlich. Ein Aufprall auf eine solche Tastatur konnte die strukturierte Verletzung an Aras Schulter erklären.«

Slidell hob die Schultern. »Und?«

»Der FBI-Bericht nannte Difluorethan als einen der Bestandteile in dem Fleck auf Aras Handtasche. Difluorethan wird Sprühlacken als Treibmittel beigefügt.«

Wieder die Schultern.

»Das Lagerhaus gegenüber John-Henry's Tavern sollte eigentlich zu Lofts umgebaut werden, aber das Projekt wurde nie in die Tat umgesetzt. Also stand es leer. An dem Tag, als wir mit Sam Poland sprachen, habe ich auf der Laderampe ein altes Piano stehen sehen.«

»Mit Graffiti besprüht.« Slidell schnippte mit den Fingern und deutete auf mich. »Nicht schlecht, Doc. Und übrigens, das war das letzte Mal, dass Sie wegen einer Ihrer Ahnungen alleine losziehen. Ich bin der Detective. Sie sind die Anthropologin.«

»Notiert.«

Slidell nickte scharf, als hätte er einen Treffer gelandet.

»Ara muss in der Nacht, als sie starb, beim Lagerhaus gewesen sein«, fuhr ich fort. »Als Majerick versucht hat, sie in seinen Pick-up zu zwingen, hat sie sich wahrscheinlich gewehrt und sich Kopf und Schulter an dem Piano angeschlagen.«

Vor mir sah ich das Bild der Huma-Majerick-Silhouette, die im Dunkel rangelte. Und das einer Leiche mit einer Kappe.

»Rockett hatte nie etwas mit dem Menschenhandel zu tun, oder?«

»Der Kerl war ein Blödmann, aber vermutlich hatte er einen Verdacht. Er war Kunde im Passion Fruit, und ihm war sicher aufgefallen, dass keins der Mädchen Englisch sprach. Da musste er sich einfach die Frage stellen, woher sie kamen.«

Slidell schob sich seine nachgemachte Ray-Ban auf die Nase.

»Irgendwann brauchen wir Sie, damit Sie uns das alles aufschreiben.« Er deutete auf meinen Verband. »Wenn es Ihnen wieder besser geht.«

Ich lächelte und hob beide Hände. »Kein Problem. Zur Not schreibe ich auch mit links.«

Als Slidell gegangen war, traf mich eine schockierende Erkenntnis.

Dirty Harry hatte mich kein einziges Mal getadelt, lächerlich gemacht oder ausgelacht.

Eine Stunde später stand Dew vor meiner Tür. Er trug einen schwarzen Anzug, eine blaue Krawatte und ein blendend weißes Hemd. Noch immer keinen Fedora-Hut.

Dew und ich nahmen dieselben Sessel- und Sofapositionen ein wie bei Slidells Besuch. Im Gegensatz zu Skinny saß Dew kerzengerade da, die Absätze dicht nebeneinander, die riesigen Hände vor den riesigen Knien verschränkt. Mein Angebot von Kaffee oder Tee lehnte er ab.

Dew hatte Folgendes zu berichten:

Zu Beginn seines zweiten Einsatzes lernte John-Henry Gross einen Angestellten einer privaten französischen Sicherheitsfirma namens Jean Pruet kennen. Pruet hatte sechs Jahre in Afghanistan zugebracht und in diesem Zeitraum fast zwei Millionen auf einem Schweizer Konto deponiert. Pruet kehrte nach Europa zurück und überließ Gross gegen eine Gebühr sein Netzwerk.

Das Projekt war alles andere als originell. Aber es war lukrativ.

Im Zentrum der Operation stand ein Afghane namens Maroof Hayel, der Mann, der Khandan vor meinen Augen zurechtgewiesen hatte an dem Tag, als sie mich auf dem Basar ansprach. Hayel war Khandans Vater und Aras Onkel.

Hayel warb junge Mädchen an mit dem Versprechen, ihnen oder ihren Eltern Jobs in den Vereinigten Staaten zu verschaffen. Er versorgte sich vorwiegend in den Slums von Kabul, Charikar oder Dschalalabad, aber auch in den Dörfern der sie umgebenden Provinzen.

Hayel bekam 200 Dollar für jedes Mädchen, das er brachte. Ein Junge in Kabul, der mit Photoshop zaubern konnte, lieferte falsche Pässe und Visa für 40 Dollar pro Stück. Die Mädchen wurden von einer afghanischen Frau namens Reja Hamidi vom Khwaja Airport in Kabul nach Washington Dulles begleitet. Jedes Ticket kostete etwa 1600 Dollar.

Die Mädchen wurden von Mrs. Tarzec oder einer ihrer Kolleginnen abgeholt und zu verschiedenen Orten in North Carolina gebracht. John-Henry Story bezahlte seinem Neffen 50 000 Dollar für jede gelieferte »Angestellte«, ohne Fragen zu stellen.

»Wenn man die Rückflugtickets für Hamidi einrechnet, betrugen Gross' Ausgaben weniger als fünftausend Dollar pro Mädchen.« Ich konnte den Abscheu in meiner Stimme nicht unterdrücken. »Damit verdiente er fünfundvierzigtausend Dollar pro Transaktion.«

»Ja. Pruet verdiente ungefähr dasselbe, indem er sie nach Frankreich schickte.«

»O Gott. Wie kann jemand nur sein eigen Fleisch und Blut verkaufen?«

»In Aras Fall war es ›ihr‹.«

»Wie bitte?« Ich verstand nicht, was Dew meinte.

»Es war Aras Mutter, die sie Hayel übergeben hat.«

»Sie verkaufte ihre eigene Tochter?«

Die schneeweiße Baumwolle dehnte und entspannte sich wieder, als Dew ein- und dann wieder ausatmete.

»Aras Mutter ist eine Frau namens Gulpari. Mit sieben Jahren musste Gulpari mit ansehen, wie ihre Mutter von Taliban-Kämpfern vergewaltigt wurde. Als Gulparis Vater dazwischengehen wollte, haben sie ihn erschossen.

Nach der Vergewaltigung wurde die entehrte Witwe gemieden. Da sie keine Aussicht auf eine Wiederheirat hatte, ernährte und kleidete sie ihre Töchter Gulpari und Noushin durch Betteln und Erledigung niederer Arbeiten.

Mit vierzehn wurde Noushin fortgeschickt, um einen Mann in einem Nachbardorf zu heiraten. Die Familie des Mannes ließ das Mädchen sechzehn Stunden pro Tag arbeiten und zwang sie, in ihrer unbeheizten Scheune zu schlafen. Als Noushin bei einem Fluchtversuch ertappt wurde, drückten ihr Mann und ihr Schwiegervater sie zu Boden und übergossen sie mit Säure. Zwei Tage später gelang es Noushin, ins Haus ihrer Mutter zurückzukehren. Sie starb zwei Tage später an Infektionen infolge der Verätzungen. Gulpari war damals zwölf.«

Dew starrte auf seine Hände hinunter und fuhr fort.

»Gulpari war fünfzehn, als sie von den Taliban vergewaltigt wurde. Wie ihre Mutter wurde sie in ihrem Dorf geschmäht und verachtet. Ara kam an Gulparis sechzehntem Geburtstag zur Welt.«

»Gulpari wollte für Ara ein besseres Leben.« Mir brach beinahe die Stimme.

Dew nickte, ohne den Kopf zu heben. »Als Hayel von Jobs in Amerika erzählte, glaubte Gulpari ihm. Er war ihr Bruder. Warum sollte er sie anlügen?«

»Hayel hat Ara an Gross verkauft.«

»Für zweihundert Dollar.«

Ich stand auf, um das Feuer zu schüren. Ich musste mich einfach bewegen, auch wenn es nichts brachte. Um etwas gegen die Wut und den Kummer zu tun, die mich zu überwältigen drohten.

»Nach John-Henrys Tod betrieb Archer die Geschäfte einfach weiter wie gewohnt?« Als ich in meinen Sessel zurückgekehrt war.

Dew räusperte sich. Zwei Mal. Schaute mir dann in die Augen.

»Von den sechzehn Mädchen, die gegenwärtig in der Obhut des ICE sind, wurden zwei ins Land gebracht, nachdem Archer die Leitung der diversen Story-Unternehmungen übernommen hatte, darunter auch SayDo.«

»Wie erklärt er das?«

»Mr. Story behauptet, die Vorgeschichten seiner Angestellten nicht zu kennen. Und er leugnet vehement jedes Wissen über Prostitution in seinen Etablissements, ob nun erzwungen oder sonst wie.«

»Sie kaufen ihm das ab?«

Das rosa Gesicht wurde dunkel. »Ich glaube, dass der Hauptzeuge der Anklage alles andere als entgegenkommend ist. Aber dank Ihnen haben unsere Ermittlungen eine andere Richtung genommen. Wir *werden* mehr erfahren. Viel mehr.«

»Was ist mit Dominick Rockett?«

Dew schwieg einen Augenblick, überlegte sich wahrscheinlich, was er sagen sollte.

»Die mumifizierten Hunde werden an Peru zurückgegeben. Mr. Rocketts Unterlagen wurden beschlagnahmt, um sie nach Informationen über andere illegal gehandelte Antiquitäten zu durchsuchen.«

»Dom Rockett hat nie Menschen geschmuggelt.« Ich hatte lange über diese Frage nachgedacht.

»Anscheinend nicht.«

»Hat Rockett John-Henry Story durch seinen Neffen kennengelernt?«

»Mr. Rockett und Lieutenant Gross dienten zusammen in Desert Storm. Vielleicht aus Mitleid, vielleicht auf Drängen seines Neffen stellte John-Henry den entstellten Veteranen an. Rockett wurde unter anderem mit Anteilen an der Firma entlohnt. Zumindest ist das die Version, die Archer Story erzählt.«

»Was tat Rockett für S&S?«

»Was immer zu tun war. Fahrdienste. Sicherheit. Subunternehmer und Arbeiter für Wartung und Reparaturen anheuern. Außerdem verkaufte Rockett Artikel auf den Flohmärkten von S&S, Dinge, die er legal aus Südamerika importiert hatte.«

»Rockett hatte mit SayDo nichts zu tun?«

»Sieht so aus.«

»Aber CC Creach hat ihn im Passion Fruit gesehen.«

Dew hob beide Hände und ließ sie dann wieder sinken. »Aufgrund seines Zustands hatte Rockett nur einen beschränkten Zugang zu Frauen.«

Taktvoll formuliert.

»Warum ist Rockett so häufig nach Texas gereist?«

»Er half Story bei der Abwicklung seiner Autohäuser. John-Henry verkaufte das Inventar, und hin und wieder war dabei eine Auslieferung nötig. Rockett flog nach Texas und fuhr die Autos, wohin sie gefahren werden mussten.«

»Was hatte Rockett an diesem Donnerstag in dem Lagerhaus zu tun?«

»Laut Mrs. Tarzec tauchte er an diesem Abend sehr aufgeregt im Passion Fruit auf und wollte sich umsehen. Sie sagte ihm, es sei niemand da. Er wollte die Wahrheit über die Mädchen wissen und sagte, er wisse, dass sie geschmuggelt würden, weil die Polizei es ihm gesagt hatte. Dann fragte er, wohin man sie gebracht hatte. Als er Mrs. Tarzec mit einer Waffe bedrohte, nannte sie ihm die Adresse. Nachdem Rockett davongestürmt war, rief sie Majerick an.«

»Rockett hat nach Gross gesucht. Oder vielleicht wollte er einfach die Mädchen befreien. Wie auch immer, er hatte genug. Er starb, weil er etwas Böses aus der Welt schaffen wollte.«

»Ich glaube, das ist korrekt.«

»Was wird jetzt mit den Mädchen passieren?«

»Das wird sich zeigen. Falls sie zurück nach Afghanistan gebracht werden, gibt es in Kabul ein von einer NGO betriebenes Heim für Opfer von Menschenhandel.«

»Wird Aras Leiche für die Beerdigung nach Sheyn Bagh zurückgeschickt werden?«

»Wenn die Mittel es erlauben.«

»Ich helfe sehr gern, wenn Geld ein Problem ist.«

Ein trauriges Versprechen, das ich auch einhalten wollte.

»Ihr Angebot ist sehr großzügig, Dr. Brennan. Ich werde alles in meiner Macht Stehende tun, um dafür zu sorgen, dass das nicht nötig sein wird.«

Dew lächelte traurig.

»Wir tun, was wir können. Aber weltweit wird der Menschenhandel nur noch vom Drogenhandel übertroffen. Die Profite gehen jährlich in die Milliarden. Denken Sie es sich so. Ein Gramm Kokain kann nur einmal verkauft werden. Ein Mensch kann jahrelang Einkünfte bringen. Wussten Sie, dass North Carolina der neuntwahrscheinlichste Staat in Amerika für Menschenhandel ist?«

»Wenigstens bekommt das Problem jetzt Aufmerksamkeit.«

»Ja. Aber die Situation ist immer noch düster. Im Dezember 2012 veröffentlichte das Büro der Vereinten Nationen für Drogen- und Verbrechensbekämpfung, das UNODC, einen globalen Bericht über den Menschenhandel. Fast ein Drittel aller Opfer sind Kinder. Zwei Drittel sind Mädchen.«

Mit der Anmut eines Balletttänzers stand Dew auf.

»Um es ein wenig positiver darzustellen, einhundertvierundfünfzig Regierungen haben inzwischen das Menschenhandelsprotokoll des UNODC ratifiziert, und dreiundachtzig Prozent dieser Länder haben Gesetze, die in Übereinstimmung mit dem Protokoll Menschenhandel als Verbrechen klassifizieren.«

Dew redete wirklich so, als würde er laut vorlesen.

»Darunter die USA«, sagte ich.

»Ja.«

»Der United States Code Title 18, Section 1591, schreibt schwere Strafen für jeden vor, der sich an Menschenhandel beteiligt, und wie Sie mit Sicherheit wissen, hat auch North Carolina sehr strenge Gesetze. Das Problem ist das Fangen der Schmuggler, weil die Opfer so machtlos und verängstigt sind.«

»Es ist ein Anfang«, sagte ich.

»Es ist ein Anfang«, pflichtete Dew mir bei.

Und nachdem er mir eine schnelle Genesung gewünscht hatte, verabschiedete sich Dew.

Am Abend war es dann Pete. Sein Korb mit ungefähr vierzig Kilo Früchten war bereits am Samstag angekommen, und so kam er jetzt mit einer Auswahl von Gerichten vom Chinesen und mindestens einem Stück von allem, was bei Dean and DeLuca angeboten wurde.

Während ich ihm zusah, wie er meine Speisekammer und

meinen Kühlschrank befüllte, wunderte ich mich, warum Summer woanders weilte. Fragte aber nicht.

Während Pete kleine, weiße Kartons öffnete, deckte ich den Tisch für zwei Personen. Dann schaufelten wir uns Naturreis, Meeresfrüchte Lo Mein, Cashew-Hühnchen und Auberginen in Knoblauchsauce auf die Teller.

Klasse, Pete. Meine Baoding-Lieblinge.

Beim Essen sprachen wir über Katy, Majerick, Rockett, die Story-Brüder, D'Ostillo, Ara und ihre Mutter. Und natürlich über John-Henry Gross.

»Tut mir leid, dass ich dich in dieses Schlamassel mit hineingezogen habe, Zuckerschnäuzchen.«

»Muss es nicht.«

»Mir erscheint es unmöglich, dass Hunter einen Neffen hat, der zu solcher Grausamkeit fähig ist. Er ist so ein moralischer Mensch.«

»Johns Verhalten hat nichts mit Hunter zu tun.«

Einige Augenblicke vergingen. Als Pete dann wieder sprach, klang er angespannt.

»John Gross hat seinen Eid entehrt. Und Schande über das Corps gebracht.«

»Gross war eine Abirrung. Er hat Schande über sich selbst gebracht, nicht über das Corps. Als Eggers die Vorwürfe erhob, ist das Corps streng nach dem Gesetz vorgegangen, hat Gross keine Vergünstigungen gewährt. Der Führungsstab hat ermittelt und ihn auf ehrenwerte und aufrichtige Art belangt.«

Pete straffte den Kiefer, widersprach mir aber nicht.

»Ich meine es ernst. Das Marine Corps hat Gross' Verhalten in Sheyn Bagh völlig aufrichtig behandelt. Wie ich es bei der Untersuchung der Knochen seiner Opfer tat. Letztendlich wäre Gross' Verwicklung in den Menschenhandel so oder so ans Licht gekommen. Und dasselbe unparteiliche Verfahren hätte seinen Lauf genommen.«

»Hoffentlich mit besseren Ergebnissen.«

»Ironisch, nicht?«

Pete nickte nur kurz.

»Rockett und Gross. Der Mann, der ein Monster zu sein schien, war derjenige mit einem Gewissen. Der Mann, der ein Patriot schien, hatte Gift in den Adern.«

Wir redeten über Katy. Darüber, dass das Militär seine traditionelle Haltung revidiert hatte und jetzt auch Frauen in den Kampf ziehen ließ.

Als Pete merkte, dass das Thema auf mich nicht gerade beruhigend wirkte, wechselte er die Richtung.

»Dieser Wicht Blanton war also harmlos?«

»Nur ein sehr komischer Kerl.«

»Und was war das zwischen ihm und Welsted?«

»Die mochten sich einfach nicht.«

»Du hast den Papagei hier?«

»Nur zu Besuch.«

»Wo ist der Tiger?«

»Ruf ›Lo Mein‹. Dann ist er sofort da.«

Am Donnerstagabend hatte ich Birdie beim Herausholen der Tafel aus Versehen in den Wandschrank eingesperrt. Beschäftigt mit dem Gedankensturm in meinem Hirn, hatte ich sein Kratzen für Geräusche von draußen gehalten. Als ich dann wieder nach Hause kam, war der Kater vier Stunden eingesperrt gewesen. Seit diesem peinlichen Missgeschick wagte er sich nur noch zum Fressen nach unten.

Vielleicht lag es aber auch an Charlie. Die beiden hatten sich noch nie wirklich gemocht.

Pete rief. Sekunden später tapste Birdie durch die Tür.

Pete schaufelte Nudeln und Shrimps auf eine Untertasse und schaute dem Kater lächelnd beim Fressen zu. Dann verschwand das Lächeln. Als Pete wieder sprach, hatte seine Stimme einen Klang, den ich noch nie gehört hatte.

»An diesem Abend.« Pete hielt inne, um sich die Formulierung zu überlegen. »Ich war am Donnerstagabend da. Du warst draußen vor der Tür.«

Ryan. Die Umarmung. Scheinwerfer, die über die Auffahrt huschten und weiterfuhren.

»Das warst du?«

Pete nickte.

»Du hast nicht angehalten.«

»Du warst nicht alleine.«

Ich sagte nichts. Pete betrachtete seine Serviette, als hätte er sie noch nie gesehen. Dann schaute er mich an.

»Ich habe die Hochzeit abgesagt.«

Ich kicherte. »Wie ich dir prophezeit habe. Warte ein paar –«

»Ich habe die Verlobung gelöst.«

»Was?« Das hatte ich nicht erwartet.

»Die Ehe hätte nie funktioniert. Das war mir schon eine ganze Weile klar. Als ich dich dann sah mit –« Pete hob die Hand. »Es hätte nicht funktioniert.«

»Wo ist Summer?«

»Zurück in ihrer Wohnung.«

»Wie geht's ihr?«

»Nicht gut.«

»Ach, Pete. Das tut mir so leid.«

»Es ist besser so.«

Pete ließ die erhobene Hand auf meine unverletzte sinken. Unsere Blicke trafen sich. Dann fing er an, mit dem Daumen über meine Haut zu streichen.

Der Augenblick wurde peinlich lang.

»Kann ich irgendwie helfen?« Ich zog meine Hand unter Petes heraus.

»Das hast du bereits.«

Pete stand auf und ging. Ich blieb einfach sitzen und starrte die halb leeren Kartons mit meinen chinesischen Lieblingsspeisen an.

Als ich aufstand, um den Tisch abzuräumen, kam mir plötzlich ein Gedanke. Hatte Pete die Scheidungspapiere schon eingereicht? War er endlich auch offiziell mein Ex?

Ich wusch das Geschirr und ging dann hoch ins Schlafzimmer. Mit Birdie im Arm lag ich im Bett und dachte über Verlust nach.

Aqsaee und Rasekh.

Ara und Rosalie.

Lily.

Agenten des ICE würden sich um Gross' Opfer kümmern. Würden herausfinden, wer sie sind, woher sie kamen, was mit ihnen passiert war. Sie würden die Mädchen zu ihren Familien zurückschicken. Oder ihnen einen Start in ein besseres Leben ermöglichen.

La Police Nationale würde Jean Pruet aufspüren und die Mädchen, die er nach Frankreich geschmuggelt hatte.

Die kanadischen Behörden würden Lilys Tod untersuchen. Sie würden den Fixertreff schließen, in dem sie gestorben war. Und die Dealer verhaften, die sie so weit gebracht hatten.

All diese Ermittlungen würden bittere, qualvolle Arbeiten erfordern.

An meinen Kater gekuschelt, fasste ich einen Entschluss.

Die Welt ist voll des Bösen und des Unglücks, aber sie ist auch voller guter Menschen, die entschlossen sind, Unrecht wiedergutzumachen. Ich würde nicht in Traurigkeit versinken. Ich würde die feiern, die sich weigern aufzugeben. Die für eine bessere Welt kämpfen.

Aber wer, fragte ich, würde für Ryan in seinem Schmerz kämpfen?

Ryan.

Pete.

Ich musste allein sein.

Brauchte Zeit, um nachzudenken und das Geschehene zu verdauen.

DANKSAGUNGEN

Zuallererst geht mein tief empfundener Dank an alle Angehörigen des amerikanischen Militärs, an die der Vergangenheit, der Gegenwart und der Zukunft. Die standhafte Hingabe, der Mut und die Stärke unserer Truppen haben mich zu diesem Buch inspiriert.

Aufrichtiger Dank auch an die USO (United Service Organizations) und an die ITW (International Thriller Writers), weil sie mir die Reise nach Kirgisistan und Afghanistan ermöglicht haben. Die Kameradschaft und Geduld meiner Mitreisenden – Sandra Brown, Mark Bowden, Clive Cussler, Andrew Peterson, Jeremy Wilcox und Mike Theiler – machten lange Flüge, frühe Morgenstunden und späte Abende einfacher, als sie sonst vielleicht gewesen wären. Ein spezielles Dankeschön an Andrew Peterson und Andy Harp, weil sie Dutzende von Zusatzfragen beantwortet haben.

Dr. William C. Rodriguez und Dr. Sue Black halfen mir bei Details der forensischen Anthropologie.

Sehr zu schätzen weiß ich die fortdauernde Unterstützung durch Chancellor Philip L. Dubois von der University of North Carolina Charlotte.

Aufrichtigen Dank an meine Agentin Jennifer Rudolph-Walsh und an meine Lektorinnen Nan Graham und Susan Sandon. Susan Moldow bin ich ewig zu Dank verpflichtet. Ich hoffe, die Widmung sagt alles.

Ich will auch all jene nicht vergessen, die meinetwegen so hart arbeiten, darunter: Paul Witlatch, Roz Lippel, Lauren Lavelle, Daniel Burgess, Tal Goretzky, Kara Watson, Greg Mortimer, Mia Crowley-Hald, Simon Littlewood, Glenn O'Neil, Caitlin Moore, Tim Vanderpump, Jen Doyle, Emma Finnigan, Maggie Shapiro, Tracy Fisher, Michelle Feehan, Cathryn Summerhayes und Raffaella de Angelis und die ganze umtriebige kanadische Truppe.

Ich danke meiner Familie und meinen Freunden, weil sie meine Launen und Abwesenheiten ertragen haben. Paul Reichs Anmerkungen zum Marine Corps, JAG und der Verfahrensweise nach Article 32 sowie seine Kommentare zum Manuskript im Allgemeinen waren enorm hilfreich.

Wie immer, Dank und Küsschen an meine Leser. Wenn ihr gern von Tempe lest, kommt zu meinen Signierstunden und Auftritten, besucht meine Website (KathyReichs.com), werdet Freunde auf Facebook und lest meine Kommentare auf Twitter (@kathyreichs). Ihr seid echt unglaublich.

Falls ich irgendjemanden vergessen habe, tut mir das leid. Falls das Buch Fehler enthält, sind sie allein meine Schuld.

Werkverzeichnis der von Kathy Reichs erschienenen Titel

1 Über die Autorin 3

2 Die Tempe-Brennan-Reihe 5

3 Die Virals-Reihe 14

› Bonusmaterial

HEYNE ‹

1 Über die Autorin

Himmel oder Hölle? Wiedergeburt oder ein großes Nichts? Wie das Leben nach dem Tod aussieht, darüber kursieren viele Gerüchte. Kathy Reichs kann uns zumindest den Anfang ein wenig detaillierter beschreiben – er sieht in etwa so aus: CCCC-2006020277. Jegliche Art von sterblichen Überresten, die in ihrem Labor landen, bekommt zuallererst eine solche Fallnummer. Kathy Reichs ist als forensische Anthropologin für rechtsmedizinische Institute tätig – das eine in Montreal, Kanada, das andere in Charlotte, North Carolina. Was heißt das? »Pathologen sind Spezialisten, die weiches Gewebe – Fleisch, Muskeln, Organe – bearbeiten«, erklärt Reichs. Quincy also, und Boerne. »Anthropologen sind auf die Knochen spezialisiert. Gerade Verstorbene oder relativ intakte Leichen kommen zum Pathologen – ein Skelett in einem flachen Grab, ein verkohlter Körper in einem Fass, Knochenfragmente in einer Häckselmaschine, ein mumifiziertes Baby in einem Koffer auf dem Dachboden zum Anthropologen.«

Mit vielen Fragen, die danach beantwortet werden müssen, hat sich Reichs schon während des Archäologiestudiums beschäftigt. Wer ist gestorben, wie und wann? Ein unauslöschliches Erlebnis machte aus der Feldforscherin eine Kriminaltechnikerin. »Zur forensischen Anthropologie kam ich, weil mich Ermittler, die einen Kindsmord untersuchten, um Mithilfe baten. Ein fünfjähriges Mädchen, das man entführt, ermordet und in einem Wald in der Nähe von Charlotte verscharrt hatte.

Der Mörder wurde nie gefunden. Die Ungerechtigkeit und die Brutalität dieses Falles veränderten mein Leben. Das Leben eines kleinen Mädchens war mit heimtückischer Gleichgültigkeit beendet worden. Ich verabschiedete mich von den uralten Knochen, wechselte zur Forensik und habe das nie bereut.«
Und wann immer sie Zeit hatte, schrieb sie. Ihre Romanreihe um die forensische Anthropologin Tempe Brennan – der erste erhielt 1997 den Arthur Ellis Award for Best First Novel – erscheint heute in über 30 Ländern, Gesamtauflage 120 Millionen. In der Fernsehserie BONES – Die Knochenjägerin, von Reichs kreiert und mitproduziert, geht Tempe Brennan ebenfalls auf Verbrecherjagd. Zusammen mit Patricia Cornwell hat Reichs die forensische Anthropologie von einer Nischendisziplin zu einem weltweiten Phänomen geschrieben. Ein Brennan-Roman im Jahr, seit Kurzem auch einer für die Jugendbuchreihe VIRALS, Lesereisen, Drehbücher studieren – die Fiktion hat sich für Reichs zur Vollzeitbeschäftigung ausgewachsen. Trotzdem unterrichtet sie weiterhin Studenten an der University of North Carolina, sie berät das FBI in Sachen Spurenerkennung und -sammlung sowie die Royal Canadian Mounted Police in Kanada. Als Reichs ihren neuen Beruf antrat, waren nicht mehr als fünfzig zertifizierte forensische Anthropologen in Kanada und den USA tätig. Inzwischen zählen die Kollegen immerhin knapp an die achtzig. Kathy Reichs legt großen Wert darauf, dass ihr Ziel – den Toten Gerechtigkeit widerfahren zu lassen – auch in ihren Werken nicht zur pathetischen Selbstbeweihräucherung oder zum actionüberfrachteten Hokuspokus verkommt. »Ich wollte keine Superheldin zeigen«, so Reichs über ihr Alter Ego Tempe Brennan. »Ich wollte eine Figur schaffen, die Schwächen und Fehler hat und die sich im Alltag mit Neonlicht, Formularen und Überstunden herumschlägt.«

Tote lügen nicht

Tempe Brennan ist forensische Anthropologin in Montreal. Skelette und verweste Körperteile gehören zu ihrem Alltag. Als die 23-jährige Isabelle missbraucht, erdrosselt und zerstückelt in Müllsäcken aufgefunden wird, erinnert sich Tempe an einen Fall ein Jahr zuvor. Sie versucht, die beiden Verbrechen mit drei weiteren Leichen in Verbindung zu bringen.

Knochenarbeit

Grauenvolles erwartet Tempe Brennan, als sie in den kleinen Ort St. Jovice gerufen wird: ein niedergebranntes Haus mit sieben Leichen, zwei davon Babys, denen das Herz fehlt. Nur zu gern widmet sie sich deshalb ihrem anderen Auftrag – der Exhumierung der Ordensschwester Elisabeth Nicolet zwecks postumer Heiligsprechung. Doch erst liegt die Nonne in einem falschen Grab, und dann entdeckt Tempe gemeinsam mit Detective Ryan eine entsetzliche Parallele zu dem Fall von St. Jovice.

Lasst Knochen sprechen

Ein ermordetes Mädchen, die Überreste zweier Motorradfahrer nach einem Bombenanschlag und der ausgegrabene Schädel einer jungen Frau - damit hat Tempe Brennan im wahrsten Sinne des Wortes alle Hände voll zu tun. Doch als sie einen brisanten Zusammenhang zwischen den Toten und zwei verfeindeten Motorrad-Banden erahnt, gerät nicht nur Tempe in Lebensgefahr. Leider entwickelt auch ihr Neffe Kit ein verhängnisvolles Faible Motorräder...

Durch Mark und Bein

Flug 228 der TransSouth Air ist über Swain County, North Carolina, abgestürzt. Man betraut Tempe Brennan mit der Identifikation der Opfer, die zum Großteil sehr jung waren: Mitglieder und Fans eines College-Fußballteams. Bei Nachforschungen zu einem zusätzlichen grausigen Fund in der Nähe des Unglücksortes, einem einzelnen Fuß, der auf Grund seiner Verwesung und seines Alters nicht von einem der Passagiere stammen kann, wird Tempe von höchster Stelle behindert.

Knochenlese

Ein kleines Dorf in Guatemala: Als Tempe Brennan in den Brunnenschacht hinabsteigt, ahnt sie, dass sie am Grund ein grausiger Fund erwartet. Hier wurden vor Jahrzehnten die Leichen von über zwanzig Bewohnern eines kleinen Dorfes verscharrt, Frauen und Kinder, die ein Militärkommando kaltblütig hingerichtet hatte. Noch während die Opfer des Massakers geborgen werden, bekommt Brennan zu spüren, dass die Machthaber in Guatemala, damals wie heute, ein schreckliches Geheimnis hüten.

Mit Haut und Haar

Der Sommer ist brütend heiß in Charlotte, North Carolina. Gerade will Tempe Brennan vor der Hitze in den wohlverdienten Urlaub fliehen, als auf einer verlassenen Farm Überreste von brutal abgeschlachteten Schwarzbären gefunden werden. Doch das ist noch nicht alles. Zwischen den skelettierten Pranken stößt Tempe auf menschliche Knochen und damit auf die Spur von Schmugglern, die mit dem Töten von Wildtieren blutiges Geld verdienen. Wer ihnen zu nahe kommt, muss um sein Leben fürchten. Tempe ermittelt.

Totenmontag

Was könnte frostiger sein als ein kanadischer Dezembersturm? Tempe Brennan wird an einem tristen Montagmorgen zu einem Fundort in Montreal gerufen, der ihr das Blut in den Adern gefrieren lässt. Verscharrt in einem Kellergewölbe liegen die Leichen dreier junger Frauen. Nicht eine Gewebefaser, kein Fetzen Kleidung geben Aufschluss darüber, wann und warum diese Mädchen sterben mussten. Dank akribischer Ermittlungen und weiblicher Intuition kommt Tempe einem Verdächtigen auf die Spur. Doch sie muss auf alles gefasst sein, denn ihr Gegner ist an Kaltblütigkeit nicht zu übertreffen.

Totgeglaubte leben länger

Die Leiche eines zwielichtigen Importeurs beschert Tempe Brennan Überstunden im Labor. Die Schusswunde am Kopf deutet auf Selbstmord hin, doch die Gerichtsmedizinerin kann ein Gewaltverbrechen nicht ausschließen. Ihre Untersuchungen nehmen eine unerwartete Wendung, als ein Fremder ihr das Foto eines uralten Skeletts aus Israel zusteckt und beteuert, es sei der Schlüssel zum Tod des streng religiösen Mannes. So stößt Tempe auf ein Geheimnis, das älter ist als die Bibel …

Hals über Kopf

Was wie ein harmloser Exkurs auf eine idyllische Ferieninsel beginnt, endet für Tempe Brennan in einem Albtraum. Archäologische Grabungen im Sand von Dewees Island, South Carolina, fördern nicht nur bestattete Ureinwohner zutage, sondern auch eine Leiche, die erst vor wenigen Jahren am Strand verscharrt worden sein kann. Damit nicht genug: In einem Sumpfgebiet auf dem Festland werden kurz darauf die Überreste eines vermeintlichen Selbstmörders entdeckt. Eigenartige Einkerbungen an den Halswirbeln der Toten sagen Tempe, dass eine makabre Verbindung zwischen den beiden Fällen bestehen muss.

Knochen zu Asche

Eines Tages war sie verschwunden – ohne ein Wort des Abschieds. Als junges Mädchen musste Tempe Brennan erleben, wie ihre beste Freundin Evangeline unter mysteriösen Umständen zum Vermisstenfall wurde. Dreißig Jahre später reißt ein Skelettfund im kanadischen Neuschottland alte Wunden auf. Hängen diese Knochen mit Evangelines Verschwinden zusammen? Ein kleines vergilbtes Versbuch, das Tempe entdeckt, könnte die Antwort verraten.

Der Tod kommt wie gerufen

Ein verlassenes Haus in Charlotte, North Carolina, ein neuer Einsatz für Tempe Brennan: Neben Kupferkesseln, einem toten Huhn und seltsamen Artefakten liegt der abgetrennte Kopf eines Mädchens. Blitzartig geht ein Gerücht um: Ritualmord! Ein bibelfester Politiker auf Stimmenfang verdächtigt okkulte Kreise und ruft nach Vergeltung. Noch während Tempe den Tatort untersucht, bahnt sich in Charlotte eine gnadenlose Hexenjagd an.

Das Grab ist erst der Anfang

Tempe Brennan ermittelt bei einer Reihe seltsamer Todesfälle: Drei Frauen wurden ermordet, alle auf grausame, aber verschiedene Weise. Doch Tempe kann schließlich die Handschrift eines Serienkillers erkennen. Umso schockierter ist sie, als man ihr vorwirft, sie habe eine Autopsie manipuliert und ein Verbrechen vertuscht. Was Tempe nicht weiß: Ihre Arbeit wird sabotiert. Von jemandem, der sie um jeden Preis scheitern sehen will ...

Blut vergisst nicht

Ein Mann, der nicht ein-, sondern gleich zweimal den Tod gefunden zu haben scheint, gibt Tempe Brennan Rätsel auf. Seine Spur führt nach Hawaii. Hier wird Tempe prompt mit den von Haien verunstalteten, seltsam tätowierten Überresten eines Kleindealers konfrontiert. Das Inselparadies wird für Tempe schnell zum heißen Pflaster. Denn die örtlichen Drogenhändler reagieren auf neugierige Ermittlerinnen so instinktiv wie Haie auf einen blutigen Köder.

Fahr zur Hölle

In Charlotte, Tempe Brennans Heimatstadt, ist die Hölle los. 200.000 NASCAR-Fans sind auf dem Weg zum Charlotte Motor Speedway und dem großen Rennwochenende. Auf einer Müllhalde nahe der Anlage wird in einem Teerfass eine Leiche gefunden. Ist es die lange vermisste Cindi? Ihre Ermittlungen führen Tempe ins Fadenkreuz einer Verschwörung. Sie arbeitet fieberhaft daran, den Fall schnell aufzuklären. Doch sie weiß: Das Böse holt dich immer ein.

Knochenjagd

Tempes neuester Fall beginnt wie ein Albtraum: In einer verlassenen Wohnung liegt, eingewickelt in ein Handtuch, die Leiche eines Neugeborenen. Und bald tauchen noch zwei weitere tote Babys auf. Die fieberhafte Jagd nach der Mutter beginnt. Ist sie überhaupt die Mörderin? Ihre Spur führt Brennan und ihren Kollegen Ryan tief in die kanadische Einöde – und in das Revier eines eiskalten Killers ...

Totengeld

Der Tod einer jungen Frau, deren Leiche achtlos am Straßenrand deponiert wurde, bereitet Tempe Brennan schlaflose Nächte. Der Teenager könnte ohne Papiere ins Land gereist sein, eine Spur, die Tempe zu dem Geschäftsmann John-Henry Story führt. Doch der starb Monate zuvor bei einem mysteriösen Brand. Und dann ist da noch der Fall eines Schmugglers, der kuriose mumifizierte Artefakte in die USA schleust. Besteht eine Verbindung zwischen dem toten Mädchen und dem lukrativen illegalen Handel? An Tempes neustem Fall ist nichts so, wie es zunächst scheint. Nur auf eines kann die Todesermittlerin sich verlassen: Die Knochen kennen die Wahrheit.

Knochen lügen nie

Tempe Brennan kann mit ihrer Arbeit für die Gerichtsmedizin Tote nicht wieder lebendig machen, doch zumindest kann sie den Mordopfern Gerechtigkeit widerfahren lassen. Nur in einem einzigen Fall entkam ihr ein Killer: Anique Pomerleau, eine junge Frau, die selbst traumatische Misshandlungen hatte durchleben müssen. Und die sich an der Welt rächte, indem sie Mädchen entführte, quälte, tötete. Jetzt, zehn Jahre später, tauchen in Montreal die Leichen mehrerer vermisster Teenager auf. Tempe erkennt das Mordmuster, die Grauen erregende Handschrift: Anique ist zurück. Sie will ein letztes Mal Rache nehmen. Und sie kommt Tempe immer näher ...

3 Die VIRALS-Reihe

Tote können nicht mehr reden

Die vierzehnjährige Tory Brennan ist die Nichte der berühmten forensischen Anthropologin Tempe Brennan. Mit ihr teilt sie zwei Dinge: den Instinkt für Verbrechen – und den unbedingten Willen, diese aufzuklären ...
Auf einer einsamen Insel findet Tory die vergrabenen Knochen eines vor etwa 30 Jahren verstorbenen jungen Mädchens. Torys Versuch, gemeinsam mit ihren Freunden die Identität des Mädchens zu lüften, erweist sich als gefährlicher als erwartet.

Nur die Tote kennt die Wahrheit

Das Forschungslabor, in dem Tory Brennans Vater arbeitet, soll geschlossen werden. Tory weiß: Will sie nicht umziehen und von ihren Freunden getrennt werden, muss sie Geld beschaffen – und zwar eine beträchtliche Summe, um das Labor vor dem Aus zu retten. Wie der Zufall es will, stößt Tory in dieser Situation auf geheime Dokumente, die auf den legendären Piratenschatz der Anne Bonny hinweisen. Tory beschließt, das Unmögliche zu versuchen, und den jahrhundertealten Spuren zu folgen.

Jeder Tote hütet ein Geheimnis

Tory und ihre Freunde Shelton, Ben und Hi entdecken einen Geocache, in dem eine wunderschön verzierte Schatulle steckt. In ihr befindet sich ein geheimer Code, den Shelton mithilfe seiner Superkräfte knackt. Es ist ein Hinweis von dem mysteriösen Spielleiter, der die Virals herausfordert, die Suche fortzusetzen und einen noch wertvolleren Schatz zu finden. Die Freunde stellen sich der Herausforderung – und finden eine täuschend echte Bombenattrappe und eine mehr als düstere Nachricht des Spielleiters.